Los inculpados

Ignacio Orovio

Los inculpados

la esfera de los libros

Primera edición: enero de 2024

Avenida de San Luis, 25
28033 Madrid
Tel.: 91 443 50 00
www.esferalibros.com

ISBN: 978-84-1384-730-6
Depósito legal: M. 32.489-2023
Composición: J. A. Diseño Editorial, S. L.
Impresión y encuadernación: Cofás
Impreso en España-*Printed in Spain*

A las víctimas de aquel día.

A mis padres, Nacho y Blanca.

1

—Nacho.

Sin interrogantes.

Años después, podría comenzar usando una metáfora y decir que aquella mañana, la del 11 de marzo de 2004, el despertador estalló sobre mi mesilla de noche como cada día a las ocho de la mañana, pero no la usaré primeramente por respeto a la verdad, porque lo que me despertó no fue el despertador, sino una llamada, y porque no eran las ocho, sino las 07.46.

«Nacho», dijo, como apremiándome.

Quien me llamaba era Dagoberto Escorcia, el jefe de deportes del periódico donde trabajaba y donde trabajo aún, *La Vanguardia*, quien por entonces tenía un hijo de corta edad que le obligaba a madrugar y que a aquella hora escuchó en la radio que en la estación de Atocha acababa de haber, ahora sí, varias explosiones. Dagoberto, buen amigo, sabía que yo vivía en Lavapiés, cerca de la gran estación central de Madrid, y sabía por supuesto que mi trabajo para el periódico era el de corresponsal judicial en los grandes órganos del Estado, esto es, la Audiencia Nacional, el Tribunal Supremo, el Tribunal Constitucional y el Ministerio de Justicia, de manera que, si había un atentado, la investigación judicial iba a ser parte de mi trabajo los meses siguientes; los años siguientes, cabría precisar; y parte principal, cabría adelantar.

Dagoberto sabía, en todo caso, que yo podía estar en la estación en pocos minutos, y sabía, por lo que apuntaba ya el relato de la emisora, que podía haber muertos. Muertos, en plural, y no eran todavía las ocho.

También en honor a la verdad diré que, cuando en la pantalla del móvil, un Nokia enano, vi *Dago*, me asusté terriblemente, porque en aquellos momentos yo estaba soñando con Dago. Durante años ambos habíamos formado parte del equipo de fútbol sala del periódico, y en el momento en que sonó el móvil el Dagoberto de mi sueño se acababa de desplomar sobre el parqué y todos los miembros del equipo llorábamos. Nadie lo reanimaba, porque ya estaba muerto, y ahora me llamaba para decirme que había explosiones. Contado aquí podría parecer un recurso literario, pero no lo es, es la estricta verdad, tal como saben algunos amigos a quienes lo relaté en su día; a él no, por un pudor que perdura y porque dejó la empresa. Vive en la Costa Daurada. Tampoco es una confusión fruto de una recaída en sueños, porque todavía en conversación con Dagoberto, en calzoncillos, conecté la radio y me dirigí hacia la cafetera para prepararme dos cafés muy cortos en la misma taza, como todos los días.

Cuando Dagoberto hubo colgado, la consternación por el sueño premonitorio dejó paso a la consternación por lo que ya escuchaba en el informativo.

Me preparé todo lo aprisa que pude, sin saber muy bien cómo vestirme. Busqué en el macuto que me acompañaba a todas partes mi radio portátil con auriculares, le cambié las pilas, dejé que las viejas rodaran rugosamente por la mesa, que hacía una ligera pendiente hasta la pared. Allí se quedarían varias semanas. Me aseguré de que en el bloc de notas que llevaba también a todas partes había suficientes páginas en blanco.

Bajé por las escaleras y salí a la calle y, en cuanto cesó detrás de mí el estrépito de la puerta, surgió otro delante, en el aire de la mañana: ambulancias, se oían muchas ambulancias.

La plaza de Lavapiés estaba como siempre, con gente acodada en las esquinas o sentada en el escaloncito de los escaparates.

No había desayunado, y pensé que el día iba a ser largo. Me dirigí a la panadería de la calle Tribulete, que estaba allí mismo y donde solía comprar pan. Aunque nunca había intercambiado con las chicas que la regentaban más que los formulismos de un cliente cualquiera, sabía que se llamaban Marta y Pilar. Aquel día toda la clientela tenía una sola conversación. Parecía que había habido un atentado en la estación, pero nadie sabía gran cosa; en aquel momento yo tampoco sabía que Pilar iba a ser una persona clave en esta historia.

Introduje el bocadillo en el macuto, convenientemente envuelto, me puse los auriculares, con la radio, y empecé a caminar hacia Atocha a toda prisa.

Seguían sin ser las ocho, la radio hablaba de una matanza de ETA, hablaba de explosiones sincronizadas en diversos puntos de las líneas férreas de acceso a Madrid. Solo en una de las explosiones se habían contado cinco muertos y se hablaba de al menos media docena de bombas, la extrapolación numérica era dramática.

En los viales que circunvalan Atocha, el caos de tráfico era absoluto. Ningún coche se movía, las ambulancias trataban de hacerse paso utilizando las aceras, o por entre los coches, donde no había espacio más que para las motos, pero se lo acababan abriendo. El sonido era bélico, un caos de sirenas, miles de vehículos haciendo sonar su claxon, todos temiendo que de pronto los terroristas aparecieran por allí, que hubieran intuido la ratonera en que iban a convertir Madrid y hubieran planificado una matanza de y entre los conductores indefensos.

El acceso de la parte trasera de la estación, que da a la calle Atocha y al museo Reina Sofía, estaba totalmente cortado por cintas de plástico policiales y algunos agentes muy nerviosos. Hice ademán de pasar bajo la cinta, pero un policía se me acercó y me gritó «Largo», y repitió «Largo» cuando le mostré una acreditación de prensa; en realidad era un carnet que a los miembros de la redacción de Madrid de *La Vanguardia* nos fabricaba y facilitaba una secretaria, Carmen, que hacía de todo, ya fuera el control del material de oficina, ya fuera organizar las visitas del editor, Javier Godó, ya fuera fabricar carnets de periodista y que dieran el pego.

Pero allí no me sirvió.

Yo tenía que entrar en la estación.

Empecé a caminar por la calle Méndez Álvaro, que limita por el oeste el recinto ferroviario, aislado por un muro, pensando que encontraría algún hueco para colarme. No encontré ninguno, o estaba demasiado alto y tuve miedo; de carecer de la agilidad necesaria o de acceder al otro lado y que hubiera uno de los malos. Quién sabía dónde estaban en aquel momento: si habían detonado las bombas por control remoto, perfectamente podían estar allí.

Proseguí por Méndez Álvaro hasta una calle que pasaba bajo las vías, que luego sabría que se llamaba del Comercio. Al otro lado, de nuevo en una calle paralela a los raíles, conté, en fila india, cuarenta y ocho ambulancias. Intuí que en la cabeza de aquella caravana, siguiendo al personal sanitario, podría saber cómo acceder a la zona de las explosiones.

En dirección contraria venían personas que acababan de salir del tren, personas que acababan de salvar la vida. Algunas tenían la ropa hecha harapos, otros estaban aparentemente en buen estado, pero había un detalle: nadie llevaba nada en las manos. Las manos vacías. Cualquier objeto que llevaran los pasajeros había saltado por los aires, o lo habían perdido en la huida. En salvación del bien superior que era la vida, todo lo accesorio había sido abandonado, relegado, olvidado.

El bolso con el monedero, las llaves de casa, un paquete de pañuelos.

Una mochila con la ropa del partido de baloncesto de la tarde.

Los libros de una clase en la universidad, una carpeta con apuntes.

Una tarta para el cumpleaños de una compañera de oficina.

¿Qué debía hacer? ¿Ayudar a los heridos? Ya había ambulancias, médicos, enfermeros, profesionales de la asistencia. La gente corría hacia algún lugar en el que sentirse a salvo o pedir ayuda, y yo era un periodista que estaba allí para recabar información y que, además, no era de Madrid, de manera que carecía de recursos —un coche, un amigo médico— con los que pudiera ayudar. Aun así, ¿debía centrarme únicamente en saber qué había pasado?

Entonces vi venir a un chico, algo más joven que yo, de unos veinte o veinticinco años, caminando con celeridad pero con calma, apenas en mangas de camisa; debía de haber perdido la chaqueta en la explosión, tenía el cabello lleno de polvo y le salía sangre de la oreja derecha, que se tapaba inútilmente con la mano. Me puse en su trayectoria y le hice dos preguntas, a cual peor. Nunca he sido un buen interrogador:

—¿Qué ha pasado?

—Ha explotado el tren.

—¿Ibas dentro?

—Sí.

Entonces me repuse, le pregunté si necesitaba algo, me dijo que no, tuvo tiempo de darme las gracias y siguió caminando hacia nunca supe dónde. Tampoco supe nunca su nombre, obviamente, y hoy lo identifico con el chaval sentado en el suelo, la cabeza llena de polvo y la cara ensangrentada que, en una fotografía que salió publicada al día siguiente en los periódicos, habla por un móvil que alguien le ha prestado, dando con toda seguridad la buena noticia de que ha salido vivo de la masacre.

Continué por aquella avenida hasta la esquina de una calle perpendicular a las vías. El muro estaba hundido justo allí, nunca supe si por efecto de las explosiones: a aquella altura había un tren despanzurrado. Paredes y techos eran en algunos puntos como sarpullidos abiertos, mostrando el interior. Los alrededores del tren estaban salpicados de objetos, todos aquellos objetos que habían sido abandonados por los pasajeros, y de pasajeros heridos o muertos. A través de los boquetes abiertos en los trenes se veían cuerpos, amontonados, bocabajo, a algunos parecía faltarles alguna parte, pero era difícil distinguirlo, y preferible.

Era una barbarie. La barbarie. Un mal aleatorio, aquirúrgico, carente de cualquier perímetro, contención o cálculo. Antimatemático, deliberadamente extremo, si por extremo entendemos el lugar más alejado, por encima o detrás de toda barrera, frontera o piedad.

Años antes había acudido como periodista al lugar en que ETA había cometido un atentado: un coche bomba preparado para volar un puente de la autopista A-18 en Sant Quirze del Vallès, cerca de Barcelona, explotó cuando un hombre merodeaba por allí, quizás cuando trató de forzar la cerradura. El cuerpo quedó desplomado, lacio; siempre recordé las ropas, como deshilachadas, harapientas. Quizás ya estaban así antes de la explosión, pero no importa, yo solo las vi después. Ahora en Atocha la sensación era la misma, pero multiplicada por decenas, por decenas de viajeros convertidos en chatarra.

Lo primero que pensé fue que los locutores, aunque eran cautelosos respecto a la autoría, no estaban viendo lo que yo estaba viendo. No podía ser ETA. Es decir, todo apuntaba a que lo podía ser, lo tenía que ser, lo iba a ser, y el Gobierno sostenía que la autora era ETA. La Navidad anterior había sido descubierto un plan de la banda terrorista para diseminar una docena de mochilas con bombas (más o menos las que ahora ya empezaba a calcular que habían estallado) en la estación de esquí de Baqueira-Beret, en la Val d'Aran, donde esquiaba el rey Juan Carlos; el continente de los artefactos —«la mochila»— será clave, en términos lingüísticos. Pero es que además la Nochebuena anterior, dos miembros de ETA, Gorka Loran y Garikoitz Arruarte, habían sido detenidos en el tren Irún-Madrid con una bomba que contenía veintiocho kilos de explosivo; su intención era que explotase en el convoy cuando este hubiera llegado a la estación de Chamartín. Ni planeaban hacerla estallar con pasajeros en el tren ni llegó a estallar, pero el antecedente era tan parejo y cercano en el tiempo, y el historial de ETA en España tan prolongado y sanguinario, que la suma de atentado + Madrid + tren daba de inmediato un resultado de tres siglas.

Eso si no veías lo que yo estaba viendo.

La barbarie era tan despiadada, tan extraordinaria, tan fuera de dimensión.

A aquellas horas, el Gobierno prometía que había sido ETA. Ni más ni menos que el Gobierno. El Gobierno de un país europeo, moderno, que era o aspiraba a ser una referencia, que políticamente se codeaba por entonces con Estados Unidos y Gran Bretaña, ni más ni menos. Entre los valores y modos de un país así no entraba o no podía entrar, bajo mi punto de vista, nada que no fuera decir la verdad o, cuando menos, actuar con humildad o con precaución. Si el Gobierno decía que aquello era obra de ETA, era obra de ETA; desde luego, el Gobierno estaba por encima de mis intuiciones o percepciones, infinitamente por encima. Quién, quién, quién. En aquel momento, aquel «quién» era un sujeto político, un actor a quien las palabras del Gobierno otorgaban una consideración estrictamente política, un agente que había venido a intervenir en la historia, en el calendario.

Alrededor de aquel tren estaba lleno de policías, pero estos tenían demasiado trabajo para ocuparse de los periodistas, que para entonces ya éramos varios.

No hice nada. Me quedé observando. Tomaba algunas notas. «08.43 - Policía saca hombre herido», «08.47 - Siguen sin pasar trenes»: ¿de qué cojones me iba a servir aquello?

En aquel momento la incipiente versión digital de *La Vanguardia* estaba en manos de una redacción paralela en la que el equipo del periódico tradicional, los del papel, todavía no interveníamos. Nunca. De manera que mi trabajo aquella mañana consistiría en recabar toda la información posible y, a las siete u ocho de la tarde, escribir algo, lo que la dirección decidiera, para la edición de papel del día 12. De haber ocurrido hoy, me habría dedicado a alimentar la web con cada novedad que apareciera, o haciendo un compendio cada equis tiempo; no soy de los nostálgicos que añoran aquel sosiego de trabajar para un periódico de papel, o en todo caso prefiero fijarme y celebrar la inmediatez y la brutal difusión de un medio *online*; sobre todo de uno poderoso como el que hoy también es el nuestro.

De vez en cuando llamaba al jefe de sección de política, Lluís Uría, o al redactor jefe, Jordi Barbeta, y les contaba alguna novedad, y me contaban a mí cómo se iba distribuyendo por los escenarios el operativo de periodistas, más que nada para, en el caos, no duplicarnos en un lugar y dejar vacío otro de interés. No existía el WhatsApp, que en las redacciones de hoy se ha convertido en una eficacísima herramienta de trabajo horizontal que permite que todos sepan qué hacen todos.

Todavía no sabía que aquella tarde escribiría, a cuatro manos con el especialista en información de sucesos, Luis Izquierdo, la crónica principal de los hechos.

Había personal sanitario que entraba y salía de los trenes, otros atendían a heridos tumbados o sentados en los alrededores. Entre el tren y el muro que limitaba con la trama urbana, sobre el lecho de grava gruesa que sostiene las vías, iban colocando a los que ya estaban muertos. Uno junto a otro, cubiertos por mantas negras, en un orden trágico, macabro, barroco y goyesco.

De pronto, un agente de policía nos instó a largarnos de allí, algún fotógrafo que no dejaba de disparar se hizo el remolón, el agente alertó: «¡Hay más bombas! ¡¡¡¡Fueraaaa!!!!». Detesto los signos de exclamación, los signos de exclamación no son para los cínicos ni para los descreídos, hay que estar muy convencido de la propia escritura para poner cuatro seguidos, pero es la única manera de transmitir la contundencia del aviso de aquel agente, que no estaba dispuesto a tolerar que no se le obedeciera *ipso facto* y todos a una.

En realidad, por nuestro bien. Minutos después, explotó otra bomba.

Aun detonada bajo control de los artificieros de la policía, el estruendo y la poderosa calidad de los bajos de una bomba es de difícil descripción. Un golpe ronco y seco, hondo, rugoso, el fondo de un volcán activo.

Luego sabríamos que uno de los artefactos fue localizado en uno de los trenes y desmontado por la policía, y que aquello desencadenaría las pesquisas, las detenciones y una rápida y bastante completa resolución del caso; pero a aquella hora del jueves 11 de marzo de 2004 solo sabíamos que habían explotado entre ocho y diez bombas y que un par o tres más lo habían hecho de forma controlada por los especialistas.

Aunque las bombas habían sido detectadas en bolsas de deporte, bolsas con asas, desde el primer momento la información oficial dijo que iban en «mochilas». Como las del tren de ETA.

A aquellas horas ya se hablaba de más de doscientos muertos. Con esa cifra se acercaba al mayor atentado terrorista de la historia en Europa, el que en 1988 había supuesto la explosión de un avión sobre la localidad escocesa de Lockerbie, en el que murieron doscientas cuarenta y tres personas. El ministro del Interior, Ángel Acebes, apelaba a la memoria colectiva reciente al decir que ETA estaba intentando una masacre en Madrid y que la había cometido aquella mañana. El lendakari vasco, Juan José Ibarretxe, también atribuía a ETA la matanza. Sorpresivamente, el dirigente de Batasuna, Arnaldo Otegi, desvinculaba a la banda de aquellos hechos; de manera inusitada, aparecía en una concentración si no de repulsa, sí de apoyo a las víctimas. Era inédito. Con el tiempo también sabríamos que por entonces ya se reunía en secreto con el líder de los socialistas vascos, Jesús Eguiguren, para tratar de iniciar unas conversaciones de paz que acabaran con la violencia de ETA. Una violencia que terminaría en buena medida gracias a aquel diálogo que estaba en gestación y también por lo que aquella mañana acababa de ocurrir. Porque, aquella mañana, la violencia dejó definitivamente de ser en el imaginario político europeo, o cuando menos en el español o vasco, un recurso político utilizable, tolerable o contemplable. Dos años después, en 2006, *La Vanguardia* me confió la cobertura de aquel proceso de paz, pero esa es otra historia.

Por el contrario, lo que Acebes acababa de fundar o al menos establecer era la falsedad como ingrediente o instrumento o recurso para el embate político. Porque sin cerrar del todo la puerta a que la autoría fuera de Al Qaeda o de algún grupo orbital de Al Qaeda, utilizó de entrada la idea —por aquellos días aún presente en la memoria pública— de que ETA preparaba una acción en Madrid, combinada con la idea de que ETA preparaba una acción con alrededor de una decena de artefactos repartidos en «mochilas» (que no eran tales) para causar una matanza en dicha ciudad. Faltaban apenas tres días para las elecciones generales y la autoría, de alguna manera, convertía a su partido, el Popular, en causante o víctima de la masacre según fuera Al Qaeda o fuera ETA. Porque siendo en los dos casos las víctimas ciudadanos inocentes e indefensos, la hipotética autoría de Al Qaeda iba a castigar el entusiasmo de José María Aznar acompañando a George Bush Jr. a invadir Irak e iba a generar de inmediato la reacción y la oposición del electorado, mientras que la hipotética autoría de ETA generaría al momento su favor. De manera que aquella autoría era, en aquel Día 1, la de un quién puramente político.

Facebook tenía un mes de vida y Twitter no nacería hasta casi exactamente dos años después, el 21 de marzo de 2006. En esa prehistoria, y sin la cigarra de embustes, tuits, bulos, *fakes*, alertas, gritos, cuentos, enredos, calumnias y cosas ciertas que las redes habrían impuesto, Acebes (el Gobierno) calculó que podía dominar el relato y mantener la tesis de ETA hasta el domingo, sosteniendo respecto a la autoría una ambigüedad beneficiosa.

Le salió mal.

Yo no dejaba de pensar en aquellos que lo habían cometido, veía sus caras, serias y barbudas, con barbas más cortas o más largas, y alternativamente imaginaba a un grupo de miembros de ETA o a un grupo de musulmanes delante del televisor, todo el día, pero no los veía en ningún caso sonreír, sino reconcomerse por la que habían armado.

Me costaba creer que hubieran sido los primeros, tenían que ser los segundos, y en esta convicción había también un prejuicio: ETA podía ser salvaje, pero no lo era tanto. El comando había colocado al menos una decena de bombas en los trenes, con lo que —calculé— eran necesarios como mínimo cinco hombres, con una bolsa en cada mano; desde luego, no me imaginaba a una mujer en el papel, aunque deba para ello admitir un matiz machista.

Frente a la fila de bolsas negras inertes traté de imaginar cómo iban vestidos los tipos, con qué absoluta normalidad, sin pasamontañas ni chalecos antibalas ni *kalashnikovs* en la grupa, con qué rictus habían depositado las bombas en los trenes, con qué temblor de manos, si alguno se había rajado a última hora y ahora quedaban dos artefactos sin usar en algún piso de arrabal.

Perdí la vista hacia mi izquierda, en el sentido contrario a la estación de Atocha, hacia la interminable fachada de bloques levantados entre el ámbito ferroviario y la avenida Ciudad de Barcelona. Muchos vecinos permanecían en los balcones, algunos tenían una mano o las dos tapándose la boca, intuí las lágrimas cayendo hacia la calle, como cuando alguien riega la terraza.

Fue ahí, con la vista perdida hasta donde las vías viran, donde empecé a imaginar, o a intentar imaginar, cómo habían sido hasta aquel día las vidas de quienes habían llenado las nuestras de barbarie. Empecé a imaginar sobre todo al que se ha rajado a última hora, al que no ha querido unirse al mal, y aún más: empecé a imaginar la vida de quien, cerca del mal, no lo comparte ni lo practica o practicará nunca, de quien mira sin ver, pero lo entiende. Imaginé allí, sobre las vías, a un muchacho marroquí de mi edad, a un muchacho marroquí que, como yo, vive lejos de su ciudad y de los suyos, pero que, a diferencia de mí, lo hace porque en la suya no hay futuro. Lo imaginé no tan distinto: ni negro ni muy árabe ni con un nombre lleno de guiones y consonantes consecutivas.

2

Antes de llegar al cementerio, Ismael Feres sabe que va a ser el único asistente a aquel entierro. Es muy duro enterrar así a tu padre, solo. Y además sin sentir por él ningún amor. Es el 10 de marzo. Es justo el día anterior a los atentados de Madrid, porque el padre, Anuar Feres, muere el día 7, o, mejor dicho, lo encuentran muerto el día 7, y los musulmanes deben dejar pasar tres días entre el deceso y el entierro. Ese es el día en que Ismael recibe la llamada fatídica.

A primera hora de la mañana un número desconocido, con prefijo de Marruecos, aparece en la pantalla de su móvil. Lo primero que piensa Ismael es que le llama su hermano, Isa, que tiene nombre de niña pero es un niño.

Una voz rugosa —«¿Ismael Feres?»— le dice que no es Isa, y entonces piensa que quizás a este le ha pasado algo. Antes de que el comunicante revele el motivo de su llamada, Ismael tiene tiempo de pensar también que le ha pasado algo a su amigo Asrih, Asrih Rifaat, que lleva una temporada visitándolo por sorpresa en su piso de Lavapiés, yendo y viniendo sin que Ismael sepa muy bien de dónde o hacia dónde.

Hasta que la voz rugosa conjuga un tiempo verbal que pone a Ismael sobre aviso:

—¿Usted era el hijo de Anuar Feres?

Se trata del director del hotel Al Khaima, donde Anuar Feres ha trabajado toda su vida, hasta que dos días antes no se ha personado a la hora de siempre y el anterior tampoco, de manera que el hotel ha decidido enviar a un empleado al domicilio de Anuar para averiguar qué está ocurriendo.

El chaval ha ido en su moto hasta la casa de las afueras de Asilah donde reside Anuar. Llama a la puerta repetidas veces, hasta que prueba a girar el pomo, el pomo chirría, la puerta se abre. El botones balbucea «Anuar, Anuar», encuentra a un Anuar inerte.

El botones se va a buscar a la voz rugosa y, juntos, a la policía local de Asilah, que toma el mando de la situación.

El nombre y el teléfono de «Ismael-Madrid» están anotados en un pedazo de papel sostenido por un celo en la espalda de la puerta de la entrada. Ismael nunca sabrá cómo su padre se hizo con el número. Posiblemente a través de algún pariente de Asrih, que también es de Asilah. Aunque a Asrih tampoco podrá ya preguntárselo, porque después del 11 de marzo no se ven más.

Al escuchar la voz rugosa, Ismael decodifica varias cosas de golpe: que su padre no ha cambiado de trabajo, que no ha encontrado otra pareja y que no ha hecho un solo amigo que se encargue de los trámites. «Después de quince años sin saber nada de mí, ni yo de él, no tenía ningún otro recurso», le dirá a su novia, Pilar, cuando al volver pasa a verla por la panadería en Lavapiés.

El avión llega a Tánger a las nueve de la mañana del día 10. Ismael toma un taxi de Tánger a Asilah, una hora de trayecto, aproximadamente. Quiere pasar por la casa, su casa, aunque duda si el artículo debe ser posesivo. La abandonó quince años atrás sin intención de volver y ahora está vacía. Habrá que pensar qué hacer con ella. Aquel día debe pasar por allí antes de la ceremonia para aportar algún documento acreditativo de la identidad de su padre. El director del hotel le da el número de la funeraria para que Ismael pueda acordar los detalles del sepelio. Lleva tres mil euros en el bolsillo.

El coche de su padre, el mismo Seat Ibiza de 1990, está frente a la casa, sucio y rasguñado. La calle, desierta como siempre. Es perpendicular al mar y conecta la playa con algunas barriadas del sur de la ciudad, tierra adentro, a un par de kilómetros de la línea de costa.

La puerta de la valla, que rodea el perímetro de la parcela, está abierta cuando llega Ismael, que no ha olvidado coger el juego de llaves que, pese a todo, ha conservado desde que emigró.

Lo primero que alerta a Ismael es el olor. Tan alejado de la fragancia que cada mañana todo lo contaminaba desde la cocina, tan alejado de su recuerdo. La casa apesta. «A vertedero», piensa.

La cocina está atestada de platos sucios, una bolsa rebosa restos de comida, cien cosas están fuera de lugar; cuando entra Ismael hay una cucaracha en la pared y otra al borde del fregadero. Entre este y la pared se apilan decenas o cientos de botellas de diferentes alcoholes, una sobre otra, hasta la altura de la encimera. Hay otras por el suelo, en vertical. Docenas de botellas que el padre deja para que sepan de qué ha muerto y en qué convirtieron su vida cuando decidieron huir a Madrid. Ved cómo acabasteis conmigo, en qué clase de soledad me sumergisteis.

Queda claro que, contra la soledad, Anuar Feres no ha buscado el consuelo del Profeta. Que su vida desde que su familia abandonó la casa de madrugada rumbo a España ha sido una rutina de casa al hotel y del hotel a casa con las botellas inacabadas de la clientela.

Ismael recorre la casa. En la habitación del fondo, la cama sin hacer, la cama donde lo hallaron muerto. Ismael estira la manta, como si así cubriera el último respiro de su padre. Abre la cajonera donde siempre guardaron las cosas imprescindibles. Libro de familia, documentos de identidad, las llaves del coche, un reloj viejo, recibos de agua y luz, la cámara de vídeo que compró su madre.

Aunque Pilar ya tiene una, justamente se la regaló él por su cumpleaños hace dos veranos, Ismael se la lleva. Para qué dejarla allí, oxidándose; tiene un valor, quién sabe qué va a pasar con la casa. Se la lleva al parecer para regalársela a la muchacha, no para filmar el Bernabéu ni cosas raras.

El patio posterior también está repleto de botellas. Hay algunos tiestos con tallos muertos, salpicados del guano ácido de las gallinas. Seis o siete corretean por allí, raquíticas. La bicicleta de su padre está apoyada en la pared.

Vuelve a la cocina y, tratando de no respirar o al menos no percibir el aire fétido del cubo, lo saca al patio y vierte el contenido para que las gallinas tengan algo que picotear. Volverá después de la ceremonia, piensa, para decidir qué hace con ellas, los papeles, el coche. Coge las llaves. También piensa en dejarlo todo tal cual está, pirarse y que sea el tiempo quien actúe sobre las cosas.

«Jódete», piensa, dirigido a su padre. También se arrepiente de pensar «Jódete».

Se sienta en el coche, mete la llave, el coche tose, da unos golpes de gas. El cuentakilómetros marca 100.982. Conduce hasta el cementerio.

Tras la llamada del director del hotel, Isma ha avisado a su madre y a su hermana, que viven en Madrid, y a su hermano, que todavía estudia en Rabat, para saber si van a acompañarlo a Asilah y, palabra arriba, palabra abajo, los tres responden igual: «¿Al entierro de ese hijo de puta?».

Pero no se lo reprocha.

Aunque alguien tiene que ocuparse.

Ismael es el único asistente a aquel entierro. El cementerio de Asilah es precioso. «Maqbara», pone sobre la entrada. Ocupa la parte alta de un pequeño acantilado sobre la playa. La escasa altura del muro oeste permite ver el mar, en toda su frialdad, volumen y amenaza. Las guías turísticas lo describen como «*The most beautiful in the world*».

El portalón del recinto está abierto. En una esquina, una pequeña construcción alberga la oficina funeraria. Dos hombres charlan y fuman en un banco junto a la puerta; visten chilabas blancas de lana y anoraks por encima, gorro de estibador; en marzo el aire del océano es vigoroso y frío, todavía.

Ismael se acerca, pronto lo identifican:

—¿El hijo de Anuar?

Siente un grado de vergüenza, como si fuera responsable de cómo la vida de su padre se fue por la pendiente.

El hombre le tiende la mano, exhala un turbo de humo y lanza la colilla al suelo. Sobre el pezón izquierdo, una tira de papel adhesivo lo identifica como «A. Munir». El otro no tiene escrito ni le dirá el nombre.

—Abdelsammad.

—Ismael.

—Vuelvo.

Un hombre expeditivo. Mejor. Vuelve con un portafolio y un bolígrafo pinzado con el pulgar:

—Abajo. Firma —dice, señalando el documento.

Ismael lee, los datos son correctos, obedece.

Un rectángulo de subsuelo está preparado. A un lado una cordillera de arena, en el otro una mortaja.

Los tres hombres se colocan en hilera, bajan las cabezas, levantan las palmas de las manos, pasan siete minutos en susurros. Quizás Anuar no esperaba aquello, quizás esperaba una cierta piedad, que el día póstumo Isa, Salma y Melissa también le concedieran su perdón.

Antes de bajarlo al hoyo, Ismael pide verlo. Abdelsammad deshace un poco la momia de tela blanca, dentro hay un anciano de cera y alcohol. Habría sido mejor no mirarlo.

Lo bajan a la trinchera, lo cubren de arena, rematan la operación con una losa clavada al suelo en vertical: «Anuar Feres, año 2004, 7 de marzo».

Vuelven al edificio, Ismael firma otro documento, paga mil cincuenta euros. Cuando está a punto de marcharse, se acuerda:

—¿Alguno de ustedes quiere media docena de gallinas?

Abdelsammad piensa, el otro está encendiendo otro cigarro.

—Las regalo.

Abdelsammad todavía no responde.

—¿Y un coche? El coche lo vendo, pero barato, muy barato. Cien mil kilómetros. Quinientos euros.

Necesita vender. Abdelsammad dice: «Yo, gallinas y coche. En dírhams. Cinco mil quinientos. Es un buen cambio».

Cuando llegan ante las gallinas, Abdelsammad lamenta:

—Me las llevo porque las regalas.

Ismael se fía de Abdelsammad y le presta el vehículo antes de que se lo pague para que pueda ir a por los cinco mil quinientos dírhams. «Los musulmanes confiamos en la palabra», le dirá a su novia cuando le cuente el entierro. Ella no se habría fiado. Ismael ni siquiera sabe dónde vive Abdelsammad.

Mientras el funerario va y vuelve, Ismael busca dos pedazos de papel y redacta el mismo contrato de compraventa, para el Seat. No se ve capaz de poner toda la casa en orden, y para qué hacerlo. Quiere volver a Madrid cuanto antes. El último ferri desde Ceuta parte a las diez de la noche.

Abre y cierra armarios y cajones, remueve la ropa de su padre: en el cajón inferior le llama la atención que haya unas alpargatas, porque los zapatos que ha visto están por el suelo, no en un armario. Y le llama la atención que una de ellas abulte ostensiblemente más que la otra, pero no imagina que esté llena de billetes hasta que estos están en su mano sorprendida, en su mano sonriente, en su mano extasiada de placer y riqueza. Cierta riqueza: se sentará a la mesa y contará los billetes, apilados por valor, y habrá noventa mil dírhams, unos ocho mil doscientos euros.

Nunca ha tenido tanto dinero en la mano. Los ahorros de quince años de su padre.

Dios, piensa, su querido Alá, le ha premiado por su bondad y por encargarse del entierro. Por eso no valora ni por un momento compartirlos ni con Isa, ni con Salma ni con Melissa. ¿Verdad que era un hijo de puta? Pues no esperéis nada de él.

En otros cajones y rincones busca más objetos de valor. Una cadenita que parece de oro, un anillo de casado, plateado, simple, mentiroso. Se los mete en el bolsillo.

Al acabar, se lava las manos, se pone la chaqueta y se sienta en la acera a esperar a Abdelsammad. Han pasado dos horas, pero Ismael no teme que no vuelva. Las gallinas corretean en el patio. Abdelsammad aparece con los cinco mil quinientos. Ismael no los cuenta. Extiende los dos contratos, rellena los datos. Abdelsammad hace lo mismo, firman por duplicado.

Ismael y Abdelsammad acorralan y atrapan una por una a las seis aves y las meten en el asiento posterior del coche. Antes de entrar él, Abdelsammad tiende la mano a Ismael, y espontáneamente se dan un abrazo.

Cierra la casa. Antes de caminar hacia el centro, donde tomará un taxi hasta Ceuta, se coloca frente a la vivienda, piensa si algún día volverá, bisbisea unas suras del Corán. No ha llorado.

Toma la avenida m'Dem, el aire se ha apaciguado. Cerca del centro compra una pita de cordero y una botella de agua grande para el viaje, busca una oficina de cambio, se hace con los euros y, ya en la Taxis Station, contrata un coche hasta Ceuta.

Cuando el viejo Mercedes toma la National Route 1, baja la ventanilla y piensa: «*Ciao*, Asilah». Como si nunca fuera a regresar. Ahora que ya puede. Ahora que ya tiene una casa, en realidad su casa, la podría considerar propiedad. Y ahora que ya no tiene un padre que le pegue.

Hace la misma ruta que el día que su madre y su hermana salieron de Marruecos, hace ahora nueve años. Asilah, Malusa, Alcazarseguir, El Tarajal. Entra en la colonia sin problemas. Nadie le palpa el sobaco, donde pinza un fajo de billetes. Toma un autobús hasta el puerto, compra un pasaje para el último ferri del día hasta Algeciras. Son las siete de la tarde, está agotado.

En la orilla española tomará el autobús de las diez de la noche hasta Madrid. Por suerte, es directo. Ismael llega a su casa, en Lavapiés, apenas un par o tres horas antes de que en Madrid exploten cuatro trenes. Cuando a las 07.36 revienta el primero, se supone que duerme, o que dirá que duerme, y que no sabe nada.

3

Los periodistas nos habíamos concentrado en el pabellón polideportivo Daoiz y Velarde, convertido en un hospital de campaña, en estación intermedia entre el tren destruido y las ambulancias: era la zona de tránsito para quienes podían esperar a ser atendidos, o para quienes no podían ser movidos, o para quienes ya no había remedio.

Un hombre murió a dos metros de mí.

Cuando entré en el recinto, el panorama era el *Guernica*. Un médico estaba sobre el tipo, grueso, debía de tener unos sesenta años, tumbado en el suelo, haciéndole un masaje cardíaco. Por todos lados había gente ensangrentada. Nadie se quejaba, el silencio era sorprendente. Había recibido varias llamadas; de mi pareja, Judit, de amigos, familiares, conocidos no tan cercanos a quienes saber que vivía en Madrid los había llenado del temor (de la certeza, en algún caso) de que pudiera haber estado a bordo de alguno de aquellos trenes; pero quien me llamó en aquel preciso momento, cuando estaba observando el masaje cardíaco, fue Francesc Peirón, Siscu, compañero en *La Vanguardia*, buen amigo, a quien yo había sustituido como redactor de tribunales cuando él cambió de área, y si lo recuerdo fue porque —debía de llevar la dosis máxima de emoción acumulada— rompí a llorar en cuanto oí su voz. Me separé un poco de aquella zona del pabellón, creo que solo acerté a describir «es muy bestia, es muy bestia», me preguntó si creía que era ETA o Al Qaeda, le dije que aquello no podían ser «los vascos», que tenía otra dimensión, por salvajes que fueran o hubieran sido los vascos en ocasiones; me recordó que el Gobierno estaba diciendo que era ETA, que no era posible que el Gobierno mintiera en algo tan grave, le dije que tenía razón, que en realidad había que confiar en el Gobierno y no en las sensaciones, me dio ánimos, colgamos.

Cuando me giré, una manta plateada cubría al hombre por completo. Tampoco supe nunca su nombre. Me pregunté si el mejor oficio del mundo podía tolerar aquella brutalidad.

Anduve por la zona el resto de la mañana. En algún momento, un fotógrafo logró que un vecino de un bloque con vistas sobre las vías le diera acceso a la azotea. Nos avisamos con silbidos y gestos, unos cuantos subimos. Ahora el cuadro era del Bosco, aquel del carro de heno, que en un rincón muestra cómo será el infierno. Del tren salen aristas de acero y un enorme boquete deja ver el interior; una hilera de cadáveres, uno junto a otro, cubiertos por mantas o plásticos negros; agentes buscando supervivientes entre las butacas desgajadas.

Desde la atalaya detecté al juez de la Audiencia Nacional Juan del Olmo inspeccionando la zona. El peligro de nuevas bombas parecía haber pasado. Todavía no sabía que Del Olmo iba a ser el encargado de la investigación, lo que no era una buena noticia: a diferencia de algunos colegas suyos, era una tumba y no recibía nunca a los periodistas. No habría manera de sonsacarle ninguna información. Cerca de él, en su comitiva, creí ver a Rocío, una agente de la Policía Nacional con quien había hecho buenas migas aquellos años. Una mujer alta, con el cabello largo, sin duda era la que estaba detrás del juez. Desde mi posición elevada, me pareció que tenía el rostro desencajado. Era un fracaso policial sin precedentes. Su carrera tenía sentido si evitaba que desastres como aquel llegaran a producirse. Un error eliminaba cualquier acierto o éxito o arresto anteriores, que a menudo se mantienen secretos para evitar alarmas excesivas; un atentado así eliminaba una carrera entera de trabajo bien hecho.

Bajé a la calle y me acerqué cuanto pude al boquete en el muro por el que se accedía al convoy. Las fuerzas de seguridad habían instalado inhibidores de la señal telefónica y no podía llamarla, pero le envié un SMS, pidiéndole que se acercara al pabellón, confiando en que una ráfaga de cobertura se lo hiciera llegar. Tardó, pero acudió. Estaba deshecha. Había llorado, no se había preocupado de recomponerse el rímel. Me permití la licencia de apretarle el antebrazo. Le pregunté si había escuchado lo que había dicho el ministro del Interior, le pregunté «qué opinas». Estaba «tan hundida como indignada, no sé qué estoy más. Pero los tiros no van para arriba, van para abajo, ten la certeza», y todavía no eran las dos de la tarde.

—Llámame a las siete —me ofreció.

Aquello era, iba a ser, oro puro.

Sobre las tres de la tarde tomé un taxi hacia la redacción. El vacío de las calles era casi absoluto. Todos los coches habían logrado zafarse del embudo. Ya no se oían ambulancias.

En Barcelona había ejercido el periodismo judicial y ahora en Madrid estaba haciendo eso mismo. En la primera etapa hubo crímenes, robos o estafas, y en la actual había grandes crímenes, grandes robos, grandes estafas y terrorismo; con algunas excepciones, en la primera trabajé para las secciones de Sociedad y Local, y en la segunda lo hacía para las secciones de Política y Economía; España tiene un tribunal central para los grandes casos, que es la Audiencia Nacional, que en aquellos años era mi epicentro de trabajo. Con terremotos todos los días. Llevaba en todo caso una buena temporada, seis o siete años, en contacto continuo con la maldad. Gente que mata, gente que roba, gente que luego miente para salvarse. Gente que para un periodista casi nunca es de carne y hueso, en el juicio son muñecos en un estrado y luego son papel. Que solo son acusados o presuntos o desgraciados, tipos con impericia o mala suerte y al final noticia. Nunca serán tu amigo, son el menú de tu jornada, aunque algunos intentan barnizarte con su sonrisa y que luego la recuerdes al escribir. Porque nunca estás en la escena del crimen, nunca asistes a la puñalada, al atraco, al asalto al chalet; cuánto nos habría gustado, no por ayudar, sino por verlo con tus propios ojos y narrarlo sin las excusas.

Hoy había sido distinto. Todos los muertos desparramados. Un masaje cardíaco inútil. Llorarle a un compañero.

Aquella crónica me costó un mundo, una eternidad, no solo por el amasijo ingente y cambiante de datos, sino por la consternación, el silencio de la redacción, la ruina en que una organización terrorista, todavía no sabíamos cuál, había convertido miles de familias y un país. Los muertos eran ciento noventa y uno y los heridos mil cuatrocientos treinta, al cierre de la edición. Fueron más de doscientos durante muchas horas, porque muchos cadáveres estaban troceados, y algunas reconstrucciones no cuadraban. Finalmente serían ciento noventa y uno, y volverían a ser ciento noventa y dos veintitrés días más tarde, cuando descubrieron al comando atrincherado en un piso en Leganés y, al inmolarse siete de ellos, mataron también a un policía.

Los suicidas nunca formaron parte del recuento.

La crónica la escribimos a cuatro manos entre Izquierdo y yo, mientras hacíamos llamadas. Él a sus fuentes policiales, yo a las mías. En la Audiencia Nacional no había todavía oficina de prensa, de modo que si previamente no habías hecho algunos contactos con jueces, fiscales, secretarios y/o agentes judiciales y/o policías allí destinados en días como aquel estabas muerto.

Nuestras voces resonaban como nunca en la redacción. Era una sala pequeña, donde trabajábamos quince o veinte personas, dado que la central del periódico está en Barcelona. Los periodistas asignados al área de política solían trabajar desde el Congreso y el resto entraba y salía continuamente, de manera que con frecuencia la delegación estaba semivacía. Aquel día no. Aquel día estaba llena. De gente y de silencio. Naturalmente, toda la plantilla de Madrid, y buena parte de la de Barcelona, fue movilizada para la cobertura del atentado. Pero recuerdo el volumen de mi voz, y la de Izquierdo, sobresaliendo por encima del tecleo de los ordenadores y del silencio general.

Aquella tarde nos llamamos más que nunca entre los periodistas amigos, atenuado el pudor de hablar con la competencia por la gravedad de los hechos y sobre todo por las artimañas que todos olíamos en el Gobierno. Cada uno tenía algún contacto, no todos eran coincidentes, y de ese modo cada uno construyó un caleidoscopio con sus datos y con los que intercambió con algunos colegas.

Tal como habíamos convenido, a las siete de la tarde llamé a Rocío. Me contó pronto algo que a última hora iba a desvelar el ministro en rueda de prensa. Si por entonces yo hubiera estado escribiendo para nuestra incipiente página web, habría publicado la exclusiva, porque sabiendo que Acebes lo iba a contar más tarde y que no tenía sentido esperar al periódico de papel del día siguiente, lo habría lanzado de inmediato. Lo que me contó Rocío (y desvelaría el ministro) fue que muy poco después de los atentados, hacia las diez de la mañana, había sido descubierta junto a la estación de Renfe de Alcalá de Henares —punto en común de paso de los cuatro trenes— una furgoneta en la que habían aparecido detonadores y, en el radiocasete, una cinta con cánticos religiosos.

La furgoneta había sido primeramente inspeccionada por un perro adiestrado en la detección de explosivos, y había dado positivo. Eso había ocurrido al mediodía.

No me cabe ninguna duda de que el primero en ser informado del hallazgo fue el ministro, que lo contó cuando compareció en rueda de prensa a primera hora de la noche, pero solo después de empezar subrayando que ETA buscaba provocar una matanza en Madrid y solo después de acuñar una frase que haría fortuna —«Hay dos líneas de investigación»— y ridículo, porque solo había una, o al menos la primera perdía color cada minuto que pasaba. Me lo había dicho Rocío por la mañana y me lo dijo de nuevo por la tarde, indignada, como muchos de sus compañeros, porque el Gobierno (de un país europeo, que quería ser civilizado y moderno y blablablá) estaba contrapesando la información, sin acabar de ocultarla, para confundir a sus ciudadanos y ganar las elecciones que se iban a celebrar dos días más tarde.

Esa indignación fue capital para que agentes policiales o fiscales o hasta jueces que nunca cogían el teléfono o devolvían una llamada lo hicieran aquellos dos días. Rocío y sus compañeros sabían ya que los indicios apuntaban por completo a Al Qaeda: primero, porque con el mero recuento de artefactos (a aquellas horas eran doce: diez explotaron y dos los hizo detonar la policía bajo control, y uno más se descubriría aquella noche entre los enseres) los servicios de inteligencia ya habían deducido que no era ETA, que no podía ser ETA, porque ETA carecía de capacidad operativa para meter en Madrid un comando de al menos ocho o diez personas sin que fueran descubiertas; porque no había ocho o diez etarras sin fotografía, que fueran anónimos, indetectables; porque era prácticamente imposible que a la entrenadísima policía española se le escaparan ocho etarras pululando por Madrid, ocho etarras viajando en Cercanías de Renfe los días previos para analizar los recorridos, para comprobar la coincidencia de los convoyes en las estaciones, para alquilar un piso donde montar las bombas y donde esconderse después... No era posible.

En segundo lugar, los envoltorios de dinamita hallados en la furgoneta eran de un tipo —Goma-2 ECO— que ETA no empleaba desde hacía años.

Tercero, habría sido torpe para ETA vincularse a un 11, el 11 era la fecha de Al Qaeda.

Cuarto, ETA siempre evaluaba por qué había fallado una acción, y la cercanía en el calendario que aducía Acebes con el intento reciente del tren de Chamartín era justamente un factor en contra, porque la organización tardaba alrededor de seis meses en sus análisis; eso quizás no lo sabía Acebes, pero sí lo sabían perfectamente sus mandos. Y a nadie le cabría en la cabeza que no se lo hicieran saber.

Y encima, y quinto, Al Qaeda ya lo había reivindicado. Aunque fuera en un comunicado de credibilidad dudosa, era absolutamente inverosímil que Al Qaeda reivindicara una acción ajena, porque antes o después habría indicios que se convertirían en detenidos y pruebas y un juicio. Las brigadas de Abu Hafs Al Masri, de las que yo no había oído hablar en mi vida, habían enviado un *e-mail* a una revista editada en Londres, en el que afirmaban que los atentados eran un «ajuste de viejas cuentas» con España, «el cruzado y aliado de América en su guerra contra el islam». Añadían que su «escuadrón de la muerte» había penetrado en «uno de los pilares de la alianza de cruzados, España» con la operación Trenes de la Muerte. Mencionaban directamente a Aznar: «¿Dónde está América, quién te protegerá de nosotros? ¿Gran Bretaña, Japón, Italia y los demás?». «Nosotros, las Brigadas de Abu Hafs Al Masri, no sentimos pena por los denominados civiles, si está bien para vosotros matar a nuestros niños, mujeres, ancianos y jóvenes en Afganistán, Irak, Palestina y Cachemira, ¿por qué nos estaría vedado a nosotros matar a los vuestros?», apuntaba el texto.

Había otro elemento, que a aquellas horas del 11 de marzo todavía no se había descubierto: entre los enseres de los viajeros se había encontrado una bomba intacta, que sería «la mochila número 13», que tampoco era una mochila, sino una bolsa de deporte. Sería decisiva, pero entre el barullo de objetos de los trenes había sido trasladada a un depósito bajo control judicial, y no sería descubierta hasta la noche de aquel día.

Hablé también con Manuel, un alto fiscal de la Audiencia Nacional que, aunque no estaba asignado al Juzgado N.º 6, que era el que había asumido la investigación, tenía algunos datos. La situación era tan dura para todos, había tal necesidad de consuelo entre personas que no siempre parecen humanas (jueces, fiscales, policías), tal necesidad de darse calor, que se abrieron algunos hilos y grifos. Aquella tarde Manuel había hablado con otros fiscales de aquel tribunal y tenía ya algunos datos de las pesquisas que se estaban iniciando.

La Vanguardia tenía también buena información del Mossad, a través del corresponsal en Israel, Henrique Cymerman, y también de quienes habían formado unos años antes un equipo de investigación, Santiago Tarín y Eduardo Martín de Pozuelo, que conservaban buenas fuentes en las entrañas de la policía y la judicatura. De hecho, la amistad de Eduardo con el juez Baltasar Garzón había supuesto un problema para mí: me daba largas o era extrañamente parco, rácano, cuando le veía. Hasta que comprendí el desequilibrio: yo lo necesitaba a él, pero él a mí no, porque ya tenía un hilo con nuestro periódico. Eran íntimos amigos.

En la edición del día 12 de marzo había otras crónicas, de otros escenarios: de la estación de El Pozo del Tío Raimundo, un barrio modesto donde había estallado un tren; del recinto ferial de Ifema, convertido en gigantesca morgue; de los hospitales, donde la gente buscaba a sus heridos, donde donaba su sangre; de la ciudad que se había quedado vacía.

La dirección de *La Vanguardia* decidió, a diferencia de otras cabeceras, no publicar una edición especial que estuviera en los kioscos a primera hora de la tarde del mismo día 11. Fue un acierto, porque aquella edición era un afilado bumerán. Las posibilidades de publicar información poco contrastada eran muy grandes y el desvío de parte de la redacción a una tarea acelerada como aquella era o podía ser un gran error. Era un esfuerzo que hoy nadie haría, teniendo «la web», habiendo convertido «la web» en el centro de la información, sin que acabe de ser un negocio fiable.

Y encima estaba Aznar. El presidente telefoneó a los directores de los principales periódicos el mediodía del 11 de marzo para prometerles que había sido ETA, para alertarlos de que cometían un error si desdeñaban esa idea, y para fundar o poner los cimientos o establecer que la verdad es moldeable y comenzar a hacer de la filiación política una especie de fe; porque muchos de quienes creyeron que ETA había sido la autora del atentado lo siguen creyendo años después, por más que años de investigaciones, un juicio con todas las garantías procesales y una sentencia judicial demostraran sin dudas de quién era la mano.

Aznar forzó a la ONU (¡la ONU!, y vuelvo a usar exclamaciones) para que emitiera aquella tarde una condena contra ETA, tratando de dar cobertura global a un pábulo que sabían falso o, cuando menos, improbable.

El director de *La Vanguardia*, José Antich, a quien un colega de la época definía como «el mejor político de Catalunya», no creyó a Aznar, o tuvo la valentía o la profesionalidad de escuchar los datos y las tesis —unánimes— de una decena de sus periodistas: todo apuntaba a Al Qaeda. Era un desafío, porque el presidente de un Gobierno no puede llamar a los directores de periódicos y medios y defender una tesis como esta si no es la verdad o si no tiene la absoluta certeza de que lo acabará siendo. Pero aquel Gobierno quería aferrarse al gobierno, y con aquella cocción de la realidad abrió o sustanció una era diferente, en la que los intereses de partido priman sobre los intereses del país.

En aquel momento lo primordial no era ganar las elecciones, sino conocer la verdad y detener a los malos.

El titular principal de *La Vanguardia* del día 12 decía: «Matanza terrorista en Madrid», sin atribuirla todavía. La fotografía de Emilia Gutiérrez es durísima, un amasijo de chatarra en medio de la cual yace una mujer muerta, la palidez del rostro la hace perceptible entre unas sombras que son definitivas. En un subtítulo poníamos en contradicción la versión del ministro con los indicios que teníamos; en un destacado, la hipótesis de que hubiera terroristas suicidas, que finalmente se descartó. En otra página, el titular era: «Interior sospecha de ETA, pero cobra fuerza la pista del terrorismo islámico». La confusión era muy grande.

Cerramos la crónica tarde, hacia las once de la noche. Había acabado el primer día. Todo aquello acababa de empezar.

Cené algo en un VIPS cercano a la redacción en el que era el único cliente, con una incomodidad nueva: la de aquellos enormes ventanales de cristal, la del local plenamente iluminado frente a la calle oscura, inhóspita, desde la que cualquiera podía verte o ametrallarte. Ahora el cuadro era *Nighthawks*, de Edward Hopper, pero sin sombreros ni el glamur.

Salí del local y decidí bajar caminando Castellana, Chueca y Latina abajo, hasta Lavapiés; tenía unos cuarenta y cinco minutos de trayecto, pero me vendría bien. No podía dejar de pensar en que muy posiblemente quienes habían perpetrado aquella barbarie vivían o estaban por allí, escondidos. No podía dejar de intentar ponerles cara, pasado, biografía, rencores. Había visto morir a un hombre a mis pies. ¿Tanta crueldad? ¿Quién? ¿Al Qaeda? ¿Un comando enviado desde Irak, Marruecos, Afganistán? ¿Unos chavales reclutados en Madrid, en el mar de plástico en Almería, entre los obreros de la construcción de Catalunya? ¿Podía ser que aquella matanza indiscriminada la hubiera cometido alguno de aquellos inmigrantes? Vivía en Lavapiés, un barrio con altísimos porcentajes de inmigrantes, tenía cientos, o miles, de vecinos magrebíes, además de ecuatorianos, tailandeses o polacos. Todos los días, uno detrás de otro, veía decenas de hombres ociosos en la plaza, y ahora no me atrevía a pensar que algunos de mis propios vecinos hubieran podido tener algo que ver. Pero la masacre no se había producido sola.

No había apenas nadie en la calle, era una ciudad dolorida y desierta, muchos coches de policía todavía atravesándola de luz azul y silenciosamente.

Solo dos días después, tres hombres que vivían muy cerca de mí serían detenidos, y el quién, ese actor político que había arrasado un país, empezaría a tener nombre, apellidos y, a su manera, unos motivos. Y yo quería empezar a imaginarlos, había empezado a imaginarlos, para poder entender.

4

Ismael había hecho esa misma ruta, de Ceuta a Madrid, vía Algeciras, el 8 de julio de 1995, y jamás, hasta el entierro del padre, vuelve a Marruecos. Ismael tiene buena memoria para las fechas y recuerda bien que fue el 8 de julio, porque es un día clave en su vida, pero luego recuerda días aleatorios. El cumpleaños de un profesor de la primaria, el teléfono del gimnasio Air Sports, donde conoce a Pilar Moreno; cosas así.

Ese día de julio de 1995 hace un examen, el último de la carrera de Derecho, y la noche siguiente duerme ya en España, en concreto en la estación de autobuses de Algeciras. Él sabe que habrá aprobado, pero además es que, solo con hacer el examen, ya de alguna manera se libera de Marruecos, ya no tiene nada que lo ate allí, porque ha organizado su vida para que sea así, y así es. Acaba el examen y se larga. Cumple su plan, el plan siempre está por encima de todo lo demás, el plan dura mil ochocientos días, los que vive en Casablanca: ni amigos ni novias ni un empleo fijo.

Aquella noche, la del 8 de julio de 1995, en la facultad se celebra un fiestón para despedir cinco años de estudios. Pero Ismael no va, a la hora de la fiesta él ya está pasando el estrecho, él está en un ferri, él necesita que comience el futuro, largarse a Madrid y empezar una nueva vida. Es como una segunda huida, la huida final. Lleva cinco años allí, en Casablanca, casi escondido, sin que su padre lo sepa, aislado, sin poder volver a Asilah porque lo zurra hasta matarlo, de manera que su padre siempre se cree y muere creyendo que Isma está también en Madrid, con la madre, con la hermana y con Isa, el pequeño, pero esto no es así. En Madrid solo están Salma y Melissa. Isa está desde el primer día, esto es, desde que todos abandonan de madrugada la casa de Asilah, con una tía que vive en Tánger, e Ismael en Casablanca.

Por eso apenas se mueve de esa ciudad en los cinco años de carrera. Los veranos sí que pasa algunos días o semanas en Tánger, donde refuerza el vínculo con el pequeño Isa, que entenderá que no es Isma quien ha organizado la huida de la casa, el abandono del padre; que, ojo, el niño lo entiende, el niño ve que el padre pega a la madre, que pega a la hermana, que pega a Isma y que le pega a él, tan pequeño, así que aunque sea un niño comprende que se larguen de allí. Lo que no comprende ni comprenderá nunca es que a él lo dejen en Tánger y no se lo lleven a Madrid.

Eso sucede en septiembre de 1990. Justamente cuando él se traslada de Asilah a Casablanca. Compartirá piso con dos amigos del pueblo que estudian también allí. Son Asrih Rifaat y Karim Fassi. Dos personas muy importantes para él, especialmente Asrih. Son un año mayores y por eso se irán a Madrid un año antes, y por eso el último curso, el quinto de carrera, es muy duro para Ismael. Está muy solo. Ahí es cuando se pasa el día en la mezquita, al parecer ese año despierta su fe, o más que despertar, afianza o solidifica o nutre su fe en Alá, y es comprensible. Los cinco años de Casablanca como una cárcel. Como un encierro con fecha de salida. Como una condena. Su madre ha pagado por adelantado el alquiler de cinco años. Ha ahorrado como un cactus para obligar a Ismael a acabar los estudios. En el futuro se lo agradecerá, está segura. Pero desde septiembre de 1990 Isma queda atado. Y Asrih y Karim se convierten de alguna manera en su familia cuando la verdadera se evapora, se diluye, se destruye. De un día para otro, y sin que él participe en la conspiración, en la huida, su familia pasa de ser de cinco miembros a ser de uno. Eso ocurre el día antes —todo ha sido planificado por su madre— del inicio de sus estudios universitarios. Por eso se une tanto a Asrih y Karim cuando llega a Casablanca: no es porque le coman el coco ni nada así.

Asrih y Karim lo esperan aquel día en la estación.

Se conocen desde adolescentes, desde el instituto. Han compartido clases, equipo de fútbol, amistades, vacaciones felices y el desdén de las adolescentes. Asrih y Karim estudian ingeniería de telecomunicaciones y también prevén saltar a España en cuanto acaben los estudios. Eso lo harán en 1994, un año antes que Ismael.

Asrih y Karim descubren en cuanto baja del autobús los ojos irritados de su amigo. De camino al piso, este les explica que aquella mañana su madre ha abandonado a su padre en Asilah y a su hermano en Tánger y que ella ha saltado a España con su hermana Salma. Ha deshecho la familia, si es que aquello era una familia. Se lo cuenta porque son sus amigos, sus amigos de verdad, y sobre todo se lo cuenta porque su padre no puede saber nunca que él está en Casablanca; su padre deberá creer siempre que él también se ha ido a Madrid, porque si lo descubre, baja a Casablanca y lo mata. Porque su padre no sabe que es su madre quien lo ha organizado todo sola, ahorrando durante años, su padre con toda seguridad lo tiene por cómplice, y si se entera, repite Isma, baja y lo mata. Pero nunca más lo volverá a ver, hasta que abre la mortaja en Asilah, en el entierro. Resulta que Asrih ha sido cómplice de su madre: es él quien ha gestionado sus cinco años de estancia en Casablanca.

El piso está en un séptimo y no tiene ascensor. Escaleras estrechas, apenas pasan dos personas. Además de Asrih, Karim e Ismael, en el piso viven otros tres chavales. Se llaman Garim Mohamed, Ibaa Gabahb y Anas Salim. Ismael sigue recordando los apellidos de los tres, aunque les perderá la pista al acabar los estudios. Recuerda que Garim e Ibaa eran del sur, de Agadir, que estudiaban turismo, y que el tercero era ultrarreligioso, estudiaba filosofía y apenas salía de la habitación. En la puerta de entrada de la vivienda, por dentro, Anas había escrito «MECCA» con un rotulador negro, para saber, y que todos supieran, hacia dónde había que rezar.

Cuando ahora en Marruecos hay un atentado, Ismael siempre se fija en las iniciales de los autores, que gracias a Dios nunca han sido hasta el momento ni G. M. ni I. G. ni A. S.

Como es el último en llegar, a Ismael le toca el primer año dormir en un colchón al fondo del pasillo. Hay cinco habitaciones y son seis. Son las normas. Pero Asrih le ofrece que se turnen por semanas. Isma nunca olvidará esa clase de detalles de su amigo. Por eso en los años de Madrid, y hasta ahora, siempre que Asrih le ha pedido quedarse a dormir en su casa de Lavapiés lo ha acogido. Por mucho que en los últimos tiempos Ismael no haya acabado de entender a qué se dedica exactamente Asrih, que se presenta a dormir sin avisar y a la mañana siguiente ha desaparecido sin despedirse. Eso le ocurrirá por última vez el 11 de marzo, justamente.

A Ismael en realidad no le importa dormir en el pasillo, porque desde el primer día adopta una idea o mantra o postura: lo importante es acabar Derecho en el menor plazo posible, no las condiciones materiales. Vive como un beduino. En una austeridad total, no solo económica. También moral y logística. Tratando de acelerar el paso del tiempo. Siempre ha sido un estudiante aplicado, pero ahora se exige más. Lleva siempre las materias al día. Organiza sus días al servicio de su título y de su futuro. Después de las clases come en algún rincón del campus cualquier cosa que trae de casa envuelta en papel de aluminio y se queda repasando materias hasta casi la hora de la cena. Está flaco.

El segundo año tiene una crisis profunda. Piensa en abandonar. Se ha apagado la llama de la novedad y todavía le quedan cuatro años por delante, y además España está a punto de ser el centro del mundo con los Juegos Olímpicos. Medita si perder el alquiler que su madre ha adelantado, saltar a España y trabajar en cualquier cosa hasta que pueda devolverle el dinero. Pero desiste por una sola aunque poderosa razón: su castellano no es tan bueno. Su madre ha enseñado nociones a sus tres hijos, y también de inglés y francés, pero Ismael necesita elevar su nivel. De manera que esa razón que lo retiene en Casablanca lo lleva a trazar un plan para hacerse con un español perfecto. No es solo un plan, son unas horas más que cada semana tiene ocupadas, y eso es también una manera de avanzar o recortar o pensar que recorta. Las tardes de los miércoles y los sábados las dedica a aprender castellano. A Ismael no le gustan las matemáticas, pero sí las estadísticas, y calcula que seis u ocho horas semanales suponen unas trescientas o cuatrocientas al año, y su manera de aprender será también un tiempo de ocio: la biblioteca de la universidad dispone de buenos recursos audiovisuales, de manera que verá en aquellos años docenas de películas españolas. Le encanta Almodóvar.

Ismael se repite a menudo una frase de su madre: «Nadie te puede quitar lo que entra en tu cabeza». Su madre lo dice siempre para remarcar el valor de una educación, no el de la religión.

En paralelo al progreso de su español, y sabiendo por las llamadas de su hermana de las dificultades que hay para lograr un trabajo en España, Ismael va con los meses madurando la idea de estudiar en Madrid un máster de derecho migratorio; está convencido de que es un terreno con recorrido. No hay más que ver cuántos de sus compatriotas albergan el deseo de migrar, no hay más que leer cuántos de ellos mueren todas las semanas en las aguas del Estrecho, cuántas familias quedan divididas. Con los meses, y en charlas con sus profesores, descubre que la propia Unión Europea tiene programas de becas para ayudar a estudiantes de países como Marruecos: para que te la den solo debes acreditar haber acabado Derecho, inscribirte y presentar un contrato de alquiler; Ismael piensa en poner a su nombre el de su madre, aunque siga pagando ella. El día que salta a España tendrá hecha la preinscripción, aunque tendrá también la puerta abierta a abandonarlo si surge una buena oportunidad laboral, una que le pague más que la beca. Total, pagáis vosotros, pensará de España. Al vivir allí su madre, tendrá papeles para emigrar sin problema.

Suele regresar al piso a las siete o las ocho de la tarde. Garim e Ibaa quieren montar un restaurante cuando acaben sus estudios, de manera que desde el principio se ofrecen a ocuparse de comidas y cenas. Todos los inquilinos pagan un dinero fijo semanal y ellos compran y cocinan. Experimentan. Muchas noches prueban algún plato nuevo, y siempre hacen doce raciones, para la cena y para el mediodía siguiente. Solo hay un hándicap: en aquella casa no puede entrar ningún alimento *haram*. Ismael deja de comer cerdo.

Es en este momento cuando empieza a cumplir los preceptos del islam, y de algún modo sucede sin querer.

En toda su vida universitaria tiene una única distracción, y es el fútbol. Juega a fútbol o fútbol sala todos los domingos en el campus y, cuando juega el Real Madrid, sea Copa de Europa o liga española, se instala con sus dos amigos a ver el partido en una cafetería del barrio, siempre la misma. Es ahí cuando a Ismael empiezan a llamarle Fer, por Feres y por Fernando Morientes, el goleador del Madrid, dicen que se le parece. Al dueño del local no le importa que apenas consuman nada, a lo sumo un té, y eso al principio extraña a Isma, pero pronto se percata de la razón: Asrih suele llevar una lasca de hachís en el bolsillo e invita al dueño a fumar, siempre en la cocina o en un discreto patio interior. En el futuro, en Madrid, Ismael creerá siempre que el continuo ir y venir de Asrih, entrando y saliendo de su casa a cualquier hora, se deberá a que trafica, no a que tenga nada que ver con un comando terrorista. Hasta el día en que Asrih se inmola en Leganés, o, mejor dicho, hasta que el nombre de Asrih, a quien costará identificar, es verificado por el ADN entre los inmolados en Leganés.

Ismael es la clase de persona que nunca ha fumado un canuto.

Asrih dirá siempre que no pasa nada. Pero muchos domingos, pese a haberse comprometido, Asrih falla. Son incapaces de despertarlo, lo zarandean hasta que el tiempo se agota y se van sin él. A veces tienen que jugar once contra diez o cinco contra cuatro, en desventaja, y pierden, y a Isma no le gusta perder. Ismael no nada «sin mojar la cabeza», ese es su lema, y eso implica querer ganar siempre. Asrih no solo falla los domingos. Muchos días no va a clase.

Es en esta época cuando Ismael conoce a Ata Tirig. Estudia telecomunicaciones con Asrih y Karim y es un gran portero. En el futuro, Ata será compañero de piso de Ismael en Madrid.

De manera que los días de Ismael en la universidad están bastante copados de actividad, y cuando tienen fiesta o vacaciones o un puente o están cansados de estudiar o de jugar a fútbol o no hay partido en televisión, recorren arriba y abajo el paseo marítimo o Derb Ghallef, el zoco de Casablanca.

La primera Navidad la pasa en Tánger, en casa de sus tíos. Desde septiembre ha hablado con ellos alguna vez, y con Isa; parece haberse adaptado bien a su nueva casa, a su nueva ciudad, a su nueva familia. Pero el abrazo que le da la primera vez es, será, inolvidable. Lo espera con su tía en la estación de autobuses, se lanza sobre él en cuanto baja. Es la primera vez que Ismael siente, le confesará a Pilar, un instinto que le parece paternal, aunque sea su hermano. Aquella ternura.

A Isma no le gustan las vacaciones. Lo carcome la sensación de que el tiempo se detiene cuando se detiene el curso o llega el verano. Karim y Asrih se van a Asilah, Ata se va a Chefchaouen, en el Atlas, pero Ismael se queda en Casablanca. Los otros tres inquilinos suelen marcharse a sus casas, también. Isma suele quedarse solo. Subir hasta Tánger es caro, tiene poco dinero y su tía le pide que la ayude con su manutención, así que hay periodos en los que no puede subir.

La universidad cierra, no tiene dónde ver películas. Se arma de manuales de derecho de la biblioteca y estudia en casa, en el calor exasperante del verano o en el frío europeo que el Atlántico escupe sobre la ciudad en las vacaciones de invierno. El piso, mal aislado, sufre los rigores de ambos extremos.

A mitad del primer verano, casi sin buscarlo, Ismael encuentra un trabajo. Un mediodía sale a pasear, hace un calor infernal. A la puerta de un hotel del paseo marítimo se le ocurre entrar a preguntar si necesitan personal. Lo pensará luego: entra en un hotel porque en un hotel trabaja su padre, sabe de qué va la vida allí. Tiene suerte. Necesitan un chófer por las mañanas con carnet para vehículo de hasta siete plazas, el carnet normal, y nociones de inglés y francés, condiciones todas que Ismael reúne. Pero bien afeitado, barba y cabeza, le ordenan. En aquel momento lleva una barba larga y alambrada, espesa como un zarzal, negra como un cargador de móvil, pero se la ha dejado solo para ahorrarse las maquinillas, carece al parecer de ningún otro sentido o simbología.

Así, de chófer, se ganará el primer sueldo de su vida. No le dice a su madre que deje de enviar la mensualidad pactada.

De manera que los cuatro veranos siguientes, y algunos días o periodos de vacaciones, Ismael va y vuelve al aeropuerto con turistas, vestido con el uniforme del hotel, y los nervios cuando alguna de aquellas inglesas o americanas le preguntan dónde hay «*party*», dónde hay «*good hash*», preguntas que él no sabe cómo interpretar y mucho menos responder. «*I don't know where, sorry, I'm student*», porque en su imaginario *party* y fumar *hash* y estudiar son ideas antagónicas.

Ismael no sabrá nunca indicar dónde a sus turistas, no abandona nunca su complejo de inferioridad, pese a que es guapo, de una belleza exótica que con toda seguridad habrá interesado a más de una de sus pasajeras. Labios gruesos, la tez siempre dorada, beduina, un rostro acantilado: pómulos, mentón, el borde inferior de la frente, los finales del maxilar, un perfil con cornisas. El cabello terciopelo, tres o cuatro milímetros, el cuerpo alargado, sin azúcares ni excesos.

Pero es cándido, y nunca sabrá o querrá saber dónde llevarlas de *party*, en parte porque no habría sabido cómo tratar con ellas, cómo hablarles, qué contarles, qué responder al juego ambiguo.

En su vida solo ha tenido un amor o interés y ha pasado ya mucho tiempo: a la salida del instituto remoloneó unos meses con Meryem; él la acompañaba a casa de la mano alguna noche, sin que ella se desprendiera, y se habían besado tenuemente, y los relieves repentinos de su anatomía y los permanentes de la de Meryem que él observaba y rozaba de reojo y refilón habían sido suficiente para su imaginación hasta la fecha.

Meryem sabía que Ismael se iba a Casablanca a estudiar, y con toda seguridad esperaba que en las primeras vacaciones del invierno siguiente él iba a volver a Asilah y se iba a hacer el encontradizo en el paseo marítimo, aunque también con toda seguridad la noticia del abandono familiar había llegado a sus oídos y con toda seguridad también se preguntaba qué papel en la trama jugaba Ismael y de qué parte estaba.

Claro que Ismael se pregunta qué se debe de estar preguntando Meryem, pero desde que se traslada a Casablanca, y dadas las circunstancias en que lo hace, siente que el tren de Meryem o de cualquier extranjera esporádica no se le está escapando, sino que está aguardándolo en Madrid: ese será su plan, y no va por nada del mundo a ponerlo en riesgo, ni siquiera por el ansia que su cuerpo de veinte años desprende ni por el recuerdo de Meryem.

5

Dormí sin descansar y de madrugada, en el tránsito desde la inconsciencia, empezando a pensar en el terrible día que llegaba, apareció una idea o imagen: la mezquita. Era viernes, eran las seis de la mañana, no estaba descansando, era la hora de rezar. Iría a la mezquita.

Si aquella barbarie se había perpetrado bajo la inspiración del islam, o de un islam, quería olerlo, imbuirme, tocar.

Me dio miedo, en realidad.

Me vi llegando allí solo, me vi sometido a decenas o cientos de ojos reprobadores, me vi apedreado por una multitud de chilabas, como las adúlteras de Afganistán, pero me duché y me vestí, me hice tres *espressos*, esta vez tres, en una sola taza grande, y salí a la plaza, que ni siquiera en la madrugada del 12 de marzo de 2004 estaba completamente vacía. Bajé hasta la ronda de Atocha y paré un taxi, y a mi petición de destino —«Lléveme a la mezquita de la M-30, ¿sabe dónde está?»—, añadí rápidamente «soy periodista».

Eran las seis y veinte minutos de la mañana. El taxista no contestó, por un momento pensé que no me había creído y que me llevaba a una comisaría.

Envié sendos mensajes de texto a los dos fotógrafos de Madrid, Emilia y Dani, explicándoles que se me había ocurrido ir a la mezquita, por si uno de ellos podía acercarse.

Es un inmenso edificio de mármol blanco, construido en 1992 con dinero de Arabia Saudí. Se distingue de lejos por un altísimo minarete cuadrado. El taxista me dejó a la puerta, sin haber abierto la boca.

La misma idea brillante la habían tenido treinta periodistas, aunque no había, o no vi, a ninguno de mis colegas de tribunales. Los informadores aguardaban en pequeños grupos de dos o tres o cuatro, algunos fumaban. No conocía a nadie. Me acerqué a un par de cámaras de televisión, les dije que era de *La Vanguardia*, les pregunté si alguien los había atendido. Estaban esperando a que saliera un ayudante del imán, iba a organizar una visita por las instalaciones. Nadie me iba a apedrear, me sentí gilipollas, cobarde y racista.

Observé el edificio, tomé algunas notas que hoy releo en aquel bloc: «Puertas y ventanas rematadas en arcos de herradura, escuela, sala de conferencias, biblioteca, talleres, costura para mujeres, no entra nadie, el rezo es a las 8». A menudo tomo notas que sé que no sirven para nada, pero llenar la página de un bloc me ayuda a pensar que podré llenar la del periódico, quedándome solo con lo interesante.

Media hora antes del inicio salió aquel hombre que actuaría como improvisado portavoz de la mezquita. Se llamaba Mohamed El Magdy y era egipcio. Vestía una chilaba blanca con ribetes verdes en las mangas, y una barba de capitán Nemo recorría el perímetro de su rostro, del que resaltaban unos ojos como huevos, blancos, enormes, inyectados. El labio superior sobresalía ostensiblemente por encima del inferior, anatomía que generaba en sus palabras un agradable bisbiseo. Desde lo alto de las escaleras, en un español salpicado de jotas, hizo un discurso sereno, pausado, en el que comenzó condenando cualquier clase de violencia y terrorismo, prometió que el islam es una religión de paz, exhortó a mantener la calma dado que la autoría «de lo de ayer» no estaba clara, y que si eventualmente habían sido musulmanes, la mezquita sería la primera en condenarlo, en condenarlos al infierno y en colaborar con las autoridades en lo que hiciera falta. ¿En lo que hiciera falta?

El Magdy añadió que en el rezo que empezaría en unos minutos habría traducción simultánea en unas pantallas de vídeo instaladas a ambos lados de la sala de oraciones, y que se grabaría en DVD y se entregaría copia a quien la quisiera. Oí el ruido de cristales rotos de mis prejuicios.

El imán se llamaba Moneir El Mesiry. Era un tipo grueso, de ojos saltones y barba rala, piel olivácea.Vestía una chilaba blanca, en las mangas sobresalían un par de centímetros las de un jersey marrón. No había muchos fieles, era un mal día.

Hacía años que no iba a misa, y era muy similar: no hay éxtasis ni nada parecido, sí la convicción de que alguien te habla y te observa, una contrición facial, la atención, el rictus y el rito, levantarse-sentarse-arrodillarse, postrarse-sentarse-ofrecer las palmas de las manos.

El Mesiry habló con ira, vehemencia, énfasis, con las vocales tónicas, toda la parafernalia gestual: el índice remarcando sus palabras como si fuera un director de orquesta, subrayándolas en trazos horizontales en el aire como si fuera un profesor. Habló de los asesinos, de la imperdonable violencia, de un método (el del día anterior) que no predica ni tolera ni celebra ninguna de las religiones mayoritarias del mundo, las mayoritarias, precisó, incluyendo la suya y la nuestra. Había todavía dos líneas de investigación. Recordó que el día antes habían muerto muchas personas de muchas nacionalidades distintas, distintas, dijo dos veces, remarcando con la elipsis que las había de su religión, recordó también que solo Dios puede dar y quitar la vida. «Esto no ha sido un crimen contra los españoles —anoté—, esto ha sido un crimen contra la humanidad... Cualquier musulmán equilibrado, con el corazón puro, ha visto destrozada su alma ante las víctimas y las familias llorando. ¡Escuchad el llanto de las madres, los padres, los niños! ¿Acaso ha muerto la conciencia, acaso ha muerto una parte de este mundo? ¿Bajo qué pretexto, qué ley, qué religión derraman sangre?». No hacía falta saber árabe para percibir su enfado, sí para calibrar hasta qué punto sobreactuaba.

Salí empequeñecido, de algún modo lamentando que mi fe de la infancia se hubiera diluido hasta la nada, de algún modo sintiendo que carecía de aquella clase de cobertura y que cualquier azar de la vida te liquida en un instante sin aquella protección o calor o esperanza, sean o no infundados.

A la salida de la sala de oración, un llanto rompía el silencio. Osama Al Amarti, de veintitrés años, había muerto el día antes en la estación de Atocha y su madre y dos hermanas habían acudido al templo a rezar. No contaban con encontrarse en el centro de una nube de periodistas; nuestra fotógrafa estaba entre ellos, había recibido a tiempo mi mensaje.

El Magdy pidió que nadie las grabara dentro del templo, preguntamos con todo el tacto que pudimos si alguna de ellas podía acompañarnos al exterior para contarnos la historia, y una de las chicas accedió. Ocurriría a menudo en las semanas siguientes: las víctimas querían ser escuchadas.

También ocurriría en las semanas posteriores: sabríamos que varios de los terroristas habían frecuentado aquella mezquita, aunque años atrás. Había habido escisiones ideológicas.

Naima Al Amarti tenía veintiséis años, vivía en España desde los diez y trabajaba en un hipermercado de Alcobendas, al norte de Madrid. Habló con serenidad ante una docena de cámaras y grabadoras, dijo que todavía no se sabía quién lo había hecho y que había que esperar, pero que ella quería hablar cuando hacía apenas veinticuatro horas del atentado porque temía que se le atribuyera a un grupo de musulmanes y que aquello los perjudicara a todos, porque el islam, prometió, no es una religión violenta, sino que es una religión de paz, y que los musulmanes ya sufrían suficientes problemas como para que ahora encima les dijeran que eran terroristas. Cuando le preguntamos por su hermano, sus ojos se hicieron más pequeños y no pudo hablar, se escurrió entre la marabunta y volvió hacia donde su madre la esperaba.

Envié un SMS al jefe de sección de política, Lluís Uría, que aunque orgánicamente era el número dos de la sección, por debajo de Jordi Barbeta, era quien organizaba la jornada, y le anuncié: *Estoy desde las siete en la mezquita de la M-30. Buen material.*

6

En un momento dado, Ismael empieza a ir a la mezquita. Nunca ha ido hasta los años de la universidad. Ni él ni nadie de su familia.

Al principio del segundo año, Anas ha cambiado de habitación, y ahora ocupa la del fondo del pasillo, justo donde Ismael duerme en su colchón; semana sí, semana no, porque se reparten con Asrih una habitación. Comoquiera que Anas se despierta todos los días a las cinco para ir a la oración, si Ismael está en el colchón se despierta también, con lo que empieza a acompañarlo a la mezquita; así es como él empieza a frecuentarla, sin mucha convicción, es por no quedarse despierto desde que suena el despertador de su compañero de habitación. Por llenar esas horas antes de ir a clase, o por una suerte de curiosidad, o quizás por la necesidad de sentirse parte de algo, justamente ahora que, exiliado en una ciudad extraña, no se siente parte de nada. Nunca ha sido un practicante regular, sus padres nunca han sido creyentes fervorosos, y nunca hasta que vive en Casablanca Ismael se siente interpelado por la voz hiriente del muecín. Nunca, hasta los años de Casablanca, ha hecho el mes de ayuno. Pero siente que todo aquello le ayuda a mantener la concentración: estudiar, estudiar, estudiar y no distraerse con mujeres ni con turistas ni con *hash*. En su afán estadístico, Ismael calcula que si los rezos empiezan a las seis de la mañana, debe despertarse a las cinco, con lo que para dormir ocho horas debe acostarse a las nueve de la noche. Y así, todo se adelanta. El paso de los días, el momento de emigrar a España.

Con los meses alimenta una fe serena que le ayuda a ser constante, tenaz, la fe le reconforta, lo asiste. La sensación de que alguien lo observa, su Dios le insufla energía y rectitud. Ánimo y voluntad cuando le faltan. Pero siempre siempre siempre con la vista puesta en reunirse con su madre y su hermana y reiniciar su vida en un país civilizado donde los padres no pegan a las madres. Es por eso simplemente que irá aumentando la frecuencia de su asistencia y de sus rezos, y llega un momento en que va todos los días.

A finales de mayo del segundo curso ocurre algo relevante. La escena es o puede ser algo así: es sábado, acaban de salir de la mezquita y charlan en la entrada, sin prisa porque no tienen clase aquel día. Asrih se acerca discretamente a la oreja de Ismael y le susurra:

—¿Un té por Mohamed?

—¿Un té por Mohamed?

Asrih se lo dice a Ismael pero no a Karim, con lo que Ismael deduce que este ya sabe lo que aquello significa. Ismael los mira a ambos, que sonríen, y se encoge de hombros. Los sigue en dirección contraria al piso. Recorren a paso ligero algunas callejuelas de la medina de Casablanca hasta que llegan ante una puerta pequeña, sin pintar. Asrih golpea con tres pares de golpes sucesivos. Un hombre les abre y susurra «*salaam aleikum*», y Karim y Asrih inclinan la cabeza y replican «*aleikum salaam*» en el mismo tono de secreto, Ismael imita el gesto y se añade a mitad del murmullo: «*… kum salaam*».

La casa carece de mobiliario y se adentra por un pasillo estrecho hacia el corazón de la manzana. El hombre va delante. Llegan a una sala más amplia, donde media docena de sujetos están sentados en el suelo y charlan en voz baja y beben té. En el centro, sobre una tabla de madera, humea una tetera. Al lado, un plato de cenefas verdes con una docena de pitas de pan rellenas de cordero, envueltas en papel de periódico.

Karim, Asrih, Ismael y el hombre que les ha abierto la puerta se sientan en el suelo, apoyados contra la pared. Ismael espera largo rato, quizás media hora, a que ocurra algo, pero no ocurre nada, o lo que ocurre es que los diálogos entre algunos de los hombres van ganando volumen, como la luz del día. Ismael no alcanza a escuchar qué dicen, excepto al hombre de gesto afable, párpados confiables, comisuras amistosas, que se ha sentado a su lado, que se le presentará como Bilal y, como si él también fuera nuevo aquel día, le irá haciendo algunas preguntas —nombre, edad, familia, procedencia, aficiones, estudios, planes— y lo invitará a que se coma uno de aquellos conos de carne deliciosa.

Por curiosidad, y sabiéndose a salvo de cualquier clase de militancia o implicación gracias a sus firmes planes de emigrar, sabiéndose estéril para cualquier otro futuro que no sea Madrid, Ismael acepta el «té por Mohamed» cada vez que Asrih se lo propone. No tiene otros planes, come gratis, y algunos debates son interesantes. ¿Por qué debería no ir?

A Ismael no le extraña que las reuniones vayan cambiando de lugar, porque pronto entiende que aquellos encuentros suponen un espacio de reflexión y crítica, aunque sea puramente teórico: le sorprende, porque no se había cuestionado que eso se pudiera hacer, que critiquen con dureza al rey de Marruecos, Hassan II, por sus políticas sobre el turismo (demasiado) o por la relación del país con Occidente y sus valores; porque estos acabarán por pudrirlos y por aniquilar sus creencias. De modo que deben hacer algo por el islam. Protegerlo primero, luchar por su expansión después.

Alguna vez lo registran a la entrada, otras veces —sabiendo que trabaja de chófer en un hotel— le piden que vaya a buscar a alguien a la periferia de Casablanca, en algún coche que le prestan. Anotan la dirección en un papel, él llega allí, golpea la puerta con tres pares de golpes sucesivos pero espaciados y un hombre o dos entran en el coche, y él los traslada sin apenas cruzar palabra.

Ismael no se siente nunca más que un invitado.

Allí asiste —le parecerá más tarde— al nacimiento de lo que se dará en llamar radicalismo islámico, aunque desde su punto de vista aquello tiene poco de radical, al menos en aquel momento:

¿es radical reunirse y criticar la dictadura que gobierna el país, la dictadura que lo pudre?

Estamos hablando de principios de los años noventa. Miles de musulmanes de nacionalidades diversas viajan a Afganistán para instruirse militarmente y combatir contra los soviéticos que han invadido el país, hasta que los echan de aquella porción de la Umma, de la gran nación islámica.

En esas reuniones de Casablanca, en esos «té por Mohamed», Ismael conoce a algunos de aquellos combatientes. Hasta el momento de unirse a las armas son estudiantes, tenderos, taxistas. No son militares profesionales, son hombres de la calle, sencillos, que luchan por una idea. Cualquiera puede ser un soldado del islam, un luchador de su luz, su poder. Cualquiera puede ayudar, no hace falta ser un soldado. Son héroes. Algunos vuelven heridos y muestran en aquellas reuniones los rastros que la guerra ha dejado en sus cuerpos. Un dedo mutilado, una abrasión de metralla en el costado, una oreja desgajada. A Ismael le impresiona, y le causa tanto miedo como orgullo. Estos combatientes se jactan de haber sido los iniciadores, o los reiniciadores, de la reconstrucción de la nación panislámica pregonada por el Profeta. A la liberación de Afganistán, argumentan, deberán seguirle las de Palestina, Egipto, Túnez, Marruecos, Argelia, Libia y por supuesto al-Ándalus, la que fue próspera tierra del islam en Europa, ahora ocupada por infieles: España, apenas al otro lado del Estrecho.

Su tío Farid será uno de aquellos hombres. Perderá la pierna izquierda en la guerra de Bosnia.

En 1992, cuando Ismael cursa cuarto de Derecho, empieza la guerra de los Balcanes. En aquellas reuniones en la medina de Casablanca se empieza a instar a los jóvenes a alistarse en el ejército multinacional y liberador de Bosnia, donde los serbios están masacrando sin piedad a mujeres, niños y ancianos. Se trata de liberar el pequeño país balcánico, pero también de hacerse con el poder e instaurar un estado islámico, un estado puro, basado en la *sharía*, en plena Europa.

A Ismael eso no le parece mal, por qué va a parecerle mal. Él quiere ser un buen musulmán, qué hay de malo en luchar por sus ideas, por sus creencias, piensa entonces. Pero es que también Europa está ayudando a los bosnios, a los serbios los ayuda lo que queda de la Unión Soviética, que quiere un aliado en el corazón de Europa.

Algunos de los asistentes de aquellos días, sabrá Ismael, deciden dejar cuanto están haciendo para viajar a Bosnia. Lo hacen a través de España, donde las cadenas de envío tienen alguna estructura, sabrá entonces. En algunas ciudades del país vecino se va formando una red de pisos donde los hombres en tránsito hacia los países en combate pueden alojarse unos días. A veces, en aquellos pisos recalan combatientes experimentados, o exmilitares, que dan adiestramiento teórico, con vídeos, pizarras o charlas, a los jóvenes que se lo están pensando.

A Ismael este tipo de adoctrinamiento no le inquieta, le parecen sueños o elucubraciones sin mucho sentido ni visos de ejecución, puras fantasías de guerrillero. Asiste un poco por la emoción de la clandestinidad, otro poco por consumir los días sin gastar un dírham, también porque allí come gratis. No por ningún convencimiento o compromiso. Aunque no carece de una noción o criterio muy nítidos; claro que está más o menos de acuerdo con las críticas que se vierten hacia los líderes de los países árabes, en su mayoría sátrapas que viven como emires en medio de la miseria de sus súbditos; claro que entiende y por supuesto comparte las críticas que allí se vierten contra la arrogancia occidental, contra la impureza de su estilo de vida, contra su putrefacción moral. Pero nunca nunca, promete, se deja convencer para viajar a ningún sitio a combatir.

«Qué cojones voy a hacer yo en Bosnia», piensa.

7

Salí de la mezquita de la M-30 y seguí el sentido del tráfico hasta que encontré un taxi. Percibí de pronto que había rehuido buscar la parada de metro más cercana, percibí un zumbido de malestar. Estaba evitando el metro. No era simplemente que el taxi fuera más cómodo y posiblemente más rápido, y que aquellos días su uso estuviera obligado por la excepcionalidad informativa, por la «sobreprisa» que todos teníamos. El metro era mi sistema habitual y preferido de transporte, en parte porque ante mi empresa debía dosificar, y en todo caso justificar, el uso de los taxis, y ahora estaba evitando y evitaría el suburbano los días y semanas siguientes. Tenía miedo, y hasta el día de hoy no subo a un vagón de metro sin mirar uno por uno al resto de viajeros y pensando siempre si, en caso de que explote una bomba y no me alcance directamente, en el convoy es mejor ir en cabeza, en medio o en la cola.

La legión de periodistas de tribunales había madrugado. Normalmente, cuando llegaba a la Audiencia Nacional, recorría de abajo arriba los pasillos hasta que daba con el grupo de informadores. Siempre estaban en o alrededor del banco que había en el rellano de cada una de las plantas, frente al juzgado que intuyéramos que iba a generar noticia aquel día. Las horas de banco en banco, a veces repartidos en comandos, esperando a que entrara o saliera el juez o un fiscal que pudiera soltar un auto o una palabra; a menudo bastaba con hacer la pregunta adecuada: «Señoría, ¿ha cerrado la instrucción de la operación Nécora?». Bastaba con que dijera sí, o que elevara las cejas con una sonrisa, para correr a llamar a los abogados de la Nécora y hacerse con el auto que compendiaba delitos, delincuentes y penas a imponer. Eso si el propio juez no facilitaba una copia, parcial o total, y entonces la carrera era a la copistería que había a pocos metros del tribunal.

Aquella mañana estaban los periodistas habituales y los periodistas esporádicos; los medios pequeños, o los regionales, o los autonómicos, y por supuesto los corresponsales de los medios internacionales, solo enviaban equipos en días señalados, y el 12 de marzo obviamente fue uno de ellos. El ambiente era triste, porque quien más, quien menos tenía a dos o a un grado de separación a una víctima de la masacre. El familiar de un vecino, el repartidor del correo, uno de la facultad de… Con agravantes particulares: justamente ese día había tomado el tren media hora antes y le había pillado, o había decidido por un día no coger el coche.

Por una vez no había duda de dónde debíamos esperar: planta segunda, a la puerta del Juzgado N.º 6, en el que había recaído la investigación.

El juez, Juan del Olmo, no había salido del despacho desde la noche anterior. Nos lo contó una funcionaria, pero solo para que tuviéramos paciencia y piedad, para que no lo avasalláramos. Pero cuando él saliera, todos estaríamos allí, y su cansancio y cuanto hubiera visto el día antes nos importaría menos que la responsabilidad descomunal de informar que se había cernido sobre nosotros. Y algunos de nosotros también lo habíamos visto, y también estábamos cansados, y también estábamos impresionados, y teníamos miedo.

Vi a Rocío. Charlaba frente al ascensor de la segunda planta con el comisario jefe de la Audiencia Nacional, un tipo adusto, inteligente y no caricaturizable con quien yo no había logrado pasar nunca del hola y adiós. Rocío me vio de reojo, Rocío no perdía nunca comba de sus alrededores. Cuando acabaron su diálogo, el comisario vino hacia nosotros, donde sin duda sería abordado por el enjambre, y ella —observé— pulsó el botón de descenso del ascensor, así que, arriesgándome a no enterarme de qué iba a decir el jefe policial, bajé por las escaleras, confiando en que ella bajaba hasta la cero. Llegamos a la vez, «Rocío», la detuve, directamente propuso «vamos a tomar un café, espérame en el Rodilla», porque prefería que no saliéramos juntos, y la esperé en el Rodilla media hora, sin pensar que me estaba perdiendo lo que pudiera estar explicando el comisario pequeñito, porque a buen seguro Rocío tendría detalles de interés de lo que la policía estaba descubriendo.

Era alta, guapa y andaluza. Debía de tener ocho o diez años más que yo. Habíamos comido juntos varias veces. La primera de ellas siempre creí que se debió a que yo deliberadamente le había exhibido mi amistad con los periodistas de la televisión y la radio vascas, EiTB, que siempre eran vistos con recelo por los agentes encargados de la seguridad de las sedes judiciales. No era un recelo informativo, por cómo pudieran orientar sus informaciones: era un recelo operativo. La policía (Rocío) temía que además de periodistas fueran algo más: que gracias a su trabajo y acceso a los tribunales pudieran informar de horarios o rutinas de jueces, fiscales o agentes; informar a ETA, naturalmente. En 1989, la organización asesinó a la fiscal Carmen Tagle, adscrita al Juzgado Central de Instrucción Número 5, el de Baltasar Garzón. La siguieron, estudiaron sus rutinas y la acribillaron a la puerta de su casa. Otros miembros de la judicatura sufrieron la misma suerte.

De manera que, después de coincidir varias veces con Rocío en las entradas o los pasillos o en las largas esperas en cualquier rincón de la Audiencia Nacional, en las que yo a menudo charlaba con Aritz, con Amaia o con Ainara —y Rocío lo había observado, Rocío lo observaba todo—, después de algunos intercambios de saludos y alguna charla informal y corta, un día le propuse que comiéramos y enseguida dijo sí.

Quedamos la semana siguiente en el Ciao, un restaurante italiano fabuloso que estaba cerca de la Audiencia. Me impactó enormemente que, cuando le ofrecí a Rocío que se sentara en el lado de la mesa que tenía sofá, que era más cómodo, ella me dijo que no porque implicaba sentarse de espaldas a la ventana. «Por seguridad», dijo. Temía que algún comando pudiera tenerla bajo control, que nos hubiera seguido hasta el Ciao y le pegara un tiro desde la calle. Pronto, con disimulo imperfecto, se interesó por la vida que hacíamos en Madrid los periodistas que no éramos de Madrid. Incluidos Amaia, Ainara y Aritz, que eran respectivamente de Andoain, de Bilbao y de Pamplona, y con los que fuimos muy buenos amigos por entonces.

Amaia y yo nos conocimos a nuestras respectivas llegadas a Madrid, a finales de agosto o principios de septiembre del año 2000, en una cena con otros periodistas catalanes y vascos. Acordamos ir juntos al día siguiente a completar el formulario para poder acreditarnos en la Audiencia Nacional, que nos daría un pase permanente que bastaba mostrar cada día a los agentes de la entrada. Lo entregamos a la vez y el comisario pequeñito nos dijo, literalmente: «Señor Orovio, usted venga mañana a buscar su acreditación; usted, señora Etxezarreta, la semana que viene». Nos miramos, mutuamente escandalizados. Mi amistad con Amaia dura a día de hoy.

En todo caso, con Rocío hicimos buenas migas. A las pocas semanas me dio su móvil y siempre que le consulté algo sus respuestas fueron, como decía ella misma en automofa de la jerga policial, «fetén». A veces se limitaba a decir «no vas mal» o «eso no lo veo», eufemismos de «verdadero» y «falso».

La mañana del 12 de marzo fue mucho más directa y enunciativa. Nunca tuve idea de sus preferencias políticas, lo que aquella mañana me dejó claro es que la policía no estaba dispuesta a ejercer de juguete en manos de un ministro, de su ministro. Me contó que la furgoneta que habían hallado en Alcalá de Henares era importante, pero podía ser indiciaria; lo que no era indiciario, sino que era, que iba a ser «fetén», era la mochila número 13. Porque la mochila número 13 tenía una bomba que no podía no ser exactamente idéntica a las que habían explotado y no podía ser no fabricada por las mismas manos, porque no había estallado de milagro; es decir, no había ningún margen para pensar que aquella bomba hubiera sido diseñada para no estallar, esto es, que hubiera sido diseñada como un señuelo para dirigir a la policía hacia pistas y autores falsos, como algunos medios especularían a partir de entonces, y aquella bomba tenía exactamente el mismo detonador que los que habían hallado en la furgoneta, que eran distintos de los que en los últimos años usaba ETA, y que en la furgoneta se habían hallado también envoltorios de Goma-2 modelo ECO fabricada por la empresa española Explosivos Riotinto, y que de las pesquisas que ya habían abierto (la tarde anterior) se sabía que aquel explosivo había sido adquirido legalmente en España; otra cosa era que alguien lo hubiera robado al comprador: ETA, en cualquier caso, solo robaba dinamita en Francia. Y los vascos NUNCA —dijo en mayúsculas— envían un comando al mismo lugar en el que ha fallado una acción antes de averiguar el porqué, y eso les lleva «unos seis meses». «Y del tren de Chamartín hace dos y medio». Por supuesto, nada de todo aquello era definitivo, pero era definitivamente ridículo y policialmente indignante mantener que la principal hipótesis seguía siendo ETA. Además, me desveló, la policía había revisado las cámaras de seguridad de la estación de origen, Alcalá de Henares, y había detectado a tres tipos con bolsas de deporte (no eran mochilas) que, aunque iban cubiertos con pasamontañas, parecían magrebíes, lo cual tampoco era definitivo, pero ahondaba en la ridiculez del ministro y en la indignación de los cientos de policías que lo estaban investigando. Y por eso ahora estábamos Rocío y yo en el Rodilla frente a sendas tazas vacías de café.

Rocío estaba dolida, pero no solo ella. La mayor parte de los jueces y fiscales son más bien conservadores, algunos muy conservadores, algunos ultraconservadores, pero la mayor parte son antes o ante todo jueces y fiscales, y por ello hubo aquellas horas algunas filtraciones destinadas a que la verdad trascendiera, por encima de sus filias políticas.

Rocío y yo volvimos al edificio por separado, ella por la entrada principal y yo por la de periodistas y abogados, y me fui directamente a la planta seis, donde tenía sus oficinas la fiscalía. Había un mostrador de madera tras el que estaba siempre Adela, una funcionaria que simulaba antipatía, o se protegía con ella; no podía ser siempre tan estúpida. Le pedí hablar con Federico, uno de los fiscales con quien tenía buena relación, que era amable siempre con nosotros, y cuando dijo «Creo que no está» le pedí que se asegurara, le recordé quién era yo, intuyendo que, aunque Federico no estuviera adscrito a la investigación, tendría algún dato y quizás interés en revelarlo. Cada fiscal estaba adscrito a un juzgado y en general eran celosos de sus casos, pero aquel gran asunto era distinto, era de todos, y creo poder afirmar que no había reproche moral en filtrar información de un compañero si con ello se atenuaban o desenmascaraban las mentiras de un Gobierno.

El propio Federico salió a buscarme a la recepción, entramos en su despacho. Había dos mesas; la de trabajo, rectangular, frente a la puerta; y la de reuniones, redonda, a la derecha, en el rincón más alejado de un ventanal alargado. Las dos mesas estaban colonizadas por carpetas de cartón rosa o amarillo, alguna de las pilas tenía treinta o cuarenta centímetros de alto, todas con el número del caso y el año. Me invitó a sentarme en una de las dos sillas que había ante la mesa principal, dijo «¿Y bien?» y rodeé la cuestión preguntándole si había seguido las comparecencias del ministro y la versión que estaba ofreciendo, y pronto vi que sabía más de lo que orgánicamente le correspondía y para qué me había abierto la puerta.

Dijo, por ejemplo: «Policialmente está muy claro».

También me dijo que el Ministerio del Interior les había comunicado que remitirían los primeros informes el lunes siguiente, casualmente el día posterior a las elecciones, y también me dijo, «aunque no puedo asegurarlo al cien por cien», que en pocas horas podía haber detenciones, y que iban a ser «en Lavapiés, en el barrio de Lavapiés», remarcó, con una elipsis que era un subrayado, negrita, notición, «y tú naturalmente no puedes publicarlo hasta que se produzcan». «Por responsabilidad».

En pocas horas.

En Lavapiés. Vecinos.

El ministro Acebes convocó una rueda de prensa a las seis de la tarde. Le propuse a Izquierdo que fuéramos juntos desde la redacción, más que nada para ponerme en la piel de Rocío y auscultar los rasgos del compareciente. Aquel día quise haber estudiado psicología. La mandíbula tiesa podía ser una secuela del revés que su Gobierno se acababa de llevar, de rabia porque las elecciones estaban todavía a demasiadas horas de distancia o hasta del dolor que a todo gobernante le causa la muerte de ciento noventa y un compatriotas, atribuible en parte a negligencias en su ministerio.

Pero la mano recolocando el flequillo en cada inicio de párrafo o al final de cada respuesta, y la mirada eléctrica, parpadeante, toda GIF, buscando la mesa o las lámparas de la sala atestada pero no las caras de su público, decían con toda certeza «os estoy mintiendo porque solo puedo mentir, porque el Gobierno entero o al menos los mayormente implicados nos hemos conminado a mentir, para aguantar, para dosificar la ambigüedad; pero solo serán dos días, dadme dos días y os diré la verdad, esa verdad que admito por ahora como improbable: ha sido Al Qaeda».

Literalmente dijo, por ejemplo: «No hay en este momento ningún motivo para que ETA no sea la principal línea de investigación».

No solo eran las pruebas que se iban amontonando en las mesas del complejo policial de Canillas. La propia ETA había hecho algo insólito: una voz que dijo hablar en su nombre llamó al diario *Gara* y a la televisión vasca para afirmar que la organización no tenía nada que ver con lo ocurrido en Madrid. No era una voz cualquiera. Tanto *Gara* como EiTB habían reconocido la voz como la comunicante de anteriores mensajes de la banda.

Lo mismo había hecho Al Qaeda, pero en sentido opuesto: ya había enviado un comunicado reivindicativo a una revista editada en Londres que mayormente difundía contenido islámico.

¿Entonces? ETA se desvinculaba, Al Qaeda se vinculaba, las pesquisas policiales y sobre todo los análisis de inteligencia apuntaban masivamente al terrorismo islámico, Federico me había desvelado que podía haber detenciones «en Lavapiés», donde por supuesto podían vivir u ocultarse miembros de ETA, pero que era en sí misma una metáfora sociocultural e incriminatoria, ¿y aun así no había en ese momento «ningún motivo para que ETA no sea…»?

8

Anuar Feres, el padre de Isma, se queda solo o, dicho de otro modo, es abandonado una mañana de septiembre de 1990. En cuanto sale a la calle y sube a su bicicleta y comienza a pedalear hacia el hotel Al Khaima, donde trabaja, el interior de su casa se convierte en un zafarrancho.

Melissa despierta primero a Ismael, aunque su hermana, Salma, trajina ya en la habitación contigua. Melissa le pide a Ismael que se siente en el catre, apenas lleva unos calzoncillos. Isa, el hermano pequeño, duerme enfrente. Melissa se sienta junto a Ismael y le toma la mano y entonces Ismael comprende que algo importante está pasando o va a pasar, además de lo que ya estaba previsto: justamente aquel día Ismael iba a trasladarse a Casablanca para iniciar pocos días más tarde sus estudios de derecho. Tiene un billete para el autobús de las cinco de la tarde. Pero además en aquel momento sabe que algo importante está pasando o va a pasar porque en la habitación contigua el trajín de su hermana es frenético, impropio de su hermana e impropio de la hora, las cinco y media de la mañana. Por todo ello, Ismael nunca creerá que él abandone a su padre, a quien nunca más vuelve a ver hasta que lo ve muerto: su marcha a Casablanca estaba prevista hacía meses, pero no está previsto, o, mejor dicho, él ignora, el resto de cosas que van a ocurrir.

El resto de cosas que van a ocurrir son que su madre y su hermana van a cargar todas sus pertenencias en dos enormes maletas de lona que han comprado el día antes y que han ocultado en la casa; Ismael las va a acompañar a la frontera de Ceuta, pasando previamente por Tánger, donde van a dejar al pequeño, a Isa; y que ellas dos van a dejar aquella casa y aquel país de mierda y se van a ir a vivir a España para siempre. Cuando su madre dice «para siempre», arranca súbitamente en llanto.

Luego, forzándose para contener las lágrimas porque no tienen mucho tiempo, dice que no le ha dicho nada antes porque no podía arriesgarse a que el padre, Anuar, se enterara y los corriera a todos a hostias hasta que le contaran la verdad.

«Hostias», dice en español.

«Esto no se va a repetir», recordará Ismael que le dice su madre, pasándole el dedo índice por las cicatrices de las piernas. Son obra de su padre. Con una vara de erguén, un durísimo árbol del desierto, con la que les pega cuando lo considera oportuno; por ejemplo, si comen algo sin permiso; por ejemplo, si en su día libre lo despiertan con sus juegos infantiles; o por ejemplo, si alguien en el pueblo dice haberlos visto en mala compañía, esto es, alguien del sexo opuesto. «Cuando acabes Derecho, te vienes a Madrid con nosotras», le dice su madre. «Pero tienes que acabarlo, júramelo».

Melissa añade que siente mucho por él, y sobre todo por Isa, aquello que está haciendo, pero que debe entender, si no lo ha entendido ya por sí solo, que ella no puede continuar viviendo en aquella pocilga, sometida al ardor aleatorio y la violencia incontenible de su padre.

También promete varias veces que lo que le causa más dolor es abandonar a Isa, aunque ella no dice «abandonar», ella dice «dejar con» su hermana, la tía Fátima, que ciertamente es una mujer buena y generosa; pero la acción que Melissa Feres perpetra aquel día de septiembre de 1990 es el abandono de su hijo Isa, que tiene apenas siete años. Con la tía Fátima solían quedarse los tres hermanos varias semanas todos los veranos, pero es muy diferente «veranear con» que «dejar con».

Melissa también dice en aquellos pocos minutos cosas que Ismael solo ha intuido, cosas como que su hermano Isa es un hijo no deseado, que Isa es fruto de una de las explosiones de su padre cuando su vida matrimonial empieza a caer a toda velocidad por el barranco. Su padre, sabe entonces, ha empezado a llegar ebrio a casa, seguramente en la época en que empieza a darse cuenta de que nunca trabajará en otra cosa que no sea la cocina de un hotel. De que nunca tendrá suficiente dinero para cambiar aquella casucha autoconstruida en una parcela propiedad de la familia de su esposa por uno de los pisos modernos y confortables que empiezan a levantarse en Asilah. De que sus pocos amigos y hasta familiares más cercanos o han tenido el valor de emigrar a Europa o han progresado más que él. De que el resto de su existencia va a carecer o al menos parece que va a carecer de cualquier alegría que no sea la de echar un trago.

Una madre no puede no amar a un hijo, añade Melissa, tratando de que Ismael entienda y hasta que esté de acuerdo en que Isa se quede con la tía, pero Isa es las dos cosas: es un hijo y es el principio de aquel drama. Ismael también sospecha aquel día otra cosa: que su padre viola a su hermana Salma, que nunca tuvo o tendrá una pareja, de ningún sexo, ni en apariencia interés en tener una, aunque Ismael también admite que jamás ha hablado de un asunto tan sensible e íntimo con ella. Ni con nadie.

Aquella mañana, de camino a Ceuta, deben llevar a Isa a Tánger. «Luego vuelves a Asilah, dejas el coche ahí delante y te vas a Casablanca», organiza Melissa.

Isa acaba de cumplir los siete años. Siete. A Ismael se le doblará siempre la voz al explicarlo, cada vez, para el resto de sus días.

Sabe, añade Melissa, que es mucha información la que le está dando en muy poco tiempo, pero lleva meses meditándolo y organizándolo todo, y el día decidido es aquel y no puede ser ningún otro; no puede llevarse a Isa a Madrid, dice su madre, porque no tiene ahorros suficientes para llevárselo y para pagar también los estudios universitarios que está a punto de empezar, el piso en Casablanca y los gastos derivados de su estancia, pero si las cosas le van medianamente bien en Madrid promete que se acabará llevando a Isa allí, quiere añadir, porque confía en que cuando él suba, en cinco años si todo va bien, pueda comenzar a ayudarla económicamente. Pero eso no ocurrirá: Isa nunca querrá saber nada de su madre, y mucho menos vivir con ella.

Ismael piensa que lo dice solo para descargarse, piensa que Melissa se ha ido convenciendo de que Isa estará bien con los primos, como si la vida se pudiera convertir para él en un verano interminable. Ismael no puede evitar sentirse culpable, porque su madre carece de dinero para sostenerlos a los dos y lo elige a él, que no había sido ningún error conceptivo. Ese es un cisma entre sus padres desde que este entra en la adolescencia. Su padre suele decir que estudiar es de ricos y que lo que Ismael debe hacer es ponerse a trabajar, de lo que sea, como había hecho él para formar y sacar adelante una familia. Como si aquello que había hecho Anuar fuera crear o llevar hacia delante una familia. Para Isma, en esa concepción del progreso expresa también sus complejos, porque su esposa tiene estudios y él no.

Para Ismael, es un misterio por qué sus padres son sus padres. La única explicación plausible, en sus esquemas, es que su padre siempre fue muy guapo. Es lo único que desea haber heredado de aquel salvaje.

Los últimos tres o cuatro años, explica la madre sobre el catre de Ismael, ha estado enviando cartas a la Facultad de Filología y a la Escuela Oficial de Idiomas de Madrid, hasta que ha salido una plaza de profesora de árabe para el curso que aquel septiembre empieza. Para las respuestas ha empleado las señas postales de una amiga. Como la reclaman desde allí con un contrato laboral, viaja con los papeles. Pero pagan muy poco, vuelve a justificar. En la escuela de Asilah donde enseña español no ha dicho nada de su baja: no puede arriesgarse a que sus planes empiecen a correr de boca en boca y lleguen hasta Anuar, porque Asilah es un pueblo, y en todos los pueblos se vive del chismorreo.

A través de su hermana Lina, que vivía en la casa contigua hasta que emigró a España unos años antes (en su caso con Farid, su esposo), ha localizado un piso en la zona sur de Madrid a un precio que calcula que podrá pagar. Durante meses ha estado ahorrando secretamente y tiene una pequeña reserva de agua en la giba, como los camellos, dibuja, señalándose la espalda con el pulgar, una pequeña reserva para un par de meses en Madrid, calcula. «Tu padre», añade Melissa aquella mañana, «no te va a ayudar a pagar los estudios, eso ya lo sabes».

Por fortuna, los calendarios se han sincronizado, y la marcha de Ismael a la universidad coincide con la opción que el destino le ha concedido. El único escollo es Isa.

Ismael arde. La entiende y la detesta a partes iguales.

De alguna manera, Ismael quiere transformar toda la información que su madre le da aquel día para estudiar con más ahínco; toda la vida ha sido su madre, e Ismael se lo agradece, quien lo insta a que estudie, a que sea aplicado, esforzado, diligente, perfeccionista. A que recuerde su frase: «Nadie te puede quitar lo que entra en tu cabeza».

Desde pequeño, Ismael recuerda con facilidad los nombres y fechas de los reyes de Marruecos, las cimas del Atlas o las alineaciones del Real Madrid, de manera que su madre le pide siempre que aproveche ese don para estudiar, para aprender, y le sugiere siempre la opción del derecho y que un día sea juez o abogado.

La casa ya está por entonces hecha una cochambre. En un recuerdo incluso anterior, debe tener cinco o seis años, su padre sonríe: está a bordo de un camión, en lo alto de un zigurat de ladrillos sujetados por un perímetro de cuerdas. El vehículo acaba de detenerse frente a la casa y Anuar saluda con una amplia sonrisa: ha tomado la iniciativa para el progreso de su familia y van a arreglar la casa. Baño y cocina nuevos, una mano de pintura. Es la única vez que hace algo por mejorar las circunstancias de la familia, e Ismael lo recuerda sonriendo. Pero aquello no hace más que augurar que nunca cambiarán de vivienda, en el arrabal de una ciudad del tercer mundo. Y Anuar seguirá pelando patatas en el hotel Al Khaima hasta el día que se muere, doce horas cada día.

La infancia de Ismael es del tío Farid. Cada tarde, cuando llega del colegio, Ismael se detiene frente a su casa y hace altavoz con las manos:

—Tío Fariiiiid, tío Fariiiiid.

Farid suele salir al momento porque sus trabajos como albañil, pintor o carpintero son esporádicos, suele andar por casa viendo la televisión o releyendo el Corán. Así que sale y juega al fútbol. Farid no soporta que nadie le dé órdenes, ni siquiera por un precio al final del día o del mes, pero en su idiosincrasia sí está la voluntad de hacer cosas por los demás, y hacer cosas por los demás puede ser el ejercicio impostado de padre de su sobrino o la defensa de los valores musulmanes en un país que no es el suyo. Será en Bosnia, haciendo algo por los demás, donde quedará cojo de una pierna.

Por todo ello Farid es y será una persona importante para Ismael.

Los Zeinab también viven en un cuchitril, peor aún que el de los Feres. Ismael los recuerda como en la semiindigencia. Su menú demasiado a menudo depende de la habilidad de su cuñado Anuar para despistar unas sobras del hotel dentro de la chilaba o de la generosidad de Melissa para cocinar siempre dos raciones extra de cuscús.

Por ello, y pensando que en Europa las cosas serán diferentes o que al menos allí Lina sí encontrará trabajo, a mediados de los años ochenta la pareja se muda a Madrid, sin saber todavía que ella está embarazada, con lo que el pequeño Ismael se queda sin rival para sus partidos callejeros. Isma adoraba a Farid. «A aquel Farid», le prometerá después a Pilar, «no al de Bosnia».

Pero ahora Melissa le está contando su plan a su hijo mediano y ese es exactamente el momento en que este se conjura para acabar los estudios de derecho en el tiempo mínimo y aprovechar el puente que su madre tiende con Europa.

Sobre aquel catre, y en los días siguientes en cuanto llega a Casablanca, Ismael se promete acelerarlo todo cuanto sea posible y a su vez emigrar y prosperar en un país donde los domicilios no tienen en la trasera una pocilga de gallinas y al frente a un animal que dirime la vida a golpes de palo.

Cuando Anuar regrese aquella noche del trabajo encontrará una escueta carta de Melissa con una explicación y un adiós para siempre, y si la ha escrito es solo para que no denuncie su desaparición a la policía.

La carta —Ismael la lee antes de partir y la recuerda letra a letra— dice así: «Nos hemos ido. Te hemos dejado. No podemos aguantarte más. Si nos buscas te denunciaré por violación y por agresión. Lo tengo grabado en vídeo VHS».

¿Grabado? Ismael piensa que es un farol. No tienen una cámara de vídeo, que él sepa. Pero tampoco sabe que va a ocurrir todo lo que va a ocurrir. La cámara de vídeo es la que encuentra años después, cuando baja a enterrar a su padre.

Melissa efectivamente había comprado una cámara de vídeo y, aunque no había grabado nada (no se había atrevido a ponerla en marcha) la dejará sobre la cómoda de la sala, a modo de prueba.

Aunque por los lazos familiares que tienen en Madrid Anuar pueda intuir o sospechar dónde han ido, Melissa está convencida de que en ningún caso se le va a ocurrir ir a buscarla. Es demasiado para su orgullo, y demasiado para su indolencia. Lo transformará en rabia, probablemente beberá todavía más, se aplacará con los restos de las botellas del comedor del hotel. Tampoco sabrá ni sospechará que Isa está en Tánger, Anuar nunca va a casa de su otra cuñada, ni siquiera sabe dónde viven, nunca han tenido buena relación.

—Yo no puedo soportarlo más.

Melissa solloza, se tapa el rostro con las dos manos, los codos sobre los muslos, el cuerpo inclinado hacia delante.

Isa tose en su camastro.

Ismael pasa un brazo sobre la espalda de su madre, apoya la frente en la esquina de su hombro y llora con ella; entiende, mejor, asimila, sufre el dolor que ha soportado durante años. Agradece internamente —no lo expresa— que haya esperado a ese momento en que su vida se traslada a Casablanca.

—No tenemos mucho tiempo —dice ella, besándole en la mejilla, antes de levantarse, de entregarle un papel que tiene preparado con su nueva dirección anotada y de darle dos órdenes: «No lo pierdas. Escríbenos». Pero Ismael ya se la ha aprendido.

Todavía la recuerda, naturalmente, no puede ser de otra manera: calle de Entrevías, 155, segundo tercera.

Antes de regresar a la habitación, Melissa sale a la calle y otea la penumbra rugosa, no vaya a ser que Anuar regrese por algún motivo y descubra el volcán que está emergiendo de la tierra.

La mujer debe recoger todas sus cosas, hasta el último de sus objetos, primero porque en Madrid va a empezar de cero y no va a poder permitirse en muchos meses ningún gasto adicional, y segundo porque pretende que la sensación de vacío en Anuar quede remarcada por los estantes arrasados.

Melissa zarandea suavemente al pequeño. Está a punto de vivir el momento más difícil de su vida. Va a abandonar al menor de sus hijos en casa de su hermana. Lo hace sentar al borde del camastro. Isa todavía no es muy consciente de que su hermana está colocando todas sus ropas y sus dos pares de zapatos, ambos heredados de Ismael, en una bolsa nueva, que desde la tarde anterior permanece oculta en un armario. Una bolsa con el escudo del Real Madrid.

—¿Te gusta? Una mochila —dice la madre, palpando la insignia.

Isa pasa el índice por el relieve de hebras doradas, y sonríe:

—Es la de Butragueño. Y no es una mochila, es una bolsa de deportista.

Melissa lo coge en brazos y, mientras lo lleva a la cocina, le da al oído el titular:

—Hoy es un día importante.

Desayunan sin entretenerse, Isa no entiende muy bien lo que está pasando, pero intuye que van a algún lugar; al colegio no, porque las clases todavía no han empezado. Quizás a la playa, aunque a finales de septiembre ya no suelen ir, y menos cuando es de noche todavía. Melissa saldrá otras dos veces a la calle para corroborar que Anuar no vuelve. Cada vez se ve con más nitidez el final de la calle.

Mientras Ismael e Isa beben un vaso de leche, Salma va cargando los bultos en el maletero y en el asiento trasero, donde apenas queda hueco para un culo. «Vamos, vamos». En cuanto hayan arrancado y estén a un kilómetro de casa estarán a salvo. Ismael al volante, Melissa de copiloto, Salma y el pequeño amontonados atrás. Por fortuna, hasta Tánger son apenas cincuenta minutos.

—¿Vamos a un colegio nuevo? —pregunta Isa, que no se ha separado del macuto de Butragueño. Todavía no sabe que ya está inscrito en el de sus tíos.

—Vamos a vivir a Tánger —anuncia Melissa, en un falso plural—, con los primos.

No se atreve todavía a decirle la verdad completa.

Fátima, la hermana de Melissa, los espera a la puerta de su casa, en la medina de Tánger. Una preciosa casa blanca y grande, limpia, donde siempre huele a comino y especias, donde Salma, Ismael e Isa han pasado largos veranos de su vida, largos veranos felices en los que con sus seis primos forman una verdadera tribu de nueve, con Salma, Ismael e Isa intercalados en las posiciones segunda, tercera y novena, una tribu de nueve que se mueve en tres bicicletas, en la que tres pedalean, tres «malviajan» en el sillín y tres corren detrás o alrededor, de la casa al puerto y las playas y viceversa. Su principal diversión es observar España desde la punta de Talâa Cherif, con unos prismáticos viejos del tío Ou, que es práctico del puerto. Juegan a contar los coches diminutos de la otra orilla.

En aquella casa de Tánger va a vivir Isa.

Melissa y Salma bajan del coche lentamente. Isa mantiene agarrado su bolsón. Melissa se pone en cuclillas, le repite que aquel es un día importante. Salma se acerca por detrás, le pone las manos en los hombros, Ismael observa la escena. Melissa le dice por fin la verdad: que ha decidido irse a vivir a Madrid sin su padre; que su padre las hace infelices; que su padre les pega y no es un buen hombre; que si no le han dicho nada hasta aquel momento es porque su padre no podía saberlo, porque no les habría dejado, porque de haberlo sabido les habría zurrado a todos con el palo; que está segura de que donde mejor va a estar es con la tía Fátima y con sus seis primos, que ya lo esperan como una familia, que son como su familia; que en cuanto tenga dinero lo irá a buscar. Dos de los niños esperan ante la casa montados en sendas bicicletas, posiblemente Fátima ha organizado aquella coreografía.

—Pero mi familia sois vosotras —alega él, con la verdad flagrante, comenzando a entender que lo están abandonando.

Melissa trata de maquillarlo diciendo que serán solo unos meses, que intentará que se reúnan en Madrid; lo besa en la frente y se mete rápidamente en el coche, mordiéndose fuertemente la lengua para no estallar, para no abrir una espita por la que el plan pueda volverse gas.

Tiene también billetes, para el ferri de las nueve. Los ha comprado el día antes para que todo sea menos reversible, para que ese momento tenebroso sea el peor de los trámites pero sea finalmente un trámite. Melissa se abraza a su hermana, solo dice «gracias, gracias, gracias, *shukran*, *shukran*, *shukran*», y Fátima dispara:

—Sales de un infierno y creas otro.

Melissa se desase, sube al coche, entierra el rostro en las manos. No hablará en cinco días.

Salma está devastada. No puede abrir la boca. Ha caído en el lado bueno de la trama, y no es agradable, sube al coche.

Ismael se acerca a Isa, le recuerda que él también se queda en Marruecos, que estará en Casablanca, que es «bastante cerca», le promete visitas frecuentes. Lo ayuda a cargar la bolsa hasta la entrada de la vivienda; Isa no llora en ningún momento, carga una rabia que anula otras reacciones.

Ismael abraza al niño en el zaguán, «yo vendré a verte, tú entrena fuerte para que te fiche el Madrid, porque la bolsa ya la tienes». El rictus de odio no desaparece de sus pómulos.

Ismael vuelve al volante. No abren la boca en las dos horas que quedan hasta Ceuta. Melissa no deja de tener el rostro dentro de un pañuelo, pero la ventana abierta impide escuchar sus balbuceos y cómo repite dos mil veces «mi hijo, mi hijo, *abni*, *abni*». «Hijos para esto», piensa Ismael en ese momento.

Las deja a la entrada de la zona fronteriza, en el punto más cercano a la línea entre países que los policías marroquíes le permiten, con sus cuatro macutos gigantescos. Alguien las ayudará hasta que lleguen al barco. El mundo está lleno de gente bondadosa.

Ismael las abraza, primero a su madre, después a su hermana, y es breve, silencioso y dicotómico. Entiende la maniobra. Le duele la maniobra. Él mismo se aprovechará de la maniobra. Su madre no dice una palabra, y si la dice no se aprecia porque se queda dentro del pañuelo.

Vuelve a Asilah sin correr, sumido en esa bipolaridad. Entender y detestar al mismo tiempo.

En algunos momentos de los meses posteriores odiará a su madre: ¿cómo pudo abandonar a un hijo? ¿Por qué no había aguardado a tener dinero para que el plan incluyera al pequeño, por qué no aguantaba un poco más y se iban todos? ¿Por qué no había empleado en Isa el dinero de cinco años de alquiler de su piso en Casablanca, aunque él tuviera que renunciar a su carrera, aunque fuera temporalmente?

Ismael deja el Seat donde estaba, entra en la casa, recorre las habitaciones vacías, lo mira todo con los ojos de su padre cuando regrese del trabajo.

Relee la nota de su madre: «Nos hemos ido. Te hemos dejado. No podemos aguantarte más. Si nos buscas te denunciaré por violación y por agresión. Lo tengo grabado en vídeo VHS».

Esas palabras no dicen qué grado de complicidad hay en Ismael. Pero debe largarse cuanto antes: si por lo que fuera su padre aparece en casa y lo toma por cómplice del cuádruple abandono, lo hostia por cuatriplicado.

9

Por supuesto, no lo publiqué. Ni dónde iban a ser ni que eran inminentes.

El fin de semana no iría a Barcelona, como hacía casi siempre. No podría votar.

Aquel viernes dejé abierto uno de los balcones. Daban a una calle estrecha que a su vez daba a una esquina de la plaza de Lavapiés. Si había detenciones «en Lavapiés» quizás tendría una primicia, que desde luego no publicaría, porque no escribía en la web y el Gobierno no podría no hacerlo público el mismo día. Pero lo único que entró por la ventana fue aire frío y rumor de borrachos. Las pilas gastadas que la primera mañana había cambiado del transistor y que habían rodado rugosamente por la mesa hasta la pared seguían allí. Maldormí de nuevo y el sábado por la mañana salí a correr por el Retiro. Lo hacía algunas veces, envidioso siempre de que aquel parque frondoso no estuviera en Barcelona.

La ciudad estaba terriblemente tranquila y al mismo tiempo inquieta, aunque esto era posiblemente mi percepción. Con una calma falsa, con un cielo gris ambiguo.

La tarde anterior, uno de cada cuatro españoles había salido a la calle en su ciudad para mostrar su dolor por la brutal matanza. Unos once millones de personas, calculó la policía, se habían manifestado; dos y medio en Madrid, protegidos de la lluvia por paraguas que formaron una tortuga infinita. Pero ahora Madrid era un desierto aterido, herido, Chernóbil.

Aquel día 13, *La Vanguardia* había iniciado una tarea titánica. La de contar, como había hecho el *The New York Times* con las dos mil novecientas noventa y seis del 11-S, las vidas de todas las víctimas de Madrid. Una por una. Breves biografías de quiénes fueron y qué hicieron en la vida. De José Miguel Valderrama, empleado de banca de veinticinco años, por ejemplo, destacábamos, en un pequeño titular: «Generoso en el trabajo y contra el chapapote». Otras, como la de Carlos Fernández, albañil de treinta y nueve años, iban sin título. «Solamente hacía 24 días que Carlos había llegado a España desde su país, Perú», arrancaba en este caso. Fue un precioso homenaje en el que se implicaron decenas de nuestros periodistas.

Aquel sábado pensaba ir a la redacción hacia el mediodía y escribir un tema, que había pactado con Uría, sobre cómo España había sido una base importante para Al Qaeda desde antes incluso de los atentados del 11-S de 2001 en Estados Unidos.

Tanto Uría como Izquierdo como Dani, el fotógrafo, estaban informados de la inminencia de las detenciones de las que me había alertado el fiscal. Sabía que aquel texto sobre Bin Laden y sus ramas en España podía quedar reducido o aplazado en función de lo que ocurriera durante el día.

De los tentáculos de Al Qaeda sabía cuatro cosas, porque tras aquellos atentados en Estados Unidos había habido en España varias operaciones contra grupos de supuestos terroristas islamistas. Dos meses y dos días después de los atentados en América, el 13 de noviembre de 2001, el juez Baltasar Garzón ordenaría una amplia redada, que fue bautizada como operación Dátil y que acabaría con trece detenidos, uno de ellos importante: el considerado líder o representante de Al Qaeda en España, Imad Eddin Barakat, alias Abu Dahdah. Pero también había un tipo, al que la policía otorgaba cierta relevancia, que logró huir: Amer Azizi, de nacionalidad marroquí, detectó la operación policial y, nadie sabe cómo, logró abandonar España. ¿Había vuelto ahora a dar órdenes o a inspirar el 11-M o a montar las bombas? La altísima eficacia de los artefactos —diez de trece habían funcionado mortalmente bien— ya era un misterio para la policía.

También había todavía muchas incógnitas sobre la cita que en julio del año 2001 habían tenido en Tarragona dos tipos clave en la organización del 11-S, Mohamed Atta y Ramzi Bin Al Shibb. El primero fue uno de los secuestradores de los aviones estrellados en Estados Unidos. El segundo intentó antes de aquello entrar en el país, pero por tres veces le negaron el visado; sería detenido en septiembre de 2002 en Pakistán y enviado a Guantánamo, donde fue condenado a muerte, sin que presumiblemente esa sentencia se haya cumplido.

Con toda seguridad en España vieron a más gente. Atta voló de Miami a Madrid el 8 de julio, durmió una noche en esta ciudad y como muy tarde el día 13 estaba en Tarragona, porque allí compró un billete para volver a Estados Unidos el día 19 y porque se comprobó que se había alojado en hoteles de esa ciudad y de Salou hasta el día 18.

Bin Al Shibb, por su lado, voló de Hamburgo a Reus el día 9, durmió la primera noche en un hotel de Cambrils y regresó el 16 a Alemania, pero entretanto no consta que se alojara en hotel alguno: ¿dónde estuvieron Atta y Bin Al Shibb y con quién aquellos días?

Para añadir misterio, Atta había alquilado en Madrid un coche con el que hizo alrededor de dos mil kilómetros, pero entre Madrid y Tarragona, donde lo devolvió, hay solo quinientos sesenta y cinco. ¿Dónde lo llevaron los alrededor de mil cuatrocientos restantes? Todavía no se sabe, y posiblemente ya nadie está sobre la pista.

La policía pudo probar que Atta y Bin Al Shibb se habían reunido al menos con Mohamed Belfatmi, un ciudadano argelino que vivía en La Pineda, en la localidad de Vila-seca, y que trabajaba en la construcción. Belfatmi era a su vez amigo de Said Bahaji, un alemán de padres marroquíes que anteriormente había compartido piso con Atta en Hamburgo y al que se le otorgaba un papel clave en la preparación del 11-S. Después de esta fecha se supo que justo una semana antes, el 4 de septiembre, Bahaji y Belfatmi habían volado de Alemania a Pakistán en el mismo avión, y se habían alojado en el Hotel Embassy de Karachi. A partir de aquí, sus pistas se perdían. Quizás habían viajado hasta la guarida de Bin Laden, al otro lado de la frontera con Afganistán, para sentarse ante el televisor y deleitarse con la que habían organizado. Los podía imaginar: la radio y el televisor encendidos, son las cinco de la tarde en las montañas de Tora Bora, Cueva Negra en lengua pastún, y el sheij y sus hombres han conectado la CNN, que en algún momento posterior a las 17.16, hora local afgana, interrumpe la programación para explicar que un vuelo de American Airlines se acaba de estrellar contra la Torre Norte del World Trade Center de Nueva York.

Lo pilota justamente Mohamed Atta, el tipo que estuvo en Tarragona.

¿Decidieron Atta y Bin Al Shibb en España detalles definitivos de la masacre americana? ¿Había terroristas o ideólogos en común en los ataques de Estados Unidos y de Madrid? ¿Había regresado Amer Azizi después de su huida en 2001 a liderar los atentados?

Había aún otro antecedente que iba cobrando peso por su similitud y sobre todo por su objetivo. El 16 de mayo de 2003, no hacía ni diez meses, un comando formado por una docena de personas había atacado con bolsas de deporte llenas de explosivos la Casa de España de Casablanca, matando a treinta y tres personas (y doce suicidas: cuarenta y cinco); pronto se supo que uno de los inspiradores, Mustafá Maimuni, había vivido muchos años en España. Todavía no se sabía que su cuñado, Serhane Ben Abdelmajid, era uno de los líderes de lo que acababa de ocurrir en Madrid.

De todas estas tramas del terrorismo islámico escribí aquel sábado, antes de que la calle volviera a llenarse, pero esta vez para exigir la verdad, y antes de que hubiera, ahora sí, las primeras detenciones.

La crónica original que preparé aquel día se titulaba «La policía explora las conexiones del 11-M con terroristas del 11-S», que firmé antes de tener la certeza. Porque puedes no tener la certeza, pero tienes la seguridad. Porque si sabes que la tesis real de los investigadores es que la matanza ha sido obra de Al Qaeda o de alguno de sus grupos afines, y sabes que esos mismos investigadores han estado los dos años anteriores tratando de averiguar qué papel han tenido en la matanza de América algunos sospechosos que viven en España, comprendes que los investigadores están tratando de detectar las conexiones. Y te atreves a titular de esa manera, incluso antes de que, para mayor seguridad, le envíes un SMS a Rocío y te conteste: *Fetén*.

El titular fue finalmente «Una base clave para Al Qaeda», pero el artículo quedó relegado a un segundo plano, porque en la tarde de aquel sábado se produjeron cinco arrestos.

Acebes esperó cuanto pudo para comunicarlos, pero no pudo esperar al domingo, al día de las elecciones. Entre otros motivos porque la indignación se extendía. No existía Twitter, pero ya existía el SMS, y miles de mensajes pasaron de móvil en móvil, y gracias a ello varios miles de personas se concentraron ante las sedes de su partido, el partido del ministro, en varias ciudades, coreando entre otras cosas:

Antes de votar
queremos la verdad.

Porque de la verdad, de quién hubiera sido, dependía el sentido del voto, lo cual no dejaba de tener su lado dramático. ¿Había que votar diferente en función de la autoría? ¿Aquellos muertos daban o quitaban gobiernos? ¿El voto podía ser un castigo por las sesenta horas que de engaño, o de medias verdades, llevábamos a aquellas alturas del sábado?

Sigue sin haberse hecho público quién fue el autor de un mensaje de texto que anticipó o creó o instaló la era de la comunicación horizontal, y que el partido del Gobierno atribuyó siempre al PSOE.

Decía: *¿Aznar de rositas? ¿Lo llaman jornada de reflexión y Urdaci trabajando? Hoy 13M, a las 18h. Sede PP, c/Génova 13. Sin partidos. Silencio por la verdad. ¡Pásalo!* Son exactamente ciento sesenta caracteres, todos los que cabían en un solo SMS, y corrió como la pólvora. Urdaci era el jefe de informativos de Televisión Española.

Pásalo.

Cuajó inmediatamente en expresión popular, cuajó casi como actitud ante la vida, de implicación, beligerancia.

Yo no lo recibí, y casi me sentí ofendido. Fue la primera vez, aunque entonces no conocía ni el nombre ni los síntomas, que probé el FOMO, el Fear Of Missing Out, el síndrome que se extendería en los años siguientes y que identifica o señala a quien está fuera de las redes, de sus tendencias, de lo que supuestamente es importante, del flujo general, o aparentemente general, de la comunicación pública y global, de los líderes de opinión. Recuerdo aquella sensación inaugural de sentirme al margen, casi como si le estuviera fallando a mi empresa porque no había estado en los pensamientos de ningún emisor de un mensaje que era importante, histórico y noticia.

El «pásalo» se hizo célebre, y aquel mismo día circularon otros mensajes de texto que trataban de contrarrestar o cuestionar la información oficial o que invitaban a manifestarse por eso mismo:

Queremos a verdade antes de votar. Mani sede PP 20h. Pásao.

A les 19.00 es convoca a tothom amb cassoles, a les fonts de Canaletes. Passa-ho.

Conéctate a bloomberg.com y new york times todo el mundo escandalizado x la manipulación y mentiras del PP. Pásalo.

Pásao, passa-ho, pásalo.

Miles de personas, convocadas por SMS o habiéndose enterado por la radio, se agolparon ante la sede central del Partido Popular, en la calle Génova, casi enfrente de la Audiencia Nacional. La muchedumbre coreó una pregunta que también se hizo icónica:

—¿Quién ha sido?

—¿Quién ha sido?

—¿Quién ha sido?

Todo ocurría muy deprisa, con la sensación de que llegaban las elecciones y el Gobierno trataba de amarrar el resultado mientras la calle hervía. El clima era de extrema tensión, todos teníamos la certeza de que eran unas horas que quedarían en la historia.

Aquel sábado 13 de marzo, el tráfico de SMS creció un 20 por ciento en España, según publicaron posteriores reportajes, y creció un 40 por ciento al día siguiente, recogiendo el crecimiento exponencial, la indignación por la ya flagrante manipulación gubernamental y la urgencia de que aquel domingo había elecciones y, uno por uno, todos los votos suman. España había descubierto las redes.

El ministro compareció tarde, hacia las nueve de la noche, con la misma mandíbula tiesa y un listado de titulares que arrasaban sus palabras de los dos días anteriores, arrasaban cualquier atisbo de que hubiera sido ETA e iban a arrasarlos en las urnas del día siguiente.

También empezaba a contestar a aquella pregunta: ¿quién ha sido?

Acebes admitió que ETA ya no era la primera, sino la segunda posibilidad, lo que en aquel contexto, y con el listado de cosas de las que informó a continuación, significaba que solo había una.

Y significaba que Acebes leía los periódicos y escuchaba las radios y veía las televisiones, y leía y escuchaba cómo, desde las entrañas de los aparatos del Estado, todavía había personas, funcionarios, servidores públicos que anteponían la verdad o al menos sus indicios más sólidos a las consecuencias que esta pudiera tener en la composición del Parlamento.

Porque había ya cinco detenidos, tres magrebíes en Lavapiés y dos indios en Alcorcón.

Porque había aparecido no un texto en una revista de Londres, sino un vídeo grabado en VHS y depositado en una papelera cerca de la mezquita de la M-30, allí donde yo mismo había estado el día antes.

Porque el móvil que debía detonar la bomba de la mochila número 13 había sido manipulado de la misma manera —con dos orificios en un lateral, para insertar los cables que servían como detonador— que los localizados en una operación antislamista meses antes.

Porque aquellos eran de la misma marca, Mitsubishi Trium, que los empleados en la matanza de Bali de un año antes, con doscientos dos muertos y una autoría perfectamente demostrada: Al Qaeda. Todo eso iría trascendiendo a cuentagotas.

Dani, nuestro fotógrafo, estaba en la misma rueda de prensa, retratando la mandíbula; lo veía por allí, le envié un SMS: *Pasa por Lavapiés luego, a ver si hay suerte.* Me buscó con la mirada y alzó un pulgar.

De modo que la mandíbula del ministro estaba ahora más tiesa, si cabe, porque ya era inevitable admitirlo y porque parecía inevitable que al día siguiente iban a perder las elecciones, y él y su jefe iban a quedar en esa misma historia como los rostros de un doble desastre: un atentado colosal que no habían sabido detectar y una humillación en las urnas. Su mano iba con la misma frecuencia al extremo del flequillo, para recolocarlo, y era obvio que en aquella sala del Palacio de los Condes de Casa Valencia, sede del Ministerio del Interior español, hacía demasiado calor.

Los detenidos en Lavapiés eran tres hombres de nacionalidad marroquí; los de Alcorcón tenían nacionalidad española pero origen indio. La importancia de la adversativa.

Los cinco arrestados eran Jamal Zougam, de treinta años, propietario de un locutorio; Mohamed Bekkali, de treinta y uno, y Mohamed Chaoui, de treinta y cuatro, que trabajaban con el primero; y Suresh Kumar y Vinay Kholy, de treinta y tres y veintiséis, respectivamente, que regentaban un almacén mayorista de telefonía. La policía hizo públicas fotografías de los tres primeros: Zougam y Chaoui tienen barba de tres días, transmiten agotamiento, Bekkali tiene cara de niño, gafitas de intelectual. Ya no tenía que imaginar sus rostros, allí estaban. Ahora podía empezar a imaginar sus vidas o, mejor aún, a buscar todos los rastros que pudiera, para reconstruirlas por si un día abandonaban la condición de presunto o para construirlas desde la ficción, porque también eran, a buen seguro, «buen material».

El primero de ellos, explicó el ministro, estaba bajo el radar de los servicios antiterroristas, había sido controlado en algunos periodos porque se le consideraba potencialmente peligroso. Ninguno de los cinco, adelantó, parecía en aquel momento posible autor material de la matanza. La hipótesis era que habían suministrado los teléfonos que el comando había empleado como detonadores de las bombas.

En el vídeo, un hombre a cara descubierta, en un español de acento magrebí, se identificaba como Abu Dujan al Afgani; se presentaba como portavoz militar de Al Qaeda en Europa y explicaba: «Es una respuesta a vuestra colaboración con los criminales Bush y sus aliados. Esto es como respuesta a los crímenes que habéis causado en el mundo y, en concreto, en Irak y en Afganistán, y habrá más, si Dios quiere».

Habrá más, anunciaba, y estaban sueltos, y muy probablemente no habían agotado toda la dinamita.

«Vosotros queréis la vida y nosotros queremos la muerte», decía literalmente, «lo que da un ejemplo de lo que dijo el profeta Mahoma. Si no paráis vuestras injusticias, la sangre irá a más, y estos atentados son muy poco con lo que podrá ocurrir con lo que llamáis el terrorismo».

Duraba un par de minutos. El anuncio estremecía.

Aquella misma noche, una fuente de inteligencia le explicó a Santi Tarín, que había pertenecido al equipo de investigación del periódico, que ningún servicio europeo sabía quién era aquel tipo.

También supimos que la furgoneta que se había localizado en la estación de Alcalá de Henares había sido comprada por un ciudadano árabe y que no constaba como robada y, aunque era completamente previsible, supimos «fetén» que aquella noche iba a haber registros en varias viviendas de la ciudad.

Izquierdo y yo volvimos en un taxi a la redacción de la calle Oquendo. Izquierdo era el tipo que yo haya visto escribir más rápido en mi vida. Todo estaba en el orden adecuado en su cabeza, todo salía de sus dedos directo a la rotativa.

Aquella noche, tratando todavía de confundir a los ciudadanos, Televisión Española suprimió el programa previsto, *Noche de fiesta*, y emitió el documental *Asesinato en febrero*, dirigido por Elías Querejeta y que explica el atentado contra el diputado socialista Fernando Buesa y su escolta por un coche bomba de ETA. ¿Se podía ser más burdo? La cadena autonómica de Madrid, Telemadrid, la había emitido el día antes. Algunos medios intentaron obtener de TVE una explicación del cambio en la programación, sin éxito.

Dos días más tarde, la viuda de Buesa, Natividad Rodríguez, mostraría en la Cadena SER su indignación por aquella emisión tendenciosa, de la que ni ella ni Querejeta habían sido informados para que dieran o no su consentimiento, como era habitual.

Mi sábado no acabó entonces. Hacia las diez de la noche avisé a Dani de que me iba a Lavapiés, a hacer una ronda; le pedí que hiciera lo mismo, aunque lleváramos catorce horas. Quizás habría suerte y sabría dónde habían sido detenidos, o dónde vivían o trabajaban, quiénes eran sus vecinos.

No hizo falta dar ninguna vuelta: una luz azul intermitente procedente de la calle Tribulete, que parte de la misma plaza de Lavapiés, a la que daba mi balcón, me alertó de la operación.

Me acerqué, y allí estaba el dispositivo. La calle cortada por cintas policiales, una docena de agentes con fusiles. Una furgoneta de la Policía Nacional arrimada a la puerta del local, apenas un metro de separación. Tampoco esta vez había sido el único en tener la idea de recorrer Lavapiés. Había cinco o seis fotógrafos, entre ellos Dani, tres cámaras de televisión, media docena de redactores. Uno de ellos era César, de la agencia Colpisa, buen amigo. Sendas furgonetas policiales atravesadas impedían el paso de vehículos por aquel tramo de Tribulete.

También en ese momento sentí miedo, imaginé que el comando acudía al rescate de los detenidos. Para que el registro fuera legal, ellos debían estar presentes, y pensé que, si en el comando había algún abogado o alguien que supiera de leyes, debía saber que los detenidos iban a estar allí en aquel momento. De manera que concatenadamente pensé que aquel era el momento adecuado, si querían liberar a sus detenidos. Esperé en silencio, inmóvil, con cierta inquietud, comprobando a cada momento si por algún extremo o esquina de la calle aparecía alguien sospechoso, o hasta alguien armado, o hasta alguien que se anunciara gritando «*allahu akbar*».

El locutorio estaba justamente junto a la panadería donde compraba habitualmente. El bocadillo que había cogido allí el día antes seguía en el macuto, en la marabunta de los trenes ni había recordado comérmelo ni habría tenido estómago.

Hacia las doce de la noche vi pasar fugazmente a Jamal Zougam, esposado a la espalda, de la puerta del locutorio a la puerta del vehículo.

En realidad, solo supuse que era Jamal Zougam porque había sido identificado como el dueño del locutorio. Nunca supe si en realidad era uno de los otros dos. En todos los pies de foto, aquel hombre encapuchado sería siempre Jamal Zougam.

¿Quién ha sido? ¿Estaba la respuesta a la pregunta que desde hacía tres días me torturaba en el tipo que acababa de pasar delante de mí?

¿Había colaborado en la matanza Jamal Zougam?

¿Mohamed Bekkali?

¿Mohamed Chaoui?

¿Suresh Kumar?

¿Vinay Kholy?

El dispositivo policial se montó en los furgones y desapareció en un instante.

Le propuse a César tomar algo, sabiendo que iba a decir que sí. Era un gallego, expatriado como yo, y, aunque vivía con su pareja en Madrid, bastaba con proponerle un plan, le daba igual que fuera en Chueca o en Majadahonda. Le expliqué que vivía muy cerca de allí y que aunque solo fuera por curiosidad, quería calcular la distancia exacta que había entre el locutorio y mi casa, así que me acompañó en el recuento hasta la puerta. Dos minutos y treinta y seis segundos, unos doscientos ochenta metros, calculamos. Subí a dejar mi macuto, César me esperó abajo. Cuando salí por la puerta, dijo:

—Joder, tío, eran tus vecinos.

10

Ismael Feres hace el mismo trayecto que su madre y su hermana casi cinco años más tarde. 8 de julio de 1995, el día de su último examen.

La noche del 7, llega a casa muy tarde —ha estado en la biblioteca hasta las diez de la noche— y, sin cenar, apila todas sus cosas sobre la cama, dobla la ropa, recopila los libros que tiene dispersos en la sala y en la habitación, elige cuatro o cinco manuales de derecho que puede necesitar para su máster en Madrid y elige su ejemplar del Corán, tapas negras de cuero, flexibles, desgastadas, releídas.

Lo mete todo en su macuto, enorme, al principio ordenadamente y al final al tuntún. Solo deja fuera el cepillo y la pasta de dientes, para usarlos por la mañana, cuando se dirija al examen, y ropa limpia. También antes de meterse en la cama ejecuta algo que tiene pensado desde hace días: se pela la cara y la cabeza, todo tres milímetros. Arroja la mata resultante al retrete, le cuesta dos cadenas que lo trague.

A partir de entonces, ha pensado, va a tratar de ser y parecer un español. No quiere, en todo caso, que la barba le confiera una identidad que ha podido tener en sus años de estudiante, pero que ya no quiere tener. Se la ha dejado porque este último año ha ido mucho a la mezquita y se sentía más acorde, nada más, pero si ha ido más también se ha debido a que Karim y Asrih ya no estaban en Casablanca, no tenía tantos amigos, ni ha jugado ya apenas a fútbol, y en algo tenía que ocupar los días del último año antes del salto, del salto a Madrid.

Pero ahora se la afeita, se rapa, no querrá que lo miren por la calle, que lo miren los amigos que tendrá, no quiere llevar en toda la cara una barrera capilar con las chicas de Madrid.

Así que aquel 8 de julio hace un examen, que aprobará, e inmediatamente después vuelve al piso, carga el macuto en el hombro izquierdo y baja por última vez los siete pisos de escaleras angostas.

Camina hasta la estación de autobuses.

Toma uno hasta la frontera de Ceuta, el trayecto son casi cuatro horas.

Espera cuatro más contemplando el otro lado del futuro antes de embarcar en un ferri blanco pero herrumbroso, con lágrimas de óxido en todas las costuras, hasta Algeciras. En el puerto español topa por vez primera con la burocracia española.

Cuando entrega su pasaporte a un guardia civil que debe de tener su edad y cinco años menos de estudios, lo observa de arriba abajo con desafío, lentísimamente, y le ordena: «Acompáñeme».

Ismael empieza a decir, a la vez con humildad y firmeza, que él es abogado y que va a Madrid a estudiar un máster, y que por eso tiene «los papeles», pero la respuesta es idéntica, en gramática y tono: «Acompáñeme».

Ismael carga la bolsa y se va detrás del agente. Entran en una sala en la que hay cuatro enormes mesas. En cada una de ellas, dos guardias civiles inspeccionan con guantes de cirujano un equipaje. Algunas maletas han sido vaciadas por completo. Frente a cada una de ellas, sus dueños aguardan; a Ismael le da la sensación de que deben de llevar mucho rato soportando la humillación. Los movimientos de los agentes son —cree— deliberadamente lentos. Sacan las piezas una por una, a cámara lenta. En el perímetro de la sala, una treintena de hombres —subsaharianos y magrebíes, ninguno tiene más de treinta años— esperan turno; algunos de pie, otros en cuclillas, alguno ya se ha sentado en el suelo. No hay una sola silla.

El agente invita a Ismael a esperar: «Le llamarán».

Cuando un agente acaba la inspección, espera a que el inspeccionado se haya ido y al azar señala a uno cualquiera: «Tú». Aunque acabe de llegar.

Ismael no tiene suerte. Debe esperar dos horas.

«Tú», lo señalan finalmente. Sacan sus ropas una por una y las blanden en el aire. De uno de sus manuales de derecho caen cuatro o cinco fotografías con una barba de un palmo, pero estamos en 1995 y los agentes no se alarman. Cuando está todo amontonado a un lado, uno de ellos acerca la cabeza al bolsón, tratando de descubrir algún bolsillo oculto y describe en voz alta: «Cómo huele esto, Jacobo».

Invitan a Ismael a que recomponga su equipaje. Puede irse. Europa.

Han dado las once de la noche y ya no hay autobús a Madrid hasta la mañana siguiente. La cafetería ha cerrado. No ha comido en todo el día. Duerme en un banco de la estación con la cabeza sobre la bolsa y un brazo metido por una de las asas, no quiere quedarse sin absolutamente nada, todas sus cosas están allí dentro. Sabe que en España hay mucha delincuencia.

Cuando se despierta es todavía oscuro. Ha refrescado. Varias mujeres barren los andenes. Tiene un hambre de coyote.

A las seis de la mañana abren las taquillas y en un español que ya es muy bueno compra un billete a Madrid. Ocho horas. El autobús parte a las 06.30, pero no calcula que la cafetería no habrá abierto todavía y no podrá comprarse un bocadillo.

Aunque está muy cansado, no duerme un minuto en todo el trayecto, quiere impregnarse del nuevo paisaje de su vida. La voz metálica del chófer anuncia las paradas: Marbella, Málaga, Granada, Valdepeñas, Toledo.

En la primera de ellas pregunta al conductor si puede bajar un momento. El chófer acepta: «Pero rápido». Corre hasta la cafetería y compra un bocadillo de queso. Cuando vuelve a bordo, el chófer aborta, con un dedo índice y dos palabras: «Comer prohibido». Obedecerá.

Le sorprende —no era consciente— la cantidad de topónimos de origen árabe que salpican el camino: Benalmádena, Almuñécar, Albolote, Alhendín, Benagalbón, Alhaurín, Almuradiel, Almansa. Piensa en aquellos de las reuniones en Casablanca que querían reconquistar al-Ándalus.

El conductor anuncia Madrid, pero pasan todavía más de veinte minutos hasta que entran en la terminal. Ismael teme no poder dar con la calle de su madre, le apabulla la pequeñez del recién llegado a una urbe de verdad.

Salta el primero del autobús y echa la bolsa al suelo, saca el bocadillo y lo devora allí, al pie de la escalera, intentando que el conductor lo vea. Cuando acaba, busca el baño y mea y bebe del grifo, suponiendo que es potable. Tiene buen sabor.

Por suerte, la calle donde viven su madre y su hermana es medio importante. Sabe que está en la zona de Puente de Vallecas y, aunque camina cerca de una hora y el petate pesa cada vez más, le basta con ir preguntando para dar con Entrevías, 155.

En el interfono del segundo tercera contesta la voz de su hermana y él trata de disimular su acento árabe para decir «soy de Correos, les traigo un regalo», en un plural delator, porque los destinatarios de correo son siempre en singular. Un gorgorito de metal le abre la puerta. No hay ascensor, sube todo lo rápido que puede hasta el segundo. Se planta en el rellano sin saber cuál es la puerta tres porque los números se cayeron hace tiempo, cada una de las puertas tiene encima un rectángulo de pintura algo más clara. Espera, con la mayor prisa de su vida. Cuando Salma abre, casi se cae de culo o le peta la aorta. No había anunciado su llegada.

Salma grita primero «ah» y luego «iiiiii» y su madre acude, asustada, frotándose las manos en un trapo, y profiere el mismo grito, pero menos fuerte, y las dos, los tres se abrazan fortísimamente, y las dos, los tres lloran, ellas más, más rato, más audible.

Es domingo 9 de julio de 1995.

—Me muero de hambre.

Ismael devora los restos de un cuscús que ellas han dejado, remezclados con un arroz que su madre hierve en un momento.

La casa huele como la de Asilah años atrás. Sentados a la mesa, intentan ponerse al día precipitadamente, a trompicones, pisándose las palabras unas a otro. No mencionan a Anuar, el padre; debe de estar con su misma vida de mierda, quizás ha encontrado otra pareja a quien pegar, deben pensar los tres. Ismael ha ido varias veces en estos cinco años a ver a Isa; aparentemente está feliz, aunque nunca ha querido hablar por teléfono con Melissa, sí con Salma. Melissa llora de nuevo cuando se lo cuentan a Isma, en estos cinco años no ha tenido opción de subírselo a Madrid, ni se ha atrevido a viajar hasta Tánger, porque si por cualquier casualidad del mundo Anuar va hasta allí a husmear, con toda seguridad la mata; y tampoco ha querido pasar por una segunda despedida con el hijo abandonado, alega.

La primera tarde, Salma e Ismael pasean por Madrid.

Ella ha tenido varios empleos: cajera en dos o tres supermercados, cuidadora de un anciano y monitora de comedor en una escuela de primaria, pero ahora ha cumplido un sueño. Es profesora de danzas orientales en una academia, Los Arcos, por la zona de Legazpi; siempre se le había dado bien bailar.

Ismael está agotado, pero se muere de ganas de comenzar a explorar Madrid.

Le fascinará desde la primera tarde.

De entrada, hace más calor que en Casablanca, pero un calor seco y agradable, que no se adhiere a la piel. Las calles están limpias y ordenadas. Las personas, elegantemente vestidas, caminan con calma, es domingo, los vehículos son modernos y silenciosos, no escupen apenas humo, la basura aguarda clínicamente dentro de grandes cajas de plástico su traslado al vertedero.

Cuando llevan un rato a pie, bajan al metro; Ismael nunca ha ido en metro, Salma le indica cómo entrar: «Pégate a mí, a mi espalda, muy muy pegadito, y entramos dos por uno». Dentro del vagón, Salma se acerca al mapa que hay junto a la puerta y pone una uña con una cornisa de purpurina encima de la palabra «Portazgo». «Nuestra estación», dice. «Lo siento, pero no está al lado del Bernabéu, sino al lado del campo del Rayo Vallecano. No la olvides. Los nombres en español están llenos de santos y son difíciles de recordar, pero este es fácil: Portazgo», refuerza. Ismael pone su índice sobre la uña de su hermana e interroga, sin sonreír: «¿Y eso?». «Me gusta y punto».

Después de dos transbordos y una veintena de estaciones llegan a la estación Santiago Bernabéu. Esta será muy fácil de recordar. ¡El Bernabéu! Una de las ilusiones de su infancia. Quizás ahora podrá asistir a un partido.

El estadio es mucho más grande de lo que había imaginado, de lo que parecía en televisión. Describe sus sensaciones con seis consonantes: «Ffffff». Lo rodean por completo dos veces, tratando de buscar una rendija por la que se otee el césped. «Cuando tenga un trabajo me compro una entrada».

Está perplejo, feliz.

Bajan hasta la plaza Mayor, «la más bonita de Madrid», recorren algunas de las callejuelas del barrio de los Austrias, que Salma adora. «Es un barrio viejo pero nuevo, no sé cómo decirte», describe. «Algún día me gustaría vivir aquí», añade.

—¿Tienes novio?

Salma no tiene ni piensa tener novio, con el padre que habían tenido se le han pasado las ganas, antes de tener, novio. «Pero no soy lesbiana», agrega. Se conforma en la vida, dice a los veintisiete, con ganarse un sueldo con la danza, salir con las amigas y estar con mamá. Ismael sabe lo que es, pero no ha conocido nunca a una lesbiana ni, que él sepa, ha estado nunca cerca de ninguna. Ni en ese momento ni en ningún otro se atreverá a preguntarle a su hermana por qué no quiere o necesita el contacto físico con otras personas.

En la plaza Mayor hay una manifestación. La simetría imperial de sus portales queda rota por miles de personas, con pancartas; en alguna puede leerse «0,7 ya». Ismael nunca ha visto o estado en una manifestación. Pero no es exactamente una manifestación, la gente no está de pie, están sentados, y hay tiendas de campaña.

—¿Qué es el 0,7?

Salma se encoge de hombros y se acerca al límite de la movida a preguntar, conversa unos instantes con dos chicas y regresa con

Isma. Piden más ayuda al tercer mundo, que al menos el cero coma siete por ciento del presupuesto del Estado vaya al tercer mundo.

—¿Marruecos es tercer mundo? —duda él.

—Supongo.

Rodean la plaza por los márgenes, observando a la masa de jóvenes. El campamento debe de llevar días instalado, porque además de las tiendas de campaña hay jaimas como las del Sáhara, con las cuerdas de sujeción atadas a cualquier cosa pesada —palés, cubos de basura— o a piquetas clavadas entre los adoquines, y en la tela de las jaimas algunos carteles con anuncios:

AGUA POTABLE
CENA A LAS 21.00
EL JUEVES MANI

Salma e Ismael dan muy despacio una vuelta completa a la plaza.

—¿Estás cansado?

Ismael miente, quiere zambullirse en Madrid en una tarde; está oscureciendo, pero quiere más, y Salma quiere que conozca Chueca. «El barrio de las lesbianas», ríe. Recorren en zigzag las callejuelas hasta que llegan a la plaza de Chueca. Alrededor de la boca de metro, tres o cuatro parejas o tríos de chavales de aspecto marroquí observan a los transeúntes.

—Ni te acerques —alerta Salma.

En el metro de regreso, mientras observa el mapa, Ismael pregunta dónde está la mezquita de la M-30, le han dicho que es la más importante de Madrid.

—Pero si tú nunca has ido a la mezquita. —Su madre y su hermana no son creyentes.

Puede ser una buena forma de comenzar a conocer gente, alega Isma, porque su máster no empieza hasta el otoño y, aunque tiene el teléfono de Asrih y de Karim —Salma los conoce del instituto—, le apetece conocer gente nueva, no tener en Madrid su pequeño Asilah, no cerrarse en los chavales que ya conoce. Los llamará, desde luego, pero no quiere que sean su primer recurso.

—Yo te presentaré a mis amigas.

Salma tiene un pequeño grupo, todas alumnas de la academia, son más o menos de su edad, españolas, buena gente. Salen a tomar una cerveza, o a la discoteca, sobre todo les encanta bailar, «lógico». Sale sobre todo con Esther y con Vero, estas son sus mejores amigas, pero a veces se juntan seis o siete. «Vero es muy guapa», ya verás, le adelanta. Vero siempre tiene «un novio a medias», pero es maja. Dice «maja» en español, maja suena a árabe. Maja.

Antes de conocer a Pilar, Vero será una persona importante en la vida de Ismael.

11

Tanto César como yo estábamos agotados, llevábamos tres días de trabajo intenso y de rodillo emocional, pero de alguna manera ambos queríamos comprobar que los bares seguían sirviendo cerveza fría, que había gente que se acodaba en una barra sin mayor motivo y que Madrid no había dejado de ser la ciudad más abierta del mundo. Había sido con César con quien en una salida nocturna habíamos creado un grupo de amigos, y eso no era nada excepcional, todo el mundo en Madrid se pone a hablar en la barra de un bar con quien le caiga al lado sin pensar que buscan sexo o su cartera. Eran tres chicas de Valencia, Valladolid y Zumaia, y un alemán; se llamaban Blanca, Paula, Magdalena y Gerald. César se inventó que éramos funcionarios del Ministerio de Asuntos Exteriores y desde ese momento nos llamaron «Exteriores». Quedaríamos algunas veces, y naturalmente acabaron sabiendo que no éramos funcionarios, sino periodistas. Esa era (es) una increíble virtud de Madrid, la de hacer amigos en cualquier barra, y eso era lo que César y yo, aquella noche, tratamos de averiguar si también había muerto.

Y aquella noche había muerto. Además, llovía y hacía frío.

Nos dirigimos hacia la calle Argumosa, que desde la plaza de Lavapiés va a dar al dorso del Museo Reina Sofía y que está llena de locales, con tapas deliciosas.

Había poquísima clientela, y estaba silenciosa y nadie quería hacer amigos. Había un funeral en cada bar. Estuvimos en varios.

Estaba convencido de que la ciudad recuperaría el pulso, era apenas el primer sábado después de la matanza. No era el frío.

—Esto tiene un reportaje.

César lo publicó en *El Correo Español* y yo en *La Vanguardia*. Los mismos testimonios, el mismo dolor. El mío se tituló «Vacío en la noche madrileña». «Solo irreductibles, distraídos y ludópatas. En el bingo Universal, en Sol, sesenta personas, sobre un aforo de mil. "Hoy solo viene el que no puede no venir", informa Ana. "El vicio es el vicio. Algunos llegan hasta la puerta como el que no quiere la cosa y hacen como que se sorprenden de que esté abierto, y entran, claro. Necesitan su dosis. Pero nada de matrimonios. Están en casa"», decía en el arranque.

Desde la calle Argumosa fuimos hasta la de Huertas, donde había un local junto a otro y donde íbamos habitualmente con los vascos y con los otros periodistas.

Hablamos con Loli, una portuguesa de veintinueve años que ante el New ofrecía invitaciones. Por cada cliente que generaba ganaba cincuenta o sesenta céntimos de euro, y aquella noche llevaba la mitad que cualquier otra.

Hablamos con una mujer china que se había refugiado de la lluvia en un portal. Vendía bocadillos. «Noche mal», concluyó.

Uno de nuestros locales habituales, el Rainbow, estaba cerrado. Directamente.

En el Populart, donde normalmente costaba entrar, había exactamente tres personas, aparte de nosotros dos. También costaba entrar siempre en el aparcamiento subterráneo de la plaza de Santa Ana, de trescientas veinticinco plazas, y donde aquella noche había, aparte de los abonados, treinta coches aparcados.

Visitamos Joy Eslava, un local mítico de la noche madrileña, entre otras cosas porque había abierto justo después de otra tragedia: el 24 de febrero de 1981, el día después del intento de golpe de Estado del teniente coronel de la Guardia Civil Antonio Tejero. Un empleado de seguridad nos dijo que estaba «como siempre»; y otro, que había trescientas personas (cabían mil quinientas) y que se habían cerrado dos de los tres niveles de la discoteca. Nos creímos al segundo.

Entramos también en un Telepizza del barrio de Salamanca. Habían hecho cuatrocientas. El doble que cualquier día comparable. ¿Dónde estaba la gente? Parecía obvio.

En aquella zona, los clientes de locales como José Luis, La Farmacia, Juan Bravo 25 o Rick's se podían contar con los dedos de una mano o a lo sumo con los de dos.

Teníamos «buen material» para un reportaje. César tomó un taxi hacia su casa y yo otro hacia la mía; era el número 11.878 (así lo identifiqué en el reportaje) y, cuando lo paré, me dijo: «Esta noche es una ruina. Me voy a mi casa». Como Lavapiés le quedaba más o menos en la ruta hacia su domicilio accedió a llevarme.

Aún tuve tiempo de recoger (sin que lo supieran) otros dos testimonios. Eran las 03.50 y dos tipos que con absoluta seguridad habían encontrado muchos bares abiertos estaban ante uno de Lavapiés que normalmente se saltaba todas las normativas y permanecía abierto mientras hubiera un bebedor, pero que a aquellas horas de la madrugada había bajado la verja.

—Está *to cerrao*, será el *apartheid* ese —dijo, y escribí.

12

Después de aquella primera tarde en Madrid, Ismael y Salma llegan a casa cerca de las diez de la noche, sudorosos y agotados. Su madre ha tomado la iniciativa para que el verano de su hijo no sea un aburrimiento, para que aproveche el tiempo antes del máster, y le anuncia que ese lunes va a matricularlo en un curso intensivo de español en la academia en la que ella trabaja. Cuatro horas diarias, todo el verano. Barato.

—Lo vas a necesitar. Y ya sabes que nadie te va a quitar lo que entre en tu cabeza.

Visita por primera vez la mezquita de la M-30 en su tercer día en Madrid. Acude una mañana, temprano, como Dios manda. Entra con otros cientos de hombres, se postra, bisbisean.

Cuando acaban los rezos da una vuelta por el recinto. Está nueva, tiene apenas tres años, es gigantesca. Una placa a la entrada, en árabe y español, explica que la pagó Arabia Saudí.

Un gran panel de corcho en el vestíbulo contiene decenas de notas pinchadas con chinchetas.

Gente que busca piso, coche, muebles baratos.

Gente que vende piso, coche, muebles baratos.

Un folio más grande anuncia «Fútbol» los domingos «después de las oraciones», en el campo de la zona deportiva de la Concepción, sin más concreción. Debe de estar cerca, Ismael interpreta que se citan en la mezquita y desde ahí van al campo juntos. Puede ser un buen nexo, un buen pie, un buen inicio, piensa, celebra.

La vida de Ismael se normaliza, o al menos adquiere rutinas, a partir de la segunda semana. Madruga como en la etapa universitaria y camina hasta la mezquita, regresa, desayuna con las dos mujeres y a las diez de la mañana está en clase de español.

Sus compañeros de clase son ocho: tres norteamericanos, tres franceses y dos daneses. No intercambia con ellos más que ejemplos en pluscuamperfecto. Ni una cerveza ni unas tapas. Isma sabe, por sus conversaciones, que entre ellos sí que quedan, Isma entiende el inglés y el francés.

El viernes, después de las oraciones, pasa de nuevo ante el mural de anuncios de la mezquita, por si hay algún detalle más del partido de fútbol. No lo hay. Busca la recepción. En una ventanilla un tipo de acento tunecino, seco pero amable, le pide que aguarde un momento. Al poco aparece acompañado de un hombre un poco mayor que él, de unos treinta años, que se presenta como Amer, Amer Azizi.

Es afable, sonríe. Barba espesa y negra, no muy larga, ojos rasgados. Conectan: Amer es de cerca de Casablanca, su familia es de campo; Ismael le cuenta que acaba de llegar justamente de aquella ciudad, ha estudiado Derecho.

—¿Derecho? No hay muchos abogados en nuestra comunidad —parece celebrar.

Amer es el responsable de abrir y cerrar la mezquita, de mantenerla limpia, de que las alfombras estén en perfecta cuadrícula, «*alhamdulillah*» («alabado sea Dios»), intercala cada dos frases.

Otra de sus funciones es la de organizar partidos de fútbol entre los chicos que acuden a rezar, *alhamdulillah*. Los viernes recuenta cuántos se han apuntado para el domingo y si son al menos veinte telefonea a la oficina del distrito de Concepción y reserva el campo. «Unos quince minutos a pie desde aquí», dice Amer. «Saldremos al acabar las oraciones, te esperamos el domingo», agenda Amer, *alhamdulillah*.

La primera impresión que de Amer tiene Ismael es que se preocupa de que los recién llegados se sientan acogidos. Luego todo será distinto con Amer, Amer será de las peores cosas que Ismael vivirá en Madrid, pero en ese momento, recién llegado, Amer le abre a Ismael las puertas de la ciudad, de la comunidad.

Aquel mismo viernes, Melissa le anuncia a Ismael que al día siguiente cenan —«¿A que no sabes con quién?»— en casa de los Zeinab, en casa de sus tíos Farid y Lina, quienes habían sido sus vecinos en Asilah, los de la parcela contigua, los que emigran a Madrid antes que ellas. Hace quince años que Ismael no los ve. Ni siquiera conoce a sus primos, Lina emigra embarazada del primero, Wahed; luego vendrán Abdel, Karim y Farah. Catorce, siete, cuatro y dos años.

Qué casualidad: justo el día que lo invitan a jugar a fútbol va a ver a Farid, la persona que de pequeño le enseñó a jugar. «¿No es casualidad, madre?». Ese día siente que su vida se va normalizando, es la vida que ha soñado. Siente un placer desconocido.

Los Zeinab no viven lejos, tienen alquilados unos bajos destartalados más o menos a medio camino entre su casa y la mezquita de la M-30. Pero Farid, anuncia Melissa, no va a estar, Farid está de viaje, vuelve a Madrid dentro de pocos días, ha tenido «al parecer» un accidente de tráfico en un trabajo que estaba haciendo en algún lugar de Europa, por Italia le parece, Melissa no sabe o parece no saber, no es muy precisa ni vehemente, en aquel momento Farid está ingresado en un hospital en Milán, «al parecer» ha perdido una pierna.

Ismael no entiende que ante un accidente de tal gravedad la información de su madre no sea más precisa. Tampoco lo será la que Lina ofrece de su esposo.

Aquella noche, algo inquieto por la indefinición respecto a la salud de su tío, Ismael le insiste pronto a su madre para que se vuelvan a casa. Ciertamente quiere despertarse temprano y llegar descansado al partido, quiere jugar bien, quiere que lo vuelvan a buscar para el domingo siguiente.

De camino a casa, Ismael sorprende a su madre:

—¿El tío Farid ha estado en la guerra de Bosnia?

Melissa no es contundente:

—Me parece que sí.

El domingo, cuando acaban los rezos, Ismael sale de los primeros. Teme que, si se retrasa, los otros jugadores ya se hayan ido al estadio. En la puerta de la mezquita aguardan tres o cuatro grupos de dos o tres chavales, alguno lleva una bolsa de deporte o de plástico, «serán estos», piensa Isma; está solo, tímido, pero detecta entre ellos a Serhane, el chico de acento tunecino que lo ha atendido hace pocos días en las oficinas de la mezquita, se saludan. Pocos minutos después aparece Amer con otros cuatro o cinco, y entre ellos... ¡Karim!:

—¡Ismael!

Karim se adelanta, se lanza sobre su amigo, se abrazan largamente, se friegan el cogote. Ismael confesará que en ese momento se le acristalan los ojos, siente que su vida se está normalizando «a toda hostia». Los cinco años de Casablanca quedan provechosamente atrás: se ha licenciado en Derecho, está en Madrid, en otoño empezará un máster y ahora empieza a tejer un núcleo, su hermana le presentará pronto a sus amigas, «qué más puedo pedir».

Isma justifica que no los ha llamado todavía porque lleva muy pocos días en Madrid, iba a hacerlo, Amer se acerca por detrás, celebra que se conozcan, *alhamdulillah*.

A Ismael aquel reencuentro le provoca sentimientos ambiguos. Por un lado le ilusiona tener amigos, por otro le angustia no tener otros. Como si hubiera cambiado la escena, pero no los personajes. Y él, por mucho aprecio que les tenga, tiene claro que no ha venido a España a relacionarse con exactamente las mismas personas.

En el año que lleva en Madrid, Karim ha ido saltando de trabajo esporádico en trabajo esporádico, ninguno de ellos relacionado con sus estudios de ingeniería de telecomunicaciones. Ha trabajado en la construcción de pisos, en una gestoría, ha hecho de carpintero y ahora trabaja en una empresa de construcción de piscinas. Una empresa catalana, que tiene una sucursal en Madrid, alguna vez ha pensado en trasladarse a Barcelona, su jefe dice que allí todo le irá mucho mejor. Pero no ha tomado una decisión.

—Está muy jodido el curro —dice Karim en español. Jodido, curro.

Ahora vuelve a vivir con Asrih, Asrih ha estado unos meses en Conil de la Frontera, cerca de Cádiz, trabajando en el campo, y acaba de regresar a Madrid. Trabaja los domingos, en el servicio municipal de limpieza de Leganés, en la periferia de Madrid, y por eso no puede ir a jugar. «Pero sigue con el *hash*, nos dejaría tirados como siempre», le adelanta Karim, «quizás no trabaja en el campo, sino que baja a buscar cargamentos de droga». En aquellos meses, Ismael verá puntualmente a Asrih, apenas algunos domingos coincidirán en los partidos, y nunca se atreverá a preguntarle a qué se dedica exactamente. Ismael preferirá no saber. También está en España Ata Tirig, añade Karim, el que en Casablanca era su portero en fútbol sala, acudirá algunos días a jugar. A Ismael nunca le ha caído demasiado bien.

Ni a Asrih ni a Karim les gusta lo que hasta ahora les ha deparado España, pero «es lo que hay», le dice también en español.

Al llegar al estadio, Amer y Karim presentan a Ismael al resto de jugadores. En aquel momento, a Ismael le sorprende que son todos árabes, absolutamente todos. Ni un español ni un sudamericano. Hay una mayoría de marroquíes, pero también algún argelino, algún egipcio, algún saudí. Serhane es el único tunecino. Bueno, hay un francés, que durante una temporada acudirá todos los domingos, pero es un converso al islam, e Ismael no lo cuenta como europeo. Se llama David Courtailler, Ismael recordará bien el nombre.

Aquel primer día en que Ismael va a jugar a fútbol son veintisiete. Amer los separa en dos equipos, Isma empieza en el banquillo, pero solo el primer día, luego siempre será titular, de los buenos, juega bien todavía. Juega con sus zapatillas deportivas, el único calzado que tiene, un pantalón gastado que se ha traído de Marruecos, una camiseta verde con las iniciales de la universidad de Casablanca; el segundo día, Amer le regalará un equipaje completo: una camiseta del Madrid, sin número, *made in China*, calcetines, un pantalón azul.

Al acabar aquel primer partido, Karim e Ismael se toman un refresco en el bar del recinto. Allí descubre Isma lo que le ha ocurrido a su tío Farid. Karim lo conocía lejanamente de Asilah, y es en la mezquita donde ha sabido de su historia: al estallar la guerra de los Balcanes, un grupo de unos veinte hombres decide unirse a la resistencia musulmana y viaja a Sarajevo y Srebrenica. Se camuflan en una organización no gubernamental de ayuda a la población civil llamada IHH, que en realidad da apoyo logístico a los bosnios. Aproximadamente la mitad muere. Farid resulta herido al explotar una bomba bajo la furgoneta en la que transporta víveres. Supuestamente víveres. «En realidad llevaba armas», descubre Ismael aquel día. Todos lo conocen ahora como «el héroe de Bosnia, Farid de Asilah».

Ismael no le contará a su madre la historia de Farid.

El segundo fin de semana su hermana lo lleva por primera vez «de fiesta». Isma, Salma, Vero y Esther. Es el día en que conoce a Verónica.

Se citarán siempre en Kopa's, un bar del barrio de Arganzuela, cerca de la academia de baile, ese será siempre su punto de arranque. Isma quiere que se lo trague la tierra cuando al llegar su hermana dice:

—¿Es guapo o no es guapo?

Ni Vero ni Esther contestan, pero ambas ríen y le dan dos besos, esto es, cuatro, e Isma tiene un levísimo recuerdo táctil de Meryem, su novia o chica o amiga del instituto, a quien nunca más ha visto ni verá.

Esther es mediana, un poco ancha, cabello por los hombros medio rizado, medio teñido de mechas rubias, nariz blanda, labios blandos, mejillas blandas, garbosa, no para de reír y de añadir jotas por en medio de las frases. Es muy simpática. Verónica por el contrario es alta, delgada, de labios finos, pómulos marcados, más seca de carácter, cabello lacio, con un flequillo que le golpea la frente cuando se mueve, sobre todo al decir sí. Siempre parece estar pensando algo, y Salma tenía razón: es muy guapa.

Ismael se azora y no sabe qué hacer, qué decir, cómo comportarse, así que aplicará una máxima que no puede fallar: «Donde vas, haz lo que veas». Ellas piden cerveza, él pedirá cerveza. Ellas bailan, él bailará. Se moverá, al menos, desinhibido por el alcohol. Todo lo paga Salma, él no tiene dinero, no ha cobrado aún la primera beca, no tiene una peseta, los ahorros que sube de Marruecos se han esfumado los primeros días. Van a dos bares y a una discoteca, y llega un momento en que a ellas se les acaba la batería de preguntas de los territorios comunes —estudios, deporte, planes de futuro— y a él no se le ocurre por qué cosas de ellas interesarse, de modo que con una cierta sensación de fracaso, y pensando que al día siguiente tiene partido de fútbol, se despide pronto, un poco azorado y sin querer que crean que no se ha divertido, porque sí que se ha divertido. En realidad, está muy mareado.

Sale del bar y vomita en el hueco de un árbol. A su espalda escucha:

—Menuda *boya* lleva el moreno.

No se atreve a girarse, no sabe si las mofas pueden derivar en algo peor, prefiere irse a casa en paz.

Vero no acude a la segunda salida e Isma se pregunta por qué. Aquella noche Ismael se queda hasta el final, se les hacen las tres o así, está más relajado y tratando de convencerse de que en España las noches son así, ir por los bares bebiendo y hablando y luego meterse en una discoteca, donde no ves nada, hay ruido, humo de cigarrillo, tu ropa apesta, hay gente metiéndose mano en los rincones. Pero es viernes y a la mañana siguiente no tiene partido, y la ausencia de Vero, comprueba, le relaja.

La tercera vez el grupo crece, y además de Vero y Esther se suman Fani, también alumna de Salma, y su novio, Fernando, que es abogado. De entrada, Isma lo celebra, cree que tendrán intereses comunes o un diálogo, pero será la única vez que los ve. Aquel día, Ismael cree que a Fernando no le sienta bien que ambos sean abogados y que él, Isma, esté además a punto de iniciar un máster. Como si sintiera un complejo de inferioridad académica o algo así, no cesa de repetir que las legislaciones son propias y que no puede ejercerse en otro continente, que son mundos diferentes también en lo legal y que duda de que viniendo de otro continente pueda ejercer aquí, por mucho que la especialización que va a cursar Ismael sea, justamente, la que permite solventar problemas relacionados con la emigración. No dice otro país, dice todas las veces continente.

Ismael comienza el máster en Derecho Internacional el 2 de octubre de 1995, en la Universidad Autónoma de Madrid. Acaba de recibir su expediente académico y está orgulloso: una media de 8,7. La Unión Europea le paga mensualmente unas ciento veinte mil pesetas, que equivalen a unos setecientos treinta euros de hoy. En aquella época es bastante dinero. Suficiente para alquilar un piso y alimentarse, capítulos que además Ismael tiene cubiertos: por eso en aquellos tiempos ahorra bastante.

El primer día no va a la mezquita antes de clase, le parece más importante prepararse bien. Ducharse, afeitarse, no olvidar ni la carpeta ni los bolígrafos. Sale con media hora de margen y bastante antes de las ocho de la mañana entra en el campus, que será su casa el año que sigue. Entra el primero en el aula, una gran sala de paredes de hormigón con diez hileras de pupitres y una mesa sobre una tarima, colocada en el extremo izquierdo. Pueden caber ochenta alumnos. Se sienta en la tercera fila, más o menos en el centro. Está nervioso. Nadie se sienta cerca de él. De entrada no se siente rechazado, es normal que nadie se ponga a tu lado el primer día, con setenta y nueve sitios libres. Serán diecinueve, quedan perdidos en la inmensidad del hormigón.

El primer profesor los hace presentarse uno por uno, diciendo sus nombres y nacionalidades. Afirma que cuando dice Marruecos ya intuye o piensa o percibe que se está cerrando algunas puertas. Además de media docena de españoles, hay otra media docena de sudamericanos, pero también un egipcio, un italiano, dos turcas, dos libaneses y un bosnio. Siete mujeres y doce hombres. Le parece que el arco de nacionalidades de sus potenciales amistades crece.

Al final de la mañana, tras cuatro sesiones de hora y media, sus miedos de que el máster no vaya a servir para tejer un poco de red empiezan a disiparse. En cuanto el último profesor dice «nos vemos mañana, chicos», el vozarrón desacomplejado del estudiante bosnio, que se llama Bojan, irrumpe sorpresivamente en la sala:

—¿Alguien va a comer en la cafetería?

Porque aquel día tienen clase también por la tarde, y todos comen en la cafetería. Ismael es el único que lleva una fiambrera con cuscús.

Aparte de los españoles, que pronto se agrupan entre ellos, la mayor parte de los alumnos acaban de llegar a Madrid, también ellos quieren una red.

Bojan junta varias mesas y todos van sentándose, medio obligados, sin dejar asientos libres. Todos no. Ismael se fija desde aquel primer día en Esra Ünlü, una estudiante turca, hija al parecer de un diplomático. Su amiga Dilara y ella son las únicas que tras la propuesta del bosnio se dicen algo en su idioma y se quedan rezagadas en el aula, y cuando llegan a la cafetería pasan de largo y se instalan al fondo.

En una primera señal, el gesto de Esra y Dilara de desgajarse de los diecinueve contraría a Ismael, pero sobre todo le hace darse cuenta de su propio cambio de actitud hacia el sexo contrario. Es como si se hubiera levantado una barrera, y ahora quisiera atravesarla a toda velocidad. Él mismo se autodecreta durante los años de estudiante en Casablanca que no se va a acercar a ninguna mujer, si ello puede poner en riesgo sus planes de traslado, pero ahora que estos se han consumado su intención es clamorosa e imperiosamente la contraria. No solo está deseando hacer amigos, está deseando tener una novia. Lo ha notado con Verónica, la amiga de su hermana, y lo nota ahora con Esra; le gustan las dos así, a la primera.

De Esra le gustará que es mitad Europa, mitad islam. En su inconsciente de inmigrante, Esra es de pronto tan accesible por lo segundo como necesaria por lo primero. Como una intermedia vía de acceso, y una belleza muy distinta a la de Verónica. Es pequeña, *aprincesada*, de cabello castaño, siempre bien maquillada y estilosa, con pulseras que golpean el pupitre a cada momento. Dilara por el contrario es alta, corpulenta, de cabello negro alborotado, vozarrona, un punto ruda. Juntas parecen la hija de un visir y su escudera.

Desde aquel día, Bojan asume un liderazgo que conviene a todos. Propondrá salidas, decidirá lugares y horas: «A las nueve en el kilómetro cero de la Puerta del Sol», dirá muchos viernes al final de las clases. «Quién se apunta». Su español es bueno. Siempre logra convocar al menos a cinco o seis.

Ismael acude algunas veces, pero de forma discontinua, porque pese al instantáneo interés por Esra entiende pronto que Salma, Esther y Vero serán su futuro y los del máster posiblemente tienen el horizonte de un curso. Quizás es absurdo plantearlo así, pero en aquel momento lo que él desea es arraigar, y le parece que los del máster, que se irán a sus países al acabar, no son la vía más segura.

Como Ismael, Bojan estudia gracias a una beca de la Unión Europea. Es el mayor de los diecinueve, y de la guerra de Bosnia, además de víctima, ha sido contendiente. Es muy decidido, valiente, agresivo a veces en sus modos.

Bojan confiará a ciegas en Ismael desde que este le cuenta en los primeros días de curso que su tío Farid, casi un segundo padre, está desde hace meses en un hospital de Milán, herido en un accidente en Bosnia mientras coopera —Ismael ofrece la versión oficial— con una ONG de ayuda a aquel país.

—¿De qué organización? —lo interrumpe.

Ismael sabe que son siglas con una H y una I, pero no recuerda bien el nombre.

—¿IHH?

—Esa.

Bojan lo abraza, «bien, bien, bravo por tu tío Farid, IHH es quien más está haciendo desde el exterior para ayudarnos». IHH es en realidad una especie de brazo paralelo del ejército, que transporta víveres y material bélico en zonas controladas por los serbios.

Con el tiempo, Ismael sabrá que Bojan ha matado a otros hombres. También sabrá que no se arrepiente. Bojan estudia último curso de leyes en Sarajevo cuando estalla el conflicto. Decide detener cualquier plan personal o formativo para integrarse en las milicias populares. Lo hace durante un año, cuando tiene veintitrés, «con todas las consecuencias». Ismael nota las comillas cuando dice «con todas las consecuencias». «Yo he usado un arma», completa, en voz baja. En las comillas viene un orgullo. Haber cumplido un deber, haber defendido unas ideas, un país, un dios. El año anterior ha acabado sus estudios en Berlín.

Ismael pronto comprende y comparte su odio infinito hacia los serbios: un día, Bojan acompañaba a su madre y a su hermana a buscar algo de comer. Sarajevo era un caos, con serbios y bosnios ocupando diferentes barrios de la ciudad, era arriesgado salir a la calle. Pero tenían hambre y frío y la cocina vacía. Nevaba intensamente. Habían recorrido unos metros por unas callejuelas, arrimados a las paredes, hasta que llegaron a una calle principal, que debían atravesar. Una calma fría planchaba la calle, caían en vertical copos infinitos. No se oía nada, tampoco disparos, ni bombardeos a lo lejos. Se detuvieron en una esquina, antes de atravesar la avenida, tratando de calibrar el peligro. Su hermana, que tenía dieciocho años, quiso pasar la primera: «No pasará nada», dijo, comenzando a correr, y sin que su madre pudiera retenerla. Cuando alcanzó el centro de la calzada sonó un clac seco, uno, un único disparo, y su hermana cayó al suelo. Su madre salió al esprint y Bojan tampoco tuvo los reflejos de impedírselo. Antes de llegar donde yacía su hermana sonó otro clac, y su madre, clac: fulminada. Ya no se movió. Dos clacs, las dos muertas. Dos balas certeras, eficaces, mínimas. Una humillante economía de munición. Bojan tuvo la sangre fría de no echar a correr para no ser abatido como un pichón, de no echar a correr siendo cerebral y cobarde, quizás los reversos de una misma idea o manera de ser, dice, pero tuvo que esperar a que se hiciera de noche para acercarse a los cadáveres, inertes sobre la nieve roja. Nunca supo cuánto tardaron en morir. Nunca supo si de haber podido acercarse a ellas las habría podido salvar. A una o a las dos. Se lo explica a Ismael sin tristeza. Con un odio extremo en las mandíbulas.

Ahora vive en Madrid en un piso de exiliados que esperan el fin de la guerra para volver a casa.

Semanas más tarde, Ismael le propone que lo acompañe a la mezquita un viernes, pero Bojan declina: «Ahora ya no creo en nada».

La primera vez que Esra se une al grupo es en la sexta semana de curso. Catorce de los diecinueve alumnos se inscriben en un seminario que se celebra de viernes a domingo en un hotel de Toledo. Es voluntario y gratuito para los becados. En su voluntad de formarse, de invertir en su futuro, Ismael decide acudir.

Viajan todos juntos. Se citan a las seis de la tarde del jueves en la estación ferroviaria de Atocha. Desde el primer momento, a Isma le encanta esa estación, le parece preciosa con todos los hierros.

Es Bojan quien, en el andén, le pregunta a Esra dónde está su amiga; es una maniobra de ruptura del hielo, pero también un cierto reproche por su remarcado aislamiento. A Dilara, detalla la princesa, la está visitando su familia estambulí.

Aquella primera noche cenan los catorce, y los catorce bajan a la discoteca del propio hotel. Está vacía, pero el volumen llena el espacio. Es atronador.

Cuando Bojan pregunta con voces y signos qué quieren beber, solo Ismael y Esra piden limonada, y de ese modo se sienten ambos inmediatamente parte del mismo subconjunto, y por ahí arrancan:

—¿No bebes alcohol? —El español de Esra, que no habla árabe, es peor que el de Isma.

Ismael responde que no, pero se hace un pequeño lío cuando trata de explicar que algunas veces sí bebe, sí lo ha probado, pero que en todo caso no se debe a que siga los preceptos del islam, que bueno, que sí, que más o menos respeta, tratando de decir que es creyente pero no mucho y abstemio en las mismas magnitudes. Pero que cuando bebe le sienta mal, y es caro, y al día siguiente tienen seminario. «La última vez me mareé como una boya», describe, azorado por enfrentarse a asuntos íntimos que no tiene del todo resueltos, y por aquellas pestañas.

«En España beben mucho», cuantifica, sin saberse si a favor o en contra.

Ismael en todo caso no se atreve a preguntar más que cuestiones nimias, como dónde vive y de dónde es, y cuestiones obvias, como si piensa quedarse en España, si añora Estambul.

Y aquí acaba su primer fracaso, si es que así puede considerarse, porque la noche siguiente la turca ni siquiera baja a cenar, y porque en adelante Ismael se siente miembro de otra casta o planeta, además de subinmigrante.

Es la última vez que Esra se mezcla con el grupo de estudiantes. Hasta el final del máster, evita el contacto y nunca vuelve a compartir una comida, una salida nocturna o un domingo en el Retiro: en un parque, por favor.

Qué ojos tan bonitos tenía, por el amor de Dios.

También los tiene bonitos Mariela, negros y almendrados; corta estatura y cierta anchura, morena, aplicada en los estudios y primer fracaso propiamente dicho de Ismael. Es colombiana, y lo peor para él será descubrir que también entre los inmigrantes hay clases, y que la magrebí es la inferior.

Si Esra es hija de un diplomático y tiene el porte y la aspiración de seguir los pasos de su padre, y deja a las claras que solo se emparejará con un igual o superior de clase, Mariela es al menos equiparable a Ismael Feres. La madre de Ismael tiene una cultura, una carrera universitaria, es profesora. Los padres de Mariela han migrado juntos a Madrid, empleados en la construcción y la limpieza, respectivamente, y Mariela da clases de español a los vecinos no hispanos de su bloque y del vecindario. ¿Qué es lo que convierte a Ismael en un moro de mierda? ¿Que sus ancestros conquistaran siete siglos la península? ¿Su tez morena? ¿Es eso lo que lleva a los demás a cambiar de acera o a llevarse la mano a la cartera en el supermercado, en los andenes del metro, a observarlo siempre de reojo? Como Isma, Mariela no tiene intenciones de regresar a su país, donde la muerte es muy barata.

Hacia mitad de curso, cuando Ismael asume que Esra está fuera de su radio de posibilidades y percatándose de que quizás no ha sabido ser con ella lo suficientemente estratega, Ismael empieza a buscar un sitio libre al lado de Mariela, que ha intimado con otra colombiana y con una mexicana, Zoe y Julia, respectivamente. Será paciente, sabe ser paciente, eso lo sabe de sí mismo y se aplica en la maniobra. Traza una estrategia, y si Mariela no está entre Zoe y Julia busca su flanco del pupitre en días discontinuos, uno sí, tres no, sí, no, no, sí, sí, no, no, no, sí, no..., y así un par de meses, hasta que ante la tolerancia de ella una mañana que ha llegado de los primeros decide reservarle un sitio al lado colocando su carpeta, y va girándose nerviosamente hasta que la ve entrar, alza la mano y levanta el dedo índice, invitándola a su lado. Pero Mariela pasa de largo, simulando que busca a alguien en las primeras filas.

A partir de ahí, Mariela llega siempre acompañada de Zoe y/o Julia.

Hasta que una noche que salen diez o doce de ellos por los bares de Lavapiés, y ante la noción de que Mariela también se está escabullendo, Ismael se toma tres cervezas con Bojan solo para tener la verborrea de un español, y cuando nota la lengua viva le dice al bosnio —que está informado— «vamos», y se acercan adonde Mariela, Zoe y Julia bailan, con Bojan como quilla. Con su desparpajo, Bojan sabe cómo operar en el último metro.

Y Bojan atrae a las amigas para que Ismael pueda entablar un diálogo a dos con Mariela, que será el último. Sin las perífrasis necesarias, sin elipsis o meandros quiere comunicarle que es la primera mujer de la que ha estado enamorado, sin saber muy bien si es cierto, confiesa que no ha estado con ninguna mujer porque en su imaginario eso es un factor a favor, un plus, y trata de besarla antes de haber detectado al otro lado si había o no alguna clase de correspondencia, creyendo o queriendo creer que haber hablado media hora es una luz verde. La caga.

Mariela se molesta, y aun así educadamente le comunica que no está interesada en intimar con él, y mucho menos, o igual de menos, desnudarse con él, argumentando monumentales diferencias culturales y el prediseño divergente que apuntan sus futuros. «Somos muy diferentes, Isma, no sé qué dirían mis papás de vos», le dice la bicha. Viene a decirle, comprende Ismael, que un moro no era lo que sus aspiraciones habían previsto.

13

Doscientos ochenta metros.

El tipo que al parecer había suministrado los teléfonos empleados en la fabricación de trece bombas que habían matado a ciento noventa y una personas vivía, o trabajaba, no lo sabía todavía con certeza, a doscientos ochenta metros de mí. A dos minutos y treinta y seis segundos.

Tanto daba si había puesto o no las bombas, o si había colaborado en algún preparativo de la masacre. De aquello se le acusaba en aquel momento y tanto daba ni siquiera si era cierto o no, porque en mis pensamientos aquel hombre, mi vecino, personificaba el mal, la autoría en carne y hueso, y yo lo había visto.

No podía quitarme esa idea de la cabeza, ni podía dejar de enlazarla con la que me había asaltado desde que había visto los trenes destruidos y los cadáveres esparcidos por los vagones y las vías. ¿En qué mente había germinado aquella idea, aquellos planes, todo aquel odio? ¿Podía ser el tipo que vivía o trabajaba a dos minutos de mi casa? ¿Un tipo que, tal como había admitido el ministro al anunciar las detenciones, había estado bajo vigilancia de la policía española, es decir, que vivía allí, o por allí, desde tiempo atrás, un tipo con el que quizás me había cruzado cuando me dirigía al metro, o en el supermercado de la plaza, un tipo que quizás había estado detrás de mí, a dos palmos, en la cola para pagar, el tío cuyo aspecto quizás me había llevado a mí, a mí, a cambiar de acera, en pleno día, sin ningún motivo? ¿Podía llegar a pensar que yo, su vecino, que yo con mi actitud, mi distancia, quizás una mirada de reojo que él, Jamal Zougam, podía haber recibido como miedo o desprecio, había de algún modo contribuido a alimentar su maldad?

La calle Tribulete estaba aquel domingo copada por periodistas. Había cámaras por todos lados, grabando el locutorio desde todos los ángulos, en escorzo y de frente, el precinto policial borroso y nítido, en escorzo y de frente.

Pero la marabunta se agolpaba sobre todo en la panadería del local contiguo, en la esquina con la calle Mesón de Paredes.

Estaban las dos dependientas habituales, ocho o diez informadores y ningún cliente. Ellas habían accedido a hablar, pero no a que las grabaran.

Probablemente yo no compraba en aquella panadería con tanta frecuencia como para que las dos mujeres me recordaran, pero quizás aquella circunstancia me serviría en días posteriores.

Los tres detenidos marroquíes, estaban contando, trabajaban efectivamente en el locutorio, y ellas los conocían, con frecuencia compraban allí algo para comer, no se podían explicar que tuvieran nada que ver con el atentado, eran la mar de majetes, «majetes», dijo la que estaba hablando, unos chavales muy normales y simpáticos, habituales del barrio, como cualquiera, que vivían en España desde hacía años, por supuesto no habían observado a nadie raro comprando teléfonos, a nadie con mala pinta, no, no, no, claro que compraban bocadillos de jamón, y de lomo embuchado, claro que comían cerdo, y de queso también comían, el preferido no, no lo sabían o recordaban, que no, no habían observado a nadie raro comprando teléfonos, el sábado había estado abierto con normalidad, aunque ellas solo abrían hasta las dos, el sábado no los habían visto, no habían ido a comprar nada, ni bocadillos ni empanadas, nada, a la mezquita no, no les parecía que fueran a la mezquita, aunque ellas tampoco controlaban si estaban o no, unas veces estaban y otras no, cómo iban a saber ellas dónde, a veces uno de los tres no estaba, o dos, y a veces no estaba ninguno de los tres y se quedaba algún amigo que los ayudaba, sí que es verdad que a veces había otro chico, no, no, el nombre de este, del esporádico, no lo sabemos, uno que estaba a veces, que era amigo de ellos o habían vivido juntos en el mismo piso o algo así, cómo vamos a saber dónde estaban cuando no estaban en el locutorio, pues irían a hacer sus gestiones, no iban a estar los tres siempre dentro, saldrían para adquirir materiales que luego ellos vendían al cliente, no sabían nada de unos indios, que eran los otros detenidos, pues ni idea, nunca hemos visto a unos indios, ¿verdad, Pilar?, el locutorio lleva años abierto, años, como cinco, quizás, o siete, no recuerdo, y sus clientes son como los nuestros, de todo el mundo, africanos, ecuatorianos, colombianos, muchos de Sudamérica, ¿verdad, Pilar?, que Lavapiés es como la ONU, como la ONU, dijo la más gruesa, la que tenía el pelo teñido de rubio, la otra, la tal Pilar, la del cabello moreno, recogido en una cinta de cenefas que le tensaba la mata, llevaba una gargantilla con una P dorada, estaba más al margen, cediendo la portavocía. No le habíamos escuchado todavía la voz.

Pero en aquel momento a mí me interesaba saber quién era el cuarto chaval que no había sido arrestado. Porque, si aquellos tres o al menos uno de ellos resultaban finalmente inculpados, procesados, condenados y encarcelados, a mí lo que quizás me interesaba más era saber qué sabía él de todo aquello. Naturalmente me interesaba saber, o entender, por qué lo habían hecho, por qué se había cometido aquella brutalidad, con qué intenciones políticas o religiosas y bajo qué mandato u órdenes u operativa, pero quizás me interesaba aún más la vida del cuarto. El tipo que tenía unos amigos que habían cometido un atentado: ¿lo sabía? ¿Hasta qué punto sabía? ¿Sospechaba? ¿Por qué no dijo nada, por qué no lo denunció? ¿Debió hacerlo? ¿Era su odio a los españoles solo intermedio? ¿Era un cobarde? ¿Los ayudó de algún modo? ¿Sabía que estaba ayudando? ¿Cómo era la periferia del comando? Quería imaginar su vida, pensé entonces, y algún día escribirla.

La muchacha que había hablado se llamaba Marta, era de la periferia de Madrid y algunos días iba al trabajo en tren, pero por lo general entraba en Madrid con su marido, en coche, y la dejaba en la Puerta de Toledo, cerca de la panadería. Alguien le preguntó qué había sentido la mañana del jueves anterior, solo para poner en su boca lo que pensábamos todos, lo que sabíamos que ella pensaba también.

—Que podía haber sido yo —dijo.

Yo tomaba notas y escuchaba las preguntas de mis colegas, que se iban repitiendo con leves alteraciones, como hacemos los periodistas para que parezcan diferentes y para intentar que el entrevistado amplíe el perímetro de sus respuestas anteriores, quizás con algo que no recordaba, o con algo que sí recordaba pero que estaba tratando de omitir. Tenía una buena crónica de las que llamamos de color, esto es, buen material.

Los periodistas se iban sucediendo y las preguntas se iban sucediendo idénticas, hasta que Pilar dijo algo al oído de Marta y esta anunció que iban a cerrar, que su trabajo era vender pan y que si estábamos todos allí no podían trabajar. Algo en la expresión de Pilar, quizás una mandíbula que también me pareció excesivamente tiesa, me llevó a pensar que estaba muy visiblemente inquieta, se notaba que detestaba aquel protagonismo mucho más que Marta; pensé que posiblemente era timidez, seguro que se debía a eso, a una mayor timidez.

Cuando cerró la panadería me quedé un rato repasando las notas, o haciendo como que las repasaba, de pie en la calle, solo para ver hacia dónde iban las dos dependientas. Había supuesto que se irían juntas, pero se fueron cada una por una calle. Pilar pasó ante mí y me salió decirle una palabra: «Ánimo». Como si yo no fuera un periodista, como si fuera el vecino que vivía a dos minutos y que compraba allí algunas veces, como si ella no estuviera a punto de convertirse en coprotagonista de un reportaje en mi periódico. No dijo nada, solo me miró a los ojos muy deprisa, no sé qué cara puse. A ella se la veía igual de compungida y tímida, aunque ya no tenía un enjambre delante, y entonces pensé fugazmente que los chicos del locutorio, o quizás uno de ellos, eran algo más que vecinos de negocio, y seguidamente tuve que admitir que llevaba tres días viendo sospechosos en todas las esquinas. Pero ahora había un factor más que no era menor: ellas eran las vecinas, ellas los conocían, fuera uno de los detenidos, fuera el que se había salvado, el que los ayudaba «a veces». Que, hasta la fecha, permanecía en libertad y anónimo.

Eran apenas las diez u once de la mañana, yo ya tenía buen material y de nuevo iba a ser un día muy largo.

En el kiosco de la plaza compré cinco periódicos. De camino a la Audiencia Nacional entré en un bar de la calle Echegaray, cerca del Congreso de los Diputados, y me senté a desayunar y a leerlos. Algunos días hacía aquel recorrido. La tortilla de patatas era deliciosa. Llevaba días comiendo mal, tarde y en exceso, de ese modo en que los periodistas tratamos de atenuar la ansiedad de la noche, del cierre, bajándonos media botella de vino y cualquier cosa que nos colme de toxinas.

Las fuerzas policiales estaban en alerta máxima. Había un incesante flujo de furgonetas policiales por las calles, había dotaciones en todas las esquinas. Había que proteger la democracia, había que proteger el gran día de su ejercicio, aunque con ello Madrid pareciera Bagdad.

Al *thriller* policial que estábamos viviendo, con un comando que no solo andaba suelto, sino que había anunciado su intención de seguir matando, se le sumaba en aquella jornada el drama político. Las elecciones habían finalmente llegado sin que los rumores de una eventual suspensión se hicieran realidad, y quien hasta pocos días antes era el ineludible vencedor iba a estrellarse, víctima de su propia relación con la verdad y víctima del poder del ciudadano armado con un voto. No ha habido otro día en que ese poder haya sido tan evidente.

La Audiencia Nacional estaba de nuevo copada por los periodistas habituales y por los esporádicos, agolpados ante el Juzgado Número 6, pero iba a ser el 5, el de Baltasar Garzón, el que nos diera material judicial para aquel día. En momentos como ese, de tensión informativa, necesitas materia prima diaria, seguir perfilando el retrato, no puede llegar la tarde y que tú no tengas nada nuevo que contar.

Uno de los arrestados, Jamal Zougam, había sido investigado por Garzón tres años antes. Antes incluso del 11-S. A Zougam se le había relacionado con una célula islamista en Francia, su casa había sido registrada, y allí habían aparecido vídeos de Bin Laden. Todo eso, un mes antes de los atentados de América. También se había sabido entonces que en su agenda constaban los teléfonos de cuatro presuntos miembros de Al Qaeda. Uno de ellos era Imad Eddin Barakat Yarkas, alias Abu Dahdah, el hombre que siempre aparecía, el hombre que parecía conocer a todo el mundo. Desde luego, que Zougam conociera a Barakat no era ningún delito, pero fue uno de los detalles que trascendió, probablemente para que nos fuéramos conformando una idea de él, un perfil, una personalidad. Para que todos, ahora que no había sido ETA, tuviéramos noción de la trayectoria de quien podía haber colocado las bombas en los trenes. Aunque ello comportara una posible negligencia policial o judicial, porque Jamal Zougam aparecía mencionado en el auto en que Garzón describía la trama de Al Qaeda en España previa al 11-S.

Un detalle que explicara en todo caso cuán difícil era e iba a ser en adelante detectar las intenciones, el odio, la voluntad de. Pensé de nuevo en el cuarto miembro del locutorio: ¿tener el teléfono de un inculpado te convierte en sospechoso? ¿En el paso previo? ¿Cuántos datos de las intenciones de tu amigo debes conocer para estar obligado a denunciarlo? Si ayudaba en el locutorio a sus amigos, como ahora me imaginaba, ¿hasta qué punto era consciente de sus planes, si es que habían intervenido en la matanza?

Barakat estaba por entonces detenido y pendiente de juicio como presunto miembro de Al Qaeda y por su presunto papel en la organización, o el apoyo, de los atentados de Estados Unidos. Se llegarían a pedir para él miles de años de cárcel, como corresponsable de cada una de las muertes en América, aunque al final se le condenaría únicamente por ser miembro de la organización. En aquel momento, en todo caso, conocer a Barakat te convertía en sospechoso.

El propio ministro añadió por la tarde detalles biográficos de los arrestados. En una comparecencia a la que esta vez fue solo

Izquierdo, Acebes reveló que alguno de los tres marroquíes detenidos —sin individualizar— había estado implicado tiempo atrás en casos de lesiones, en la compra de objetos robados, y uno de ellos en un caso de presunto asesinato, por lo que ya estaba en busca y captura.

Aunque nadie lo había ido a buscar.

Titulamos la página «La policía vigiló a uno de los detenidos», lo que venía a decir que la policía, o la justicia, había patinado.

Con aquella información, hacia el mediodía escribí un mensaje a Rocío, pero esta vez no me contestó. O ya había hablado suficiente los tres días anteriores, o era domingo y necesitaba descansar, o estaba registrando el piso de un presunto.

No pude votar.

«Vuelco histórico», decía el lunes nuestra portada.

14

Ismael acaba su máster el 17 de mayo de 1996, y es al día siguiente cuando su tío Farid vuelve a Madrid. Ismael lo recuerda bien porque tiene buena memoria, pero es que además hablamos de días sucesivos. Lleva ya diez meses en España.

Le organizan una fiesta de bienvenida. A Ismael le sorprende primeramente que no se celebre en la casa de Farid, sino en la de Imad, un amigo sirio de quien Ismael no ha oído hablar hasta la fecha. Inicialmente cree que la montan allí porque la casa es más grande, pero luego duda que sea por eso. La casa de Imad es una planta baja, con un patio de grava y macetas con plantas en la trasera. Allí montan aquella tarde un par o tres mesas con comida y, como es primavera, cae todavía un buen sol. En cuanto entra, Imad le dice a Ismael: «Te he visto algunos días en la mezquita, *alhamdulillah*», como aprobándolo, celebrándolo, elogiándolo, pero seguidamente el pensamiento de Ismael vira y cree que «algunos» es un reproche.

Imad es un hombre casi calvo, apenas cabello alrededor de las orejas, con gafas de montura metálica, grueso, una barba larguísima, sin bigote, una larga chilaba hasta los pies, sandalias de cuero, le asoman unos dedos amontonados.

En aquel momento se presenta como «un gran amigo de Farid», a quien describe como un hombre íntegro, sereno y valiente, *alhamdulillah*, que ha entregado unos años de su vida, y una parte de su propio cuerpo, remarca, señalándose la pierna con el dedo índice, a hacer «algo por sus hermanos y por el islam, *alhamdulillah*». Ismael ya sabe desde meses atrás que Farid pierde la pierna en Bosnia, pero no en accidente de tráfico ordinario, sino porque el vehículo en el que viaja pisa una mina Vaudagna V5 de fabricación italiana. Es uno de esos artefactos con que los *chetniks* serbios han trufado los accesos a Srebrenica, y el vehículo que conduce Farid, con las siglas de la entidad humanitaria IHH, no lleva víveres, sino armas y munición.

También sorprende a Ismael la cantidad de amigos que acuden a recibirlo. Ignora que Farid sea un tipo tan popular. Hay al menos cuarenta personas, todas hombres si exceptuamos a su esposa, Lina, a su hija pequeña Farah, a Melissa, la madre de Ismael, y a Salma, su hermana. Claro que los Zeinab llevan en Madrid mucho más tiempo que ellos, muchos años, piensa Ismael, pero aun así le sorprende la cantidad de gente que congrega el recibimiento.

Está Asrih, su viejo amigo de Asilah y de Casablanca. Ismael ignora que tenga relación con Farid, pero en la mezquita, en el fondo, muchos se conocen, de entrar y salir, de saludarse cuando se han visto tres veces seguidas.

También le sorprende la abundancia del banquete. Como lujoso, por encima de las opciones de sus tíos: cordero, hummus, cuscús, mutabal, pollo, dulces, té. Es cierto también que acaba de concluir el Ramadán, al final es una fiesta doble.

Farid llega el último, parece no saber dónde está ni para qué, entra por un pasillo entre los hombres, al final del cual está Lina, llorando dentro de sus manos, rodeada de los chavales. Farid va en silla de ruedas, un hombre la empuja. Farid no detecta a Ismael cuando pasa por delante.

No se ven desde mediados de los años ochenta e Ismael ha cambiado mucho. Farid ha perdido muchos kilos, su barba se ha vuelto rala y gris, parece agotado, derrotado, pero los héroes también pueden ser hombres derrotados. Ha envejecido treinta años en quince, piensa su sobrino. Encima de la chilaba lleva una chaqueta verde caqui, excesiva para la temperatura de ese día.

Cuando el héroe llega al final se levanta sobre una pierna, abraza fugazmente a su esposa y, apoyándose en ella, se gira, ofrece sus respetos a los asistentes inclinando el busto varias veces, con la mano derecha abierta sobre el pecho. Los hombres se le van acercando, Lina y Wahed lo sostienen, todos los abrazan, alguno se arrodilla unos instantes ante Farid, como si fuera un obispo. Ismael no tiene prisa, aguarda a que pase la primera avalancha, hoy se siente extraño entre los suyos. Cuando los hombres se dispersan por el patio, alrededor de las mesas llenas de platos, Ismael, Melissa y Salma se acercan al herido, Farid abraza con fuerza a Melissa, menos a Salma, largo rato a Ismael. «Ya eres un hombre», celebra.

Melissa le cuenta que el día antes ha acabado un máster en Derecho, que ahora va a buscar trabajo de abogado, que ya lleva casi un año en Madrid; Farid escucha cansinamente, como si necesitara forzar las comisuras. Parece agotado, pero no de aquel día, agotado de vivir.

—Yo te voy a ayudar a encontrar un trabajo ahora, no tienes que preocuparte de nada —promete de pronto Farid. Ismael se sorprende, aquel hombre exhausto no parece estar en disposición de ocuparse más que de su propia supervivencia: «Nuestra comunidad necesita buenos abogados, buenos asesores, gente que pueda llevar negocios», promete, subrayando con los párpados.

Ismael quiere saber cómo fue «el accidente» que le ha mutilado, pero Farid aclara que no ha sido ningún accidente. Cuando empezó la guerra, comienza, un grupo de chavales asiduos al rezo de la mezquita de Madrid («celebro que hayas sido visto por allí», dice en un paréntesis) quisieron hacer algo por el islam y ayudar a los hermanos musulmanes que estaban siendo masacrados y torturados por los serbios en medio de la pasividad de Occidente. Solo algunas ciudades como Barcelona, individualmente, ayudaron a los bosnios al principio. Imad, añade, es quien organiza el viaje de una veintena de voluntarios a los Balcanes, integrados en la organización humanitaria IHH.

«He visto cosas espantosas».

La mitad de aquellos chicos ha muerto, otros cuatro o cinco han quedado heridos.

«Yo solo he perdido una pierna», dice Farid, agarrando con las dos manos una de Ismael.

En aquellos meses, Imad se ha encargado de mantener a las familias de los combatientes mientras dura su labor en Bosnia, y ahora intentará ayudar a Ismael. Imad tiene empresas «y un corazón muy grande», añade Farid, *alhamdulillah*, haciendo un abanico con la mano en dirección a las mesas bien surtidas, «y te va a ayudar ahora, ya verás, lo vamos a hablar, seguro que necesita a alguien en alguno de sus negocios, Imad tiene locutorios, construcción, carnicerías».

En aquella fiesta se condiciona de alguna manera el futuro laboral de Ismael. Farid hace llamar a Imad para explicarle que su sobrino allí presente es abogado y tiene hasta un máster y ahora busca trabajo, e Imad —«ya sé que eres abogado, y seguro que muy bueno»— está convencido de que «va a salir algún bisnes, seguro, vamos a ver qué podemos hacer por ti», en un plural que no es de modestia, «estos días nos vemos en la mezquita y vemos posibles bisnes», añade el sirio, que cada dos palabras dice «bisnes».

Ismael no le dice todavía que tiene ahorrado como un millón de pesetas, que vendrían a ser unos seis mil euros. Al llegar a Madrid falsificó una copia del contrato de alquiler del piso de su madre, lo puso a su nombre para poder cobrar la ayuda de la Unión Europea, ciento veinte mil al mes.

A Ismael aquellos avances le producen alegría y tristeza sucesivas. Ha venido a trabajar como abogado, pero ha soñado con montar un despacho, no con trabajar para el gueto o en un bisnes, ni para aquellos que quieren hacer «algo por el islam». Quiere un futuro, quiere amigos españoles, no ha hecho aquellos esfuerzos para vivir en un satélite de su país.

En aquel momento Bojan ya ha vuelto a Sarajevo, las turcas a Turquía, del resto no sabe. Ha pasado el curso alternando las salidas con los estudiantes del máster, con las amigas de su hermana, asistiendo a la mezquita en días dispersos y a los partidos de fútbol muchos domingos, siempre con Karim y a veces con Asrih (ninguno de ambos bebe: no salen nunca de copas), muchas veces con el mismo once titular, los mismos veintidós, los mismos marcadores, y ahora teme que, con los estudios acabados y sin trabajo, su círculo se convierta en una espiral concéntrica.

Las salidas con las amigas de su hermana son discontinuas, y desde luego que su interés por Verónica carece de reflejo; su contenido interés, cabe añadir, porque lo que pronto entiende Ismael es que no puede cagarla con Verónica como ya la ha cagado con Esra y con Mariela, porque así no solo pierde las opciones con una chica que le gusta, es que así liquida también los nexos —los únicos que tiene— con amigas españolas.

Aquella noche justamente han quedado con Vero y Esther en el Kopa's de Arganzuela para celebrar que Ismael ha acabado el curso. Pero él no está de humor, demasiadas emociones combinadas en una sola tarde. Ellas sí. Y han bebido bastante: el Atlético de Madrid ha ganado la Liga esa jornada, y Vero lleva una bufanda —«COLCHONEROS»— alrededor del cuello. El bar está atestado. Hace mucho calor. Hace falta amar incondicionalmente a tu equipo para llevar aquella prenda aquella noche, en aquel sitio. Ismael y Salma se abren paso hasta el recodo del fondo de la barra donde esta gira para dejar paso al acceso a los baños y donde siempre se acomodan. Esther y Vero los abrazan, los besan, «campeoooones, campeoooones», desinhibidas, cálidas, hay amigos suyos detrás que no le serán presentados, Salma sí que los conoce.

Ismael recordará de aquel día los labios de Vero, húmedos; huele a cerveza, no es desagradable. Ismael se azora, no quiere ver una señal, no quiere que aquello embadurne más su día de mierda.

Pide una ronda para cuatro. Tiene dinero. Lleva todo el curso ahorrando y puede ser generoso, se dice, va a ser generoso, y la noche lo será con él.

Recuerda que el barullo los deja a él y a Vero acodados en la barra, frente a frente, Vero ríe y brinda y cada equis dice «campeoooones» con tres oes y se echa un buen trago. Está feliz, borracha, muy borracha, y de forma imprevista, inconsciente, no incómoda —un punto harto de sí mismo, de medirlo todo, de errar en sus comportamientos con las mujeres—, Ismael le explica a Vero los temores que aquella tarde le han sobrevenido, le cuenta que aquella tarde, en la celebración familiar, ha entendido y asumido que acaba de entrar en una nueva etapa de su vida en la que no puede dejarse arrastrar por los demás, por su entorno marroquí, o musulmán, debe tomar las riendas y llevar la iniciativa, porque si no lo hace acabará montando una carnicería halal o una empresa de construcción, y todo eso a él no le interesa, él ha dedicado muchísimas horas, cinco años enteros como un puto monje a estudiar derecho, «monje», dice por la reclusión, pero no habla de castidad o sexo, ha acabado, ha acabado brillantemente la carrera, y en esos diez meses de curso ha ahorrado «casi toda la pasta de la beca, como un millón», porque en realidad no ha alquilado un piso —confiesa—, sino que ha puesto a su nombre el de su madre, y porque en realidad no ha necesitado manutención, que la beca sí cubría, y a partir de ahí debe pensar qué quiere de su futuro, sin cagarla gastándose el millón en una carnicería de bichos correctamente degollados. Porque tiene dos amigos que tienen la carrera de telecos y trabajos de mierda, y él no quiere acabar así. Le revela también a Vero que no quiere que su vida se reduzca a esos amigos y/o a los hombres de la mezquita, le revela que percibe ese riesgo, el de acabar relacionándose solo con marroquíes, o solo con musulmanes, o solo con hombres. Le habla de encontrar un trabajo de abogado, aunque es difícil porque es marroquí, y los españoles «no confían» en los marroquíes, en una tercera persona del plural que evita acusarla y de paso conforma un subconjunto: los españoles no confían en nosotros, creo que tú sí. Le habla de prosperar y, sin que ella se incomode, le habla de encontrar una pareja. Lo dice con franqueza, sin ocultar sus propósitos. Por qué va a hacerlo, por qué va a hacerlo si es la verdad, y la verdad lleva el mundo hacia delante. Habla ostensiblemente en abstracto. Le habla de tener una estabilidad, de tener una vida en Madrid, no como su hermana, que se conforma con ir tirando y cuidar de mamá.

«Cómo podéis ser tan diferentes», dice ella, en un tono que lleva a Ismael a entender la frase como un elogio.

Solo habla él. A Vero le gusta preguntar, Vero es periodista, pero ahora le interesa lo que cuenta Isma, y casi no necesita preguntar, porque Isma ha abierto una compuerta.

Hasta que salen del bar y van hasta la misma discoteca de otras veces, Cachito, e Isma recordará para el resto de sus días aquel trayecto, aquellos metros en paralelo, con Vero a su lado, sin separarse, la misma tarde que se ha sentido más moro de mierda que nunca, porque en el trayecto no se separa de ella ni un centímetro, ni ella de él, y porque ahí empieza a pensar que ella quizás sí tiene algún interés, y porque quizás lo que está empezando a atisbar en su interior es amor. Alegando que lleva «una turca» —Isma se sonríe—, Vero camina apoyada en él e Isma siente un placer infinito, no solo en el brazo, una ternura total que lo aturde, lo turba, lo anula.

En Cachito, aquella noche del 18 de mayo de 1996, Isma y Vero están de nuevo un buen rato juntos y acodados en la barra, sin relacionarse demasiado con el resto del grupo, apenas cuando Esther se acerca a Vero y repite «campeooones», y aunque a Ismael le aterra bailar porque se siente como un maniquí en un escaparate, cuando Vero se lo pide, piensa «donde vas, haz lo que veas», así que la sigue hasta la pista y baila, apenas un ligero contoneo a su lado, lo justo para acercarse de vez en cuando a su oreja y su olor avainillado y elogiarla: «Bailas muy bien, Vero». En un vaivén que a Isma le parece cada vez más subversivo. Se ha pedido su primer *vodkalimón* y se siente Supermán. Isma espera, no quiere ni puede cagarla una vez más, se aferra a sus propias palabras de horas antes (quiere tener una pareja), que se toma como un planteamiento para que sea ella quien actúe, quien lleve la iniciativa, si es que sus propias palabras de horas antes no son en sí una iniciativa. Hasta que uno de los vaivenes es un choque de barbillas que ella mantiene y lo besa, sabiendo que el deseo es mutuo, y la siguiente copa se la beben en las tinieblas del sudoeste de la sala. Ismael restriega por primera vez su lengua con otra, lame y ruge orejas y lóbulos y sus periferias, hasta que ella dice «¿nos vamos?», y por el lado oscuro de la sala la abandonan sin avisar al resto.

Verónica alegará en el post que si todo aquello sucede se debe a lo «demasiado» que ha bebido.

Pero antes de justificarse o simular un cierto arrepentimiento, no solo sugiere «¿nos vamos?», sino que sugiere ser conducida a algún hotel —«¿tienes pasta encima, verdad?»— o a «algún lugar tranquilo», pero Ismael no conoce ni un hotel ni un lugar adecuado, con lo que deambulan un rato por las calles hasta que Ismael deja que el pavor que le provoca buscar un hotel o un sitio tranquilo, que le provoca pasar por una farmacia a comprar preservativos —que nunca ha usado y que no sabe cómo usar—, que le provoca desnudar a una mujer e imaginarse sin ropa frente a ella sea superior a la tensión que desde tres horas antes ha estallado en su epicentro.

De modo que torpemente dice, siendo lo contrario de sus deseos, que tiene que irse a casa.

15

El atentado había sido «una respuesta» a la colaboración de España, esto es, de Aznar, «con los criminales Bush y sus aliados», con lo que el resultado de las elecciones era, de algún modo, una victoria de Al Qaeda, por doloroso que fuera admitirlo. En todo caso, el tétrico interrogante aquel lunes, 15 de marzo, era si el comando iba a seguir matando o si con ciento noventa y un muertos y un Gobierno había sido suficiente.

Ese día también madrugué. Quería pasar de nuevo por la calle Tribulete, aunque tuviese la certeza de que no iba a ver nada distinto. Quería comprar *La Vanguardia* y llevársela a las dos chicas de la panadería, Marta y Pilar. No tenía nada que ver con el ego, con mi ego. Sí con que quizás podían ayudarme de algún modo, algún día, a entender mejor lo que había pasado, a construir o reconstruir o, mejor aún, deconstruir qué había pasado, quizás conocían mejor a sus vecinos de lo que hasta el momento habían admitido. Cuáles eran los precedentes, los antecedentes. También había un ingrediente de gratitud. Las habíamos avasallado durante horas, me parecía justo que comprobaran que de algo había servido, que sus testimonios habían llegado a una audiencia amplia —por entonces imprimíamos doscientos mil ejemplares diarios—, y era improbable que aquel artículo llegara a sus manos si no era a través de mí, porque nuestro periódico se vendía básicamente en Catalunya.

Pero la panadería estaba cerrada, y la calle llena otra vez de periodistas.

Caminé hasta la Audiencia.

Rocío no había contestado mi mensaje de la tarde anterior y era posible que, una vez derrotado aquel Gobierno mentiroso, los canales de información que durante dos días se habían abierto dejaran de ser tan generosos. Así que cuantas más horas pasara en los pasillos de la Audiencia, más opciones tendría de encontrarme con alguna fuente.

Todos los días arrancaban con el vértigo de tener algo nuevo que escribir, y pensaba que la mejor manera de obtenerlo era multiplicar las horas en el tribunal. El cara a cara siempre facilita las cosas, y no quería gastar el cartucho de llamar de nuevo a Rocío, así que cuando llegué me senté en el banco de la planta baja, lugar de paso, donde era más fácil ver o ser visto.

Desde allí llamé en primer lugar a Sebastià Salellas, un abogado de Girona que defendía a unos detenidos que ya eran famosos y que supuestamente habían formado una célula islamista cuyo nombre perdura: el comando Dixan. En enero de 2003 habían sido detenidos trece hombres en la llamada operación Lago, porque algunos vivían en Banyoles (donde hay efectivamente un lago), aunque la mayor parte compartían pisos en Barcelona y su área metropolitana. Se les había intervenido, según la policía, abundante material electrónico y químico susceptible de ser empleado en la fabricación de bombas; susceptibles, diría un informe atribuido por la policía española al FBI americano, de producir «napalm casero». Aquellos productos eran disolventes y detergentes, y por eso se le llamó comando Dixan, aunque algunos de ellos trabajaban en la limpieza, y era natural y hasta imprescindible que utilizaran esos productos. Pero estábamos en 2003, Aznar estaba a punto de sumarse al presidente de Estados Unidos, George Bush, y al primer ministro británico, Tony Blair, en la invasión de Irak, y quizás por ello fue el propio presidente español quien, en un acto en A Coruña, anunció la operación. Dio algunos detalles y fue más allá incluso de la propia información oficial de la policía cuando dijo que el grupo se estaba preparando para atentar. Un año y dos meses más tarde, cuando explotaron los trenes en Madrid, Aznar y Acebes obviarían este antecedente y recordarían solo los de ETA. Ya habíamos invadido Irak y tenía que ser ETA, pero eso ya lo he dicho. El comando Dixan, esto es, seis de ellos, acabarían condenados por pertenencia a organización terrorista, pero no por posesión de armas o por la preparación de matanzas.

Salellas, un tipo orondo y bueno, con una barba Karl Marx, contestó enseguida al teléfono, pero no tenía ni idea de si alguno de sus defendidos conocía de algo a Jamal Zougam o a algún otro de los detenidos, y desde luego no le convenía: ni que así fuera ni contármelo. Pero dijo que no lo sabía y le creí.

Subí a la planta seis y me senté en el banco que había frente a las dependencias de la fiscalía, con la esperanza de topar con alguno de sus miembros. A algunos los conocía de vista, o de hablar en grupo, o a solas, pero no tenía todos los móviles, de alguno ni siquiera el número directo del despacho, y por supuesto no tenía el de sus domicilios; ese era un patrimonio de los periodistas más veteranos. En realidad, el periodista que me había antecedido como corresponsal judicial, Fernando García, había sido extremadamente generoso y, además de continuar unos días en el puesto para hacerme un traspaso provechoso, presentándome gente, me había dado copia de su fabulosa agenda, con muchos de esos contactos; pero a ciertas personas de las esferas del Estado no puedes llamarlas a casa si antes no has tenido un trato. Es decir, puedes hacerlo, pero probablemente te envíen muy educadamente a la mierda.

En aquel momento no salió ni entró ningún fiscal, y cuando le pregunté a Adela si estaba Federico, me dijo «está en sala», sin levantar la vista del crucigrama del *20 minutos*. Había siempre ejemplares del *20 minutos* por todos los rincones del edificio. «Estar en sala» quería decir que estaba en un juicio, que podía acabar en un minuto o en tres horas, y quería decir «no lo molestes», y quería decir «no me molestes, río de Italia, horizontal, dos letras: Po».

Pensé en acercarme a Riofrío, la cafetería por donde a media mañana pasaban a tomar un café jueces, fiscales, abogados y cargos policiales. El lugar menos discreto de España, pero en el que podías encontrarlos sin una Adela de por medio. Sin embargo, aquella mañana no había nadie a quien pudiera abordar.

El batallón de periodistas copaba la planta del Juzgado 6. Empezaba a haber cierta inquietud, porque el juez iba a aplicar a rajatabla el secreto del sumario, esto es, no iba a soltar detalle, palabra alguna a la que aferrarnos, un dato que oliera a novedad con el que nosotros pudiéramos montar o escribir o más bien crear una página, una historia, un minuto de televisión, dos de radio.

En aquel momento ni siquiera sabíamos si los detenidos habían prestado declaración o lo iban a hacer antes de las setenta y dos horas que, en la ley antiterrorista, puede estar detenido un sospechoso antes de declarar y que el juez decida si lo suelta, si lo hace con fianza u otras medidas cautelares o si lo mete en la cárcel, aunque sea de forma provisional. Y aquella tarde iba a hacer ya cuarenta y ocho de las detenciones. El juez sabía que, en cuanto declararan, descubriríamos el nombre del abogado defensor y empezaría un asedio del que no siempre logran zafarse. Y que algunos aprovechan para darse publicidad. Era lógico que, con un comando suelto y voluntad de actuar, y con un montón de pesquisas policiales en marcha, el juez fuera prudente, pero el impacto del atentado era proporcionalmente del mismo tamaño que la necesidad de la opinión pública de entender, o comenzar a entender, además del quién y el cómo, el porqué.

El juez Del Olmo no apareció en ningún momento y aquella tarde llegué a la redacción sin nada que escribir. Izquierdo sí tenía algunos datos nuevos, de fuentes policiales y de una nueva rueda de prensa de un Acebes saliente que, pese al batacazo, los batacazos, aparecía mucho más relajado. De entrada, algunos viajeros de los trenes habían sido llamados al complejo policial de Canillas, la central fortificada de la policía al norte de Madrid, para participar en ruedas de reconocimiento de los detenidos. Ninguno estaba seguro de haber visto a bordo ni a Jamal Zougam ni a Mohamed Bekkali ni a Mohamed Chaoui. Ninguno había dado una «identificación plena», dijo Acebes, lo que convertía la identificación en humo. Por otro lado, Izquierdo había sabido que Zougam se había reunido en 1998 en una mezquita de Madrid con David Courtailler, un francés convertido al islam que había estado en Afganistán en campos de entrenamiento de Bin Laden, y que a su regreso había viajado a Marruecos y a España, al parecer para buscar tipos dispuestos a atentar en Europa.

¿Era Zougam uno de ellos? Eso sugería la filtración policial, pero era todo muy endeble, y por eso no fue en nuestra página más que en un destacado, en el que ni siquiera aparecía el nombre de Jamal, que decía:

CONEXIÓN CON AL QAEDA
La policía recoge datos que relacionan
a uno de los detenidos con la banda

Ocurría a menudo con los detenidos por terrorismo islamista: muchos se conocen entre sí, se han visto, se han tomado un té, han rezado juntos en la mezquita, tienen sus respectivos teléfonos, y nada de todo eso es suficiente en un proceso penal, pero el paraguas de «organización terrorista» es suficientemente amplio: de seis a doce años de cárcel para quien forma parte de una organización terrorista, y de ocho a catorce si se prueba que la dirige.

También trascendió aquel día que la CIA atribuía el 11-M a una célula formada por marroquíes y saudíes; saudíes habían sido mayoritariamente los de los atentados del 11-S en Estados Unidos.

Iba a salir de la redacción cuando Cristina Sen, redactora de política y que en Madrid había sido una suerte de anfitriona para mí, me dijo las dos palabras mágicas —«*hem quedat*»—, que sin más detalles significaba que había una cena de periodistas. Eso ocurría muy a menudo, dos o tres o cuatro veces por semana, y para habitantes flotantes (y genéticamente predispuestos) como yo era ineludible retrasar la vuelta a casa, donde nadie me esperaba.

Esta cena no está entre los hechos que descarto del recuerdo de aquellos días, porque aquella noche entendí también que con los atentados de Madrid había empezado el final de ETA, el final esta vez sólido y definitivo.

Acudimos once periodistas, de medios catalanes y vascos, y también César, el gallego que trabajaba para *El Correo Español*, de Bilbao, y cenamos en un restaurante, un semisótano de Chueca, que frecuentábamos pese a la escasa cobertura de móvil que tenía. De vez en cuando salíamos, por parejas o tríos, a comprobar que no teníamos una llamada perdida en el buzón de voz. Salíamos medio minuto, hasta que al móvil llegaba un mensaje (o no) de llamada perdida; a veces salía uno con dos o tres teléfonos, mientras sus dueños seguían comiendo o bebiendo. Hacia las once o las doce de la noche, los que trabajábamos en periódicos nos relajábamos. Se había cerrado la edición y solo una (otra) catástrofe podía permitir reabrirla y hacer cambios.

Uno de los vascos que acudía a aquellas cenas —obvio el nombre, motivos obvios— nunca era radical en la condena de la violencia, en la defensa de medios estrictamente políticos, en la empatía con las familias de las víctimas, a las que casi todas las semanas veíamos en los juicios contra ETA. Era un continuo, desde una matanza de guardias civiles al tiro en la nuca a un político —Ernest Lluch, por ejemplo— o al secuestro de un empresario o a los responsables de la financiación. Él siempre desviaba la conversación cuando habían acabado los detalles, lo meramente descriptivo, y el diálogo declinaba hacia un clímax o un punto de salida, cuando parecía que había que mencionar el dolor de las víctimas o el daño causado, él tomaba la tangente:

—Ese era de mi pueblo.

O:

—Esto tiene que acabar. Pero de los dos lados.

Aquella noche, con unos periodistas más conmovidos y otros menos por lo que habíamos vivido desde el jueves anterior, y sin saber aún lo que estaba a punto de llegar, el vasco dijo:

—Esto sí que ha sido una salvajada.

Esto sí. Salvajada. Lo que ocurría desde hacía cuarenta años no. Las trampas del lenguaje, la adversativa implícita.

Aquel diagnóstico implicaba un divorcio. Implicaba una grieta en un apoyo social que era operativo, eran pisos y coches y zulos. Implicaba una grieta en un apoyo social que era el hummus del que se alimentaba la banda y que era, sobre todo, el eco imprescindible de sus artefactos.

16

Ismael no vuelve a ver a Verónica hasta unos tres meses después. Por imbécil, se dice a sí mismo.

Aunque lo está deseando —en sus parámetros, aquel contacto erótico con Verónica es el primer sexo de su vida y por tanto es importante recordarlo—, su grado de cohibición y vergüenza le encierra en su casa. No sale los viernes y sábados cuando su hermana se lo propone, se aísla alegando que al día siguiente tiene partido, aunque sea falso. La conversación mantenida con Vero en los prolegómenos de aquella noche es la más sincera u honesta que hasta el momento ha tenido con una mujer, y con un hombre, si lo piensa, pero no es suficiente para compensar la vergüenza que le genera el final de la noche, su impericia para acabarla bien, para acabarla como ella espera. Duda por momentos si esa conversación, esa sinceridad suya puede ayudarle a recomponer las cosas, esto es, con la misma sinceridad disculparse y quizás retomarlo en el punto en que aquella madrugada se excusa diciendo que tiene que irse a casa. Pero algún día que accede a ir al Kopa's con Salma, Vero no está, e Ismael entiende que lo rehúye, que —en los parámetros de la otra parte— ha cometido un desprecio. Tardará en verla.

Aquellas semanas son un vértigo. Sin máster, sin amigos, sin su hermana. La angustia de haberse convertido en un nini, como empieza a calificarse por entonces a los chavales que ni estudian ni trabajan. El día por delante.

Por entonces retoma el hábito de acudir cada mañana a la mezquita, y también algunas tardes, un poco como en los años de Casablanca, que la asistencia —ir, volver, rezar, charlar con la gente— le permite consumir el tiempo más deprisa, distraerse, no estar solo. Suele coincidir con Asrih, Karim, Farid, Imad, Amer y otros hombres, algunos días prefiere esta comunidad a la nada, otros prefiere la nada a esta comunidad y se va rápidamente a casa y enciende la tele y está atento por si suena el teléfono. Ha enviado una docena de currículums con el detalle de sus estudios a gestorías y despachos de abogados, pero en el contestador del teléfono —los móviles apenas empiezan a circular en aquel momento, e Ismael no tiene todavía— nunca habrá una oferta.

Los días que los chavales de la mezquita juegan a fútbol son más llevaderos. Al acabar el partido se sientan a charlar en las gradas del estadio y miran el encuentro siguiente, y comentan el que acaban de jugar, y a veces discuten fuerte; juegan sin árbitro y pactar las faltas a menudo es difícil. Hay una fuente, beben cuanto quieren, allí no gastan un duro, van y vuelven a beber y alargan el día, a menudo se visten cuando se les ha secado el sudor y vuelven a la mezquita y comen allí, es barato, y a veces pasan también la tarde o parte de la tarde, porque entra uno, el otro, siempre hay un enlace que crea o amplía círculos y retiene. Comunidad.

No solo hablan de fútbol, claro, en aquel momento tanto Ismael como sus amigos Asrih y Karim —con los otros no entra en estas intimidades— están muy frustrados por lo difícil que es conocer chicas españolas; de hecho, ellos dos no conocen a ninguna. Isma tiene (o ha tenido) el círculo de su hermana, pero ellos dos no conocen más que hombres, y de vez en cuando les llega noticia de un posible apaño matrimonial. Ismael les ha hablado de Esther y de Verónica, de las salidas con ese grupo, pero al mismo tiempo remarca que son las amigas de su hermana, de algún modo viene a decirles que no está autorizado a llevarlos con ellas, a invitarlos. De algún modo, Ismael parece avergonzarse de sus propios amigos. Le parece que si los lleva, Vero y Esther van a poner barreras o distancia para una próxima vez. De alguna manera, es racista con sus propios amigos. O quizás son celos, una especie de celos preventivos, una manera de evitar eventual competencia.

Puede que sean las peores semanas de Ismael en Madrid.

Por eso se ablanda, dirá, por eso un día, cuando hace un mes o mes y medio que ha acabado el máster, acaba explicándole a Imad —cada vez que se encuentran en la mezquita le promete que le está «buscando algo»— que tiene alrededor de «un millón» ahorrado. E Imad anuncia: «Esto cambia las cosas». Porque entiende que Ismael está dispuesto a invertirlo, quizás a montar algún negocio a medias. Pero pasan unos días y nada cambia, hasta que un viernes, tras los rezos de la tarde, Ismael busca a Imad por el recinto y le pregunta qué quiso decir con «esto cambia las cosas».

Imad ha tenido una idea que en sus primeras seis palabras hunde a Ismael: «Invertimos tu dinero en un locutorio». Justo lo que Ismael temía. Pero añade: «Como no nos llega, yo pongo la misma cantidad, o quizás tendrá que ser un poco más, y en ese negocio ofreces una cosa que en Madrid nadie más ofrece, al menos que yo sepa: asesoría legal para inmigrantes. Damos la mejor tarifa para las llamadas al extranjero, y montamos allí un despacho para que hagas de abogado. Es perfecto, es buena idea…». Añade Imad: «La tuya no, porque tu padre es un desgraciado, pero muchas familias de inmigrantes están divididas, con una parte aquí y la otra en el país de origen, y necesitan hablar y enviarse dinero, pero también quieren saber cómo conseguir los papeles, cómo funciona la reunificación familiar, el empadronamiento, esa clase de trámite. Piénsalo».

Ismael nunca le ha hablado de su padre.

Imad añade que él es médico y ha acabado «haciendo de todo» y que es feliz así, tiene una familia, cientos de amigos, un porvenir asegurado. No piensa regresar a Siria.

Ismael no dice que sí, pero tampoco dice que no. Está sorprendido, él se ha imaginado acoplándose en un negocio que está en marcha, no creando uno de cero, pero quizás no es mala idea. La posibilidad de aplicar su máster en derecho migratorio le seduce.

«Lavapiés sería un buen lugar», añade Imad, «Lavapiés es un barrio con un 40 por ciento de inmigración, miles de personas de todos los países viven allí». Ismael vuelve a pensar que no es mala idea y ello se trasluce en su mirada. «Piénsalo, buen bisnes». Le propone que se vean al día siguiente en la cafetería de la mezquita.

Ismael no duerme aquella noche. Piensa que ya que ha fracasado con Esra, que ya que ha fracasado con Mariela y que dado que parece haber fracasado con Verónica es el momento de afrontar su futuro profesional y que, aunque un locutorio no es desde luego lo que sus aspiraciones habían previsto, montar allí una asesoría legal puede ser una buena opción, novedosa, rentable, creciente. Quizás debe acelerar aquello para lo que esencialmente ha migrado, que es ganarse la vida, y para el resto paciencia. Si la asesoría funciona, quizás pueda acabar desgajándola del locutorio y traspasarlo, quién sabe. Aquella noche, ve la idea de Imad como un raíl al que empalmar su rueda.

El sábado le da el okey a Imad, y se citan para el lunes a primera hora de la mañana en el Café Tetuán, en Lavapiés.

Imad acude con Kemal, un tipo que también será importante en la vida de Ismael.

Kemal, que viste un pantalón tejano corto, con flecos sobre los muslos, y una camiseta negra, parece la cara B de Imad, será la referencia de este en el negocio. Aquel lunes mantienen una reunión, con información muy avanzada sobre cómo crearlo. Imad y Kemal han elaborado un presupuesto aproximado. El bisnes.

Han pensado en viajar a un polígono de Cuenca donde se venden los aparatos más baratos de España, necesitan comprar al menos ocho teléfonos, una centralita, un circuito de cobro, etcétera. Sillas, mostrador, mesa y silla y algún mueble para el cubículo de la asesoría, aunque dependerá del tamaño del local. Un montón de cosas. Un montón de dinero. Kemal tiene vistos dos bajos en Lavapiés, muy cerca del despacho donde se celebra la reunión. Los ven, por fuera, aquella misma mañana, y los visitarán la semana siguiente. Elegirán uno en la calle Tribulete. Imad va como un tiro.

Estamos a finales de junio de 1996.

Un día de inicios de julio, debe coincidir más o menos con el primer aniversario de la llegada de Isma a España, este y Kemal van a Cuenca, y si Ismael recordará el día perfectamente es porque estuvo cerca de perder la virginidad. Cerca. Se lo confesará a Pilar ruborizándose, pero con todo lujo de detalles. «Me avergüenza contarlo, pero no quiero ocultarte nada de mi vida, por cutre que sea», le dirá. Ismael cree que abrirse ante alguien es la manera de conectarse, «de ser uno».

Kemal recoge a Ismael a la puerta de su casa a las nueve de la mañana de un jueves. Es una furgoneta Ford sucia y desvencijada, de asientos polvorientos; hay cajas de herramientas, cables eléctricos, cuerdas, toda clase de cosas en la parte trasera. En las tres horas de viaje, el sirio le explica a Ismael su vida en España, más de veinte años, ahora tiene cincuenta y uno. Está casado con una española y tiene un hijo, nacido en España. Llegó con Imad, son amigos desde los seis años, aunque Imad es «mucho más creyente» que él. También huyó de la dictadura en Siria, también es médico y no le importa que, en los diversos negocios en los que participa, todos con compatriotas, su función sea la de transportista. Se gana la vida. No dice «bien la vida», ni tampoco suelta los *alhamdulillah* cada dos frases como su amigo.

Kemal también pregunta. Cuánto llevas en Madrid, qué amistades tienes, qué aspiraciones, hay alguna chica. Ismael admite que le gusta una chica española, y él a ella, está seguro, pero la chavala, que se llama Vero, Verónica, le da un poco como de miedo, porque tiene una experiencia de la que él carece, que él nunca ha estado con una mujer, que hace unas semanas estuvieron a punto de liarse, pero él se echó atrás en el último momento porque no sabía cómo actuar ni dónde llevarla, no la iba a llevar a su casa, joder, estaba su madre, y ojo, sus intenciones son serias, a él le gustaría crear una familia algún día, pero que en aquel momento tuvo una oportunidad de estar con una mujer y la perdió. Kemal asiente, sonríe, dice que a él también le costó al principio con Luisa, pero que todo tiene remedio, que igual un día su madre no está en casa y pueden ir allí, o a casa de Vero, saldrá bien, ya verás.

Llegan a los alrededores de Cuenca. Polígono Los Palancares. Visitan varias naves, Ismael intenta sumergirse en los detalles del sector, intenta recordar precios de los teléfonos —Mitsubishi, Panasonic, Alcatel, Teide—, intenta calcular costes, intenta calibrar si va a necesitar o no un fax, una fotocopiadora, una caja fuerte, una caja registradora. Un montón de elementos en los que jamás habría pensado. Recogen folletos, dosieres, lo estudiarán con Imad.

—¿Tienes hambre?

Kemal cree que han visto material suficiente y entran en una posada, Kemal pide cordero asado y una botella de vino, Ismael no rechaza la botella de vino, Kemal es un gran tipo. Cuando acaban de comer —ha pagado Kemal—, al salir del restaurante, este pronuncia una frase que desconcierta a Ismael, que recordará el resto de sus días:

—Te voy a llevar al paraíso.

Suben a la furgoneta y, mientras maniobra para salir a la calzada desde el aparcamiento, y con la mano sobre el respaldo del copiloto, Kemal adelanta:

—Vas a ver diosas.

Ismael no entiende nada.

—Te van a hacer hombre de golpe.

Ismael suma todos los datos y empieza a decodificar lo que está pasando o a punto de pasar y experimenta una cuádruple mezcla: miedo, nervios, curiosidad, testosterona. No se siente exactamente culpable, porque lo obligan, porque es Kemal el responsable o jefe o director, Ismael por su lado siente que va a aprender cómo hay que actuar, siente o se lo toma como una lección que le puede venir bien para el futuro, rápidamente lo toma más como una herramienta que como una maldad. Pilar nunca se lo recriminará.

—Pero no tengo dinero.

—Yo sí.

El club está junto a la N-320, a pocos kilómetros de Cuenca. Entre el edificio y la carretera hay un solar, rodeado por una cerca de brezo, donde aparcan. Hay media docena de coches y dos camiones. El edificio es de dos plantas, y en la fachada, sobre una puerta flanqueada por sendas macetas con arbustos, un rótulo de letras de neón de color fucsia promete, en vertical:

T
H
E

G
I
R
L
S

Tras la puerta se abre una pequeña recepción con un mostrador, donde una mujer, con toda seguridad exprostituta, de unos cincuenta y cinco años, da la bienvenida y ofrece guardarropa. Pero es verano y no tienen todavía nada que quitarse, con lo que les sugiere el eufemismo de «si quieren tomar una copa…», aunque apenas son las cuatro de la tarde, mostrando con la palma derecha y una sonrisa el acceso al paraíso.

Ismael está muy nervioso. Necesita esa copa.

Entran en una sala cuadrada. En uno de los lados hay una barra con taburetes. La otra mitad de la sala está copada por sofás. Todo en una penumbra que difumina los rostros pero no los intensos olores de las prostitutas. Hay unas diez. Tres o cuatro de ellas ya están charlando con otros tantos hombres. Todas visten faldas o vestidos cortísimos y vaporosos, que por la parte superior se aguantan con tirantes o con los pechos. También hay un par de grupos de mujeres en los extremos de la barra. Kemal e Ismael se acodan en el centro de la misma, de pie, de semilado y semifrente. Ismael tiembla, suda, no ha estado nunca frente a una mujer desnuda o semidesnuda, y mucho menos frente a diez, empieza a percibir el flujo sanguíneo concentrado. Kemal observa sin disimulo el material disponible, no parece sentirse mal en absoluto. Ismael no entiende que sea tan amigo de Imad, un tío tan piadoso, *alhamdulillah*.

Una de ellas se parece bastante a Mariela, observa, decide Ismael. Pronto se acerca una camarera e Ismael imita a Kemal cuando pide ron con limón.

También pronto se acercan dos chicas, la que se parece a la colombiana y una rubia de cejas negras, flaca y alta, de piel cetrina, labios muy rojos y un vestido de tirantes, que piden ser invitadas a una copa. Kemal paga y sin más dilaciones ni complejos, como si fueran teléfonos, ofrece:

—¿La rubia o la morena?

Ismael entiende que hay que elegir sin miramientos ni culpas y señala a Mariela, la bautiza Mariela II: «Me cae bien la morena», justifica. La cubre un vestido semitransparente, color ala de mosca, bajo el que destaca una ropa interior calculadamente oscura. Es gruesa, bajita, bella, los ojos son clavados a los de su penúltimo fracaso.

Kemal ladea la barbilla y la rubia arranca delante, hacia una puerta que hay al otro lado de la barra.

Ismael se queda a solas con Mariela II sin saber qué decir, sin saber si procede preguntarle el nombre, el precio o los productos disponibles, sin saber qué responder cuando ella le pregunta con el mismo acento de Mariela I: «¿Eres de por aquí?». Ismael no quiere dar ningún dato, pero no le hace falta contestar, porque es un prolegómeno y porque ella le toma la mano, «ven», y lo arrastra hacia la puerta por la que han desaparecido Kemal y la rubia, con los gruesos tacones marcando el paso: clac, clac, clac, clac.

La gasa del vestido fluctúa a su alrededor.

La puerta da a un pasillo jalonado de lámparas rojas, de aire oriental. Está silencioso, como si la empresa fuera mal. Llegan a la última puerta del pasillo. La habitación es muy simple. Un cuadrado de unos cuatro metros de lado, con una cama enorme, con poco margen a lado y lado, dos sillas a los pies, a lado y lado de la puerta, en una esquina una lámpara de pie rematada por un globo azul, en la otra una pequeña puerta da a un aseo. En la pared, un reloj redondo que cada sesenta segundos marca un perceptible «teegg». Silencio. Una vez dentro, Mariela II acota:

—Besos con lengua no hago, que son para mi novio.

Ismael no contesta. La erección le incomoda. Se sienta en la cama, teme que el efecto del alcohol se diluya y toda su inexperiencia y nerviosismo afloren como un sudor. Se ve incapaz de decir nada porque carece de los códigos de actuación, si descontamos el ardor de su entrepierna.

—¿A qué quieres jugar, mi amor? Del precio ya hablaremos.

Ismael no sabe a qué jugar, se encoge de hombros, su mirada va del suelo a la de ella.

Mariela es lista, o tiene experiencia, porque, mientras trata de desabrocharse los botoncitos negros que a su espalda sujetan la transparencia, lo descubre:

—¿No serás virgen…? ¿Cuántos años tienes, mi amor…?

—Veintiuno —miente, avergonzado de su avanzada virginidad. Está a punto de cumplir veinticuatro.

—Pues pareces más mayor. —Mariela ríe ostentosa, burlonamente, como un arrendajo, tapándose la boca con la mano.

La gasa de Mariela es de una sola pieza y le cubre desde las nalgas-pubis hasta el omóplato-pecho, de manera que cuando deshace los seis botones y deja la prenda sobre una de las sillas se queda con las bragas negras y un sujetador de una flagrante talla menos. Sin dilaciones, se los quita también, sus pechos son divergentes, orondos, los pezones puntiagudos, color caoba. Pone los brazos en jarras, los sacude juguetona y vuelve a reírse como un pájaro. Su falta de complejos está en el polo ártico de Ismael, que está tan excitado como aterido, tanta vergüenza como furor. Ella debe llevar y lleva la iniciativa, por fortuna.

—Quítate los pantalones, guapo.

Sin levantarse, Ismael se desabrocha el tejano, baja la bragueta, se echa un punto hacia atrás sobre el catre para poder bajárselos sin levantarse. La maniobra incluye los calzoncillos, su erección queda inmediatamente a la vista de Mariela, que se acerca, se planta enfrente con las piernas un poco separadas, los tacones hacen de nuevo clac, clac, izquierda y derecha, y solo le pasa la yema de un dedo suavemente por debajo, a lo largo del pene, antes de que expulse violentamente abundantes decilitros de hombría acumulada.

Mariela se ríe entonces como la bandada entera, frotándose el semen que le ha impregnado los brazos, las muñecas, las manos, y le dice «mi *virgensito…*».

Ismael ríe, de placer, está desconcertado, se muerde el labio inferior para controlar sus rictus. Ella retrocede un palmo, como orgullosa de su poderío, apenas lo ha rozado con un dedo, vuelve a ponerse en jarras y dice:

—Y ahora qué.

Coge papel de váter, le dice «límpiate» y ella misma se contesta, anunciando:

—Ahora haremos uno de verdad. Desnúdate, guapo. Eres guapo. ¿De dónde eres?

—De Marruecos.

—Ya. Pero de dónde.

—De Asilah.

Mariela nunca pregunta los nombres, siempre son falsos, añade. Se sienta a su lado.

Ismael se limpia, sin que su hierro se destense, se quita las bambas, acaba de quitarse los pantalones, se quita también la camiseta de la Universidad Autónoma y, una vez desnudo, Mariela se inclina sobre su polla y se la mete íntegra en la boca.

Ismael observa que su nariz casi llega al pubis, pero cuando ella comienza a ir y venir Ismael deja de ver nada porque sus ojos se quedan en blanco, los iris debajo de la frente, preguntándose cómo es posible tanto placer, por qué no lo ha descubierto antes y entendiendo por qué por las mujeres se mata.

Vuelve a correrse muy pronto, esta vez en los labios de la chica, que con una mano suave acaba el ordeño:

—Sí que ibas apurado, morito.

Se levanta, se pasa otro trozo de papel por la cara y le da el rollo. Ismael se seca todo lo que le ha caído por la tripa.

Mariela se viste de nuevo y se sienta en una de las sillas a contemplarlo. Ismael recupera sus pantalones, que están en el suelo, su camiseta, y se viste de nuevo. Mariela tarifa:

—Son cinco mil.

A Ismael le parece un pastón, más que nada porque ni siquiera han follado, pero Kemal ha dicho que invitaba.

—Paga él. —Con el pulgar dirigido a la pared.

Mariela asiente, «esperaremos», esperan en un silencio incómodo, hasta que ella rompe: vives cerca, cuánto llevas en España, eres estudiante, por la camiseta, es ese tu padre; sin importar la información ni la veracidad de la misma, mera decoración contra el silencio.

Va al baño, orina sin cerrar la puerta.

«Están en la habitación de al lado», dice ella, «vete a mirar si acabaron». Ismael sale, golpea tímidamente con los nudillos, Kemal abre desde dentro medio palmo. Ismael le pide cinco mil. Mientras busca en sus pantalones puede ver un instante a la rubia, desnuda en la cama, las sábanas arrugadas a sus pies. Las manos en la nuca, el pubis rasurado, dos pechos redondos, tensos, demasiado perfectos.

Antes de cerrar de nuevo la puerta, Kemal le guiña un ojo: «Dentro de media hora en el coche».

Ismael paga, Mariela le da las gracias, pinza el billete en el lateral de sus bragas.

—En realidad, sigues siendo virgen. Vuelve un día, guapo.

Ismael se va sin añadir una palabra, desanda hasta el bar, donde ahora solo hay un par de hombres, cada uno con dos chicas, como en unas semifinales; prosigue hasta el descampado, el sol ha empezado a declinar y aguarda todavía una hora recostado contra la furgoneta, con el periódico rumor creciente-decreciente de coches pasando a toda velocidad por la nacional.

Ismael dirá que no llora porque pensaba que Kemal estaba a punto de salir, pero que se siente inmensamente solo y más sucio que un cubo de basura.

Una prostituta, desde luego, tampoco era lo que sus aspiraciones habían previsto.

17

Martes, día quinto después del atentado.

Había tenido cuidado de conservar en el macuto de trabajo el ejemplar del periódico del día antes. Volví a madrugar, volví a pasar por la panadería, volvía a estar cerrada. Pensé y sobre todo quise pensar que había alguna relación entre el atentado y aquel cierre. ¿Por qué iba a permanecer así un negocio que lleva años abriendo cada día y que deja de hacerlo justo después de la masacre, a causa de la cual han sido detenidos tres chicos que conocen a sus empleadas, justo después de que docenas de periodistas hayan acudido a preguntarles por sus vecinos? Ciertamente, podía ser y quise pensar y hasta creer que podía deberse al cansancio de Marta y Pilar ante la presencia incesante de informadores. Aquel martes ya no los había, pero si ellas se habían quedado en casa no tenían manera de saberlo.

Caminé de nuevo hasta la Audiencia, con plena consciencia de que estaba efectivamente evitando los desplazamientos en metro. Tenía miedo. Cuándo y dónde será el siguiente. Algunas veces veía, sin cerrar siquiera los ojos, confundidos en los escaparates de las calles o los coches o los autobuses o las mujeres cargadas con la compra de las aceras, los titulares de mi propio obituario en mi propio periódico, como estábamos haciendo con las víctimas del 11-M. «Al pie del cañón», leía, y repasaba la crónica que relataba cómo había muerto alguien que justamente estaba explicando o tratando de explicar cómo y por qué un comando mataba a gente inocente, gente que no había empuñado nunca un arma ni había empujado a nadie a empuñarla. También me preguntaba quién de mis compañeros sería el encargado de redactar tan delicada tarea. Pero aquellos pensamientos duraban poco, hasta que caía en la cuenta de que no iba en metro, de que rehuía las muchedumbres y de que, camino de la Audiencia Nacional, seguía respirando.

Tampoco el martes vimos o supimos nada del juez Del Olmo, que envió a uno de sus funcionarios a comunicarnos que no daría ninguna información y a instarnos a despejar el pasillo, completamente copado de humo y reporteros. Nuestra inquietud crecía.

Repetí la rutina de instalarme por ratos en lugares diferentes, repetí el fracaso. En la planta seis me encontré, aquel día sí, con Federico, que se detuvo un instante para comunicarme que no tenía ningún dato de las pesquisas, que todavía estaban pendientes las declaraciones de los detenidos, como todos sabíamos, y que Del Olmo estaba muy celoso incluso con Olga, la fiscal adscrita a su juzgado, y que quería evitar a toda costa cualquier fuga de información. Aquello era casi noticia («El juez del 11-M recela de la discreción de su fiscal»), pero habría supuesto levantar otra barrera con el juez, y era mejor no publicarlo.

A media mañana busqué un rincón discreto, un lugar que no fuera de paso para evitar que otro periodista supiera con quién hablaba, y llamé a Sara, sin prejuicio: Sara era abogada, hija de marroquí y española, y la conocía porque había defendido a uno de los miembros de la célula de Imad Eddin Barakat, y porque había ejercido la acusación en un caso que afectaba a un gran banco, acusado de aprovecharse de la hipermetropía de sus clientes para estafarlos con cláusulas hipotecarias perversas y en letra minúscula en los prospectos. Habíamos hecho buenas migas, más que por mis cualidades periodísticas por el amparo que da trabajar en un medio con prestigio, con fama de solvencia y que no traiciona a sus fuentes, y la llamaba a veces para consultarle algunas cosas. Aquel día le pregunté si sabía si los detenidos tenían abogado propio o de oficio. No tenía ni idea, no tenía el día:

—¿Por qué todos os acordáis hoy de mí?

Balbuceé, entendí que entendía que la estábamos llamando porque era medio árabe y nosotros andábamos perdidos, y tuve los reflejos de justificar mi llamada, recordándole que no solo la llamaba cuando había musulmanes de por medio; le pedí disculpas si la había molestado, colgó bruscamente. Me pareció que estaba exageradamente alterada, quise pensar que era estrés, o cansancio, o que realmente los periodistas estábamos actuando con prejuicios obvios, pero no: en pocos días sabría qué le ocurría.

Poco después en la pantalla de mi móvil apareció el número de la redacción. Era Santi Tarín. Tenía datos muy buenos de la investigación, me pidió que con la máxima discreción sondeara a quien pudiera, y también en esto fracasé. La hipótesis era que la matanza se había preparado en apenas quince días, que los atacantes de los trenes habían sido seis y que estaban vinculados al GICM, el Grupo Islámico Combatiente Marroquí, al que se definiría desde entonces como una «franquicia» de Al Qaeda. Entre los miembros o simpatizantes de este grupo estaba supuestamente Jamal Zougam, al que en la información que publicábamos aquel mismo día ya relacionábamos con otras células islamistas.

A mí no me cuadraba que los atacantes fueran solo seis, porque las bombas habían sido trece. No tenía ni idea de cuánto podía pesar cada uno de los artefactos, quizás ocho o diez o quince kilos, pero me imaginaba que había que transportarlos con gran cuidado, y si ya debía de haber sido delicado transportar una bolsa, no podía entender que al menos uno de los terroristas llevara tres. Pero yo no era policía, y la fuente o fuentes de Santi sí.

Entonces... ¿habían sido Zougam más cinco? ¿Zougam, Bekkali y Chaoui más tres? ¿Los tres marroquíes, los dos indios y un sexto? No tenía la más mínima idea de si había corrientes islamistas en la India o si había ciudadanos de este país vinculados a Al Qaeda, y me pareció aventurado proponer un texto apuntando esta línea. Además, aquel mismo día habíamos publicado que la CIA atribuía el ataque a un comando de marroquíes y saudíes, lo que casaba mal con los datos de Santi.

Ante tales contradicciones, con toda la humildad e ignorancia a mí no me parecía que tres tipos que llevaban una tienda de barrio se organizasen o formasen parte de una trama de aquel calibre. No me parecía que, desde aquel cuchitril de Lavapiés, fueran capaces de obtener los explosivos, la tecnología para fabricar los artefactos, la determinación de ejecutarlo y la doctrina que lo sustentara. Claro que podía ser, pero yo me imaginaba otra cosa, me imaginaba más bien un comando de verdad, de tipos entrenados, me imaginaba infantilmente un 11-S, con un comando enviado *ad hoc* y un *sheij* dando instrucciones por móvil desde una cueva.

Claro que eso, en aquel momento, también podía ser.

Y, si lo pensaba, suponía que para llevar una mochila con quince kilos de explosivos también había que estar entrenado. Aunque solo fuera mentalmente.

Escribí un mensaje a Rocío sugiriéndole que tenía buena información que necesitaba corroborar o contrastar o comprender, pero contestó sin contestar, contestó con un mensaje que significaba te recibo pero no puedo ayudarte; eso y no otra cosa significaba «no puedo, cariño».

18

Estamos a mediados de julio de 1996.

A los pocos días del viaje a Cuenca, Imad llama una noche a casa de Ismael. No sabe quién le da el número, probablemente su tío Farid. Le comunica que ha negociado un buen precio de alquiler para el local de la calle Tribulete, es el lugar perfecto. «Irá bien, verás. Fíate de mi ojo para los bisnes». El alquiler irá a nombre de Imad. Se citan para la mañana siguiente, después de los rezos.

El local es rectangular. Mide unos diez metros de largo y unos cuatro de ancho; la parte larga es paralela a la calle. Tiene un cubo en una esquina que es un lavabo. Entre el cubo y la pared de la calle montarán el mostrador, Imad lo tiene todo pensado. Entre el cubo y el otro extremo del local irán los seis cubículos, de metro por metro y medio, con paredes de pladur, y al fondo dejarán espacio para un despacho pequeño, donde Ismael dará su asesoramiento legal. Junto a la entrada montarán una vitrina larga, donde venderán productos de telefonía. Un mercado incipiente. «Puede que nos forremos», chispea Imad.

En un café cercano, el sirio abre su carpeta y despliega el presupuesto que ha preparado, un arquitecto diseñará el interior según lo que le acaba de explicar. La inversión debe ser de dos millones y medio; les piden un año de alquiler por adelantado, anuncia, «ya sabes que los españoles no confían en nuestra palabra», advierte. Ismael no sabrá nunca si eso es cierto. Si Ismael pone un millón, Imad pone uno y medio, pero Ismael quiere guardar algo y alega que solo tiene novecientas mil pesetas. Imad le presta, sin intereses, lo que le falta para el millón, «ya me lo irás devolviendo, como puedas». «Halal, sin papeles, confío en ti. Los musulmanes no abusamos de los otros musulmanes. Los judíos sí, los judíos son los inventores de la usura», dice Imad, los propietarios del local deben ser judíos. De pronto, Isma vuelve a ser pobre, y no solo pobre: tiene una deuda. Pero una ilusión. Un negocio. Va a ser abogado en España.

Cuando Imad le sugiere que vaya de nuevo a Cuenca con Kemal, a comprar seis aparatos, la centralita y el resto de cosas, Isma se niega. Isma miente. Le dice que está ayudando a su madre a pintar el piso y que no puede, que Kemal lo hará perfecto.

Kemal va solo. Dos días después tienen todo el material necesario para montar el locutorio.

Ismael propone que sean Karim y Asrih quienes se encarguen de las obras. Tienen experiencia en carpintería y construcción, son telecos y les vendrá muy bien un trabajo extra. Además, aquel mes de julio justamente tienen vacaciones en sus trabajos, los hacen trabajar en agosto, el mes que los trabajadores de su empresa quieren libre, no tienen ni planes ni dinero. Pero ni Asrih ni Karim les cobrarán nada a Ismael e Imad, solo aceptan que les paguen un menú los días de trabajo. Imad les consigue alojamiento en casa de un amigo.

Ismael, Karim y Asrih pasan todo el mes en el local. Montan los cubículos, el cableado, el mostrador, montan una caja fuerte disimulada detrás de este, detrás de un falso cuadro eléctrico, montan la vitrina. Todo julio sudando los tres como ciclistas, desde después de los rezos de la mañana hasta las diez de la noche. Kemal va surtiendo el material, también echa una mano, no hace un solo comentario sobre el primer viaje a Cuenca.

Aquellas noches, al llegar a casa, Ismael cena con su madre —su hermana no siempre está, no ha sabido nada de Verónica—, se planta ante el televisor y en pocos minutos cae rendido. Ni una noche deja de pensar en Cuenca, ni deja periódicamente de reproducir manualmente las consecuencias. Pese a la repugnancia que siente, siente que debe acabar su desvirgado. Que necesita culminar su hombría para poder enfrentarse a Verónica, saber «de qué va», saber cómo se coloca un preservativo, tener sus mismas armas, llegar a la casilla número cero.

A menudo, aquel mes, tiene la sensación de que ha jugado al todo o nada. ¿Y si fracasa? ¿Podrá recuperar sus ahorros, o parte de ellos, revendiendo las máquinas, las puertas…? Tiene momentos de pavor: no tiene idea de cómo se gestiona un negocio, no tiene idea de contabilidad, no tiene idea de cómo tratar con los clientes, no tiene idea de nada. Ni siquiera de leyes, en realidad, porque conoce la teoría, pero carece de toda experiencia en un despacho. Jamás ha resuelto un problema legal, un papel, una renta.

A inicios de agosto la instalación está acabada. La compañía telefónica le da un plazo de tres semanas para acabar las conexiones y dar de alta las líneas. Que la plantilla estaba medio de vacaciones, que se estaban montando muchos negocios como aquel, lo atemoriza un comercial. Marruecos y España no son tan diferentes, piensa. Va a perder tres semanas. Aquella noche llega a casa hecho una furia. «Puto país», brama en la cena. Se siente traicionado, él está jugándose sus ahorros y la compañía telefónica es incapaz de trabajar con eficacia. «Ellos de vacaciones y yo perdiendo mi dinero, hijos de puta».

—Vente con nosotras a la playa.

Esther, Vero y Salma han encontrado un apartamento muy barato en la costa de Alicante. Se van diez días. Ninguna de las tres tiene mucho dinero, así que no gastarán mucho. «Vente». El padre de Esther les ha prestado un coche, así que si dividen los gastos de gasolina y los del apartamento entre cuatro, mejor que entre tres. «Piénsalo, nos vamos el sábado». Es miércoles. Dispone de algo de dinero, es verdad. «Pero Vero posiblemente no querrá», alega. «Ha pasado tiempo suficiente», zanja Salma, lo que denota que sabe perfectamente cómo acabó aquella noche entre ellos dos.

Unos días de vacaciones en Alicante, en todo caso, son un sueño para Ismael. Aquel agosto coincide con el Ramadán, pero no le importa: no siempre lo ha hecho, en realidad si hiciera una estadística serían más los años sin que los años con. Y Asrih y Karim ya estarán de nuevo en sus trabajos. Dice que okey.

Compra una toalla y un bañador en el Decathlon de Vallecas. Siente, con esos objetos, que su vida se sigue normalizando.

Ismael recuerda bien la frase de Vero cuando pasa a recogerlos con Esther por Entrevías, 155:

—Qué bien que te vengas, Ismael, será súper.

Súper. Como si nada hubiera ocurrido, como si aquella noche no la hubiera dejado, torpe, en la estacada.

Aquel es, hasta la fecha, de los días más felices de su vida.

Vero actúa como si nada hubiera ocurrido, le parece a Ismael. No sabe si eso es bueno.

Les explica sus últimas semanas. Ha estado montando un negocio, ha hecho una inversión, tenía algunos ahorros y uno de los hombres importantes de la mezquita ha puesto dinero por su lado. Es un local que de hecho serán dos negocios, él será el abogado, ofrecerá asesoría legal para la inmigración, y también habrá locutorio, en fin, eso también lo llevará él, por eso lleva unas semanas «de puto culo». Lo cuenta como si todo aquello hubiera sido el motivo de su distanciamiento, de que no se hayan vuelto a ver, lo esgrime como el motivo que, al menos de su parte, ha impedido que se vieran desde aquella noche que se tajaron en el Cachito. Lo cuenta todo con el orgullo de quien ha tomado las riendas de su vida y busca un futuro, de quien, en pocas semanas, es un hombre de negocios (y ya ha estado con una mujer). Se autoengaña, infla sus expectativas y logros, no trata de impresionar siquiera, solo protege su propia debilidad.

El apartamento está en Benimagrell, segunda línea de mar. «Hijos de Magrell», ninguna de las tres sabe o le suena que el tal Magrell fuera nadie importante.

Es una sexta planta en un bloque a dos calles de la playa. Dos habitaciones, con dos camas en cada una. Ismael imagina con candor que se distribuyen de otra manera, que no duerme con su hermana. Quizás un día, quizás con Vero.

Se ponen el bañador, caminan hasta la playa, más tarde irán al supermercado. Son las cuatro o cinco de la tarde, está atestada,

Ismael debe hacer un esfuerzo para ocultar su fascinación, muchas de las mujeres, de todas las edades y tamaños, no se cubren el pecho. Sus tres amigas sí. A su alma musulmana le parece una obscenidad, una aberración; a su alma de hombre le fascina, le excita, siempre ha visto las playas a distancia. Su cuerpo reacciona, debe colocarse la toalla delante. Se tumba bocabajo. No puede dejar de mirar. Vero se tumba en el extremo opuesto, Ismael ve una señal. Lleva auriculares, le encanta tomar el sol con música. Ya está muy morena. Es muy bella.

Aquellos días se organizan bien, Ismael es muy feliz. Salma se despierta la primera y organiza las comidas, de manera que organiza también las compras, Ismael es quien va al supermercado con su lista. Hará cuscús de siete verduras, batbout de atún, tahine de guisantes, ensalada de arroz. Los aromas contaminan el apartamento antes de que se despierten. Con eficacia alemana, Salma prepara las raciones en táperes, los cubiertos enrollados en servilletas de papel, termo de té caliente, parece su madre. Comen en la playa, es divertido cuando viene un golpe de aire y les llena la comida de arena. Vero suelta unos chillidos que, en otra persona, a Ismael le habrían parecido ridículos. Pero es Vero.

Salen todas las noches, Isma cambia el vivir de día por el vivir de noche: llegan siempre a casa después de la hora a la que él suele despertarse. Son tres bailarinas incansables, él trata de seguirles la corriente, de ser entre ellas uno más, de ser entre los veraneantes uno más, espoleado por la opción de retomar aquello de Vero en el punto en que se quedó.

De hecho, la tercera noche, en la penumbra de una discoteca, sin haberlo pensado mucho previamente y con «el puntillo», se acerca a la oreja de Verónica y le suelta: «La última vez que fui a una discoteca fue contigo». Ella le frota amistosamente el antebrazo y da un sorbo a su cubata: «No pasa nada». Su tez morena, sobreteñida de sol, sobreenrojece. Pero está oscuro. Entiende que Vero no quiere retomar, que ha pasado «tiempo suficiente», que «no pasa nada». No sabe qué más decir, no dice nada más, calibra que la relación entre ambos se ha normalizado, en aquel momento le habría gustado mucho volver a besarla.

No hay más indicios ni diálogo a dos entre ellos hasta que, dos días más tarde, cuando ya están a mitad de las vacaciones, los cuatro pasan por el supermercado y, camino del apartamento, Esther dice necesitar una farmacia. Salma se apresta a acompañarla, como si también necesitara algún medicamento, quizás para propiciar que Ismael se quede un rato a solas con Vero; quizás ha visto en ella algún indicio y trata de ayudar a su hermano, nunca sabrá por qué lo hace, pero endosa su bolsa y la de Esther a Ismael, «esperadnos arriba, ahora venimos». En el ascensor, Vero tiene una mano libre e Ismael ninguna, con lo que pulsa ella el botón del 6 y de regreso posa la mano en la mejilla izquierda de Ismael, que con las bolsas está desarmado, le dice «me gusta tu piel, es superfina, y además está como requetemorena», y luego, mientras empieza a besarlo, la baja al bañador, por fuera, palpando cómo dentro crece el hierro. Entran con prisa en el apartamento, depositan las bolsas en el suelo, ella lo arrastra hacia su cama, donde se abrazan y soban y «morrean», «morréame», le dice ella, siendo esta una palabra que él nunca ha usado, pero que sabe obedecer. Comoquiera que las otras dos están a punto de aparecer, solo se tocan mutuamente, llegando más allá que tres meses antes, pero sin hacerlo hasta donde él ansiaba.

Ciertamente es la primera vez que toca a una mujer. Tiene los pechos pequeños, pero tensos, duros, Ismael mancha muy rápidamente la colcha de Verónica y, aunque ella aplaza («esto queda pendiente, guapo»), el resto de días no hay más ocasión de estar a solas, aunque él sí lo está en la soledad del baño, donde cierra los ojos y su proyector cerebral lanza sobre los azulejos las mejores orografías de la playa y también el tacto duro de quien allí mismo se acaba de enjabonar. Pasan los días, y que quede «pendiente» es quizás por su impericia para buscarla, quizás porque Verónica piensa que es demasiado bisoño para ella y por ello no le procurará el mismo placer o quizás porque ella solo ha tenido en realidad un arrebato de ascensor.

De modo que cuando regresan a Madrid, Ismael sigue siendo técnicamente virgen. Piensa que debe remediarlo de forma definitiva.

Ismael abre el locutorio a finales de agosto. Locutorio Asilah. Abre sin más, una mañana da la vuelta al rótulo que por un lado dice «ABIERTO / *OPEN*» y por el otro dice «CERRADO / *CLOSED*». En un folio escrito a mano anuncia «Asesoría legal – Ismael Feres, licenciado en Derecho por la Universidad de Casablanca / máster por la Universidad Autónoma de Madrid».

Madrid está vacío aquellos días. El primer día entra un senegalés. Uno. Algún rato da la vuelta al rótulo de la puerta y se va a tomar un té al Café Tetuán.

Para probar los aparatos, llama seis veces a Imad: «Te hablo desde nuestro negocio». Él aparece aquella tarde. Lo calma respecto al ritmo de clientes, agosto es mal momento. «Vamos a organizar una inauguración y vamos a poner carteles en la mezquita, pero dentro de unos días», propone u ordena.

Será la primera semana de septiembre. Imad y Amer avisan a sus conocidos, Amer es el responsable de abrir y cerrar la mezquita, todos los días del año, y conoce a todo cristo.

Amer es de los primeros en llegar. Se acerca a Ismael con una sonrisa amable y, mientras le tiende la mano derecha, y refuerza el saludo posando también la izquierda, sudada, le recomienda:

—Que tu negocio sea de Alá, querido Ismael.

En la inauguración hay una mayoría de marroquíes y sirios y un rosario compuesto por una docena de otras nacionalidades: tunecinos, saudíes, egipcios, iraquíes, mauritanos, libios, nigerianos. Una amalgama de acentos, todos asiduos de la mezquita, hombres que reconoce y hombres que no.

En teoría, Salma ha puesto un rótulo de aviso en la academia de baile, pero ni ella ni sus amigas aparecen. «Pero no vienen porque no van a necesitar mis servicios», se consuela Ismael.

Los termómetros marcan 39 °C. Ha comprado un pequeño televisor, para seguir practicando su español, lo ha colocado en el mostrador, que tiene una parte alta en el lado de los clientes y una parte baja por el lado de Ismael, de manera que queda oculto.

En la puerta, un folio detalla —a mano, en español— los precios para las llamadas a Marruecos, Túnez, Senegal, Ecuador, Egipto, Nigeria, Congo, Bolivia, México, Argentina, Uruguay...

El resto de agosto trae un creciente goteo de clientes.

Ismael llega a las nueve de la mañana y se va a las diez de la noche, a mediodía come en un táper, lo que su madre o su hermana han cocinado el día antes. Ha jugado una carta y, dada su ignorancia e inexperiencia en cómo se gestiona un negocio, en cómo se promueve y publicita y controla, solo se le ocurre una manera de que salga bien, que acabe dando dinero: abriendo todas las horas posibles. Claro que le gustaría salir de nuevo con las chicas, pero se está jugando mucho, y no quiere que aquello que tiene «pendiente» con Verónica vuelva a ser un mal rollo.

A los diez días, saca de la caja fuerte los ingresos iniciales y echa cálculos. No va a ser suficiente para pagar el alquiler mensual, pagar su deuda con Imad y que queden beneficios. El pavor que ha sentido en los preparativos ya es un guarismo. Ni uno solo de los clientes se ha interesado por la asesoría legal. Está hundido. Quién le ha ordenado enredarse con aquello. Por qué no ha insistido un poco más en dedicarse a la abogacía de algún modo. Por qué no ha insistido con los currículums, por qué no ha pedido cita en la embajada, o en alguna empresa que opere con países árabes.

Habla con Imad, que casi se ríe de su angustia. Y es cierto que la cadencia de clientela irá mejorando día a día. Solo seis semanas después de abrir, el recuento al final de una tarde supera las cinco mil pesetas. Unos treinta euros, bastante dinero por entonces. En un mes, novecientos.

«Cinco mil es el precio de una puta», lamenta. «Ella lo gana en media hora y yo en un día».

A contrapelo estima que, ahora sí, debe dejar de ser «técnicamente» virgen, aunque los beneficios del día se queden en cero. Necesita saldar ese escollo consigo mismo, con su inmadurez, con su cuerpo bisoño.

A veces regresa a casa caminando para ahorrarse el billete de metro, y por eso en el recorrido tiene visto un local cuya puerta está coronada con un neón en fucsia y azul como el de Cuenca que dice «Gatitas».

Aquella noche de octubre o noviembre de 1996 en que tiene cinco mil pesetas en el bolsillo decide entrar y, como quien va al dentista al fin, a sus veinticuatro, deja de ser virgen. Está nervioso, pero menos que en Cuenca y menos que en el ascensor con Verónica. Sabe que acabará con una sensación de asco y ruina, pero necesita superar ese miedo, esa impericia, ese trance.

Ahora conoce los códigos: entras, bebes algo, eliges, operas.

La sala es larga, con la barra a la derecha y una hilera de sofás a la izquierda, y la decoración muy semejante a la del puticlub de Cuenca. Pide un ron con limón y, sin girarse, empieza a sorberlo. Suena música latina, un rumor de aire acondicionado. Cuando lleva media copa, ninguna se ha acercado, vira el taburete ciento ochenta grados y su vista repara en una chica que se parece —o a él le parece que se parece— a la Mariela de Cuenca y en consecuencia a la Mariela original y la bautiza internamente como Mariela III, sentada en un sofá casi frente a él. En la mesita circular que tiene delante hay un vaso con un culo de cerveza y un cenicero redondo, de vidrio, con tres colillas arrugadas. Una de ellas emite un hilito de humo. Ismael le dice «ven» con el dedo índice y ella se acerca sin dilaciones. Es mucho más guapa que las Marielas I y II. Repitiendo los códigos, le pregunta si quiere beber algo, y ella sonríe y muestra el tubo de cerveza con una mano donde también lleva un medio cigarro:

—Ya tengo.

Ismael, rápidamente y solo para superar sus complejos, recorta:

—¿Follar, cuánto?

Ella lo mira de frente, sin dejar de sonreír:

—Media hora, cinco mil. Lo que quieras. Lo que puedas. Vamos.

Tira al suelo el pitillo y lo aplasta con la punta del zapato, lo toma de la mano y lo conduce por una puerta, al fondo de la sala, hasta un pasillo también larguísimo, medio a oscuras, que se adentra en la manzana, con una sucesión de puertas. Entran y la chica lo lleva al borde de la cama, lo hace girar y con las dos manos le da un leve empujón para que se siente y luego otro en los hombros para tumbarlo. Le baja los pantalones, se la mete en la boca un minuto, Ismael vuelve a visitar un paraíso que no es el de Alá, la chica cesa, de la mesilla de noche saca un cuadrado de celofán azul, extrae un plástico extensible que tiene exactamente la forma de la polla de Ismael, se quita solo los zapatos amarillos de tacón y se sienta sobre él. No lleva bragas, se sube el vestido hasta el ombligo e Ismael descubre un pubis afeitado en rectángulo, nada de matojo salvaje, geometría que lo torturará de ahora en adelante.

El estertor llega en pocos minutos y ella también jadea, o hace como que jadea, quién sabe, y se queda unos instantes más allí pinchada, moviéndose cada vez menos. No han vuelto a hablar. Ismael ha dejado de ser «técnicamente» virgen, siente una euforia, un conocimiento, siente que se ha hecho hombre en ocho minutos.

—Si quieres otro, te queda tiempo.

Y repiten exactamente la misma operación, como si le sacara otra caries.

19

Lo resaltamos toda la prensa al unísono: «Lo único que me preocupa es Dios». «Por encima de mí solo está Dios». Declaración de Jamal Zougam ante la policía.

No teníamos manera de verificarla, había que creerla, había secreto sumarial y un abogado de oficio que, esta vez, nadie supo quién era. El letrado había pedido muy explícitamente, esto es, bajo amenazas de abandonar la defensa, que su nombre no trascendiera. De manera que solo trascendieron las palabras de Zougam, pero no había nadie que matizara: «Sí, dijo eso, pero también dijo que los atentados eran una barbaridad, una salvajada con la que un musulmán no puede estar de acuerdo».

O que dijera: «Sí, dijo eso, dice que no se arrepiente de nada, dice que asume los hechos y las consecuencias, dice que de no haber sido detenido iba a inmolarse».

Solo había una declaración ante la policía, explicada y/o filtrada por la policía, y decía que solo le preocupaba Dios, que Dios era su único jefe, y debíamos creérnoslo. Una declaración que hablaba por sí sola. Sin necesidad de abogado defensor.

Alguna fuente policial —quizás Rocío: ellas también dosifican y cuidan sus contactos— explicó a la Agencia EFE esas palabras, pronunciadas durante el interrogatorio policial, y añadió que algunos amigos de los hasta el momento detenidos —Zougam, Bekkali, Chaoui, Kholy y Kumar— habían desaparecido de sus lugares habituales de residencia. Imaginé de nuevo el pavor de los amigos de aquellos cinco, de sus compañeros de piso, de sus novias (¿Pilar?). ¿Cabía huir si no tenías nada que ver con los hechos, si solo te había parecido que tu amigo entraba o salía de casa a horas poco convencionales, poco rutinarias, si no tenías ninguna certeza de sus planes y ni siquiera de sus intenciones? Parecía difícil pensar que aquellas desapariciones fueran casuales.

EFE publicó aquella información a media mañana del día 17. Me alertó Uría, llamé a Izquierdo y nos dividimos las llamadas. Él buscaría a algún agente cercano a la investigación y yo me ocuparía del portavoz oficial del Ministerio del Interior. Estuve cuarenta y dos minutos, en el banco de la planta baja, esperando a que Rafael, con quien había hablado algunas veces, pudiera atenderme. Lo oía de fondo, hablando con un periodista detrás de otro. Hasta que fue mi turno y me dijo «eso parece» cuando traté de confirmar que Zougam se encomendaba solo a Dios. El resto de sus respuestas fue «no sé».

«¿Se esperan detenciones en las próximas horas?».

«¿Se puede confirmar o especular o intuir que Zougam puso bombas en los trenes?».

«¿Y los otros detenidos?».

«¿Tenía Zougam capacidad para armar las bombas?».

«¿Y los otros detenidos?».

«¿Pertenece Zougam a Al Qaeda?».

«¿Y los otros detenidos?».

«¿Está comprobado que fue Zougam quien vendió los móviles al comando?».

«¿Fue algún otro de los detenidos?».

«¿Sabía que eran para atentar?».

«¿De qué marca eran los móviles?».

No logré sacarlo del no sé, posiblemente Rafael no sabía y posiblemente tenía la consigna de no saber, para que todos focalizáramos nuestras informaciones en Zougam, que se iba perfilando como autor material de la masacre. Como uno de los seis que supuestamente habían conformado el comando, tal como acabábamos de publicar, como un miembro importante o al menos activo de Al Qaeda, quizás integrado en una «célula durmiente». Tipos con una vida normal dispuestos a activarse en cuanto reciben una orden.

¿Y los otros detenidos?

Rafael sí sabía —«busca los teletipos, vienen muy completos»— que aquella mañana había empezado en París el juicio contra tres hombres, entre ellos el converso al islam David Courtellier, a quien como se ha dicho se relacionaba con Zougam y a quien se atribuía un tiroteo contra un hotel en Marrakech en 1994, en el que habían muerto dos turistas españoles. En el juicio de París se había remarcado su encuentro de 1998 en la mezquita de Madrid y también que Zougam había estado al menos una vez en Londres con el presunto líder de Al Qaeda en España, Imad Eddin Barakat.

Un encuentro en la mezquita y un viaje a Londres con dos tipos que eran sospechosos, pero que no habían sido nunca condenados.

¿Sendas casualidades? ¿Casualidades suficientes? ¿Había más indicios, alguna grabación, algún arma en su poder, un teléfono móvil horadado raramente, una filmación en vídeo del Bernabéu? Rafael no sabía.

Aquella mañana había estado de nuevo en la Audiencia desde más temprano de lo que era habitual, y esta vez había tenido un punto de suerte. Había coincidido en el ascensor con Ernesto, un fiscal que no era el del caso, y al que no me había atrevido a molestar aquellos días. Se parecía a Antonio Banderas y era chulo y noble al mismo tiempo, el cabello siempre bien repeinado, pero ni temía ni utilizaba a los periodistas, ni a favor ni en contra de sus acusados. Yo subía dos pisos y él seis, y en cuanto hube pulsado mi planta él dijo «qué, cómo lo lleváis». Yo dije «con Del Olmo cómo quieres que vaya: mal», para ver si se compadecía; pasaron unos segundos, la puerta estaba a punto de abrirse para mí y sugirió:

—Los envoltorios.

—¿A qué te refieres?

—A la furgoneta.

—¿A la dinamita?

—A la dinamita. Fijaos en el producto. Yo creo que la dirección general de minas algo debe de saber…

—Mil gracias, Ernesto.

Salí al rellano y llamé de nuevo a Izquierdo. Estaba en la redacción, fui hacia allí aunque ya era la hora de comer.

María del Mar, periodista de economía de la delegación, tenía un buen contacto en el Ministerio de Industria. Lo encontramos en su casa, comiendo, pero asumió la trascendencia de la llamada (aquella parte de la Administración del Estado era responsable del control de los explosivos) y nos explicó cómo funcionaba aquel mercado. Nos explicó también que no constaba ningún robo de una cantidad importante, de manera que probablemente los suministradores de dinamita al comando la habían ido sustrayendo poco a poco. Ese detalle podía dar idea de un largo proceso preparatorio, justamente lo contrario de lo que habíamos publicado hacía pocos días: que el atentado se había preparado en dos semanas. La empresa que más Goma-2 ECO fabricaba en España era Unión Española de Explosivos, y toda la producción se concentraba en una fábrica en Páramo de Masa, en la provincia de Burgos.

Llamé a la empresa poco después de las cuatro de la tarde. No había ningún responsable de la atención a los medios de comunicación, de manera que me pasaron con el área de *marketing*. Atendió un tal Juan, a quien me presenté y a quien dije que algunas fuentes del Gobierno nos habían explicado cómo funcionaban las empresas del sector y cómo funcionaba el mercado de la dinamita —hasta aquí era cierto— y que habíamos deducido que el explosivo del 11-M con toda seguridad procedía de aquella firma: «Con toda seguridad» significa al mismo tiempo que estás seguro y que no estás seguro.

Juan picó:

—Ya nos ha venido a ver la policía.

Nos contó que de la factoría no había desaparecido ninguna partida y que tenían decenas de clientes, sobre todo en el ámbito de la construcción, en la ingeniería de carreteras y en la minería, tanto en España como en el extranjero. La dinamita se usaba para efectuar voladuras en el trazado de carreteras, o en desmontes, o en la apertura de galerías subterráneas. También nos dijo que habían facilitado a la policía el nombre de la empresa que había comprado las partidas a las que pertenecía el cartucho que, con envoltorio, había sido localizado en Alcalá de Henares.

—Pero eso no os lo puedo decir.

Como tantas veces, y como es lógico, Juan habló para exculpar a su empresa, que nada tenía que ver en el suministro de dinamita al comando ni como víctima por robo. Se la habían robado al cliente, no al fabricante.

Con aquellos datos, Izquierdo pudo saber que la policía investigaba diversas empresas mineras y que el explosivo había sido fabricado en enero, de manera que el robo se había producido de ahí a marzo, de manera que ahora no sabíamos si, para preparar un atentado, dos meses eran mucho o poco.

Se estaba investigando también si había habido robos en el extranjero o compras a traficantes de explosivo, dado que ETA lo había hecho al menos una vez, pero a un delincuente que traficaba con la sustancia y que además era croata. Esta vez no era así, la dinamita se había robado en España. «Con toda seguridad», dijo la policía, y nosotros escribimos «con toda seguridad» para que fuera el lector quien interpretara.

Otra de las pesquisas se centraba en los detonadores: la misma empresa tenía otra fábrica en Galdácano, en Vizcaya, de la que habían salido aquellas piezas que servían para activar el explosivo. El detalle geográfico podía ser precisamente explosivo en manos de los medios que alentaban la idea de que había sido ETA la responsable de los atentados, aunque los detonadores —nos dijo Juan en la segunda llamada de aquella tarde— tampoco procedían de su fábrica, sino del cliente que los había adquirido. Añadió un detalle importante: posiblemente los ladrones tenían un cómplice dentro de la empresa, era muy difícil robar aquel material sin una participación desde dentro.

—No os puedo contar más —añadió, indicando que había más.

Con toda esta información montamos a cuatro manos una larga crónica a la que a última hora de la noche hubo que abrir espacio a otra noticia. Llegó por agencias, abría los informativos de televisión y era un *breaking news* de la CNN. Las mismas Brigadas de Abu Hafs Al Masri que el día 11 habían reivindicado la autoría del atentado enviaron aquella tarde un fax a *Al-Hayat*, un periódico en árabe editado en Londres, en el que volvían a asumir la autoría y en el que argumentaban que habían dado la opción a los españoles de elegir entre guerra y paz, y que habían elegido paz, esto es, al PSOE, «el partido que está contra la alianza de los Estados Unidos de América en su guerra particular contra el islam».

Eso era una bomba atómica política.

También anunciaban que habían ordenado a sus activistas detener las acciones «en la tierra de al-Ándalus». Pero eso era falso. Volverían a atentar.

La panadería abrió de nuevo el jueves.

Llevaba cuatro días intentando entregar a las dos dependientas el ejemplar de nuestro periódico en el que ellas eran protagonistas. Había leído otros artículos similares, publicados en otros medios. En general, el tono era parecido, de respeto y empatía, aunque alguno sugería que aquellas dos mujeres debían de estar sintiendo un cierto temor por haber sido vecinas de unos terroristas. Como si fuera obvio o ellos inevitablemente culpables. Desde el día en que se había publicado, e incluso antes, cuando había asistido a sus explicaciones atropelladas, cuando había visto o me había parecido ver las miradas tangenciales de Pilar y había escuchado los telegramas que salían de su boca, había pensado en llevarles un ejemplar de lo que iba a escribir o escribiese, con una amabilidad semimpostada y que trataría de encubrir mis verdaderas intenciones: averiguar si en realidad sabían más, averiguar qué relación tenían (o tenía Pilar, la que se veía más afectada) en realidad con los vecinos de calle, o al menos con uno de ellos. Intentaría de ese modo descifrar si mi intuición era cierta, o al menos trataría de reforzarla. O buscaría de algún modo establecer un vínculo, trataría de que confiaran en mí. También era consciente de que podía no ser el único que tuviera aquella intuición.

Debo decir que no era solo un periodista intentando obtener «buen material», era también el vecino que trataba de entender los porqués.

Había pasado por allí todos los días desde las detenciones. La cantidad de periodistas husmeando había ido decreciendo, pero la panadería seguía cerrada. ¿Tantos días? Había empezado a tener la certeza de que había más motivos que el de evitar a la prensa.

La panadera llamada Marta, la que había hablado, había explicado que a ella la acompañaba su marido todas las mañanas, es decir, estaba casada.

La otra, a quien Marta se había referido como Pilar, no había pronunciado palabra, su mandíbula se lo había impedido. ¿Por qué había hablado solo Marta; había algún motivo para que así fuera, si ambas los conocían; había algún motivo en su tensión facial, en una tensión que, pasados unos días y en mi imaginación, se podía describir casi como compungimiento? Yo quería tener la sospecha, y aquel día también habría deseado haber estudiado Psicología o tener cincuenta y un máster en rictus. Pilar, de unos veinticinco años, empleada de la panadería, morena, rostro común, piel porosa, vello tenue en las patillas, una P dorada colgada de su cuello, conoce a Jamal o a (uno de los dos) Mohamed, del locutorio adyacente y cliente diario. Tienen treinta, treinta y uno y treinta y cuatro años, respectivamente. Mohamed Bekkali es el más joven y es guapo, cabello claro; en la fotografía de carnet que la policía distribuirá más tarde, sonríe. Chaoui es el mayor, y no sonríe, y la perilla que rodea su boca no ayudará, cuando veamos la imagen, a pensar en su inocencia. Jamal tiene el cabello rizado, semblante serio, una mandíbula poderosa y oscura en la que siempre asoma barba. Si Marta es de o vive en el extrarradio, Pilar es o puede ser del extrarradio. No estamos en Salamanca (el barrio), estamos en Lavapiés, es perfectamente verosímil que Pilar y Jamal o (uno de los dos) Mohamed, que trabajan en locales contiguos, se hayan conocido y gustado, quizás por la reiteración en el trato, porque al tercer día seguido que uno de ellos (¿cuál?) entra por la puerta, ella adelanta con su acento sureño «¿hoy también de queso?», y sin mayor intención y con el goteo de los días, detalle a detalle, entran en una familiaridad, un grado todavía inferior a la amistad, que les llevará el verano siguiente a quedar para tomar algo en las fiestas de San Cayetano, tres noches a inicios de agosto en la zona de Embajadores, allí mismo, y pocos días después lo mismo en las otras de San Lorenzo, en Lavapiés, y así salen varias veces hasta que Jamal o (uno de los dos) Mohamed le pide al otro que aquella última noche busque otro lugar donde dormir, por si acaso. Es perfectamente verosímil y es no solo racista, por mi lado también es clasista el hilo de pensamientos que me llevan a relacionar a Pilar («morena, rostro común, piel porosa, vello tenue en las patillas») con uno de los tres, quizás el tipo de racismo o de clasismo que justificaría dejar cuatro trenes «desventrados» y una hilera de viudos, huérfanos, sordos y exclientes de Renfe. Quizás ese es el mecanismo, quizás el chico no es ninguno de aquellos, sino que es el cuarto, el que los ayuda eventualmente.

Había pasado una semana desde la matanza, y aquel día el rostro de Pilar ya no estaba tieso, sino que estaba oscuro y, diría, más delgado, y no pude dejar de algún modo de celebrarlo, de celebrar que los indicios, mis indicios, apuntaban en una dirección: los conocía, Pilar los conocía bien, aunque quizás cabría reducir al singular.

En realidad, solo era un deseo, una búsqueda de respuesta: quién, por qué. Una respuesta en él, en mí. Pilar como eslabón para entender o tratar de entender lo que había ocurrido no el día 11 de marzo de 2004, sino hasta el 11 de marzo de 2004, y donde la clave es todo lo que ocurre dentro de la preposición.

Una respuesta a la violencia tenue: en la cola del supermercado, donde puse la mano en el bolsillo trasero del pantalón para evitar que el moro de detrás me robara la cartera. En el acceso al metro, donde no le cedí el paso, donde le pasé por delante sin contemplaciones, la prisa, yo tengo más prisa que tú, dónde vas. En la acera que abandoné, pensando que me ibas a rajar, ni siquiera era de noche.

Quiero saber qué te hice, qué te hicimos, quiero saber si sabías, si vendiste los teléfonos sabiendo, si subiste a los trenes alguna de las bombas, en qué estación bajaste para salvarte, si pudiste escuchar las explosiones, los gritos, los llantos de los tanatorios, si aun así el odio que te habíamos provocado seguía el día 11 y en adelante atemperándote. Quiero saber también si viste las imágenes como yo las vi.

Era 18 de marzo y la panadería estaba ahora abierta. Aguardé en las inmediaciones, en un punto en que podía observar si dentro del local había o no clientes sin que ellas pudieran verme a mí, hasta que quedó vacía y nadie venía por ninguna de las dos calles que allí se cruzaban, de ese modo entré pensando que tendría algún minuto a solas con una o con las dos, tendría tiempo suficiente para darles algún detalle y suscitar su curiosidad o cercanía.

Entré, «hola, soy Ignacio Orovio, soy de *La Vanguardia*, soy periodista, vine el otro día», dije señalándome la espalda con el pulgar, como si aquel día estuviera justo detrás «y, bueno», añadí, «quizás me recordáis del barrio», dije en plural, para evitar la frontalidad, «vengo a veces a comprar aquí, igual os acordáis», con el mismo plural, «bueno, venía antes de esto», de nuevo el pulgar a la espalda, señalando al atentado, y Pilar dijo «sí, ya te he visto varias veces», tenía un evidente acento andaluz —«vihto», «veceh»—, y proseguí diciendo «vivo ahí al lado de la plaza, en la calle Ave María», con detalles concretos que dieran verosimilitud a mis explicaciones, «verás», simplifiqué ahora, «en el periódico me ocupo de temas judiciales y ahora estoy siguiendo esta brutalidad», añadí, aireando mis palabras con una mano, «no entiendo que gente que vive en el barrio haya podido hacer algo así». Pilar no dijo nada, es decir, Pilar dijo «Marta», y Marta apareció. «Te acuerdas de este chico», dijo Pilar, «es del barrio y es periodista, estuvo aquí el domingo»; Marta también me recordaba. Llevaba el ejemplar del lunes debajo del brazo, dije «ah, aquí tenéis, aquí sale el reportaje vuestro», vuestro, como si fueran las propietarias, por no decir «en el que salís», porque me parecía agresivo, como señalador, de manera que despincé de mi axila el ejemplar y lo dejé sobre el mostrador, añadí que me parecía un detalle que lo tuvieran, porque seguro que siendo un periódico de Barcelona no lo habían leído, que me parecía que «siendo vecinos», como si fuera un argumento, era un detalle que lo tuvieran. Me dieron las gracias, y entonces Pilar quiso saber a qué me dedicaba «exactamente», y yo dije «a los temas judiciales», y ella quiso saber en qué consistía «eso», y yo dije que ahora, por ejemplo, iba a «seguir toda la investigación del atentado», y ella dijo «ah», aunque su rostro no denotó nada especial. Me pareció suficiente, quise que me pareciera suficiente, saqué la cartera del bolsillo trasero del pantalón, cogí una tarjeta y anoté mi móvil en la parte superior, «mi móvil, por si necesitáis cualquier cosa», ofrecí, ahora sí mintiendo, porque era yo quien las necesitaba a ellas, pareciéndome en aquel momento suficiente el contacto y con la idea preconcebida de que al día siguiente o muy en breve, para que no hubieran tenido tiempo de olvidar mi rostro, me haría el encontradizo por la calle, justo antes de que abrieran o justo después de que cerraran, para preguntarles si había algo más que pudieran contar, teniendo ya la certeza de que el verbo debía ser en singular.

Pero no haría falta que me apostara en las inmediaciones: Pilar me llamaría dos días después.

20

—¿Un té por Mohamed?

A Ismael le llama poderosamente la atención que la fórmula que Amer emplea una mañana de domingo de aquel otoño de 1996, después de los rezos, sea la misma que en sus años de universidad había empleado Asrih para llevarlo a las reuniones clandestinas en la medina de Casablanca. Llueve intensamente y no hay partido.

En los años de Casablanca, en aquellas reuniones en sitios sucesivamente diferentes se debatía qué hacer en contra del rey, en contra de la monarquía, en contra de la pobreza del país, en contra de los dictados de Occidente.

A Ismael lo desconcierta, pero dice que vale, y camina detrás de Amer hasta el pequeño despacho que tiene en el recinto. Allí está ya su amigo Karim. Ismael sabrá luego que ha sido Karim quien ha dado su nombre a Amer como perfil adecuado: discreción, voluntad, fe, inteligencia. Y abogado. Pesa que es abogado, de alguna manera está un poco por encima de muchos de los miembros de su comunidad, la mayoría de los cuales no ha tenido ninguna formación. Muchos apenas saben escribir.

También desconcierta a Ismael porque, aunque es cierto que desde el final de las vacaciones en Alicante se ha centrado sobre todo en el trabajo y en acudir a los rezos la mayor parte de los días, su asistencia ha sido siempre discontinua. Su fe es un poco así, justificará, más un relleno para sus huecos y más un sentirse comunidad que una respuesta a sentimientos poderosos.

Hay docenas de hombres más constantes, más firmes que él, pero es cierto que esos son rasgos que se pueden simular. Como la barba. En aquella época se la ha dejado larga, y quizás eso le gusta a Amer. Para Ismael es casi una forma de protesta. Su hermana, Verónica, su madre…, todas opinan que está «muy guapo» cuando va bien afeitado, y aquel otoño ciertamente se la ha dejado crecer, pero es solo una forma de ir a la contra. También porque después de dejar de ser «técnicamente virgen» se siente tan sucio que necesita que al menos su aspecto, su exterior, sea el de un hombre piadoso.

Y ahora tampoco le hace falta estar «muy guapo». Para qué. Después de perder finalmente la virginidad, Isma se siente fuerte, siente que tiene un aplomo y una madurez nuevos, y una noche llama a Verónica. Al final del verano, en el apartamento de Alicante, ella le ha dicho que queda «algo pendiente» entre ellos, le ha llamado «guapo». Para Ismael, «algo pendiente» puede ser salir juntos, ser pareja, pensar en el mañana. Pero no. Un mediodía Ismael la llama desde el locutorio y ella dice alegrarse de saber de él, pero cuando le propone «por qué no nos vemos, estos días son las fiestas de San Lorenzo, en Lavapiés, hay barras con bebidas y orquestas en la calle, hay animación toda la noche, molaría pasar un rato», pensando que beben y bailan y hacen finalmente el amor, la llama obviamente pensando en ellos dos, a solas, pero ella no es muy tajante y desvía, «quedamos una noche de estas con todos». Con todos. Una noche «de estas», no las noches de San Lorenzo en Lavapiés, sino otras, quién sabe cuáles.

La siguiente noche que se ven, no solo están todos —Salma, Esther, y también Fani y Fernando, que son más esporádicos—, sino que hay alguien nuevo, que a Ismael le es presentado como «Andrés, un amigo». Ismael siente una puñalada en el tórax, la siente con toda su rotundidad y dolor, toda su incisión y tejidos penetrados. Es alto y guapo, usa gafas de pasta, es periodista como ella.

No le vuelve a dirigir la palabra en toda la noche, lo primero y lo último que le dice es «Andrés, un amigo», e Ismael se queda anclado a su hermana, en dos o tres bares en los que no detecta ningún contacto físico ni complicidad obvia entre ellos, pero Vero y Andrés llegan juntos y se marchan juntos los primeros. Ismael arde pensando hacia dónde, para qué.

Puede intuir o intuye o sabe que hay o hubo otros chicos en su vida, pero verlos es demasiado para sus estigmas y miedos y complejos de moro de mierda.

Aquella noche decide que no quiere volver a verla nunca más. Las españolas son unas zorras.

De ahí el regreso fervoroso a la mezquita, eso lo explica, eso y la ira que en sí germina, y que no tiene nada más que hacer en la vida que currar, eso explica que Amer lo vea como alguien con una fe sólida y especial.

El despacho de Amer es estrecho y alargado. A un lado tiene una estantería alta y estrecha con libros de filosofía y de doctrina islámica, en árabe e inglés. Al otro lado, a lo largo, un banco. Al fondo, una mesa pequeña, con una lámpara minúscula, pinzada en uno de los extremos, y una tetera eléctrica, una pila de vasos de plástico blanco vueltos del revés, un bote de vidrio con sobres de azúcar y un tarro metálico con menta fresca. La silla de Amer está de espaldas a un ventanuco alto. El contraluz impide verle la expresión con claridad. Al otro lado de la mesa hay otra silla, sencilla, de tijera. En la pared, sobre la mesa, sonríe una fotografía de gran tamaño en blanco y negro, de un hombre tocado con un fez, corbata, barba recortada, una chaqueta que parece militar. Ismael no sabe aún que se trata del egipcio Hassan al-Banna, el fundador de los Hermanos Musulmanes. Por aquel entonces era una especie de ONG, mantenían escuelas, ambulatorios, hacían caridad: una especie de Estado paralelo, que seguramente se fue radicalizando, y de cuyas filas salieron con el tiempo muchos terroristas.

En el banco están sentados Karim, Asrih y también Ata Tirig, los cuatro formaban el Castilla, el equipo de fútbol sala en la universidad de Casablanca, eran buenísimos. Está también Jamal Zougam, lo conoce de haber jugado alguna vez a fútbol, porque es amigo de Imad y porque vive en Lavapiés y lo ha visto de lejos por el barrio. Aunque más adelante se quedará con el locutorio de Ismael, no puede decir que sean amigos.

Aquel día conoce a Yusuf Baz, un tipo grueso, de pelo ralo, una mirada en la que no confiaría ni su madre, siempre como de lado. A Ismael nunca le gustará Yusuf, pese a que en un momento de necesidad deberá compartir piso con él. Ahora Yusuf le clava la mirada —siempre lo hace así, es así con todo el mundo— unos instantes, más de los necesarios. Más tarde llegan tres chicos más, que Ismael tiene vistos de la mezquita, pero ignora sus nombres, todos se acomodan como pueden.

A Ismael, de entrada, le extraña que la cita no sea en una sala más grande, en la mezquita las hay. Luego simplemente piensa que Amer, que pronto sirve un vaso de té a cada uno, tiene allí la tetera y le es más cómodo. Quién sabe los motivos. Solo con el tiempo Ismael descubre que en la mezquita ha habido una pugna ideológica, que Amer ha empezado a ir por su cuenta y que está buscando partidarios.

Aquel día, en todo caso, Amer solo dice que los ha elegido para esa reunión porque, hasta donde él sabe u observa, todos ellos son fieles creyentes, de dedicación constante e intensa, de pasión en los rezos y en las otras actividades de la mezquita o en las actividades profesionales. «La pasión es el motor del mundo», dice Amer, y por eso los ha reunido, para explicarles que le gustaría mantener un espacio de reflexión, reflexión sobre temas religiosos, y políticos, y de la vida del emigrante, y que por eso cuentan con Ismael, que es abogado, que les puede ayudar mucho, o con Ata Tirig, un hermano que ya ha hecho la peregrinación a la Meca, o con Asrih, que durante sus periodos de trabajo en la agricultura en Andalucía ha abierto oratorios en zonas donde no los había, donde los hermanos carecían de un lugar adecuado para el culto. Modestos, discretos. Pues ha sido Asrih quien ha facilitado los medios para ello. Ismael no tenía ni idea de que su amigo se había dedicado a esas cosas, siempre cree que va «a buscar trabajillos», a veces sospecha que sus viajes a Andalucía pueden tener algo que ver con el tráfico de drogas, pero jamás le pregunta. Amer añade que le gustaría ir manteniendo aquellos encuentros, con el grupo allí presente o con muchachos que a él —remarca— le parezcan modélicos, bien preparados, bien predispuestos, con la devoción suficiente, si les parece bien. Detalla también que no quiere hacerlo muy amplio ni quiere hacerlo público, porque es una iniciativa puramente personal, dice, elevando un dedo índice. El imán está al corriente, por supuesto, pero la iniciativa es suya, insiste.

Ismael sostendrá que él se encoge mentalmente de hombros, él solo va a rezar y a jugar a fútbol, y si algo no tiene, justamente, es constancia. Se le pasa entonces un pensamiento por la cabeza: ¿es la ayuda de Imad con el locutorio una manera de agarrarlo de los cojones? ¿O les interesa él porque es el único con estudios de derecho?

Luego Amer habla un buen rato, sin que nadie lo interrumpa, acerca de cómo, después de la Guerra Fría, que se da por liquidada con la caída del Muro de Berlín en 1989, el mundo se está globalizando de forma irremediable sin que se hayan resuelto conflictos ancestrales, comenzando por el más ancestral de todos, el de Palestina. El conflicto fundacional de los conflictos del mundo. Añade que países musulmanes como Egipto, Túnez o Marruecos perpetúan a una serie de dirigentes que, sin la oposición del pueblo, del pueblo de Dios, concretamente, allí continuarán por décadas.

En Egipto, añade, girándose hacia el retrato de al-Banna, «este es Hassan al-Banna», los Hermanos Musulmanes han defendido a sus hermanos y por ello han intentado aniquilarlos. Los Hermanos Musulmanes son un ejemplo para todos los de su fe. Si hace una introducción panorámica, argumenta, es para poder decir, bajando al terreno de los hechos, que los musulmanes han perdido recientemente una enorme oportunidad con la guerra de Bosnia, en la que han tomado parte para derrotar a los cristianos (no dice a los serbios), pero han fracasado por inexperiencia y por descoordinación. Desde Madrid, añade, han enviado hombres que hoy son héroes, «como Farid, el tío de Ismael, el héroe de Asilah», lo señala con la barbilla, pero que no han sido recompensados con la gloria de la victoria. En el nuevo mundo globalizado, donde las personas, las ideas y las cosas tienen relativa libertad para moverse, residir en Madrid no significa actuar solo en Madrid, sino que significa que, con un pie en Europa, las opciones de «hacer algo por el islam» son infinitas. La globalización también significa, añade, que todo movimiento es o puede ser una ola que va a romper en otra costa, metaforiza.

Por último, añade que tiene la idea de crear en Madrid algo inspirado en los Hermanos Musulmanes, aunque sea en pequeño, una hermandad que a nivel local pueda ayudar a la comunidad; son una comunidad unida por la fe, separada por la nacionalidad y aislada de sus vecinos, nadando entre dificultades y su desprecio infinito, «somos los moros», dice Amer, «de manera que debemos potenciar los elementos en común por encima de los elementos de dispersión». «Ayudarnos entre nosotros es ayudar al islam, el islam es nuestro oxígeno, un oxígeno que solo nosotros podemos respirar». Amer quiere empezar con aquel reducido grupo de elegidos, para darlo a debatir y a conocer, para que lo vayan pensando, esto es, por si quieren formar parte.

Cuando el domingo siguiente Ismael, Karim y Ata (Asrih no aparece, quizás ha bajado a Andalucía) coinciden en el campo de fútbol con los otros tres que han asistido a la cita, se ignoran como si no se hubiera producido.

Como si quisiera dosificar el ánimo de sus ocho elegidos, Amer no los vuelve a convocar hasta tres o cuatro semanas después. La pregunta es de nuevo «¿un té por Mohamed?», al final de los rezos de un martes de noviembre. Es casi una contraseña. Son las siete de la mañana y han acabado las oraciones.

Amer sonríe como el primer día, e Ismael corresponde: muchos de los clientes del locutorio llegan aconsejados por él. «Vengo de parte de Amer», «Amer me ha dicho que tienes buenos precios». Luego los ve en la mezquita. Está empezando a vender muchos teléfonos móviles. El negocio empieza a no irle mal. Ni a Imad, naturalmente, que está recuperando su prestamo. Ismael anota las entregas en una lista, que guarda en la caja fuerte.

En aquel segundo «té por Mohamed» vuelven a ser ocho, pero no están ni Karim ni los que juegan a fútbol el día anterior.

Amer tampoco da los nombres. Les agradece su asistencia, y comienza celebrando que a muchos de los chicos allí presentes les gusta jugar al fútbol, a los partidos que organizan los domingos, y que ese es un buen camino para estar físicamente fuerte, físicamente puro. A Ismael le suena a recriminación por su visita al prostíbulo de Cuenca, quizás Kemal lo ha explicado a alguien, e Ismael empieza a entrar en pavor, ¿y si ahora toda la mezquita sabe que fue de putas? Ismael piensa que se está ruborizando aunque no se está ruborizando, y desvía ligeramente la vista hacia el ventanuco detrás de la cabeza de Amer, que muestra una porción de un cielo gris como un iMac. Pero Amer habla ahora de las mujeres musulmanas, que son mujeres que esperan a los mejores, a los elegidos. «Las mujeres musulmanas son las puras, son las que os convienen, las que nunca os traicionarán». No usa el condicional, lo dice como estableciendo un único camino. Ismael se indigna.

Si algo tiene claro desde el día que abandonan a su padre es que él construirá su propio futuro, siendo un buen esposo, lo cual consiste, en sus baremos, en honestidad, lealtad y respeto. Amer insta a los chavales a que, dada la dimensión de la comunidad musulmana de Madrid, creen lazos con familias en cuyo seno estuvieran creciendo muchachas tocadas con la belleza del Profeta, si así lo desean. Viene a ofrecerse, piensa Ismael, para hacer de casamentera. Una buena musulmana de catorce años, desde luego, tampoco es lo que sus aspiraciones habían previsto.

Ismael no vuelve nunca más a ese club, ni a ninguno parecido. Para él ha sido una manera de acabar con su inocencia, y en eso encuentra una disculpa, se autoperdona.

También tardará bastante tiempo en salir de nuevo con su hermana.

De ahí que se acerque más a la mezquita en esos días o meses, se justificará. Sin hablarlo con Salma siente que, con su ronroneo estéril alrededor de Verónica, puede estar dinamitando la red de amistades de su hermana, creándole una indeseable incomodidad. A Ismael no le gusta estar donde no se le espera.

De este modo, muchos viernes y sábados Salma ya no está en casa cuando él llega. Ismael sospecha que lo hace aposta para no tener que dar explicaciones o de alguna manera verse obligada a proponerle que la acompañe. De algún modo siente que la caga con Verónica, que en realidad le está bien empleado. Por torpe.

Su vida se concentra en el locutorio. Pasa allí la mayor parte de las horas. Solo cierra el domingo. Es joven, tiene energía y una deuda, solo se le ocurre ese modo de progresar, diez u once horas allí esperando que entre alguien, soñando que un día entre Verónica y no haya sido un error.

Esperaba otro ritmo de las cosas: siente esa tristeza. No quiere resignarse a que sus círculos sean la clientela del locutorio, formada en buena medida por hombres; la clientela del Café Tetuán, donde toma el café y formada mayoritariamente por hombres; y los asistentes a la mezquita, hombres exclusivamente.

Es en aquellos días cuando ocurre algo extraño. Un viernes, su tío Farid lo busca al final de las oraciones y le indica que irá aquel día a verlo para pedirle «un pequeño favor». Es el mes del Ramadán, que Ismael sí cumple esta vez; está exhausto, cuando su tío lo visita lleva horas sin comer ni beber. Tiene la guardia baja, pensará más tarde.

Farid llega solo, lleva una mochila a la espalda. Entra, se acerca al mostrador por el lado abierto, deja las muletas contra la pared e invita a un abrazo a su sobrino. A Isma le extraña la calidez del gesto: se han visto pocas horas antes, en la mezquita, con toda normalidad y sin abrazos.

Ismael tiene encendida la televisión que ha comprado para los ratos muertos. Está mirando un concurso de canción en español y trata de apagar el aparato antes de que su tío descubra qué mira, como si debiera avergonzarse. Charlan un momento. Farid quiere hacer una llamada. Deja la mochila en el mostrador, cabina uno.

Ismael ve en el ordenador que el número al que llama Farid comienza con 0093. No es Barcelona, es Afganistán. Al acabar, Farid le pide que le custodie unos días un paquete que lleva en la mochila. Solo son unas cintas de vídeo que en casa no tiene dónde guardar, sus hijos lo toquetean todo, ningún rincón se salva del barullo. Es una bolsa de El Corte Inglés atada con cinta aislante, contiene una decena de cintas VHS. Le pide que guarde el paquete «en algún lugar seguro», «bajo llave», si puede, «seguro que tienes algún cajón con llave». Cuando Ismael le pregunta de qué son las películas, Farid hace como que busca algo en los bolsillos, y cuando acaba de simular, simula que ha olvidado la pregunta. Pero Farid es un héroe, Ismael no puede cuestionarlo.

Ismael las guarda en un cajón del mostrador, en realidad están prácticamente vacíos, las mete en el último y no volverá a preguntar.

«Gracias, querido sobrino, *alhamdulillah*», dice, antes de abrazarlo de nuevo y salir, sin abonar su conferencia. Ismael cree que no se olvida, simplemente se cobra así la ayuda que le presta enviándole clientela, y no se lo reprocha.

¿Qué hay en aquellas películas, por qué no ha querido explicárselo?

Pero no tiene vídeo, no podrá —su curiosidad es inmediata— comprobar qué contienen, y además si abre el paquete deberá envolverlas de nuevo de la misma manera, y no tiene una bolsa de El Corte Inglés.

Con los días empieza a preocuparse. No le gusta ser custodio de un paquete clandestino. Puede contener cualquier cosa. ¿Por qué si no Farid no ha querido aclarar lo que contienen?

21

Cuando después de pasar por la panadería aquel jueves llegué a la Audiencia Nacional, había ocurrido una cosa insólita. Un trío de periodistas veteranos había sido comisionado por el resto de informadores que aquellos días copábamos a todas horas el edificio judicial para personarse ante la presidencia del Tribunal —que ocupaba un magistrado ultraconservador y ultrarreligioso— y protestar por el absoluto vacío informativo a que nos estaba sometiendo el juez Del Olmo. Llevábamos una semana allí ante su puerta, y él investigando; aquel día había tomado declaración a los primeros cinco arrestados y no habíamos sacado un solo dato del juzgado instructor, en un caso que tenía conmocionado al país, a Europa, que había cambiado un Gobierno, con un comando o ejército, no sabíamos, que amenazaba con nuevos atentados, y aquel silencio de Del Olmo era insólito, innecesario e intolerable. Y si podíamos llegar a entenderlo, debíamos simular que no. La comitiva había solicitado una reunión con el presidente y la cita parecía haber surtido efecto, porque aquel jueves se nos facilitó un resumen del auto con el que el juez había decretado prisión provisional —eso no fue ninguna sorpresa— para los cinco arrestados iniciales. También habíamos sabido que había habido cinco nuevas detenciones, pero no sabíamos quiénes, ni siquiera iniciales, ni por qué indicios o relaciones.

El resumen nos fue entregado —una única copia— por el secretario del Juzgado Número 6 exactamente a las 12.11 minutos de la mañana del 18 de marzo. Lo recuerdo con precisión porque el secretario judicial no nos facilitó varias copias, sino una sola, y ocurrió algo también insólito: A. A., uno de los veteranos, y cuya identidad prefiero no revelar, se subió a un banco, pidió silencio y, blandiendo el papel, propuso que él se iría a hacer copias del documento; no dijo cuántas ni dijo para quién, y que la historia se podía publicar diez minutos después de su regreso; a mí aquella propuesta no me afectaba, porque por entonces, como ya he dicho, no escribía para la web de mi periódico, y podía trabajarlo con la calma de una tarde entera. Entre los periodistas de radio y los de agencias había muchos nervios por conocer el contenido y lanzar la noticia, pero estuvieron de acuerdo con la propuesta, entre otras cosas porque la copia, la única copia, estaba en la mano firme de A. A.; nadie puso reparos, porque todos tenían prisa por ver qué decía el juez, y A. A. se fue a la copistería que había a un par de calles del edificio.

A mi lado en aquella especie de asamblea estaba Blanca, periodista de una agencia, que no era tan veterana como A. A. pero era igual de lista, y me dijo: «No me fío». Y añadió: «Vente».

La asamblea se disolvió, quedó como implícito que A. A. volvería allí a repartir las copias, pero me fui detrás de Blanca y nos apostamos en la entrada, y las sospechas se cumplieron, porque A. A. no hizo treinta copias, sino diez o doce y a la puerta de la Audiencia nos dio una a Blanca y una a mí y otras tantas a todos a los que se fue encontrando, y cuando llegó a la planta dos con las manos vacías se encogió de hombros y dijo a la veintena de colegas que allí aguardaban que ya las había ido repartiendo a todo el que se había encontrado, que había «hecho corto», pero que se podían hacer más. Sin embargo, los diez minutos habían empezado a contar, y su emisora fue la primera en informar de las nuevas detenciones, entre otras cosas porque en el trayecto ya se había leído el resumen y preparado mentalmente una crónica con la exclusiva.

Los que se habían quedado sin copia eran básicamente los que no venían a diario a la Audiencia, entre ellos mis amigos vascos. Se me acercó y, a la oreja, Ainara me preguntó: «¿Siempre son tan hijoputas?». Ainara era la corresponsal en castellano de la radio vasca, y Aritz su homólogo en euskera. Me fui con ambos a la copistería y detrás se nos unieron tres o cuatro más, entre ellos algún periodista extranjero que no entendía que no hubiera un gabinete de prensa y que una información tan sensible dependiera de lo larga que tuviera la mano uno de nosotros, y de cómo fuera de cabrón.

La información era muy relevante y ya la estaba adelantando una emisora.

La nota, un folio sin membrete redactado en prosa judicial, lleno de frases en reflexivo, «se informa a la ciudadanía», detallaba que «de las declaraciones de uno de ellos» —no concretaba de quién, naturalmente— y «fruto de su actividad profesional en el ámbito de la telefonía» había llevado a cinco nuevas detenciones; detallaba que a los tres marroquíes detenidos el primer día, esto es, el sábado anterior, se los consideraba miembros de Al Qaeda y se los consideraba autores materiales de la matanza, por lo cual se les imputaban ciento noventa y una muertes, además de las que pudieran producirse todavía entre los malheridos, y se les acusaba de otras mil cuatrocientas en grado de tentativa. Traducido en una eventual condena de cárcel, miles de años. A los dos indios se les rebajaba la importancia penal, al considerarlos colaboradores de la matanza; cabía discernir si a sabiendas o no. Pero todos iban a la cárcel.

Aquel día tuvimos más información. La fiscal del caso, posiblemente sensibilizada también por el presidente del Tribunal, habló aquel día, en medio de dos docenas de periodistas, aunque estaba prohibido grabar.

Relató que los cinco detenidos habían negado su participación en los hechos y habían prometido que el día y a la hora en que se produjeron dormían plácidamente en sus casas. Zougam y Chaoui, que eran hermanastros por padre común, dormían uno junto a otro, supimos que habían dicho, aunque también supimos que se habían distanciado emocional o religiosa o socialmente, porque el primero de ambos se había vuelto muy religioso, según había manchado el propio Chaoui a su hermanastro ante su señoría y, ahora, ante una opinión pública ávida de explicaciones.

También supimos, en el mismo sentido, que Zougam había pasado «todas las horas» de calabozo rezando, dijeron «fuentes del tribunal», que Chaoui había acabado su declaración entre sollozos, aunque no supimos si era por la que se le venía penalmente encima o por el dolor de tanto muerto.

Mohamed Bekkali, por su parte, dijo haberse despertado el 11 de marzo a las 10.55, y que poco tiempo después estaba en el locutorio, aunque no supimos si allí estaban también Zougam y Chaoui. Bekkali había acabado su declaración judicial proclamando a gritos su inocencia. Pero para los tres se había decretado prisión incondicional y estaban ya en la de Soto del Real.

Había más. El resumen concretaba que entre los nuevos arrestos «cabe reseñar la presencia de un ciudadano de nacionalidad y origen español». «Nacionalidad y origen», esto es, no era un moro con doble filiación, sino uno de los nuestros, aunque actuara con los otros.

Aquel jueves, una semana después de la matanza, teníamos a cinco en la cárcel y a otros cinco nuevos detenidos aún anónimos y, más allá de si «uno de ellos» había delatado a sus compinches de comando o si simplemente había dado una relación con la identidad de sus clientes de las últimas semanas y la policía los había cribado y localizado, daba la sensación de que a toda velocidad la trama se estaba armando, esto es, desarmando. Una tarjeta telefónica había llevado al locutorio y el locutorio estaba ahora abriendo las compuertas.

Ya había hasta un español detenido, que trabajaba o había trabajado en una mina. El dato cuadraba con lo que nos había revelado Juan, cuadraba con que fuera quien, desde dentro de la mina, hubiera suministrado paquete a paquete el explosivo.

La nota añadía que entre los nuevos arrestados se sospechaba que estaba uno de los autores materiales de la masacre, alguien que había dejado una o más bombas entre el pasaje. Este dato nos obligaba a redibujar el esquema de detenidos y sus posibles responsabilidades.

Decidí crear un cuadro, en un DIN A-3, en el que iría añadiendo cada nuevo nombre que apareciera en la investigación y todos los datos que tuviera: fecha y lugar de detención, dirección, familia, vínculos con otros detenidos, fecha de prisión, acusación penal... Lo colgué en un corcho que había en la pared de la redacción. Lo iría recuadrando en colores: en rojo, los detenidos; en verde, quienes habían quedado en libertad; en naranja, quienes estuvieran huidos; azules, aquellos tipos que por lo que fuera más interés o cercanía me suscitaban, fuera cual fuera su estado judicial. Aquellos tipos que quizás me servirían para imaginar otras vidas y escribir una novela. El primero que marqué en ese color fue Mohamed Bekkali, porque aquella cara de buen chaval parecía difícil que contuviera un rictus de asesino, carecía de los tensores musculares necesarios para dejar una bomba en un tren sabiendo que vas a matar o herir o dejar sordo a cuantos estén alrededor.

También supimos, a través de la fiscal, que se había registrado la vivienda de un tipo que tenía un comercio muy cerca del locutorio de Zougam, pero que desde hacía tres años estaba en la cárcel; había sido detenido en 2001 por orden de Baltasar Garzón como integrante de la célula de Imad Eddin Barakat. A mí me sorprendía que pudiera tener un papel en la trama en esas condiciones, y lo escribimos aquella tarde con cierto escepticismo y en un espacio yermo del texto, hacia el final, casi a salvo del lector.

Leí con calma el comunicado y repasé y subrayé mis notas, y llamé a Uría a Barcelona para contárselo y que la dirección del periódico pudiera valorarlo y reservar el espacio que considerara adecuado.

También llamé a Izquierdo, que a su vez tenía datos de interés que cuadraban con los míos. Es decir, con mi relato. Izquierdo había sabido que la policía llevaba toda la semana registrando viviendas de Alcalá de Henares, de donde habían partido los trenes con los explosivos, y también de Meco, localidad anexa y cuya fusión nominativa era el apellido de una cárcel famosísima: Alcalá-Meco.

Las bombas parecían haber viajado hasta las cercanías de la estación en la Renault Kangoo, ya la llamábamos todos «la Kangoo», y se buscaba el lugar donde se habían montado las bombas, que debía ser algún piso o garaje o almacén de la periferia de Madrid.

22

«El embalse de San Juan se encuentra situado en los términos municipales de San Martín de Valdeiglesias y Pelayos de la Presa, en el extremo suroccidental de la Comunidad de Madrid. Está alimentado por el río Alberche, afluente por la derecha del Tajo. A este pantano también contribuye el río Cofio. El embalse es muy popular entre la población de la Comunidad de Madrid, donde se conoce como "la playa", dado que cuenta con casi tres kilómetros lineales de arena».

Ismael lee con atención un folleto de Todomadrid, la agencia de turismo de la comunidad autónoma. Lo lleva Amer, Amer Azizi, en su coche, bajo el parabrisas, donde hay también algunos casetes, un par de guantes de trabajo, sucios, restos de cables eléctricos, recibos de autopista.

Junto a ese texto aparece una lancha arrastrando a una chica que hace esquí acuático, en bikini, el brazo levantado, sonrisa de felicidad; en el margen inferior, minianuncios de los establecimientos de la zona. Pescado, carnes, alquiler de botes.

—¿Vamos a hacer esquí acuático...?

Ismael conoce perfectamente la respuesta, y su pregunta contiene el tono de la incredulidad, casi de la ironía o de la broma, porque es imposible que Amer los lleve a practicar aquel deporte superfluo, exhibicionista, impío y caro, y porque además ni él ni ninguno de los pasajeros del vehículo —además de ellos dos están Karim, Asrih y Yusuf Baz, a quien Ismael ha conocido hace poco en alguna de aquellas reuniones organizadas por Amer— podrían pagarlo; lleva en el bolsillo apenas quinientas o seiscientas pesetas, tres o cuatro euros; ni lleva bañador ni hace todavía temperatura para bañarse. Quizás Ismael se ha tomado una licencia excesiva, porque Amer le arranca el díptico de los dedos y lo lanza de nuevo bajo el vidrio, queda medio trabado con el resto de cosas.

—Tonterías.

Ismael se cohíbe, siente hasta un punto de temor, se arrepiente fulminantemente de su banalidad. Los cuatro pasajeros saben perfectamente que no van a hacer esquí acuático. En realidad, Ismael está preguntando mediante una elipsis qué cojones van a hacer a aquel lugar que está a tomar por culo.

Aquel primer viaje al pantano tiene lugar un domingo de inicios de primavera, de pronto hace calor, aunque el contraste es grande a la sombra de los árboles.

El vial de acceso al embalse sube por la derecha del mamotreto de hormigón. Al llegar al punto más alto, la carretera baja unos metros y, por la derecha, la loma natural desciende hasta sumergirse en el agua. Es como una playa. La playa de Madrid. Decenas de barcas están bocabajo, una junto a otra, unidas por una cadena que pasa por la argolla que todas tienen en la punta de la proa. Parecen tortugas.

En la orilla, a unos cien metros y al mismo nivel que la presa, hay un edificio con un rótulo que, sin cinismo, promete: «Club Náutico». Una puerta ancha da al agua y de ella parte una escalera con dos barandillas, dos gruesos tubos de hierro paralelos, que se hunden en las aguas; entre ellos, y asido por gruesas anillas de metal, flota un muelle rudimentario, una pasarela de tablas de madera sobre bidones industriales, que sube y baja según el nivel. Un sistema ingenioso.

La carretera bordea el embalse por su margen derecho. Sin detenerse, Amer conduce hacia allí. Algo más adelante, el nivel del agua deja entrever los restos de un puente antiguo, que debió de ser precioso, y de lo que parece una iglesia. Una ermita de nueva planta, de paredes blancas montadas sobre un zócalo de piedra, ha sustituido a la antigua. Un panel señala rutas de senderismo, una zona de escalada, las zonas de baño. Ismael no cree tampoco que vayan a hacer una excursión, pero evita bromear.

El pantano es bastante estrecho en esta zona. La cabecera, donde el Alberche arroja sus aguas, no debe de estar lejos. Hay gente esparcida por la arena, por la tierra, sobre toallas o sin ellas, algunos niños intentan deslizar piedras sobre la superficie del agua, media docena de botes a remos surcan el pantano.

Amer conduce lentamente hacia el final, o el inicio, del embalse. Hay algunas casas y algunos desvíos hacia zonas que parecen urbanizadas, pero conduce siempre lo más cerca que puede del embalse. No duda, debe de conocer la ruta. Hasta que el vial deja de estar asfaltado. Dos o tres kilómetros más adelante, llegan a un puente que salta el río. Ya no hay casas.

Después de cruzar el puente, Amer aparca el coche en un margen del camino, entre pinos. Los cinco se bajan y desperezan, Amer saca una mochila enorme del maletero y un balón de fútbol. La carga a la espalda con alguna dificultad y los apremia a entrar por un camino en dirección contraria al pantano. Es ancho y pedregoso. Hay claros esporádicos a lado y lado, con algunos restos de fogatas, algunos plásticos cazados en los espinos; algunos senderos llevan hacia zonas más profundas del bosque. Hace sol y fresco.

Amer entra con decisión por uno de aquellos pasillos entre la maleza con los chicos detrás, hasta que llegan a un nuevo claro, debe de tener unos quince metros de diámetro, el lugar es ideal para acampar con discreción. El río no está lejos, pero allí nadie puede verte o escucharte.

La hierba está aplastada en dos rectángulos, y en una zona pelada hay un cerco de rocas y restos de un fuego, seguro que por ahí ha acampado gente.

Amer descarga la mochila, extrae unas bolsas de plástico, repletas de paquetes cilíndricos de papel de aluminio, el olor no tarda en delatar qué llevan dentro. Ismael está muerto de hambre. «Esperaremos a los demás», dice Amer.

Poco después, otros cinco hombres, conducidos por Imad, recalan en el claro. Están los mismos de otras reuniones, *salam aleikum, aleikum salam*.

Cuando están todos, Amer los insta a que tomen asiento, les da permiso para que coman las pitas con carne de cordero, para que abran las bolsas con patatas fritas. Se sientan en un círculo espontáneo. Imad se ha retirado un poco, hacia el camino por el que han accedido, a Ismael le parece que está vigilando.

Amer les explica qué están haciendo allí: las reuniones que había venido celebrando los últimos meses con todos ellos han molestado al imán de la mezquita. Se ha sentido cuestionado, le ha parecido que su proyecto de crear una pequeña estructura de apoyo mutuo, «inspirada como os expliqué en los Hermanos Musulmanes», es un intento de suplir su papel y hasta el papel de la institución, cuando no hay nada más lejos de la verdad que aquello, promete Amer. Sus reuniones, añade, tenían como objetivo profundizar en el conocimiento de las lecturas sagradas, tenían como objetivo que los asistentes fueran cada día «mejores musulmanes», que tuvieran en quien apoyarse, que tuvieran una comunidad de afines, de amigos, amigos personales y amigos en la fe sagrada, en un país en el que no siempre tienen dónde hacerlo, en el que a menudo no se sienten acogidos, cómodos, convecinos. «Todos los presentes», remarca, «lo sabéis bien». Yusuf Baz asiente con una barbilla vigorosa. Por eso, las reuniones no se van a celebrar más en la mezquita y se van a trasladar a un local nuevo, el local que un «hombre del islam» les ha cedido. Es un garaje, no está lejos del templo principal, y ahora está en obras para convertirlo en un lugar digno. Les dará la dirección, pero deben evitar que las «orejas de Occidente» que con toda seguridad ya tienen dentro de la mezquita sepan dónde está su nuevo lugar de reunión. Lo dice todo con un dedo levantado, los mira a los ojos uno por uno, hay un punto de amenaza.

Pasarán allí todo el día, charlando, comiendo y jugando al fútbol en un claro contiguo, más grande, con una portería de dos piedras.

Farid, el tío de Ismael, acude por la tarde.

Llega trabajosamente al claro, colgado de sus muletas de madera y ayudado por algún hombre, por si una pata de palo pisa una piedra; algunos de los allí presentes aplauden cuando lo ven, lo ven como un héroe musulmán: sin pierna, su paso por la guerra es palpable. Por ausencia, digamos. No se le puede palpar la extremidad perdida, y esa carencia hace de él un mito. Ismael no sabe qué pensar: a ratos se siente orgulloso, a ratos siente miedo. Siente sus propias contradicciones. Es casi un padre para él, pero intuye que en Bosnia, donde ha sido guerrillero, ha matado a otros hombres. Hijosdeputa a los que hay que aplicar el ojo por ojo coránico y bíblico.

Aquella tarde Farid toma la palabra y explica a los chavales, son unos veinte, por qué ha estado en Bosnia: él, y muchos musulmanes como él, solo responde con sus actos a las atrocidades de los serbios y a la indiferencia de Europa. Farid trae recortado aquel día un artículo del periodista Robert Fisk, publicado en *El País*, solo porque quiere dar a su relato la mayor veracidad e imparcialidad, que todo el mundo entienda que serbios y croatas cometen de verdad aquellas salvajadas. Cuando ha tomado asiento sobre la hierba, Farid busca a Ismael con la mirada y le hace un gesto con la mano. Farid le entrega el pedazo de periódico, viejo y manoseado, y lo insta: «Lee, hijo. Alto y claro, por favor». «Es en español», advierte.

El artículo, fechado el 22 de julio de 1993, es este.

Los archivos del horror

21.000 asesinatos, 169 campos, 5.039 criminales de guerra y 172 aldeas destruidas, registrados en Sarajevo

Los documentos dan una impresión inocente, ordenadamente apilados en una caja fuerte de hierro. Muchos están escritos a mano, pero la mayoría de los miles de páginas están mecanografiados en serbocroata, cada conjunto de expedientes firmado con escrupulosidad de abogado por Mladen Sutej. «Al comienzo, ellos no mataban a la gente...», empieza una de las páginas. «Había unas 4.000 personas en Omarska en aquel momento. Estábamos instalados en locales, garajes y talleres. El primer día cogieron a 10 hombres, les serraron el cuello y les cortaron la cabeza. Unas 60 personas murieron de esa manera. Se les asesinaba en zanjas abiertas y eran cubiertas por una excavadora. También utilizaban una especie de ácido... Nos llevaron para que viéramos lo que hacían». Así recordaba un musulmán los acontecimientos del peor de los campos de concentración serbios, en junio del pasado año. Cada página es una historia de horror. La caja fuerte de Sutej está llena de los quizá más detallados testimonios reunidos hasta la fecha sobre las atrocidades de la guerra en Bosnia. Su Comisión Estatal para la Recogida de Crímenes de Guerra en la República de Bosnia-Herzegovina puede tener un nombre siniestro, pero sus informes están repletos de vergüenza y sangre. Aquí está, por ejemplo, lo declarado por un testigo musulmán sobre lo ocurrido en Brcko el 5 de mayo de 1992:

«Nos llevaron al centro médico y nos golpeaban todo el tiempo con las culatas de los fusiles. Una anciana fue derribada y se quedó tendida donde estaba. La gente que había sido reunida fue separada. Llevaron entre 180 y 200 hombres a una mezquita. Estuvimos allí 48 horas... Nos obligaron a orinar y defecar en la mezquita. Los castigos por el menor comentario iban desde golpear las palmas de las manos con varas hasta cortar orejas. Un joven musulmán, llamado Sarajka, fue crucificado en el centro de la ciudad. Murió clavado a una cruz».

5.039 criminales de guerra

Sutej y sus colegas han tomado 650 declaraciones a testigos de crímenes de guerra, han recopilado los nombres de 21.000 víctimas de asesinato, han registrado los nombres de 5.039 criminales de guerra y la localización de 20 fosas comunes. Según dichos documentos, en el pasado año hubo 169 campos de prisioneros o de concentración en Bosnia mientras 172 aldeas fueron totalmente destruidas durante la limpieza étnica. Entre los edificios religiosos dañados o destruidos se incluyen 559 mezquitas o centros musulmanes, 128 iglesias católicas y 10 iglesias ortodoxas y tres edificios religiosos judíos.

«Cuantas más pruebas reúno, más me doy cuenta de que solo tenemos recogida una parte pequeñísima de los asesinatos que se cometen en

nuestro país», asegura. Sutej es un croata casado con una musulmana. Reconoce que los musulmanes han sido verdugos tanto como víctimas: «Por descontado que los musulmanes han cometido crímenes de guerra; no hay forma de parar a la gente cuando clama venganza. Nadie puede decir que los musulmanes sean inocentes de esos crímenes, pero ellos han sufrido más que los demás. Los serbios son los principales agresores. Creemos que el número de mujeres violadas puede ser de 30.000, casi todas musulmanas».

Las páginas de testimonio tomadas por Sutej son un formidable logro, que será utilizado en futuras historias de esta terrible guerra.

He aquí, por ejemplo, la narración de un musulmán casado con una croata que vivía en Duboj tras la entrada de tropas serbias hace 13 meses: «El 13 de junio, a las 4 de la tarde, Rajko Paripovic, el jefe serbio del consejo de ocupación, vino con soldados, se quedó 15 minutos y se marchó de nuestro piso tras asegurar que nada nos ocurriría. Veinte minutos después vinieron cuatro soldados serbios con la insignia de las Fuerzas Armadas Yugoslavas. Tenían una pistola y un cuchillo. Nos preguntaron nuestra nacionalidad [sic] y cuando dije que yo soy musulmán y mi mujer croata, uno de ellos llevó a mi mujer a la cocina y los otros tres se quedaron conmigo. Mi mujer fue violada. Más tarde, la trajeron donde yo estaba, la desnudaron y amenazaron con violarla de nuevo... Rompieron todo buscando oro. Encontraron 9.000 dinares yugoslavos y 400 marcos alemanes. Todo el tiempo golpeándome con los puños... me dieron patadas en la cara y me rompieron dos dientes...».

Entre las declaraciones más espantosas están las de las violadas. «Durante una noche, cinco o seis chetniks *(radicales serbios) violaron a todas las chicas detenidas, incluyéndome a mí», escribió una musulmana. «Cuando me di cuenta de que estaba embarazada, les pedí que me dejaran ir al médico para abortar. No me lo permitieron y me dijeron que querían que las musulmanas parieran* chetniks. *Cuando estaba embarazada de seis meses, nos intercambiaron a las 13 que éramos por prisioneros serbios. Estábamos todas embarazadas, excepto una niña de seis años. También la habían violado...». Esta testigo dio a luz a una niña el día de Navidad del año pasado. Una parte de testimonios sugiere que los prisioneros musulmanes que hablaron con periodistas occidentales que visitaban campos contro-*

lados por los serbios en Bosnia fueron asesinados después. En Trnopolje, un exprisionero señala: «Los periodistas extranjeros aparecieron y empezaron a rodar. Me encontraron cerca de la alambrada y comencé a hablar, pero un oficial dijo detrás: "Escribe sus nombres para matarlos". Aquella noche buscaron a los que estaban en la lista para matarlos».

«Estos son crímenes reales cometidos hoy en Bosnia», dice Sutej. «Nuestro trabajo es recoger los nombres de las víctimas y de aquellos que cometieron los asesinatos para que nuestro Gobierno pueda tomar medidas contra ellos». «Pero, con la mayor parte de Bosnia ya en manos serbias o croatas, ¿no es más probable que ningún criminal de guerra sea juzgado?». Mladen Sutej permaneció en silencio un largo rato y luego dijo: «Desgraciadamente, me temo que tiene razón». En cuyo caso, los archivos de Sutej ya son historia.

Ismael entiende ahora con mayor profundidad por qué su tío ha empuñado las armas, entiende por qué no le importa haber perdido una pierna, por qué le parece un mal menor. También entiende, ahora con toda rotundidad, por qué a él, a Ismael, lo consideran uno de los suyos.

Cuando acaba la lectura, Amer agradece a Farid su entrega y a Ismael la lectura, y dice que Bosnia, por fortuna y pese a lo que acababan de escuchar, ha tenido un efecto positivo. Pese a que no se ha podido implantar en Europa un estado regido por los principios del islam, ha servido para que ellos, los hombres de su religión, se hayan dado cuenta de que si quieren salvaguardarla, preservarla y sobre todo difundirla, solo ellos pueden hacerlo bajo el designio del Profeta, y en consecuencia deben actuar, bajo su dirección y calor, *alhamdulillah*. Deben «hacer algo por el islam». *Alhamdulillah*.

Añade que en este sentido se puede viajar a lugares de conflicto como Bosnia, Afganistán, Somalia, Argelia o Pakistán, como hizo el héroe que tenían ante ellos, pero que también se puede no viajar, que por el islam puede lucharse cada día desde Lavapiés o Cuatro Caminos o Vallecas, desde sus trabajos diarios, poniendo sus vidas o sus bienes al servicio de Alá.

Que por fortuna para ellos, para los hombres de fe, no hay momento de pausa en la praxis; en la fe o en la acción, la comunión con Alá es permanente y, lo más grande, con voluntad de perpetuidad.

A la hora de la cena, Amer reclamará de nuevo la atención de los chavales, que dormitan por allí o charlan entre ellos; los insta a que se sienten alrededor de una palangana de plástico en la que hay cuscús de verduras, «podéis comer, atendedme».

Por primera vez, Ismael escucha algunas medidas concretas de Amer para que sean «mejores musulmanes». Aquel día va más lejos que en cualquiera de los encuentros previos. Pronuncia un discurso que parece una lista de prohibiciones: discotecas, hipotecas, películas, mujeres pecaminosas... «*Haram*, *haram*, *haram*, *haram*», va tachando.

De las discotecas, Amer dice lo de siempre: que son «cuevas» de las que solo pueden esperarse vicios y desvíos, fruto de la oscuridad y del abuso del alcohol al que su acceso es indivisible, va unido, es intrínseco.

Hasta aquí, el discurso de Amer es conocido por Ismael.

Lo que es nuevo, inédito hasta aquel día, es su doctrina acerca de las hipotecas: en aquel momento crece mes a mes el número de inmigrantes que se empadronan en España, y en consecuencia el número de personas que buscan piso. Es frecuente en la propia mezquita escuchar conversaciones entre los feligreses que buscan asesoramiento para adquirir uno: las zonas más económicas, albañiles de fiar con los que reformarlos, los mejores bancos, las mejores condiciones de los préstamos.

Ese día, junto al pantano, Amer alega que los intereses, es decir, la usura, ha sido inventada por los judíos. Un buen musulmán no puede adquirir una deuda superior al valor real de la cosa que compra, sea un piso, un terreno, un coche, o un anillo de casada.

Ismael piensa que justamente le encantaría un día tener un piso, un terreno, un coche y también regalar un anillo de casada.

La doctrina de las hipotecas lo desconcierta y lo desalienta. En su imaginario, un piso es precisamente el puerto de llegada más completo para ser y sentirse uno más. Y, sin herencias o ayudas, la única manera que tiene de lograr uno es a través de una hipoteca. Eso es evidente.

Aquel día a Ismael también le parece que Amer va algo más allá en sus peticiones cuando dice que el camino del Profeta quedará limpio de espinos para aquellos que «hagan de verdad algo por el islam». ¿Qué quiere decir «de verdad»? ¿Que lo escuchado hasta la fecha es secundario, falso, aperitivo?

A Ismael aquella charla le provoca muchas contradicciones. En un momento de la disertación sobre las hipotecas, Ismael cruza la mirada con Karim, porque en alguna ocasión han hablado de compartir piso. Del sueño que sería para ambos comprar uno.

La arenga de Amer genera más culpas en Ismael. Lleva unas semanas pensando en pedirle a Karim que le instale un aparato de vídeo en el locutorio. Ha pensado en excusarse diciendo que quiere ver películas en español, para seguir mejorando el idioma, como en los años de la universidad, aunque el argumento no es muy sólido. En realidad, racionaliza, tiene tres motivos. Por un lado, quiere ver los vídeos de su tío. Ha pensado en ir a El Corte Inglés, comprar cinta americana como la que envuelve la bolsa y pedir una idéntica, porque las películas de su tío están envueltas precisamente en una bolsa de ese centro comercial, y de esa manera tendrá con qué envolverlas de nuevo. Después de verlas en el vídeo. Por otro, ha descubierto en el Rastro un mercado de baratísimas películas pornográficas en vídeo, que puede comprar por quinientas pesetas y revender por trescientas. Lo considera, dada su vida sexual, un mal menor. No atisba perspectivas de «poder tener sexo de verdad» a corto o medio plazo, y no quiere volver a un club de putas, se había sentido sucio como un palomar. De ahí que ver esa clase de películas le parezca una opción intermedia, o tolerable, y factible, y esté deseando ver una; en todo caso los tres motivos (ver porno, ver las películas de su tío, evitar el puticlub) se retroalimentan en los razonamientos de Ismael.

De todos modos, días después de aquella conversación en el pantano, y también un poco en reacción al intervencionismo extremo de Amer, un domingo compra un vídeo en el Rastro. La instalación es sencilla.

Muerto de vergüenza, también compra dos películas. Para combatirla se amarra a la segura familiaridad del vendedor con clientes como él y a que, si hace aquello, es solo porque no tiene en la puta España una puta alternativa.

A partir de entonces, algunas noches cierra el locutorio por dentro y se queda y se hace feliz. A partir de aquel día no olvida nunca cerrar con llave la cajonera donde guarda las películas.

Piensa en abrir el paquete de su tío, pero le falta una bolsa de El Corte Inglés. Una mañana va al de la calle Preciados, junto a la Puerta del Sol. En la ferretería compra un rollo de cinta aislante del mismo color que la que envuelve las películas de Farid y pide una bolsa.

Aquella noche, después de cerrar el locutorio, abre el paquete con tijeras y con manos temblorosas, como si estuviera delinquiendo. Su curiosidad es más grande que su respeto.

La primera película que inserta comienza con unos segundos borrosos, como de televisor desintonizado, hasta que se aclara y aparece una grabación aficionada, temblorosa, en la que se ve una formación de hombres armados, formados en fila, recibiendo una arenga que apenas se entiende. Uno de aquellos hombres es... ¿no es Farid?

Va insertando cintas, una a una. Ninguna es muy larga, pero le dan las tres de la mañana buscando a su tío. En todas ellas aparecen militares, u hombres con casaca militar, por encima de los pantalones *harem* o de las chilabas, algunos con botas, otros con Nike, otros con sandalias. Suben por cuerdas, saltan o vadean ríos, disparan a muñecos de paja, manejan cañones, circulan apiñados y gritando en la trasera de una *pick-up*.

En una ve por vez primera a Osama Bin Laden, pero entonces no es famoso todavía. Aparece sentado en una piedra en un ambiente montañoso. Tiene realmente un aspecto afable, sonrisa cálida; el primer plano se abre, y la sonrisa adquiere perfidia en cuanto sobre sus piernas cruzadas aparece un rifle automático y, detrás de él, media docena de hombres armados con los mismos rifles, granadas, cinturones de cargadores. Él mismo se anuncia como Osama Bin Laden, y en aquellas imágenes insta a los musulmanes de buen corazón a unirse en la defensa de las tierras sagradas de su religión, empezando por la convulsa tierra de Afganistán, en las filas del ejército que acaba de crear: Al Qaeda. Esta cinta sí que está editada, y hasta tiene títulos de crédito. Es material de propaganda.

En otra película, un miliciano de barba perimetral se acerca a la cámara, después de acertar en la cabeza de uno de aquellos maniquíes para la práctica de tiro, y dice que ellos, se supone que se refiere a hombres como él, ya están haciendo «algo por el islam». «¿Y tú? Te estamos esperando», espeta. Ismael no identifica de dónde es su acento. Ismael en realidad se siente a salvo, porque él está mirando la película de forma clandestina, por tanto la petición no le va dirigida, pero aun así se siente interpelado, exigido. Amer los ha estado instando justamente a «hacer algo por el islam». Es la misma frase. La misma idea. Siente un escalofrío.

Hasta que en una de las películas aparece Farid, que en primerísimo plano y dirigiendo un pulgar a su espalda explica que aquellos hombres son los causantes de una masacre de mujeres y niños en Srebrenica y van a recibir el castigo que merecen, sin la piedad de Dios. El plano se abre y detrás de Farid, detrás de su tío, de su tío querido, aparecen veinte o veinticinco soldados, con las manos atadas a la espalda, sin venda en los ojos. Farid coge un fusil del suelo, se coloca junto a otros cuatro hombres que, tres-dos-uno, abren fuego y, en medio de una leve niebla de polvo, todos son ejecutados. Farid todavía tiene las dos piernas.

23

El informativo de la Cadena SER de la noche del jueves había dado una noticia importante: Jamal Zougam había frecuentado la mezquita de la M-30 —en la que yo había estado la semana anterior— y también la del barrio de Tetuán. Uría me había llamado pasadas las once y media de la noche para proponerme que aquel viernes hiciera un *tour* por lugares de culto, sopesando cómo vivía la comunidad religiosa aquellos momentos y para que tratara de bucear en su pasado o amistades.

De nuevo dormí muy poco. A las 06.32 minutos de la mañana estaba en un taxi.

«Sueño inhumano», anoté en la libreta, bajo la fecha y el lugar al que me dirigía; casi siempre lo he hecho así, y me maldigo cuando en un bloc viejo —los conservo absolutamente todos, en un absurdo «diogenismo» periodístico— releo notas que no sé ubicar en tiempo, persona o lugar.

Decidí empezar por la mezquita que conocía.

Tampoco esta vez era el único periodista, aunque no era como el viernes anterior.

Identifiqué a Mohamed El Magdy, el hombre que más o menos había ejercido de portavoz. Charlaba con algunos miembros de la comunidad. Me aposté cerca y cuando estuvo solo lo abordé, identificándome y blandiendo una tarjeta con mi nombre en la que ya había anotado el móvil. Observó mi nombre y me soltó, para mi sorpresa: «Leí tu artículo. Me gustó».

Yo balbuceé y él prosiguió: «Hablabas con respeto».

Volví a soltar unas consonantes y le dije que me gustaría charlar con él a solas, si podía. Me emplazó para después de la oración, hacia las nueve de la mañana, me ofreció que tomáramos un té en una sala de reuniones que estaba al fondo de aquel pasillo donde nos encontrábamos.

Entretanto, asistí a la oración, de pie junto a la pared, en la que de nuevo había dos pantallas con traducción simultánea. El imán había escrito sus reflexiones con antelación para que aparecieran subtituladas. En mi imaginario, en mis prejuicios, en mi ignorancia de lo que predicaba aquella religión, el sermón del imán me parecía burdamente exculpatorio. El viernes anterior había clamado contra el derramamiento de sangre, y aquel viernes añadía que «el que ayuda a otra persona para matar, aunque sea con la palabra, con la mitad de una palabra, es coautor del crimen» y que «está prohibido meter miedo a otra persona», anoté en mi bloc.

Me confrontaba con mis ideas preconcebidas, con que fuera la segunda vez que escuchaba la arenga de un religioso musulmán: porque... ¿qué iba a decir? ¿Qué habría pensado yo si aquel día el imán hubiera hablado de las virtudes del matrimonio, o de la necesidad de cumplir el Ramadán, o de cualquier otra cosa que no tuviera relación con la violencia? Habría pensado que disimulaba, desde luego, que eludía las sospechas, la responsabilidad, el debate.

Cuando acabó el rezo faltaban todavía tres cuartos de hora para las nueve. Merodeé por el recinto, tomando nota de algunas cosas. En el tablón de anuncios estaba colgada la lista de heridos de los atentados y el obituario de una niña, llamada Sanae, que algún periódico le había dedicado. El recorte estaba deliberadamente manchado con tinta roja, desde luego que parecía sangre. Sanae había muerto con trece años. Alguien había escrito al pie, en letra temblorosa y sin tildes: «Sanae, tu no tenias la culpa».

Una nota anunciaba que la cafetería permanecería cerrada hasta nuevo aviso, y que la sala de oraciones solo estaría abierta durante las horas de práctica. Lo decía en español. Lo anoté todo.

Busqué la sala que me había indicado El Magdy y esperé en la puerta. No tardó.

Era un despacho estrecho y alargado. A un lado tenía una estantería alta con libros de filosofía y de doctrina islámica, en árabe, inglés y español. Al otro lado, a lo largo, un banco. Al fondo, una mesa pequeña, con una lámpara minúscula, pinzada en uno de los extremos, y una tetera eléctrica, una pila de vasos de plástico blanco vueltos del revés, un bote de vidrio con sobres de azúcar y un tarro metálico con menta fresca. La silla que ocupó El Magdy estaba de espaldas a la ventana. Me ofreció la del otro lado, una silla sencilla, de tijera. Detrás de él, un ventanuco alto mostraba un rectángulo de cielo gris como un iMac, el ventanuco era pequeño, el contraluz no me impedía verle la expresión con claridad.

Lo primero que me dijo fue que llevaban una semana durísima y que, contra lo que opinaban algunos hombres influyentes de la mezquita, a él le parecía que debían adelantarse «al relato». No adelantarse, subrayó, sino contraatacar y corregirlo ahora que aún estaban a tiempo, admitiendo sus errores y subrayando sus aciertos. Que los habían tenido. En la mezquita había quien opinaba que no debían aplicar más que la medicina del tiempo, pero él tenía una opinión diferente, insistió.

Soltó de buenas a primeras que quienes podían estar detrás de los atentados eran «los salafistas», consideración o grupo o corriente de la que yo no había oído hablar en mi vida. Se trataba de un ala reformista del islam, surgida a mediados del siglo XIX, cuando esta religión empieza a chocar con Occidente, y que estaba en la base doctrinal de Al Qaeda. El Magdy con toda seguridad sabía —hubiera o no escuchado la SER la noche antes— que algunos de quienes habían perpetrado la matanza habían rezado en aquel centro en algún momento de sus vidas.

El salafismo, me explicó, era una corriente que en el año 1997 o 1998 había empezado a captar gente en mezquitas y oratorios, y estuvieron activos y visibles hasta los atentados del 11-S en América...

—¿A usted qué le parecieron? —lo corté, con toda mi torpeza.

—Una barbaridad —dijo con rotundidad.

Y prosiguió: después de aquella barbaridad, muchos de los que podrían simpatizar quedaron en estado de latencia, «latencia», dijo, y adoptaron una actitud de camuflaje y disimulo, ocultando si las tenían sus verdaderas intenciones. Los primeros salafistas habían llegado desde Argelia, escindidos del GIA, el Grupo Islámico Armado, y acosados sin cuartel por la dictadura del país, que no se dio nunca cuenta, remarcó, de que un salafista prefiere la muerte que la cárcel, y que cuando sale de esta está sobre todo preparado para morir o para matar, pero nunca para arrepentirse o ir hacia atrás. Cuando salieron de Argelia, añadió, muchos de ellos se enmarcaron o influyeron en grupos como Salafiya Jihadia, el Grupo Salafista para la Predicación y el Combate o el Grupo Islámico Combatiente Marroquí. «Es muy posible que oigas hablar de estas organizaciones en los próximos días», dijo con seriedad, sin buscar mi alarma. Nosotros ya habíamos publicado que al detenido Jamal Zougam se le consideraba miembro o afín al GICM.

Le pregunté si le constaba fehacientemente que alguno de aquellos salafistas hubiera pasado por la mezquita o pudiera tener relación con los detenidos Zougam, Bekkali o Chaoui; a los indios ni los mencioné. No lo sabía, pero en todo caso, desvió, la mezquita había hecho un trabajo como con los árboles, había quitado las ramas muertas o quebradas.

—¿Cómo?

El Magdy me contó que hacía unos cuatro o cinco años, «antes de lo de América» en todo caso, la mezquita había tenido que hablar con algunos chicos que estaban muy revoltosos, «revoltosos», dijo, pero interpreté sin ningún género de dudas que se refería a su ideología y a sus posturas, no a que fueran ruidosos en la oración o en la cafetería; no me dejó interrumpirlo antes de añadir que la entidad había tomado sus precauciones para evitar impurezas en el islam que allí se predicaba, la entidad había visto que, como ocurría en Londres, Bruselas o Marrakech, algunos estaban tomando la parte equivocada de las palabras del Profeta. En algún momento habían colgado en las paredes algunos carteles con sus proclamas, pero habían durado, calculó, pocos meses, y a mí pocos meses me parecieron muchos.

Algunos de ellos no habían vuelto más y habían abierto oratorios privados, pequeños, las «mezquitas de los garajes», las definió, y se habían desgajado. No había sido solo en aquellos oratorios, amplió. Aquellos grupos, el de Madrid en concreto, habían empezado a actuar casi como una secta. Temerosos de que la policía o los servicios secretos hubieran instalado micrófonos en los locales que frecuentaban —eso le constaba a El Magdy—, comenzaron a organizar algunos fines de semana salidas a un río y un pantano que están cerca de Madrid, el río se llama Alberche y el pantano es el de San Juan, y allí se quedaban dos o tres días y debatían sobre religión «y vete a saber sobre qué más». Allí era muy difícil espiarlos o escucharlos.

El Magdy sabía que allí habían estado alguna vez algunos de los que «después de lo de América» habían sido detenidos en España, como Imad Eddin Barakat y algunos de sus seguidores.

Sobre todo cuando hacía buen tiempo, se llevaban colchones y sacos y tiendas de campaña y dormían al lado del río. Estaba «seguro» de que allí se habían forjado amistades y grupos «raros». Pensé que debía ir allí, que un día iría, que me sería útil para entender cómo y dónde había sido el proceso.

Le pregunté si sabía nombres y alegó que los nombres no tenían importancia, porque los nombres pasan y las ideas se quedan, con lo que entendí con meridiana claridad que no los quería desvelar. «Aquí hemos defendido siempre, desde el día que se fundó el centro, la transparencia», argumentó, «pero debes comprender que no podemos conocer a tres mil personas».

Le pregunté también por los tres detenidos. ¿Conocía a Jamal Zougam, a Mohamed Bekkali o a Mohamed Chaoui? Repitió, multiplicada por tres, la explicación de que en aquel centro se practicaba la transparencia, que se ofrecían servicios y ayudas varios, pero que no podían conocer los nombres y apellidos y sobre todo los pensamientos ocultos de cada uno de sus tres mil fieles habituales.

Tenía allí, en todo caso, un filón. Quizás en aquel recinto se había creado una corriente o un grupo que, directa o indirectamente, había tenido algo que ver con lo que acababa de ocurrir.

Tenía que hablar con Rocío, con calma. Tenía tan buena información, comprendí, que podía convertirla en objeto de intercambio. ¿Debía? Probablemente la policía tenía infiltrados en la mezquita y ya sabía todo aquello, pero yo podía convertirlo en generosidad para con mi fuente. Contarle lo que sabía, como si pensara que la ayudaba, aunque supiera o supusiera que no era para ella ninguna novedad. Lo que podía tener valor, en un trabajo que a veces es mercadeo, era que le contara colaborativamente lo que el imán me había contado. Pero… ¿debía? ¿Era ético?

Le pregunté todavía otra cosa a El Magdy: por qué la cinta de vídeo en la que aquel tal Abu Dujan Al Afghani asumía la autoría de los atentados había sido depositada a pocos metros de la mezquita. «¿Quién lo sabe?», dijo con voz bondadosa. «No es ni siquiera un lugar simbólico, era una papelera», alegó. «Tampoco ETA deja sus comunicados en el árbol de Gernika», dijo, desarmándome. Era un tipo inteligentísimo.

Llamaron a la puerta y El Magdy se puso el dedo índice ante los labios. Temí que sonara mi móvil justo entonces. Estaba claro que en la mezquita había quien habría censurado aquella entrevista.

Por último, El Magdy dijo algo con lo que yo no había contado:

—Todo esto, como decís los periodistas, es *off the record*. No puedes contar nada.

—Pero… —volví a balbucear.

—Nada. Confío en ti, me gustó lo que escribiste y por eso hemos mantenido esta amable reunión.

Alegué que me gustaría informarme mejor de lo que era el salafismo y escribir sobre ello, explicando lo que había ocurrido en la mezquita, pero con la misma sonrisa «desarmante» y con el mismo bisbiseo sinuoso repitió:

—Confío en ti. Vuelve otro día, Ignacio.

Salí del recinto y me senté en un banco. Saqué el bloc del macuto y anoté cuanto recordaba de la conversación. El material que tenía era buenísimo, pero no pensaba usarlo. No podía usarlo. Desde el primer día en que empecé a trabajar como corresponsal judicial he tenido una frase en la cabeza: Francesc Peirón, que además de buen amigo había sido mi antecesor en el cargo, me llevó a conocer al fiscal jefe de Catalunya, José María Mena, que era una de las fuentes más importantes que se podían tener. Mena, un tipo inteligentísimo, cortó de pronto los halagos que Peirón me estaba procurando para decir: «Usted puede ser buena persona, buen compañero, buen periodista y blablablá, pero sepa una cosa: la confianza se gana en muchos años y se pierde en un minuto».

El dilema ético: ¿podía no publicar todas aquellas explicaciones que podían empezar a explicar la base ideológica de lo que había ocurrido? Si lo hacía, no volvería a hablar con El Magdy. ¿Podía, aunque ni siquiera dejara intuir quién era la fuente? ¿Podía contárselo a Rocío y, en función del conocimiento que ella tuviera de aquellas corrientes que habían crecido dentro de la mezquita, atribuirlo a «fuentes policiales»?

Llamé a Barcelona y engañé a Uría: «No tengo gran cosa, en la M-30 no saben si Zougam iba. Voy a la mezquita del barrio de Tetuán».

Escribí un SMS a Rocío que decía: *Tengo que contarte cosas, ¿estás en la Audiencia?*, y que corregí antes de enviar: *Tengo que preguntarte cosas, ¿estás en la Audiencia?*

Como el viernes anterior, busqué un taxi en las calles adyacentes y di la dirección de la mezquita de Cuatro Caminos. Calle de Anastasio Herrero, 5.

Estaba muy céntrica, y estaba llena de periodistas.

Llegué cuando el imán, que pidió el anonimato, acababa una disertación frente a la puerta de entrada. Anoté sus últimas palabras y cuando acabó me acerqué a un tipo grandote con cara de boxeador que anotaba todavía a toda prisa, y le pedí si podía contarme lo que había dicho el imán desde el principio. El tipo se llamaba Iñaki, trabajaba en *El Correo* de Bilbao y decía «cojones» cada dos palabras. «Claro, cojones», me dijo, y empezó a contarme que el imán había pedido rigor a los medios, que buscaran la verdad, que no creyeran a pies juntillas todo lo que dijera la policía; había pedido serenidad en un momento en que los sentimientos estaban a flor de piel, y había pedido no hacer caso a los bulos y rumores que podían decir que en tal o cual país o en tal o cual religión —la suya— se insultaba y menospreciaba a la mujer, pero no había dicho a qué cojones de país se refería.

El imán había dicho que por allí, en el centro de Madrid, habían abierto un local los salafistas, pero había sido hacía años y había cerrado después del 11-S. Había contado que los salafistas eran como la miel, que intentaban ser dulces de entrada, caer simpáticos, sonreír todo el tiempo, pero que luego pasaban a otra fase, me dijo Iñaki que había dicho el imán, en que por cojones te empezaban a colar su «mierdecilla», «mierdecilla», había dicho el imán, a colar un mensaje «puramente político, no religioso». Ante cualquier discusión, dijo Iñaki que había dicho el imán que decían los salafistas, su argumento era «que no entiendes bien el Corán por la traducción». Ellos hacían su propia interpretación de la segunda sura del Corán, una sura de no sé qué cojones de una vaca, que en realidad lo que venía a decir es que el Corán insta a defenderse, pero que de aquella sura los salafistas eliminaban el complemento gramatical «sin excederse» y por ello podían excederse y encima cumplir con su dios. Esta corriente, añadió, llevaba a sus acólitos a unos ejercicios espirituales en Pakistán o en algún país similar, con todos los gastos pagados, al parecer por dinero saudí (de allí procedía el salafismo), donde te adiestraban en el sentimiento de opresión y de injusticia. De allí surgía la «carnaza», así lo había dicho el imán, «en jóvenes hijos de inmigrantes que no practicaban, pero que han reencontrado la fe». Estos jóvenes estarían siendo captados para la causa islamista «por el mismo sistema que utilizan las sectas o de la misma manera que ETA ha hecho con los chicos de Jarrai».

Antes del imán, me contó Iñaki, había hablado «una especie de secretario» de la mezquita, Bilal Abdo, que no tenía problema en que se le identificara, que había asegurado que los fieles más asiduos no conocían a Jamal Zougam «ni a ningún otro de los detenidos», lo que era una manera de decir que quizás este se encontraba entre los menos asiduos o que quizás faltaban asiduos por detener.

Volvía a la Audiencia cuando me llamó Rocío.

Supuse que había captado la urgencia de mi mensaje, pero entonces comprendí que el *off the record* la incluía a ella. Yo no podía publicar lo que me había contado el portavoz oficioso de la mezquita y tampoco lo podía detallar ante una agente de la brigada de información, por mucho que aquello me pudiera convenir para cobrármelo en futuros favores. Si se lo contaba, me convertía en confidente. Pero sí que podía preguntarle qué investigaciones tenían abiertas o habían abierto en las mezquitas de Madrid, y qué corrientes consideraban que podían sostener doctrinalmente la masacre. Si me contaba algo, o si podía verificar que la policía manejaba informes al respecto, tendría material de primera. En todo caso, entre mi mensaje y su llamada había estado en la mezquita de Cuatro Caminos, y aquello sí que había sido público. Le expliqué, intentando que el taxista no entendiera de qué hablaba, lo que había detallado el imán de aquella mezquita. Escuchó sin interrumpirme. Quizás estaba tomando notas, y al final me desnudé:

—¿Tú me puedes contar qué cojones es el salafismo?

24

—Llámala.

Ismael recuerda la punzada cuando su hermana le sugiere que recontacte con Verónica.

Él lo ha hecho anteriormente dos veces, a destiempo, torpe, al inicio del invierno, y aquello le ha costado el aislamiento; Vero no está por la labor, tiene otros intereses o amores, lo que sea, otros planes, no tiene interés en Ismael, y él se queda colgado unos meses. Su hermana se distancia también de él, no le vuelve a proponer que las acompañe por las noches, y los días de Ismael en Madrid se limitan todos aquellos meses a las interminables jornadas en el locutorio y, los ratos libres, en la mezquita y lo que esta lleva aparejado: partidos de fútbol, alguna salida al pantano y al río Alberche, un té con Karim y/o Asrih y/o Ata y/o Yusuf, en grupos aleatorios. No ha sabido por dónde romper el cerco.

Pero un jueves de abril, cuando Ismael llega a casa y se pone a cenar con Salma —su madre ya duerme—, sin más intención que la de buscar un tema en común, sin intenciones ulteriores ni indirectas o deseos encriptados, le pregunta por sus amigas, a lo que Salma contesta un rápido «llámala», sin necesidad de concretar a cuál de las dos se está refiriendo. Con los metadatos añadidos, puesto que Salma —supone Ismael, y verifica entonces— está al corriente de lo que entre ambos sucedió, y posiblemente de lo que no.

Ismael deja de sorber el caldo tibio, y con la boca muy cerca de la cuchara, reclinado sobre un bol, intenta asegurarse:

—¿Tú crees?

—Tú prueba.

Ismael dice «no sé», queriendo saber más, y Salma añade:

—Invítala a cenar a algún sitio, ponte guapo, aféitate esa barba.

Ismael alega que hace demasiados meses que no la ve, le va a parecer raro que reaparezca de la nada, insiste para que Salma insista, quiere y necesita no hacer el ridículo otra vez.

—Tú hazme caso, tonto.

Ismael alega que no sabe dónde tiene el número, al momento ella se lo trae en una esquina de papel.

—No tardes —lo insta Salma.

Es jueves. «No tardes» puede significar que la llame el viernes o el sábado, interpreta él, «no tardes» significa «espabila o aparecerá otro».

En el locutorio, pasa todo el día siguiente anotando en un folio qué debe o puede decirle, cuál puede ser la frase para proponerle que se vean: que no sea muy directo, que no sea muy indirecto. «Cómo te va». «Hace tiempo que no nos vemos». O «hace días», o «hace semanas». Ninguna referencia a su hermana, como si la iniciativa fuera cien por cien suya. «A ver si nos vemos un día de estos», «por qué no salimos un día a tomar algo», «qué te parece si mañana».

O, más directo, podría decirle: ·

—¿Dónde cenas hoy?

Pero Ismael no tiene aún treinta años ni una experiencia detrás como para ser directo, tiene la edad de las perífrasis.

Hasta que, hacia las ocho de la tarde de aquel día, en un momento en que no hay clientes en el locutorio, pone en la puerta su aviso «Vuelvo en 1 minuto», para que nadie lo moleste, para poder hacer la llamada con plena concentración, cierra por dentro, extrae de su cartera la esquina de papel con los nueve números y, desde el teléfono del mostrador, con su folio de frases opcionales delante, telefonea a Verónica.

Descuelga ella y cuando él inquiere «¿Vero?», ella dice un «Ismael» sin interrogantes, y añade «qué ilusión que me llames», convirtiendo en redacción de parvulario su lista de frases. Pero Ismael se aferra a ella y dice «cómo te va», con el tono de entusiasmo que le parece suficiente, añade «hace tiempo que no nos vemos», añade «muchos días, muchas semanas». Ella va diciendo «sí», «sí», le pregunta «qué tal el negocio», él contesta que «bien, bien, gracias a Dios». Hasta que lee en voz alta «a ver si nos vemos un día de estos», y ella dice «vale», sin interponer a nadie más como la vez anterior y sin adverbio de tiempo, aunque ella misma insta: «¿Por qué no me llamas mañana a mediodía y te digo si por la noche puedo?», y entonces es Ismael quien dice «vale», tratando de borrar las exclamaciones. Añade «te llamo mañana a las tres, a las tres o así», y se despide diciendo «que pases un buen día», que de inmediato le parece que es más frase para un cliente que para un amor, pero ya está proferida.

Cuando llega a casa, y sin más detalles, pregunta a su hermana, con una sonrisa y una copulativa cómplices:

—¿Y dónde la invito a cenar?

Porque no han concretado, pero, por lo que Ismael la conoce, solo ha querido mantener el enigma, solo ha aplazado el cuándo y dónde, y al día siguiente cenarán.

«A Vero», dice Salma, «lo que más le gusta de Madrid es Chueca», aunque su hermana no conoce ningún sitio en concreto.

De este modo, después de que a las 15.07 Ismael haya efectuado la llamada, después de que ella le haya informado de que efectivamente no tiene planes para esa noche, después de que él le haya propuesto que queden en la plaza de Chueca, en la boca del metro, y de que ella haya dicho «Chueca mola», después de osar invitarla a cenar en un sitio que conoce, Ismael telefonea a su hermana y la urge: «Cierro ahora el locutorio, acompáñame a comprarme ropa y a buscar un restaurante». Cierra el locutorio, llevándose diez mil pesetas de la caja que ya verá cómo camuflar.

Cuarenta y cinco minutos más tarde, Ismael se encuentra con su hermana en la misma boca del metro en la que por la noche se encontrará con Verónica. Le muestra a Salma los billetes. «Mi inversión», le dice.

Inversión, porque si ha emigrado a España es en buena parte en espera de oportunidades como aquella.

Ismael y Salma pasean por el barrio. Reserva mesa en un sitio que a Salma le parece adecuado. Un restaurante en el que él jamás se habría atrevido siquiera a preguntar.

También entran en cinco tiendas e Ismael adquiere sucesivamente camisa, pantalón, chaqueta, zapatos y calcetines. En la sexta entra Salma. Le ordena que se quede fuera, y pocos minutos después sale con dos cajas cuadradas, de medidas parecidas. Una pesa mucho y la otra no pesa nada. En la primera hay una colonia. En la segunda, unos calzoncillos de color rojo.

—Ten, tonto, que si no, no te va a durar ni un día.

Ismael cree que se ruboriza. Nunca ha hablado de sexo con su hermana, si es que aquello es hablar de sexo. Hasta ese día, no ha pensado que vestir adecuadamente es jugar con ventaja.

—¿Y dónde la llevo?

Salma le dice que también se ha ocupado de eso. De obtener la información, aclara, ella nunca ha usado un hotel por horas. Apartments Chueca, está cerca del restaurante.

Una vez en casa, se afeita por completo el rostro, se rasura el cráneo hasta los seis milímetros, la medida que a su parecer más le favorece. Por suerte, su madre no está en casa.

Al ir a salir, Salma se frota las manos en la colonia, se las pasa por el cuello y augura:

—Es tu noche, campeón.

Cuando pasa frente a un escaparate, no se reconoce. En dos horas es alguien distinto.

Verónica es puntual.

—Pero qué guapo —anuncia.

—Cómo estás.

—Cuánto tiempo.

Verónica es muy atractiva. Esa noche más aún que en sus recuerdos. Viste íntegramente de negro y se ha marcado una raya debajo de los ojos del mismo color, se ha oscurecido las mejillas con maquillaje y se ha tintado los labios de un lila vaticano.

—Tú estás estupenda —dice como un español, ganando aplomo de repente, como quien ha dejado claras las reglas del juego, como quien viste un uniforme, unos galones.

Cuando entran en el restaurante, la encargada le guiña un ojo. Cuando Vero va al baño, se acerca y lo descubre:

—Te has maqueado pero bien, eh. Estás mucho mejor.

Ismael sonríe, sin estar del todo seguro de por dónde van los tiros.

—Tráeme una cerveza, por favor.

Verónica tarda, de modo que Ismael ya le ha dado un par de sorbos y ha comenzado a relajarse cuando ella se sienta enfrente.

Tal como le ha sugerido Salma, Ismael deja que ella elija. Pide un verdejo blanco, unas croquetas de jamón. Ella sabe que bebe alcohol y debe parecerle que por la misma creencia incumplida debe comer cerdo. Ismael lleva siete u ocho años sin probarlo, desde que en Casablanca ha comenzado a comer halal. Pero no se va a poner tiquismiquis esta noche.

Antes de que traigan nada de comer, le lleva una cerveza de ventaja y nueve meses de desventaja, los que lleva sin probar el alcohol, de modo que, sin poder decir que está borracho, sí puede decir que se está desinhibiendo a toda prisa. Aunque no tiene mucho que contar. Quizás por ello, e invirtiendo los papeles, quien pregunta es él, mientras sirve vino sin cesar.

Verónica es periodista y trabaja en una emisora municipal de radio, en Leganés, eso ya lo sabe Ismael, aunque su sueño, y para lo que está realmente capacitada, preparada, remarca, para lo que su imagen y voz dan mejor, para lo que dan realmente bien, según le han dicho muchos de sus profesores de la universidad, es para la televisión. Vero repasa su vida desde pequeña; hacía noticiarios grabándose en una cámara de vídeo de su padre, y luego los repasaba y pulía sus errores, era una obsesa de la dicción, de que se la entendiera, «no soporto esas voces en la tele que no se entienden, ni la gente fea, esas presentadoras grasientas, yo es que estoy hecha para la tele, mi vocación empieza en realidad en los veranos en Galicia, íbamos cerca de donde son mis abuelos», detalla, «pues allí veraneaba Paco Lobatón, no sabrás quién es», piden la segunda botella de verdejo, «pues con su hijo Fernando hacíamos un informativo de lo que pasaba en verano, él lo escribía y yo era la presentadora, y venían a vernos todos los vecinos de la escalera, era como tele pero teatro, en realidad era teatro, todo el vecindario allí, y yo sin gota de vergüenza; pues así empieza lo mío con la televisión».

Verónica ha estado a lo largo del invierno haciendo unas pruebas en Telecinco; aquel amigo que le presentó una noche, Andrés, era redactor de informativos, y ha tratado de colocarla. Pero las cosas, lamenta, no han ido bien.

—¿Con él o con la tele?

—Con ninguno de los dos.

De modo que sigue trabajando en Leganés, pero confía en que algún día logrará entrar en un medio grande, de ámbito nacional, más acorde con sus aspiraciones.

Cuando Ismael paga y se levantan para salir a la calle, Verónica tiene que apoyarse en la silla, tronchándose de risa: «Estoy borracha».

Cuando Ismael se acerca para sostenerla, replica: «Yo también». Las dos botellas se han acabado.

Ismael le pone una mano en la espalda, sin saber muy bien qué debe hacer entonces, pero ella organiza:

—¿Hoy también me vas a dejar en la calle o me vas a invitar a una habitación?

—Claro —responde a lo segundo.

Salen del restaurante y, sin hablar, Ismael la coge con aplomo por el antebrazo y dice «por aquí», como si para él fuera una costumbre o al menos no fuera la primera vez. Y no está nervioso, pero es gracias al alcohol y al deseo.

Mientras esperan a que alguien atienda al interfono, Ismael intenta besarla, cosa que lleva nueve meses y dos horas deseando hacer, pero ella mutila, ante el estupor de Ismael:

—En la calle no, que lo de Andrés no está acabado al cien por cien.

Ismael cree que no reacciona ni se siente herido porque está borracho y porque están por fin a punto de acostarse, de acostarse de verdad, y porque le parece que quizás están en el inicio de algo, y porque le parece que él tiene cualidades suficientes para que ella llegue al cien por cien.

Cuando entran en el ascensor, Vero pulsa el botón del tercer piso y su mano, de regreso, le acaricia la mejilla.

—Vaya, nuestro segundo ascensor —dice ella, pensando en cómo se habían besado en verano, en Alicante. Se besan con furia, ahora sí, sin riesgo de testigos.

Les dan la 22, ella pasa delante.

La habitación es una inmensa cama con arcenes; en la cabecera hay un espejo inclinado un quince por ciento y, en la pared de los pies, un televisor encendido: «Apartments Chueca les da la bienvenida». Debajo, una lámpara de pie coronada por una semiesfera ofrece una luz de crepúsculo. Hace calor. No sabe muy bien cómo proceder, de manera que procede como con él habían hecho: la tumba en la cama y la va desnudando a toda prisa, hasta que ella pulsa *pausa*: «No me voy a arrepentir, guapísimo».

Él ralentiza la secuencia, pero pronto la tiene a punto, él lo está.

Le sorprende el rectángulo preciso del epicentro, pensaba que el rasurado era de puta.

Se desnuda a su vez, evitándole el trabajo, sabe cómo se pone un condón, las tres veces sabe ponérselo.

En los tres «post», Vero se va deprisa al baño, sin quedarse allí abrazada a su cuerpo. Se escucha el agua del grifo, regresa refrescada.

La tercera vez, al volver del baño se estira como la Maja, con la cabeza apoyada en una mano, a dos palmos de Ismael:

—Mi campeón. Menudo rabo.

Los pechos, medianos, apuntan un poco hacia el colchón. Recuerda que le dice que la tiene «muy oscura», «como de negro», en lo que no sabe si interpretar como un elogio. Luego opina, pasándole un dedo por el torso, que tiene un buen cuerpo, pero, observa, «es raro, estás más cachas de piernas que de torso, ya me fijé en la playa, en Alicante», como si lo lamentara, o a Ismael le parece como si lo lamentara. Vero dice las cosas como instando a que cambies, no te dice directamente lo que le gusta o le disgusta, no te dice «apúntate a un gimnasio». Pero Ismael se apuntará en esa época al Air Sports, en Lavapiés. Le queda cerca de casa y es donde conocerá a Pilar, monitora de *training* y empleada también en una panadería.

Porque Vero es así: de la desproporción de la musculatura entre piernas y torso, o de la temperatura de la leche del cortado, un grado más o un grado menos, de cómo a ella le gusta, o la del vino, o el grado de cocción de una tortilla pueden surgir divergencias estructurales, clave, el principio de una crisis.

Como si fuera, pero de esto se dará cuenta más tarde, hija única, hija de papá o hija de puta.

25

Aquel fin de semana sí volé a Barcelona. Fue un continuo de ruedas de prensa con amigos, que querían saber qué había pasado, qué me había pasado, qué estaba pasando, qué iba a pasar.

A esa hora que en catalán es el *vespre*, entre la tarde y la noche, apareció en la pantalla de mi móvil un número desconocido. Era domingo y estaba cenando con Judit y con Lluc, que compartían un piso en Pau Claris y donde yo —que había alquilado mi piso de la calle Mirallers al irme a Madrid— me alojaba los fines de semana. Cenábamos pronto, porque los lunes yo me despertaba a las seis de la mañana para coger alguno de los primeros aviones de Barcelona a Madrid; la línea del AVE había sido anunciada y aplazada varias veces. Yo volvería a vivir a Barcelona, a inicios de 2005, antes de que la estrenaran. De manera que cada lunes me despertaba antes del alba y me iba a Madrid.

Pero vuelvo al teléfono.

—Soy Pilar, la chica de la panadería —se anunció.

Intenté saludarla sin exclamaciones.

Se disculpó de entrada por telefonearme un domingo a aquellas horas y me dijo que le gustaría tomar un café conmigo cuanto antes, que quería hacerme algunas preguntas sobre los detenidos, que necesitaba con urgencia saber algunas cosas. Se disculpó varias veces por el atrevimiento, antes de sugerir que ella no trabajaba aquel lunes y que podía quedar a partir de las cuatro de la tarde. Le dije que me iba bien a las cuatro. Más que nada porque cuanto antes nos viéramos, menos opciones había de que se arrepintiera. Le propuse quedar en el café Barbieri, que estaba en los bajos del edificio en el que yo vivía. Pilar lo conocía.

Estaba mucho más guapa que en la panadería. Ahora llevaba una melena suelta, la tenía espesa, negrísima, tenía unas facciones que recordaban remotamente a la actriz Demi Moore, aunque a esta yo la recordaba con el cabello rapado en el papel de la teniente O'Neill, que daba título a una película. La gargantilla con una P dorada seguía colgando de su cuello. Se sentó sin quitarse la chaqueta ni descolgar un bolso que llevaba en bandolera.

Pilar me dijo que necesitaba información, que estaba muy preocupada, que estaba —dijo literalmente— «completamente consternada» por «las cosas que habían pasado». Que estaba «cagada». Le pregunté directamente si uno de los chicos del locutorio era su pareja y dijo «no exactamente», los ojos se le habían llenado de lágrimas. Estaba «acojonada», repitió, y necesitaba saber cosas, necesitaba entender. En eso estábamos igual. Añadió que necesitaba saber si los detenidos eran malos o no eran malos, que necesitaba pruebas, «las pruebas», para poder juzgar y para poder decidir qué pensaba de ellos y de «todo ese mundo».

Si quería que confiara en mí no podía convertir aquella conversación en una báscula, en la que yo te doy tanto como recibo, de manera que le expliqué lo que sabía con certeza (con la certeza policial y judicial, maticé) y lo que intuía con todas las dudas y precauciones. Lo primero lo había publicado, así que no era ningún secreto que yo le desvelara, y lo segundo lo expuse con todas mis reservas y gama de grises. No le hice ninguna pregunta en veinte o treinta minutos, solo hablé yo. Le conté lo que habían explicado de los cinco las fuentes judiciales y policiales, el llanto de Chaoui, la proclamación de inocencia de Bekkali y los rezos de Zougam.

Empecé mis explicaciones por estos tres porque me parecía obvio que, si trabajaban puerta con puerta, debía ser uno de estos, pero ella había eludido concretar, y cuando yo le había preguntado si su pareja era uno de los del locutorio ella había dicho «no exactamente», lo cual podía querer decir que no era exactamente su novio, de modo que podía ser un ex, un rollo o un primo, o podía ser que su novio no fuera «uno de los del locutorio», sino alguien cercano, uno que vivía o trabajaba o había vivido o trabajado o iba a vivir o trabajar con ellos, con lo que yo seguía en la ignorancia. Es más, era ya consciente de lo ambiguo de su respuesta, pero me causaba una insuperable incomodidad repreguntar. Era muy íntimo, había ciento noventa y un muertos y se estaba buscando al autor.

Por ello añadí en aquel momento que los dos indios parecían tener un papel menor, y añadí aún que había al menos cinco detenidos más de los que carecíamos de cualquier información. Intenté fijarme en su mirada, yo iba del ojo izquierdo al ojo derecho, cada vez que decía un nombre, tratando de averiguar qué apellido le alteraba el rictus, pero Pilar mantuvo la expresión rigurosamente rígida en todo momento.

Añadí que, por mi experiencia, me parecía que los tres del locutorio lo tenían muy negro judicial y penitenciariamente si ya les habían otorgado el papel de integrantes de Al Qaeda y hasta de autores materiales de la matanza, si ya los acusaban de ser quienes, la madrugada del 11 de marzo, habían colocado bolsas con bombas en los trenes. Pero consideré que la investigación estaba siendo muy rápida y que con toda seguridad daría muchos más frutos, más detenciones y ramificaciones y también «desinculpaciones», y que la policía y la justicia se irían haciendo un esquema de quiénes estaban implicados y quiénes no. Y había que tener en cuenta que el comando, o parte de él, estaba libre y había amenazado con seguir matando, de manera que a mí me extrañaba que los que se autodenominaban «brigada» de Al Qaeda tuvieran elementos periféricos que fueran chicos de barrio y que regentasen un locutorio.

Me extrañaba, añadí, que los líderes estuvieran libres y no hubieran protegido de alguna manera a aquellos tres, Zougam, Bekkali y Chaoui, esto es, que siguieran su vida como si nada si tenían algo o mucho que ver, porque podían ser un hilo conductor o débiles en un interrogatorio de tres días; no quise entrar en consideraciones sobre lo que se sabía de cómo se apretaba —y empleo un eufemismo— a algunos detenidos en ocasiones especiales, y aquella lo era.

Aunque todo este pensamiento de lo que era y cómo funcionaba una banda terrorista quizás estaba distorsionado por lo que había sido ETA, con sus líderes, sus aparatos diferenciados y sus grupúsculos operativos. Quizás ahora estábamos hablando de otra cosa, de una banda que se camufla, precisamente, en un dependiente de locutorio que una mañana entra más tarde a trabajar porque ha ido a recoger y colocar en un tren un artefacto, y a partir de las diez de la mañana sigue vendiendo sims. Hasta que me quedé sin más información ni conjeturas que proferir y le pregunté a cuál de los tres se refería.

Pilar ni estaba a punto de levantarse ni pudo hablar, porque la boca le hizo una W y entonces sí que rompió a llorar sin diques, primero con la cara detrás de las manos y después entre los brazos cruzados entre la mesa. Yo solo acerté a presionarle el antebrazo, a frotarlo de vez en cuando y a esperar. Pasaron seis o siete minutos, pero no fue incómodo, el momento histórico era tan severo y su dolor tan palpable que yo podía ignorar sin vergüenza los reojos de las mesas adyacentes.

Finalmente, Pilar volvió a taparse el rostro con las manos y dijo:

—Mi novio es... uno de ellos, pero no sé si es uno de ellos.

Si iba a decir el nombre, si iba a decir que era el que al parecer ayudaba esporádicamente en el locutorio, si iba a darme un nombre nuevo, se arrepintió a media frase, y entonces sí que se levantó, dijo «lo siento» y sin más intermedios salió del bar. No traté de detenerla o consolarla o seguirla, me quedé allí sintiendo, ahora sí, los láseres de las miradas alrededor.

Saqué mi bloc y anoté algunas frases, era una manera de retener y fijar y memorizar y pensar: «Uno de ellos, panadería, un amigo, el cuarto del locutorio, no sé de quién me habla, quizás bekkali, quizás zougam, más que chaoui, estoy perdido, más fuente para novela que para LV».

Anoté todo aquello para serenarme y pensar, y para tratar de imaginar un rostro que no fuera el de Zougam o el de Bekkali o el de Chaoui, intenté imaginar cómo y cuándo había llegado a Madrid y qué había hecho después, deduje que, si Pilar tenía unos veinticinco años, él debía andar por ahí o un poco más, debía ser poco más joven que yo, traté de imaginar con qué armas había tratado de abrirse paso en Madrid, cómo había llegado a ser pareja de Pilar; era ella quien debía ayudarme a entender cómo era la periferia de un comando, porque ahora —acabaran como acabaran los chicos del locutorio— estaba en la periferia de un comando. Pilar podía ayudarme a entenderlo, a imaginarlo, a construir su historia. Ahora sí que tenía algunos buenos mimbres en los que apoyarme para escribir una novela, o al menos tenía un sendero que recorrer.

«Uno de ellos» era posiblemente uno de los tres primeros detenidos, pero no tenía la certeza. Ahora yo tenía el teléfono de su novia y un dilema. Si la llamaba y le proponía que nos viéramos de nuevo, muy posiblemente me diría que sí, estaba ávida de información y estaba ávida de algún sedante, y yo lo era; y yo quería que me contara su vida, la de su novio, y su vida en común; desde la primera mañana en los trenes había entendido que iba a necesitar deconstruir o hurgar en las vidas de los autores, y sobre todo en sus periferias personales, para comprender el porqué, y por eso ahora veía en Pilar un historión. «La novia española de un presunto miembro de Al Qaeda», veía en ella «buen material», pero que apareciera algo así en nuestro periódico solo podía perjudicarla, por mucho que remarcara la presunción. Sobre el papel, nadie lee o percibe o entiende o interioriza o admite «presunto». Veía un temazo para el periódico y veía una gran fuente para una novela; para, a través de lo que me contara, imaginar la vida anterior de su novio y narrarla o construirla hasta la mañana del 11 de marzo del año 2004. Pero había visto llorar a Pilar delante de mí. Después de aquel encuentro y de haber olido la sinceridad de su dolor, enseguida estuve de su parte, noté en las amígdalas su angustia extrema, y no solo intuí o quise intuir la inocencia del muchacho, sino que la deseé fuertemente de inmediato. Por el contrario, no podía hacerle creer que podía contarme su historia, que yo la publicara y que aquello fuera a ayudarla. La siguiente detenida, en aquellos momentos, en aquel clima, podía ser ella. Era, en todo caso, buen material: para reconstruir su vida y escribir un reportaje o para construirla yo y escribir una novela.

Todas esas circunstancias, las circunstancias de las que ya tenía certeza —el arraigo del chico, fuera quien fuera, con una novia española, toda su aparente y convincente normalidad—, me dieron aún otra idea. Recordé el comando Dixan, los tipos de Girona que arreglaban piscinas, y los detenidos de la operación Dátil, los amigos de Imad Eddin Barakat, todos en espera de juicio por aquellas fechas, y tuve una idea: ¿cómo iba a enfrentarse la policía, las fuerzas antiterroristas, a un tipo de enemigo que carecía de banda, de infraestructura, como había tenido ETA…? Acabara como acabara la acusación contra Zougam, Bekkali, Chaoui, los dos indios o quienes fueran los nuevos y anónimos inculpados, la preocupación entre los expertos policiales en aquellos precisos instantes solo podía ser esa. Si se confirmaba que el 11-M había sido obra de un grupo entre los que había tipos que sabían cómo montar una bomba y tipos que posiblemente habían imbuido a otros de la convicción en reuniones en pantanos en los que difícilmente podían ser espiados, pero entre los que podía haber chavales como aquellos tres, que era lo que en aquel momento teníamos, la policía debía de estar temblando. ¿Cómo combatirlo, combatirlos, cómo entender y sobre todo detectar a partir de entonces el riesgo de atentado? Porque matar, pensé, es muy sencillo: basta con alquilar un camión y lanzarlo contra una muchedumbre que pasea en Navidad, o por el paseo marítimo, o por la Rambla, o que sale de un estadio. Basta, esencialmente, con estar convencido. Ni armas ni banda ni órdenes. Convicción.

Eran las diez o las once de la mañana cuando llamé a Izquierdo y le planteé el asunto: ¿había que replantear toda la estrategia antiterrorista? O, más concretamente, ¿qué iban a hacer los servicios de inteligencia y policiales a partir de aquel momento contra el fenómeno que nos acababa de arrasar? ETA todavía existía.

El día podía ser igual de rutinario que los anteriores, en los que había habido un goteo incesante de detenciones, declaraciones, envíos a prisión y libertades con cargos, pero aquel tendría algo diferente.

Por el momento, en todo caso, decidí apostarme en el rellano de la planta seis, la de la fiscalía, con lo que podía perderme inicialmente lo que pudiera deparar la planta dos, la del juez instructor, a cuya puerta vivían treinta informadores, pero siempre podía recuperarlo a través de los teletipos de las agencias o del cable de algún compañero.

Quería topar con algún fiscal y plantearle las dudas filosóficas o éticas que el yihadismo nos iba a plantear, y cuando en el ascensor apareció Ernesto, el fiscal repeinado, supe que iba a acceder a que charláramos al decirle que todo aquello creaba un «nuevo marco filosófico». Me miró con interés; a los fiscales, casi siempre personas inteligentísimas, les lubrica el ego que les planteen retos intelectuales, y aquel lo era. «En qué sentido», dijo, y añadió «pasa» y pasé con él, por delante de Adela, sin mirar si ya había acabado el crucigrama.

Ernesto ya tenía muy meditado que todo aquello estaba situando o iba a situar a la acusación pública, y previamente a los servicios policiales y de inteligencia, en la tesitura de aventurarse a acusar más por las intenciones que por los hechos consumados. En referencia a tipos como Bekkali, Chaoui o Zougam, y en condicional, me dijo: «Si son ellos, lo que hemos vivido en los últimos cuarenta años habrá sido un juego de niños».

Porque aquellos tíos no formaban bandas, aunque pertenecieran o dijeran que pertenecían a Al Qaeda o Al Qaeda los definiera como soldados o integrantes o acólitos o meros simpatizantes, todo eso podía ser *a posteriori* y con el único cemento de compartir la ideología, que ya se podía compartir sin verse y sin ni tan siquiera conocerse. Desde aquel momento, el derecho penal no podía esperar a la consumación de los hechos para perseguir a sus autores, debía empezar a perseguir a los autores antes de que los hubieran perpetrado, es decir, cuando se descubriera la intención, porque entre esta y su ejecución era necesario muy poco tiempo, muy poca trama, muy poca estructura y ni siquiera un arma, con lo que solo iba a poder atajarse actuando sobre la intención o, quizás, sobre la intención combinada con la determinación. ¿Cómo se podía descubrir la intención?

Por aquellos días se había empezado a subrayar cómo el 18 de octubre del año anterior Osama Bin Laden había mencionado como enemiga a España, y cómo eso había podido ser, o había sido, una señal de que convenía golpear a este país. La señal no la había transmitido por correo electrónico desde su cueva de Tora Bora, sino que la habíamos transmitido los medios de comunicación. En referencia a Irak, Bin Laden dijo: «Nos reservamos el derecho a responder en el momento y el lugar oportunos a todos los países que participan en esta guerra injusta, en particular Reino Unido, España, Australia, Polonia, Japón e Italia».

A partir de ahora, ¿debíamos omitir los nombres de los países que mencionara en sus discursos o comunicados? ¿Debíamos omitir sus amenazas? ¿Eran noticia sus amenazas? Si los citábamos, ¿seríamos cómplices de transmitir sus objetivos militares? El artículo 576 del Código Penal dice: «Será castigado con las penas de prisión de cinco a diez años y multa de dieciocho a veinticuatro meses el que lleve a cabo, recabe o facilite, cualquier acto de colaboración con las actividades o las finalidades de una banda armada, organización o grupo terrorista».

Salí y pedí a Adela una cita con el fiscal jefe, le anticipé, y así lo anticipó ella cuando comunicó con su despacho, que preparaba un artículo sobre los retos de la acusación en los nuevos casos de terrorismo, y el fiscal jefe me recibió.

La información que publicamos a cuatro manos con Izquierdo al día siguiente decía:

Una matanza muy sencilla
El origen de los explosivos y el perfil de los presuntos autores abren nuevos interrogantes jurídicos y policiales

Pero esta pieza iría en la segunda página, porque cuando había acabado mi entrevista con el fiscal jefe bajé a la planta del juez instructor, aunque ante su puerta no quedaba nadie, y no eran ni las dos, lo cual significaba que algo había pasado.

Lo que había pasado era que el comisario jefe de la Audiencia había subido a la planta dos, había llamado la atención del enjambre y había dejado ir que se estaba registrando una casa cerca de Madrid donde podrían haberse montado las bombas, donde con toda seguridad se habían montado las bombas, dado que había aparecido la misma dinamita, los mismos detonadores y algunos enseres que iban a ser de gran utilidad policial, pero no quiso dar más datos que el municipio donde estaba la casa: Morata de Tajuña. Un topónimo ferlosiano que en nuestra memoria persiste como el de la cueva de los terroristas, el Tora Bora de aquel comando en el que no solo había dependientes de locutorio.

Llamé de nuevo a Izquierdo y lo emplacé, sin miramientos y sin pensar si había comido:

—¿Has venido en coche?

Izquierdo vivía a las afueras de Madrid y aquellos días venía siempre en su vehículo, porque nunca sabíamos a qué hora íbamos a acabar.

Me recogió en el paseo de la Castellana con Génova y fuimos hacia Morata de Tajuña, a unos treinta kilómetros al sureste. Ni Izquierdo ni yo habíamos estado nunca. La zona, la comarca de Las Vegas, tiene cierta belleza. Valles suaves, ondulados, con algunas líneas o concentraciones de verde y grandes árboles allí donde llega el agua del Tajuña, pueblos sin ningún glamur.

En Morata buscamos primeramente el ayuntamiento. Es un precioso edificio que recuerda a los de la plaza Mayor de Madrid, sostenido por una columnata que deja un paseo inferior. En el casco urbano hay también un edificio bellísimo, la casa Mac-Crohon, de ladrillo rojo, ocupado por un centro cultural de Caja Madrid.

Sin bajar del coche, preguntamos al policía municipal que había en la entrada de la casa consistorial si sabía dónde estaba o podía estar la casa de los terroristas del 11-M, pero nos miró ojiplático:

—¿En Morata?

Parecía sincero. Le explicamos que la Policía Nacional había registrado una casa por allí, donde al parecer habían vivido los miembros del comando, pero volvió a encoger los hombros y nos desalentó:

—Tenemos cien kilómetros de urbanizaciones.

Izquierdo me miró, arqueó las cejas, no había opción.

Recorrimos durante dos horas viales y caminos inacabables, con y sin salida, tuvimos que girar en campos de algarrobos y de olivos y regresar a la vía principal por donde habíamos venido, observamos decenas de casas y casuchas y chabolas de autoconstrucción para herramientas, casas aisladas o apiñadas, sin valla y con valla, cuyo interior tratamos de auscultar, con vecinos benévolos o ariscos, nos cruzamos dos veces con las chicas de Telemadrid que estaban en lo mismo, varias veces topamos con los carteles que limitaban el término: Arganda, Perales de Tajuña, Chinchón, San Martín de la Vega, Villarejo de Salvanés.

Un hombre con aspecto de jubilado prematuro que regaba las macetas que tenía sobre un murete que daba a la calle se enervó cuando le explicamos qué buscábamos. Nos llamó buitres, nos dijo que Morata no era tierra de moros, que era imposible que aquellos desalmados tuvieran casa por allí, descuidó la puntería del chorro con toda la intención. En su fachada, un cartel decía «En venta».

No encontramos la casa, porque no estaba en Morata de Tajuña, sino en el término de Chinchón, pero eso lo supimos al día siguiente. Otros medios habían sido más listos, o tuvieron más paciencia o más gasolina, o contaban con información más precisa, y publicaron la foto.

La cueva de Tora Bora parecía más confortable.

26

Tres motivos impulsan a Ismael Feres a alquilar su primer piso. Los enumera como si hiciera un informe:

Primero, no puede ver a Verónica cada vez en Apartments Chueca. Cuesta un dineral, incluso pagando a medias. Segundo, si lo comparte con dos o tres amigos puede pagarlo. Y tercero, tener un piso, aunque sea compartido, será un factor a favor de su relación con Verónica, quizás tendrá una frecuencia menos errática. Para Ismael es un sueño. Y un orgullo. Lleva alrededor de cuatro años en España y ha progresado lo suficiente.

Tiene la idea de repente, cuando sus amigos Asrih, Karim y Ata son conminados por el propietario del piso en el que viven a largarse por haberse retrasado en el alquiler de un mes: no porque no quieran pagar, sino porque la empresa de construcción y mantenimiento de piscinas en la que trabajan está en problemas y no cobran.

Pero el dueño del piso es implacable. Asrih, Karim y Ata creen que sencillamente ellos tres no le gustan y es la excusa para sacarlos, dirán que su comportamiento es de «hijo de puta racista».

Ismael aprovecha la circunstancia para proponerles la aventura. Con Asrih y Karim, amigos desde la adolescencia, ya ha compartido piso en Casablanca y se llevan bien, mientras que a Ata lo conoce de la misma época, de jugar a fútbol y, aunque no ha compartido vivienda, no es mal tipo.

Ismael estudia los precios en diversas zonas de Madrid y calcula que sale más a cuenta alquilar un piso grande y repartir entre cuatro que uno más pequeño y partir por menos inquilinos.

Localiza uno en Lavapiés, donde tiene el locutorio, donde se pasa el día. Mucho mejor si está cerca del trabajo. Está amueblado, tiene teléfono, calefacción por radiador. Se accede por una escalera estrecha y oscura. Hay una habitación junto a la entrada, a continuación una cocina minúscula, al fondo una sala alargada y, desde esta, tres habitaciones de tamaño parecido, una de ellas con ventana al exterior.

Antes de dar su conformidad, Asrih exige que en la pared del este escriban *Mecca*, como en el piso de Casablanca había hecho uno de los inquilinos, para acordarse hacia dónde debían postrarse y para que no se les olvidara. Ismael dice «ni de coña».

Los amigos de Isma, en todo caso, aceptan de inmediato, aunque no les cuenta los motivos primero y tercero.

En las semanas y meses posteriores a su primera cena en Chueca, Ismael y Vero han ido viéndose, casi siempre a iniciativa de él, a veces a solas y a veces con Salma y/o Esther. De modo que Ismael ha continuado jugando a fútbol los domingos y acudiendo a los rezos con cadencia parecida, con la misma discontinuidad.

Asrih y Karim saben que hay alguien en su vida, aunque Ismael no quiere dar detalles por superstición y por prudencia. La propia Verónica le ha pedido que no lo haga público, quiere que se vayan viendo, que busquen ratos de intimidad, verse y amarse, pero con discreción. Sin títulos ni anuncios.

Vero no parece estar muy convencida de lo que han iniciado, pero tampoco parece estarlo de otras circunstancias de su vida: todos los días se queja de su trabajo en la emisora, de que en Telecinco no hubieran querido contratarla, de que en el piso familiar, con dos hermanos y una abuela, viven «como abejas». Parece detestar a sus padres, a sus hermanos, a la anciana. Que aquel desánimo sea común a otras cosas en el fondo consuela a Ismael. Él intuye que, lejos de sus orejas, se queja también de que «lo de Andrés» no haya acabado de funcionar.

Ismael también intuye que cuando ella está una semana sin dar señales de vida significa que «lo de Andrés» ha reverdecido, e Isma sufre, no duerme, está irritable, irascible, en los partidos se excede en su dureza, lo expulsan con frecuencia. Pero lo acepta. Acepta que es otro de los precios de la emigración. Dormiría mejor con una sumisa mujer musulmana de quince años, pero no sería feliz. Cuando está con Vero lo es, al menos las dos horas que pasan juntos de vez en cuando puede decir que es feliz. Acepta aquellas implícitas reglas de juego. Implícitas o imaginarias, qué más da. Ha probado el sabor amargo de las alternativas, y cuando están juntos es muy cariñosa con él. «Pomulitos», le llama, «me gustan tus pómulos», y comienza a rozarle una mejilla con el anverso de los dedos, o con la yema de un índice.

Además, Ismael se ha inscrito en el gimnasio que le queda cerca de su casa, Air Sports, para ponerse fuerte y que a ella no le disguste su torso. No quiere de ningún modo tener un cuerpo desproporcionado que repela a la muchacha. Eso le da la fuerza de voluntad, porque después de pasarse de nueve de la mañana a nueve o diez de la noche en el locutorio, al salir se va al gimnasio. Un par de horas. Muchos días llega a casa cerca de la una. Se está poniendo fuerte. Ismael no nada «sin mojar la cabeza», suele repetir, y si hay que estar fuerte, lo estará, aunque duerma menos. Es su filosofía de vida. Además, esa lógica, la de estar fuerte, agrada también a Amer y a los hombres de la mezquita. Algunos de ellos van al gimnasio, o tienen pesas en sus casas. No es que Ismael lo haga para complacer a Amer ni a todos aquellos, pero prefiere estar bien que mal cuando los ve, eso piensa o siente, mejor estar a buenas que no estar. Pero él, desde luego, no entrena para ir a ninguna guerra. Lo hace por Verónica.

Es Pilar, la monitora de las noches, quien le prepara un plan personalizado para fortalecer su abdomen. Después de tantos años jugando a fútbol tiene buenas piernas, pero quiere ponerse fuerte «de arriba». Con el paso de las semanas, Verónica lo notará. Le encantará que le pase un dedo por los pectorales.

Un mediodía de la semana siguiente, sabiendo que sus compañeros no van a estar, Ismael muestra el piso a Verónica.

Él se ha adjudicado la habitación de la entrada, ciega y sin ventanas, pero más tranquila y accesible, pensando que así evitará al máximo el posible contacto entre ella y sus compañeros de piso. Puede entrar y salir discretamente. Piensa que es lo mejor, dado el tipo de relación que se ha ido estableciendo. No sabe cómo la aceptarían los otros tres, Asrih en especial, Asrih es ya por entonces el más intolerante de sus amigos. Con las mujeres, con España y con los españoles, se refiere.

Vero no entiende que, siendo el impulsor y el titular del alquiler, no se quede la habitación que está junto a la sala, más grande y con ventana al exterior. Ismael no sabe explicarle los motivos con claridad, dice que así está más aislado, más tranquilo, que así puede o pueden entrar y salir sin dar explicaciones, dice en singular y en plural.

Aun así, aquel primer mediodía en el piso, Verónica le pasa un dedo por la mejilla, le dice de nuevo que tiene unos pómulos muy sexis, «pomulitos», se sienta en el catre individual, blando, y dice: «Habrá que probarlo, corazón». Pero en aquel momento no tienen tiempo.

Además de la cama, Ismael tiene un colgador de patas móviles, con ruedas, y una silla. No hay mucho espacio libre, pero él es feliz. Siente que tiene una casa.

Un día de la semana siguiente, Verónica pasa a verlo por el locutorio a última hora de la mañana, sin previo aviso. Entra sin que Ismael se percate. Se acerca al mostrador y se recuesta por encima, oprimiéndose los pechos, que se pueden atisbar por el escote. Ismael está mirando la televisión, el programa de la Campos o uno de estos, porque así aprende «el español de la calle y lo que pasa en la calle». Antes de que Ismael pueda decir siquiera hola, Vero anuncia: «He venido a probar tu cama, guapete». La claridad del mensaje desconcierta y estimula a Ismael a partes iguales. Ignora si habrá alguien en el piso, posiblemente no. Ignora qué opinarán si lleva a una chica, aunque sea a la que él ama o cree amar, porque él por Vero ya siente algo así, puede decirse, es decir, que es lo suficientemente serio para él. En todo caso no puede arriesgarse a no ir, y no se arriesga: prueban el catre, es estrecho, tiene un violín en las entrañas. Cuando están a la mitad, Asrih entra en el piso, y cuando va a abrir la puerta de Ismael, este tiene los reflejos de pararlo: «¡Estoy ocupado!». No llega a meter la cabeza, cree Ismael, y cierra sumisamente.

Al acabar, Ismael y Verónica se marchan sin hacer ruido ni despedirse.

—¿Lo ves? Por eso elegí este cuarto —dice él en la escalera.

—Sí, para que nos oiga cualquiera que entre. Al menos le pondrás un pestillo, digo yo.

Está disgustada, casi la pilla un moro en bolas.

Cuando Ismael llega aquella noche después del gimnasio, cerca de la una, Asrih lo está esperando en la sala. Quiere saber qué hacía en casa al mediodía, quiere saber si estaba solo. Ismael miente. Todavía no sabe por qué. Por qué, si es el titular del piso. Por qué, si de algún modo, o de todos los modos, ama a Verónica, y ella a él, aunque sea a su manèra, esporádica, visceral, contemporánea, quién sabe con qué profundidad, si compartida en dos, en tres.

Debe acostumbrarse. Deben. No será fácil.

Asrih es amigo desde la adolescencia, de Asilah, quizás desde los catorce o quince años; han compartido piso en Casablanca; han sido durante varios años compañeros de vida y formación; han sido, junto a Karim, claro, sus mutuos antídotos contra la soledad de la gran ciudad; Asrih, además, ha mostrado siempre con él gran corazón y generosidad: cuando llegó a Casablanca y a Ismael le tocó dormir en un colchón en el pasillo, fue Asrih quien se ofreció a que se turnaran entre una de las habitaciones y el suelo indigno.

Todo esto no lo ha olvidado ni lo olvidará nunca Ismael, quien por contra nota cómo su amigo se va ensimismando desde que viven en Madrid, y eso, son cosas que pasan en la vida, los ha distanciado, porque Ismael no se ensimisma en paralelo o a su lado, Ismael intenta llevar una vida diferente.

Asrih no quiere saber nada de los españoles, no quiere saber nada de novias, no quiere saber nada de un hogar. A veces desaparece algún día, dice que va a ver a un amigo a Cádiz, tiene un amigo en Conil de la Frontera; a Ismael le parece, siempre le ha parecido, que Asrih anda metido en el tráfico de drogas. Nunca le preguntará. Por entonces ha dejado la empresa municipal de limpieza y ha empezado a trabajar en la de Karim, en el sector de la construcción. Jardines, piscinas, polideportivos.

En aquella época Asrih se despierta con una extraña y pétrea voluntad todos los días a las cinco de la madrugada para ir a la mezquita, pero, como ha estado haciendo en su anterior empleo en la empresa de limpieza, algunos días regresa al piso y ya no va a trabajar. Telefonea a su jefe, alega que tiene vómitos y se queda en casa. En la empresa lo amenazan y lo echan algunas veces, hasta que se ablandan y lo readmiten, porque en realidad es muy bueno montando tuberías y válvulas, y porque él promete que cambiará.

Pero Asrih ha dejado de hablar de fútbol o de asuntos cotidianos y por entonces solo habla del islam, es lo único de lo que habla con pasión y fervor, eso lo percibe perfectamente Ismael.

27

Volvimos a Morata de Tajuña al día siguiente. Un fotógrafo de la Agencia EFE amigo del nuestro, Dani Duch, nos acompañó hasta la casa. El vecino que el día anterior nos había increpado y salpicado con una manguera tenía objetivamente razón, aunque no lo supiera: la casa de los terroristas no estaba en realidad en Morata, sino que técnicamente se encontraba en el término municipal vecino de Chinchón. Pero nadie variaría ya la ubicación, y sería siempre, lo sigue siendo, «la casa de Morata de Tajuña». Estaba cerca de una carretera secundaria que unía Morata con el término municipal de Titulcia.

Era una casucha autoconstruida, sin energía eléctrica ni agua corriente. La primera procedía de un generador y la segunda de la lluvia; la recogían mediante canalones en la periferia del tejado y la acumulaban primero en un pequeño depósito detrás de la casa y después, me imagino que cuando conectaban el generador, debían subirla con una bomba al depósito que tenían en una esquina de la cubierta.

Era un lugar bien elegido. No había casas a menos de cien metros y la mayor parte de ellas no debían usarse más que en días de vacaciones; no parecía haber mucha vida aquel miércoles.

El perímetro de la finca tenía doble valla. Una, metálica, oxidada y montada sobre una hilera de cemento, y coronada por tres hileras de alambre de espino; estos estaban relucientes, por lo que deduje que los habían instalado con posterioridad. Toda esa valla estaba recubierta por otra de plástico verde que impedía la visión; en realidad, tanta protección visual podía ser un indicio, porque la zona estaba bastante apartada y por aquel vial raramente debía circular nadie, de manera que parecía exagerado tapar un lugar que raramente debía visitar nadie más que los que ya sabían lo que allí se estaba cociendo.

Había también un cobertizo, y según la policía se había descubierto un «zulo» —hasta entonces, los zulos los construía ETA, para sus secuestros o para sus armas—, al parecer de construcción reciente, en el que se habían detectado restos de explosivo y detonadores como los utilizados en los trenes. No había duda de que aquella había sido la guarida de los terroristas.

Cerca del cobertizo había una motocicleta Kawasaki de gran cilindrada caída sobre el lado contrario al caballete, que apuntaba estúpidamente al cielo.

En aquella casa, sabríamos también aquel día, se habían localizado huellas dactilares de Jamal Zougam y de otro de los que habían detenido aquellos días, amigo suyo y cuyo nombre todavía no había trascendido, Abderrahim Bakh. El único dato biográfico que de este conocimos fue que había estudiado ciencias químicas en Casablanca, y eso no era baladí, porque una de las cosas que habría que dilucidar durante la investigación sería quién había sido capaz de montar trece bombas y que diez hubieran explotado gracias a un artefacto gobernado por la electrónica y la química. Sabríamos pronto que los teléfonos móviles que habían activado las bombas habían sido horadados por un lateral, para conectar los cables que conducían la señal eléctrica hasta la dinamita. Era el mismo sistema que en el atentado de Bali de 2002, y con el mismo modelo de teléfono, preferido por Al Qaeda: Mitsubishi Trium.

Aunque debo ser más preciso: la única bomba que había sido desactivada había sido montada así. Cabía suponer que igual que las otras doce, tanto las diez que habían explotado en los trenes como las dos que habían detonado bajo control los equipos policiales, pero no tengo ni nadie tuvo la certeza. Por aquellos días había medios de comunicación que especulaban o ponían en cuestión o les parecía demasiada casualidad que la única bomba desactivada llevara la marca de Al Qaeda, les parecía que era una prueba dirigida por una mano negra para arrebatar el poder al Partido Popular, porque quien realmente estaba detrás de la matanza era ETA, y el resto de periodistas y del mundo éramos imbéciles por no poner en cuestión el avance de las investigaciones.

Ahora, que las huellas de los dedos de Zougam y Bakh estuvieran en la casa daba otra dimensión a sus detenciones: aquel lugar había sido con toda seguridad la sede principal del comando, aunque esto era desde luego una explicación policial que no había manera de contradecir o contrastar; tenías que creértelo, como suele suceder en el periodismo de sucesos. Pero si finalmente resultaba ser cierta la existencia de esas huellas, denotaban una relación con el atentado difícil de desmentir. Lo primero que me pregunté fue si uno de esos dos era el novio de Pilar.

Había muchos más restos dactilares, dijo la policía, pero no mencionaron ni a Bekkali ni a Chaoui, con lo que directamente pasaban, en mis cálculos penales, a otra categoría: Zougam, Bekkali y Chaoui habían sido detenidos juntos y hasta aquel momento, aunque estábamos en una fase muy embrionaria de la investigación, parecía que tenían el mismo destino penal.

No tardaría en haber nuevas detenciones, anunció la policía aquel día, y posiblemente lo hizo para crear nervios en la parte del comando que a buen seguro seguía libre y para intentar de este modo que cometiera algún error que permitiera su localización y su arresto o, alternativamente, matarlos.

Porque entre la veintena de detenidos que tenía hasta entonces la policía no parecía haber nadie con la capacidad de liderazgo o suficiente fanatismo para convencer, preparar y ejecutar lo que había ocurrido, le explicó a Izquierdo una fuente, sin aclarar con qué termómetro podía calibrar el grado. Esa era, en todo caso, la percepción policial aquellos días.

En realidad, la casa de Morata de Tajuña había sido localizada apenas al día siguiente de la detención de Zougam, porque la tarjeta SIM de la bomba que no había explotado llevó a otras, vendidas en el mismo paquete, que se habían activado justamente en el repetidor telefónico de Chinchón. Con lo que decenas de policías, haciéndose pasar por vecinos que aquella comarca no tenía, se habían apostado durante días por la zona tratando de identificar magrebíes de comportamiento sospechoso.

Nos dirigimos a la casa más cercana a cuya puerta hubiera un coche, llamamos al timbre. Salió otro vecino con pocas ganas de hablar, apenas nos dijo que ya habían pasado por allí media docena de periodistas y que a todos les había dicho lo mismo, que no había visto a nadie, ni con pinta de sospechoso ni con pinta de inocente y ni siquiera con pinta de policía.

Volvíamos a Madrid en el coche de Izquierdo. Dani iba delante, yo subí detrás. Hacía un día precioso, que invitaba a perderse por la zona, a buscar un alojamiento rural y comer y beber y leer bajo una sombra, y por contra acabábamos de estar en el mismo lugar que los autores de uno de los peores atentados de la historia de Europa y aquello distorsionaba cualquier bienestar, como si haber compartido lugar con la maldad dejara un monóxido.

Lo recordé de pronto: la casa.

Quizás el relax de ir en la parte de atrás ayudó para que algo en mi córtex hiciera la conexión, un vínculo de datos y una idea o sospecha. Uno de los detenidos por Baltasar Garzón en 2001 había tenido una propiedad por aquella zona. No recordaba el nombre, ni el del tipo ni el del municipio, pero estaba seguro, o casi seguro, de que alguno de los acólitos de Abu Dahdah había tenido una casa, de propiedad o de alquiler, eso tampoco lo recordaba, pero sí recordaba que tenía los papeles, porque siempre guardo todos los papeles, y una vez al año me son de utilidad. Izquierdo no lo recordaba, ni el dato ni mucho menos el nombre, pero cuando entramos en la redacción me fui al armario en que guardaba en cierto orden los sumarios, con nombres que me facilitaran una búsqueda rápida: Abu Dahdah, caso BBVA, atentado Casablanca. Hoy no ocupan metros, ocupan gigas y terabytes y se busca un dato en décimas de segundo, pero por entonces los tenía en papel, y aquellos que tenía solo en papel sigo conservándolos así, y cada vez que los necesitaba o los necesito me acuerdo de Josep Corbella, el especialista en ciencia de nuestro periódico, en cuya mesa jamás hay un dosier ni un papel; unos folios en blanco, un bolígrafo, nada más. «Todo lo que tiene interés ya lo has publicado», me dijo una vez para argumentar el radical vacío de su mesa, con lo cual está todo en la hemeroteca. Yo discrepaba de aquella política, y a veces me cargaba de razón. Como aquel día, porque probablemente no había publicado antes que uno de los detenidos en 2001 tenía una casucha en Las Vegas de Madrid, pero en la edición del día siguiente o del siguiente sí lo iba a publicar, gracias a que había conservado los papeles.

En el sumario de Abu Dahdah aparecía una referencia a una casa que uno de los supuestos integrantes de la célula de Al Qaeda en España, Mohamed Needl Acaid, tenía en Chinchón, y donde se habían celebrado «reuniones de alto nivel», en algunas ocasiones, y en otras, encuentros de fin de semana en los que supuestamente se adoctrinaba a los jóvenes. Needl, un sirio que, como algunos otros de aquella célula, había salido de su país huyendo de una dictadura que no tenía piedad, había comprado el terreno en 1997 y había ido construyendo la casa en periodos vacacionales. El sumario no daba más datos, pero la casualidad era excesiva. ¿Podía ser que dos grupos vinculados al yihadismo alquilaran dos casas diferentes en el mismo municipio? ¿O es que era la misma? El sumario que tenía en las manos no daba más ubicación que el municipio.

Decidí que no debía avisar a Uría, porque con lo que sabía podía hacer un titular tan efectista como inconsistente, y que formulado sin la opresión del espacio de una maqueta de periódico habría dicho o podría haber dicho: «La casa donde se montaron las bombas está en el mismo municipio donde tuvo su guarida un miembro de Al Qaeda». Y que, teniendo en cuenta el espacio de una página y teniendo en cuenta la necesidad de suscitar el interés de un lector, habría tenido que decir: «¿La guarida de Al Qaeda? Los investigadores analizan si la casa donde se montaron las bombas pertenece a un preso de la organización».

Pensé en Sara, la abogada marroquí-española a la que en los primeros días había llamado por si sabía qué abogados representaban a los hasta entonces detenidos, y que había tenido una extraña y arisca reacción. Empezaba a sospechar por qué. Ella había colaborado en la defensa de uno de los detenidos de aquella célula de Imad Eddin Barakat y quizás sabía algo de aquella coincidencia.

Le escribí un mensaje al móvil y le impuse: *Tengo que verte esta tarde, pero no puedo decirte por qué.*

Contestó un minuto después: *Ven a las 18 h.*

Sara admitió que estaba nerviosa, «ya lo notaste el día que me llamaste»; justo aquel día, dijo, había recibido una llamada de la Comisaría General de Información.

Había sido el lunes 15 de marzo, al día siguiente de que los especialistas se percatasen de que algunas de las tarjetas telefónicas vendidas por Jamal Zougam habían sido activadas en Chinchón y de que en ese municipio había estado la casa de Needl. Este llevaba tres años en prisión y la casa estaba en alquiler en una agencia inmobiliaria del barrio de Bellas Vistas, en Madrid, pero Sara no sabía nada más, o dijo que no sabía nada más, que no sabía ni quería saber si habían alquilado la casa ni a quién.

—¿Cómo se llama la inmobiliaria?

Silencio.

Se lo pregunté tres veces, le imploré el nombre, le juré que nadie sabría quién me lo había dicho, y al final lo soltó:

—INGESA. Calle Almansa.

28

Aquel verano, Ismael tiene con Verónica una dolorosa decepción. Una más. Ni siquiera es la última.

Sin avisar hasta el día anterior, Verónica se va de vacaciones. Sin contemplar ni unos días juntos ni una última noche. Dice, para sorpresa de Ismael, que se va con sus padres a Galicia, donde viven sus abuelos y donde ha veraneado desde pequeña.

Cuando Ismael se sorprende («pensaba que no te gustaban tus padres»), Vero pone cara de circunstancias. «Necesito desconectar», alega, en otro escupitajo involuntario, o presuntamente involuntario.

Está tres semanas fuera, no le telefonea ni una vez. Ismael no entiende la crueldad. Tampoco entiende su propio nivel de tolerancia. Claro que piensa que se ha ido con Andrés, o que en Galicia rescatará a un novio de la adolescencia.

Pero es por eso posiblemente que los fines de semana de aquel mes de agosto acude con el grupo de Amer de nuevo al pantano, o a uno de los ríos que lo nutre, el Alberche.

En el locutorio hay poco negocio aquellas semanas, así que algún sábado decide no abrir, o cierra al mediodía, y alguno de los coches pasa a recogerlo. Tiene preparada una toalla, una manta, ropa fresca. El lugar es precioso.

Se bañan, juegan a salpicarse, comen sentados por el suelo, tiran piedras para que reboten sobre la superficie. Karim es un *crack* haciéndolas saltar, puede hacer trece o catorce saltitos con una lasca bien plana.

Para Ismael, es una manera de pasar el día con gente con la que se entiende, que tiene los mismos problemas, o problemas parecidos, el mismo tedio. Ismael tiene el añadido de que aquella huida de Verónica puede ser o puede no ser definitiva, y no soporta la incertidumbre.

Allí en el pantano pueden ser quince o dieciséis. Entre otros, algunos conocidos, como Imad, Ata Tirig, Kemal, a quien no ha visto desde que fueron a Cuenca a comprar teléfonos, o Jamal, que es quien se quedará el locutorio cuando Imad le compre su parte. Sus sensaciones en aquellas salidas son ambiguas: por un lado es divertido, se distrae, tiene algo que hacer. Por otro, tiene que soportar los discursos de Amer. Son interesantes algunas veces, pero él va allí para distraerse, no para aprender nada.

Ismael recordará bien uno de aquellos sábados. Uno que se quedaron a dormir junto al río. Sin tiendas de campaña ni nada. Tienen mantas y comida. Botes de garbanzos, espárragos, pan, queso. De día han jugado a fútbol en un claro grande del bosque, han celebrado un campeonato de rebotar piedras planas sobre el agua, que gana Karim, siempre los gana Karim, y por la noche encienden en un terreno libre de hierba y árboles una pequeña hoguera y asan cordero. Algunos hombres, los más mayores, explican historias de su juventud en sus países, Marruecos, Siria, Túnez. Cuando las historias declinan, Amer toma la palabra y habla. Habla sosegada y pausadamente hasta cerca de las dos de la madrugada. Ismael cree que Amer se siente más confiado en la oscuridad, más a salvo de miradas o escuchas. Seguro que por entonces la policía ya ha empezado a espiarlos, sospecha Ismael, porque en Kenia y Tanzania ya ha habido grandes atentados en nombre del islam, atentados que han sido reivindicados por aquella organización llamada Al Qaeda como «en defensa del islam», y Amer suele decir, sin concretar más, que ellos, como grupo en la tierra de al-Ándalus, deben «hacer algo por el islam», aunque en aquellas reuniones lo único que hacen por el islam es comentarlo, así que —jurará— nunca sentirá que haya hecho nada malo.

Pero lo que mejor recuerda Ismael es que después de todo el día junto al río, de pie, bañándose y lanzando piedras, está agotado, y su capacidad de analizar lo que está diciendo Amer carece de filtros. Es como una secta, como el método de una secta, piensa allí Ismael, que nunca ha estado en una. No cree que eso, el horario de la «chapa», sea casual. Está seguro de que lo tiene estudiado para que se traguen su rollo. Y desde luego que no se puede ir a dormir. Habría sido el único, todos escuchan o parecen escuchar con atención.

Ismael, como le había ocurrido en Casablanca, observa las diatribas con distancia, con la distancia de quien se siente o cree o considera a salvo, de quien siente que tiene planes más poderosos que hacer «algo por el islam». Claro que se siente creyente, claro que se considera más o menos buen musulmán, pero Ismael ante todo quiere hacer algo por su propia vida, le ha bastado observar la de su padre para decidir qué espera de la propia: él quiere ser un buen novio, un buen esposo, un buen padre.

En una de aquellas noches en el río, Amer se acerca a Ismael y se lo lleva con discreción —Ismael teme qué le va a decir— hacia el margen del campamento. Empieza halagándolo porque se ha apuntado a un gimnasio y se está «poniendo fuerte», cosa que ni él le había explicado ni —vestido— era tan evidente en su aspecto; no es que de pronto haya desarrollado una gran musculatura. Pero Amer ya lo sabe. Amer tiene un gran control de la información, y eso le hace poderoso y temible.

El hecho de que se esté «poniendo fuerte» es, para Amer, una señal de que es uno de quienes, aunque no quieran decirlo públicamente hasta que se sepa en qué misión, están dispuestos a «hacer algo por el islam», cree Ismael. Algunos musulmanes, sabrá pronto, ya están viajando a Afganistán; han aprendido la lección de Bosnia, cuando envían a hombres voluntariosos pero aficionados, que mueren o quedan malheridos, como el tío de Ismael, sin ir más lejos.

Ahora buscan a alguien que haga otra cosa: allí en la oscuridad, apenas teñidos los rostros por el resplandor lejano de la hoguera y en susurro, Amer añade, juntando las manos delante de su pecho, que están buscando algún alma islámica que de vez en cuando, por una o dos noches, albergue en su casa a Yusuf Baz. «Tú mismo lo conoces», le dice Amer, «os habéis visto en algunos encuentros», le refresca. Claro que lo recuerda, Yusuf es el tipo que siempre te mira como de lado, lo ha visto en el pantano y en los partidos de fútbol, es bastante amigo de Asrih. «Yusuf, no sé si lo recordarás, es un hombre muy piadoso, y por motivos laborales se ha ido a vivir a Barcelona, pero puntualmente necesita viajar a Madrid, va a pasar días o temporadas en Madrid».

«Los musulmanes, como muy bien sabes, tenemos la obligación de la hospitalidad, querido Ismael», apostilla, «y a pesar de la deuda que todavía tienes, has alquilado un piso y lo aceptamos, no pasa nada, eres libre, naturalmente, en todo caso pensamos que puedes ayudar mucho a nuestros hermanos», retuerce.

«Lo sé», Ismael lo sabe, todo buen musulmán debe albergar a quien necesita un techo. También sabe, de los tiempos de Casablanca, que en España existe una red de pisos que los combatientes en países como Bosnia han empleado en sus tránsitos hacia o desde Marruecos, y, sin parecerle una mala idea, se pregunta si Amer le está pidiendo que su casa forme parte de esa red. Aunque la guerra de Bosnia ya ha acabado en aquel momento. Ismael nunca sabrá adónde viaja Yusuf Baz.

En aquel momento, Ismael también se pregunta con rabia por qué no es Amer quien practica la hospitalidad que exige a los demás; aunque, para ser sinceros, Ismael ignora si Amer hace o no lo mismo en el piso en el que vive, simplemente se lo imagina, porque Amer tiene una esposa e hijos. Una mujer española y convertida al islam.

Verónica vuelve de vacaciones, pero Ismael tarda seis días añadidos en enterarse.

Le telefonea ella al locutorio un jueves, es final de agosto:

—Tú, qué: ¿no vas a llamarme?

Ismael dice «bbb-bbb», mientras trata de poner su cerebro en claro, y acierta a replicar:

—Pero si no estabas.

—Cómo que no, volví el viernes.

Ismael pasa a «mmm-mmm», y acierta a replicar:

—Y yo cómo lo voy a saber.

Antes de que piense en preguntarle cómo le han ido las vacaciones, o dónde, o con quién, Verónica cuelga:

—Bueno, ya me llamarás si te apetece.

Ismael se queda con el teléfono en la mano unos instantes, antes de depositarlo con suavidad en el soporte.

Tenía estos prontos de niña consentida, pero Ismael estaba o creía estar enamorado. Con el tiempo, lamentará haberla soportado, haber soportado sus arrebatos y caprichos, haber tenido que soportarlos por la crueldad inapelable que suponía la alternativa.

La llama al mediodía del día siguiente, en su casa le dicen que no está.

La llama por la noche, en su casa le dicen que no está.

La llama al día siguiente, el sábado, en su casa le dicen que no está. Entonces pide: «Dígale que ha llamado Ismael, por favor».

Quien sea que esté al otro lado, el padre, cree, una voz masculina, dice «¿quién?», e Ismael repite «Ismael, Ismael, por favor».

El padre, o quien esté al otro lado, dice algo que Ismael no comprende o no quiere comprender, y ambos depositan el teléfono con suavidad en sus soportes.

Cuando llega a casa aquella noche, después del gimnasio, Asrih está acabando de cenar.

—¿Quieres?

Ismael ni siquiera mira el plato y dice «no, gracias».

Pregunta a qué hora va a ir a la mezquita el domingo, irá con él.

—Estás triste —afirma Asrih.

Ismael no contesta.

—Es por esa chica —amplía.

Ismael no contesta. Asrih le da un abrazo.

—Confía en Alá.

Se acuesta, el despertador sonará a las cinco. De camino, en el metro, observan en silencio a los grupos de muchachos que regresan a casa con botellas o tubos de cubata en la mano. Tienen su misma edad. No está seguro de que en aquel momento los envidie. Ismael no puede decir que aquella mañana nadie los increpe o insulte o mire mal.

Después de las oraciones, Amer aguarda a la entrada de la sala principal. Les propone que, antes de desplazarse hasta el campo de fútbol, se vean un momento en su despacho, tiene algo que explicarles. Está organizando el Hajj, la peregrinación a la Meca, y le parece que ambos pueden ser candidatos a acompañarlo, habrá buen precio, no dice por qué.

Asrih dice pronto que sí, Ismael dice pronto que no.

Amer insiste, Ismael insiste: no tiene dinero. Sabe que, aun habiendo buenas condiciones, Amer no le va a pagar las cuatrocientas o quinientas mil pesetas, entre dos mil quinientos y tres mil euros, que pueden costar los billetes y el alojamiento.

El propio Amer le ha reclamado no hace tanto que devuelva su deuda a Imad, así que está claro que no puede irse a la Meca; debe quedarse en el locutorio, y además no le sale de los cojones.

Si le parece oportuno, lo hará en el futuro.

Amer insiste, «son solo diez o doce días», Ismael insiste, frío, irritado: «No puedo desatender el negocio tantos días».

Ismael es rotundo, vehemente, siente que le está devolviendo a Amer los reproches. Siente que le está devolviendo a Amer la verdad. ¿Qué se le ha perdido a él en la Meca? A tomar por culo la Meca, piensa Ismael. Blasfemia.

El resto de la mañana juega a fútbol, un eterno partido que acaba en empate a nueve.

Regresa al piso, se ducha y piensa qué hacer aquella tarde para evadirse. Sale a pasear, no quiere estar pendiente del teléfono hasta la hora de dormir, de si le llama Verónica o lo hace él otra vez, aniquilando la brizna de orgullo que le pueda quedar; camina hacia el centro, despacio, se detiene ante algunos escaparates, observa ropa que nunca comprará.

Toma la Gran Vía y decide entrar en un cine. Es un lujo que no se ha permitido todavía en Madrid.

En su infancia y adolescencia iba con frecuencia a las sesiones que se organizaban en primavera y verano en una plaza en Asilah, o en Tánger, cuando iba a casa de sus primos, y en la biblioteca de la universidad de Casablanca había visto docenas de películas españolas para aprender el idioma. Pero nunca ha ido al cine desde que ha llegado a Madrid.

¿Qué tiene que decir Amer de que le guste evadirse de este modo? ¿Eso es también *haram*? ¿Pecado?

Se sienta en una butaca de la fila ocho del flanco derecho del cine y ve *La teniente O'Neill*, con Demi Moore, Viggo Mortensen y Jim Caviezel, en la que una mujer consigue ingresar y sobrevivir en una unidad de élite del ejército americano. La ve. Es Pilar, su monitora del gimnasio. Es clavada a Demi Moore, que no solo se parece físicamente a la protagonista, sino también en la actitud: masculina, militar, mandona. El próximo día que la vea se lo dirá. Se queda pensando en ella por primera vez y será de las primeras cosas íntimas que le contará a Pilar: cómo sin saberlo ella, sin sospecharlo siquiera, le ayudó a no pensar en Verónica por unas horas.

La película le gusta, le gusta estar allí aislado, a oscuras, donde nadie lo mira, donde nadie lo puede encontrar, donde no hay un solo marroquí o, por ser más preciso, ningún chico de aspecto marroquí.

De manera que durante los créditos del final de la película se mete en el baño, se sienta en una taza y allí espera hasta el siguiente pase, y reentra en la sala y ocupa de nuevo una butaca en la fila ocho, pero del lado izquierdo, y revé la película y le parece algo distinta, porque una segunda mirada sobre las cosas enriquece la percepción, y eso sucede en todos los paisajes de la vida, sean películas, personas o sermones.

De manera que, cuando sale del cine, son las nueve de la noche; decide irse al gimnasio, le vendrá bien otro rato de evasión, y aunque es domingo y Pilar no trabaja, ya sabe qué rutinas debe cumplir para moldear adecuadamente el torso. Pero cuando entra en la sala de musculación, allí está Pilar, resulta que a veces hace suplencias de fin de semana.

Ismael le cuenta que acaba de ir al cine a ver *La teniente O'Neill* y que la protagonista le ha recordado a ella.

A menudo le dicen que guarda cierto parecido con Demi Moore, reconoce sin rastro de coquetería: militar, recia, sobria.

Aunque está agotado después del larguísimo partido de la mañana, Isma no tiene prisa en irse a casa. Aquella noche de domingo está más de dos horas haciendo ejercicios, atento a la mirada e indicaciones de Pilar, solos en la sala de musculación de Air Sports. Desde algunas máquinas, ve la plaza de Lavapiés, que jamás está completamente desierta.

Asrih, Karim y Ata han acabado de cenar cuando Ismael entra en el piso. Están de charla. Asrih les acaba de explicar la propuesta de Amer para que viajen a la Meca y la negativa de Ismael. Cuando Asrih lo ve entrar, dispara, con una sonrisa edulcorante: «Miradlo, recién duchado... Prefiere estar cachas, prefiere cuidar su cuerpo a cuidar su alma, prefiere mirar el culo de las chavalas». Ismael se acerca a la mesa, obvia el comentario unos instantes, intenta pensar rápido qué decir, cómo justificar que pueda ir al gimnasio y no a la Meca. Para él no existe la disyuntiva, y en ese momento percibe que para Asrih sí, que para Asrih es prioritario ir a la Meca al menos esa vez, una vez, por encima de otras obligaciones contraídas, contractuales. «Mira quién habla, que ni siquiera va al trabajo». Asrih no tiene ahorros, pero buscará la manera de viajar, pedirá unos días de vacaciones en la empresa, aunque sea a destiempo, y si no se los conceden dejará el trabajo y cuando vuelva buscará otro, porque en aquel momento su vida ya no está regida por sus propios intereses, sino por los dictados de Dios, pero Ismael no sabe todavía hasta qué punto.

Hay también en sus palabras un deje de rencor, un deje de envidia, cree Ismael. Una envidia vital, estructural. Ismael está intentando gobernar y dirigir su vida según un plan, según una idea. Con unos costes y quizás incoherencias, o lo que a ojos de Asrih pueden ser incoherencias. Porque Asrih, y los demás, o algunos de los demás, pueden creer que sus respectivas fes son comparables, pero quizás tienen matices.

Ismael salta.

A gritos, le espeta que con un año menos que él en España ya ha montado su negocio, y aunque le cueste, aunque tenga que estar diez horas cada día allí metido, «lo estoy sacando adelante y lo voy a sacar adelante, lo haré rentable y ganaré pasta, me montaré la vida que yo quiero, no la que me dicte nadie, tú no eres quién para darme lecciones, mírate, gilipollas», recuerda que le dice, le dice gilipollas en español, la bronca es grande, la más grande que han tenido, son amigos, «de trabajo en trabajo y ni siquiera vas, ni siquiera cumples con tu contrato, con tu palabra, yo al menos puedo estar orgulloso, no dejo a nadie tirado, aunque sean unos putos españoles que te explotan, yo al menos tengo dignidad, cumplo, tú a mí no me das lecciones, vago, fumeta, yo ni quiero ni necesito que Amer me pague el viaje, si un día quiero hacer el Hajj me lo pago yo, de mi bolsillo, es muy fácil si el bolsillo es de otro».

Ismael está cerca de darle un bofetón y se contiene, le queda un uno por ciento de sangre fría para no dárselo, solo le pincha en el pecho con un dedo, encima del pezón izquierdo, le aprieta con la yema, fuerte, Asrih ni se mueve ni se queja, hasta que dice, y se arrepiente de inmediato:

—El problema es esa zorra.

Ismael lo empuja con las dos manos, Asrih se tambalea en la silla, pero Karim ya se ha levantado y contiene a Ismael.

Asrih ni siquiera se ha defendido, ni se aparta, sabe o Ismael cree que sabe que se ha equivocado. Amigos de tantos años, de tantos contratiempos, en España ambos son moros, putos moros, si dejan de tenerse, qué. Está triste y amargado, pero Asrih tiene razón: el problema es Verónica.

Al día siguiente, Ismael está de nuevo dos horas en el gimnasio, obedeciendo a Pilar. Es su manera de responder a Asrih. No sabe nada de Verónica.

—Sí, mi teniente —empieza a decirle, riendo, podría decir que feliz, cuando le ordena «¡arriba!» una pesa de veinte kilos.

Cuando llega a casa aquella noche, sobre el mármol de la cocina hay un sobre con su nombre. Dentro, un billete de avión Madrid-Ammán-Yedda con sus datos. ¿Una manera de pedir disculpas? No piensa ir. No irá. Que se lo meta por el culo, en canutillo. Lo deja sobre la cama de Asrih. Todavía ignora de dónde su amigo saca el dinero.

29

La estación de metro más cercana a INGESA era la de Cuatro Caminos, y tenía línea directa desde la de Tirso de Molina, muy cerca del despacho de Sara. Anoto este detalle menor para explicar que me autoengañé, con plena consciencia, con un argumento totalmente falso, infantil, absurdo, que me sirvió, tantos días después, para volver a coger el metro: pensé o quise pensar que, si aquella línea llevaba al lugar donde uno (o varios) de los terroristas tenía intereses (la inmobiliaria que gestionaba el patrimonio de al menos uno de ellos), había menos posibilidades de que quisieran hacer volar aquella línea; es decir, si aquella línea llevaba al lugar donde al menos el propietario (Needl) y quizás alguno de los miembros del comando (quien se la hubiera alquilado, si es que se la habían alquilado) iban al menos esporádicamente, era estadísticamente improbable que la atacaran. O, dicho o pensado de otro modo: si yo tuviera que hacer estallar un convoy del metro lo haría en aquel que más alejado estuviera de las rutas que utilizan o pueden utilizar mis allegados. Era absurdo, es tan absurdo que me avergüenza contarlo, pero lo hago en honor a la verdad de aquellos días y para establecer cómo alguien, yo en este caso, adopta ciertos mecanismos para volver a la normalidad, después de haber visto los vagones explotados y los cadáveres esparcidos en la ferralla.

De manera que entré en la estación de Tirso de Molina tratando de no pensar que al menos una parte del comando seguía activa, tratando de no pensar que habían anunciado que proseguirían las acciones (también habían dicho lo contrario, pero eso no me calmaba), sino pensando que no eran muchas paradas, apenas siete, y entré en el vagón central pensando, como pienso siempre desde entonces, si, en caso de que explote una bomba y no me alcance directamente, en el convoy es mejor ir en cabeza, en medio o en la cola.

Observé con detenimiento, uno por uno, al resto de los pasajeros, ninguno me pareció sospechoso, tampoco había ninguna bolsa de viaje huérfana debajo de un asiento. El convoy no explotó.

Salí aliviado en Cuatro Caminos por el acceso que daba directamente a la calle Almansa, caminé unos diez minutos por el lado de los pares hasta que llegué a INGESA. Acababan de cerrar, hacía apenas diez o doce minutos que habían cerrado, pero en el escaparate pude ver varias viviendas que solo me parecían indicios. Chalets en la sierra de Guadarrama, aislados, con grandes puertas de enormes aparcamientos donde se podían montar bombas con total discreción; casas de campo en Toledo, en la comarca de la Sierra Oeste o en la de la Cuenca del Guadarrama; algunos pisos en pueblos de los que jamás había oído hablar, de nombres antiguos: Mingorrubio, La Berzosa, Valdemorillo.

Mientras volvía a la redacción llamé a Barcelona. Le expliqué a Uría lo que había descubierto, y estuvo de acuerdo en que no era suficientemente sólido como para publicarlo. Posiblemente algún otro medio se habría aventurado a contar la historia de la casa y la coincidencia del municipio; en caso de error, te confías al paso de los días y la celeridad de la vida. En caso de acierto, te vanaglorias y lo subrayas durante una semana: «Como ya informó en exclusiva *La Vanguardia* el día tal». En este caso la habríamos clavado.

Al día siguiente estaba a las nueve de la mañana desayunando cerca de la Audiencia.

Iba a ser un día intenso, es absurdo que lo reitere, porque todos lo eran. Íbamos a saber los nombres de los sospechosos principales.

A veces, y así ocurrió aquel día, sin entender por qué, sabías que algo estaba informativamente a punto de explotar en la Audiencia Nacional. Quizás había un trasiego acelerado de funcionarios, o de fiscales, o una energía electrostática flotante, que denunciaba ese exceso de movimiento, o había una tensión específica en sus rostros, o la crispación compactada de toda una noche en vela de los mencionados. Hasta que alguno de los veteranos —A. A., Blanca, Javier— lograba que alguien le contara que algo iba a pasar o justamente lo que iba a pasar. Aquel día fue a ultimísima hora, pasadas las tres de la tarde, y esperamos todos porque Javier supo a media mañana que nos iban a dar nombres, LOS nombres, y la pólvora fue extendiéndose, aunque no sea la mejor de las metáforas, y el número de periodistas no hizo más que aumentar. Yo avisé a Aritz, a Ainara y a Amaia, que aquel día no habían venido.

Quizás alertado por cómo había sido gestionado el anterior auto que nos había facilitado, el Juzgado de Instrucción Nº 2 preparó aquel día una cincuentena de copias, todas perfectamente grapadas, de un documento en el que decretaba seis órdenes internacionales de busca y captura para otros tantos hombres. Más allá de las sospechas que pudiera haber sobre Zougam, Bekkali, Chaoui o Bakh, aquellos seis eran con toda seguridad los máximos responsables de la matanza; presuntos, por supuesto.

Eran cinco marroquíes y un tunecino, y si el juzgado facilitó tantos detalles —fotografías incluidas— fue porque pensaba en la inminencia de un nuevo ataque, porque pensaba en la posibilidad de que hubieran huido al extranjero y porque, si no habían huido, había que confiar en que alguien reconociera a uno de ellos por la calle o en alguna comarca soleada de la periferia.

Se llamaban Jamal Ahmidan, Serhane Ben Abdelmajid Fakhet, Rachid Oulad Akcha, Mohamed Oulad Akcha, Abdennabi Kounjaa y Said Berraj.

Las imágenes habían sido facilitadas por los servicios secretos marroquíes.

Dos de los apellidos —Ahmidan y Oulad— coincidían con los de tipos que habían declarado en la Audiencia los días previos, aunque los nombres habían ido trascendiendo con cuentagotas; uno de ellos, Hamid Ahmidan, era un narcotraficante de poca monta en cuyo domicilio se habían encontrado partidas de hachís y de pastillas. El ministro Acebes, en una comparecencia para dar cuenta de su detención, había sostenido que varios de los hasta entonces arrestados carecían de cualquier vinculación con el islamismo radical. Al parecer habían sido reclutados para algunas funciones preparatorias del atentado entre la delincuencia común. Su proceso de radicalización había sido «corto pero muy intenso», dijo el ministro, que estaba en funciones; el PSOE estaba todavía formando su gabinete.

Las investigaciones indicaban que cuatro de los detenidos hasta el momento, Jamal Zougam, Mohamed Chaoui, Abderrahim Bakh y Basel Ghalyoun (los dos últimos detenidos más recientemente), habían sido identificados por varios pasajeros como algunos de quienes habían dejado bolsas con bombas en los trenes.

La madre y las hermanas de Zougam y Chaoui, que eran hermanastros, habían jurado ante el juez, según habíamos sabido, que el día 11 de marzo a las ocho de la mañana aquellos dos dormían en su casa, y que hasta habían desayunado todos juntos. Bekkali había desaparecido de aquellas quinielas macabras. Tampoco estaban sus huellas (ni las de Chaoui) en la casa de Morata de Tajuña, y parecía que la losa que lo aplastaba se estaba erosionando. Y ahora, además, tenía seis nombres, los nombres de los supuestos líderes de la célula. Los escribí en un SMS y se lo envié a Pilar: *nuevos detenidos*. No contestó, no contestaría hasta un día más tarde, y me inquietó que ya no tuviera prisa, o hasta que estuviera encubriendo algo, incluso que ella pudiera tener algo que ver, que —quién sabía— hasta fuera una conversa, como lo eran las mujeres de algunos detenidos en operaciones antislamistas anteriores. Todas las opciones pasaron por mi cabeza.

De las investigaciones de los últimos días había trascendido también que el comprador de la tarjeta de móvil de la bomba número 13, la que no había explotado, había sido también quien había adquirido una cinta de vídeo «de similares características» a la que había sido grabada con un mensaje del comando, y que había aparecido en una papelera cerca de la mezquita de la M-30, la víspera de las elecciones. No había certeza de que fuera la misma cinta, pero era «de similares características», con lo que la policía trataba de bajarles el suflé a aquellos que seguían manteniendo la posibilidad de que ETA hubiera intervenido. Por aquellos días la confusión era grande todavía; con las semanas y los meses la confusión devino en un delirio, y fue un delirio efectivo. Años más tarde di durante varios cursos seguidos unos módulos de periodismo de investigación en una universidad, y cada año pregunté a los estudiantes por el 11-M: muchos siguen dudando si ETA tuvo algo que ver.

En una de aquellas exposiciones ante la prensa de los días previos, Acebes había dicho que se sospechaba que el organizador del atentado había sido el Grupo Islámico Combatiente Marroquí, el GICM, al que además se había vinculado a Zougam, y que una de las dudas ahora era averiguar quién había podido ser el autor intelectual y quién había podido ser el impulsor dogmático.

Y en última instancia, pensaba yo, que contaran el porqué.

Quizás estas figuras estaban entre los seis que ahora buscaba la policía.

Pilar no había contestado a mi SMS. La llamé, pero el timbre sonó y sonó. No insistí.

30

A inicios del verano de 1999, Ismael alquila un piso para él solo. No sirve de nada: de nada de lo que él esperaba. Lo hace cuando Asrih, Karim y Ata se van a trabajar a Barcelona, pero las habitaciones y la sala serán progresiva e implacablemente ocupadas por Yusuf Baz y «una peña» que a Ismael no le parece en absoluto de fiar. Como el mismo Yusuf.

Pero vamos un par de meses atrás, a marzo de 1999. Asrih regresa por entonces de su peregrinación a la Meca. Preveía un viaje de diez o doce días —demasiados en cualquier caso para Ismael—, pero es que Asrih está cien. Cinco o seis meses. El negocio está en pleno crecimiento, y si Ismael no trabaja *a full* no llega a pagar el alquiler del local, la inversión que tiene a medias con Imad y su parte del piso; aunque sospecha que si hubiera hecho el Hajj, Imad no le habría reclamado el retorno mensual.

Asrih regresa por sorpresa. Un mediodía que Ismael, Karim y Ata coinciden comiendo en el piso escuchan sorprendidos que una llave entra por el ojo de la cerradura. Ruido de metal. Se miran.

Karim dice «no sé».

Sus cubiertos se quedan suspendidos en el aire, un trasiego entra por el pasillo:

—¡Asrih!

Viste una chaqueta militar, lleva un gran macuto a la espalda. Sonríe leve, cansinamente.

Está mucho más moreno, mucho más flaco, la expresión facial se le ha endurecido, Ismael diría que parece haber envejecido. Sus párpados parecen estar solo a medio abrir.

Karim se levanta y lo abraza antes de que haya dejado el macuto en el suelo. Ismael se une. Asrih los mantiene deliberadamente más tiempo contra sí, le parece a Ismael, Ismael piensa o interpreta que le está perdonando sus desencuentros, su rechazo a viajar junto a él. Nuestra amistad, dice aquel abrazo, está por encima de las rencillas, por encima de un billete de avión desperdiciado. Deja el bulto en el suelo. Parece pesar un quintal.

—Dios me ha devuelto a casa.

—¿Qué llevas ahí? Pesa un huevo. —«Huevo», en español, Ismael lo dice en español, sopesando el petate.

—Ropa, libros y películas. —Sin más detalles.

Ismael sabrá más tarde que las «películas» son en realidad las filmaciones de lo que ha vivido en Afganistán. Porque ha estado en la Meca, naturalmente, pero ha aprovechado para viajar a Afganistán. Ismael todo esto lo sabrá más tarde, en aquel momento lo que le impresiona es la vejez repentina de su amigo, que todavía no da detalles de su periplo.

Con los ojos encendidos, lacrimosos casi, y con unas palabras que no parecen salir de su boca, Asrih describe cómo ha sido el Hajj, la llegada a la Meca: miles de personas alrededor de la Kaaba, aquella corriente de fe, toda junta, como una energía sólida, maravillosa, un éxtasis colectivo, como si fueran un cemento humano, una sensación de pertenencia y hermandad y al mismo tiempo una sensación de individualidad completa, de haber llegado a una cumbre, un punto del horizonte, la sensación de que, a partir de ahí, dice, no le importa morir, puede morir, está preparado para morir, ha vivido lo suficiente y lo mejor casi es morir, puro, sano, completo, limpio. Asrih habla como un iluminado, o parece repetir palabras que alguien le ha dicho, no es su manera de hablar. Ismael se asusta. Ismael cree que exagera. Que aquel tono de gurú es solo para refregarle por las narices todo lo que se ha perdido por no haberle acompañado. Viene a refregarle lo impuro, enfermo, yermo y sucio que él sigue estando, Ismael siente que le está señalando, porque a diferencia de sus compañeros de piso tiene una novia o seminovia española y va al gimnasio.

Ismael no sabe si a Asrih le pesan más los motivos religiosos (que Vero no sea musulmana) o le pesa más la envidia (si la habría querido para él). Por entonces, Ismael todavía considera o quiere considerar que Vero es su novia. No sabe darle otra categoría.

Pero tiene algunas dudas: quizás debería haberlo acompañado. Asrih no le recrimina que le pagara el billete para nada, eso es cierto, pero aun así se siente mal.

Cuando Karim le pregunta qué ha estado haciendo el resto del tiempo, Asrih solo dice «viajando», y es obvio que no quiere entrar en detalles, porque se levanta de la mesa dejando el plato que le han servido, dice que necesita descansar y hasta la mañana siguiente no sale de la habitación, ni siquiera para ducharse o ir al baño.

El regreso de Asrih incomodará a Ismael. Hasta la fecha, algunos mediodías queda para comer un menú económico o un *shawarma* rápido con Verónica y, si sabe que Karim no va a estar en casa a la hora de comer, el postre puede ser «uno rápido» en aquella cama con fonemas. Ismael preferiría que se vieran por las noches, con calma, que salieran a cenar algo, a tomar una cerveza, y que después se encerraran y pudieran estar un buen rato en la intimidad de su habitación y —por qué no— que ella se quedara a dormir, a dormir abrazados, qué importa que el catre sea estrecho. Pero no. Vero nunca se quedará a dormir, si suben juntos al piso no están nunca más de una hora. Isma nunca acabará de entender aquellas prisas de Verónica, pero menos habría entendido de sí mismo decir que no. De modo que algunos días comen deprisa y lo hacen deprisa, o al revés, y vuelven al trabajo. Eso suele ocurrir cuando ella acude a cubrir alguna convocatoria periodística en el centro de la capital. Raramente lo avisa. A veces se siente un poco a su disposición, pero no habría sido capaz de decir que no.

En los meses previos, cuando Ismael le ha propuesto a Verónica cosas como irse de vacaciones o presentarle a su madre ella ha dicho rotundamente no, y cuando él le ha planteado si lo que quiere es que dejen de verse, también ha dicho no. Verónica ha dicho que quiere ir «con calma», que no quiere que sean nada etiquetable, nada convencional, nada que pueda decirse en una palabra. Quiere «vivir la vida», como si lo que propone Ismael fuera otra cosa.

Por entonces, a inicios del verano de 1999, la empresa de Karim, Asrih y Ata los destina a Barcelona; en la costa catalana hay mucho trabajo, mucha construcción. Se lo comunican a Ismael una noche, mientras cenan. Antes de que él diga que deberá buscar otros inquilinos porque él solo no puede pagar el piso, Asrih dice que no se preocupe por el alquiler, porque él quiere mantener su sitio para cuando viaje a Madrid, que irá de vez en cuando a visitarlo, y también su amigo Yusuf Baz, que vive en Barcelona pero está buscando una habitación más o menos fija o disponible en Madrid, porque «va y viene», viaja mucho, y puede pagarla, ya le ha dicho cuánto cuesta. A Ismael le escama, duda que Asrih vaya a seguir pagando, duda que Yusuf vaya a pagar, porque es justamente para quien Amer le ha pedido hospitalidad. Puede ser una solución, quizás temporal, aunque Ismael no sabe y nunca sabrá de qué cojones vive Yusuf Baz. De qué cojones, piensa en español. Tampoco se explica cómo Asrih puede pagar una parte de un piso en Madrid y otra en Barcelona. ¿La droga? Prefiere no preguntar.

Ismael no lo ve muy claro, pero pronto lo verá clarísimo. Tiene que dejar aquel piso, su propio piso. Porque automáticamente, en cuanto aquel mes de julio Karim, Asrih y Ata se han trasladado a Barcelona, Yusuf Baz convierte aquella vivienda en un refugio particular para sus amigos. Llega con una pequeña bolsa de deporte con sus pertenencias, y un par de días después Ismael se encuentra con que ha instalado en la sala un televisor enorme y un vídeo. Le extraña, porque le parece que los medios de vida de Yusuf Baz son escasos, aunque no tiene la certeza, cuando le ha preguntado a qué se dedica reduce la respuesta a «mis cosillas».

A partir de aquel momento, Yusuf Baz puede pasar una semana entera sin salir de casa.

A menudo, cuando Ismael llega él está con dos o tres chicos más, siempre o casi siempre frente al televisor. A veces están postrados en dirección a la puerta, donde Asrih no llegó a escribir *Mecca*, como en el piso de Casablanca, pero donde Yusuf sí engancha un folio con la palabra.

Yusuf ni siquiera va a la compra. Normalmente traen comida sus amigos, pero otras veces se dirige a Ismael con una mirada profunda, seria, sin ápice de complicidad o empatía o sumisión y anuncia: «Voy a coger algo de tu nevera». Ismael siente pavor de aquel tipo, jamás se atreve a oponerse, tiene una temible capacidad para situarse en preponderancia.

A la semana son cinco; otro día, siete. Algunos duermen allí. Ismael no sabe cómo se meten. Algún día aparece un tipo nuevo que Ismael no vuelve a ver.

Pero estamos aún en 1999, Ismael no tiene noción de que esté ocurriendo nada malo, nada que no sea hospitalidad. Se acerca lo mínimo a ellos, no le dan buen rollo, pero en realidad apenas coincide, porque a la hora de la cena suele ir al gimnasio. Al llegar da las buenas noches, solo a veces le contestan, y se mete en su habitación, donde tiene incluso algunos botes y latas de conserva, y allí come, para evitarlos.

Extranjero en tu propia casa en un país extranjero, así se siente, y por eso buscará un piso para él solo.

Un día llega antes de lo habitual, a la hora de la cena, y descubre qué veían en el televisor Baz y sus amigos. Aquel día no tiene comida en su habitación, o sí la tiene pero no le sale de los cojones cenar como un inmigrante, así que va hasta la nevera, su nevera, subraya, pensando en sentarse en la mesa del comedor y de alguna forma reivindicar el espacio y, cuando sale de la cocina, con la pantalla de frente, descubre con qué se entretienen: vídeos de matanzas en Afganistán. Eso es lo que Ismael ve.

«Las películas que trajo Asrih», le aclara el propio Baz.

Ismael se queda unos minutos atrapado.

Cuando son musulmanes los que mueren en pantalla, acribillados por los rusos, Baz y su coro maldicen a los «hijos de puta» con los dientes apretados, contenidos.

La tele en realidad está a un volumen apenas audible, posiblemente no quieren llamar la atención del vecindario, por mucho que estemos todavía en 1999, mucho antes del 11-S y de todo lo que vendrá después.

En una de las películas, saludando a la cámara dentro de un coche en una calle atestada de tráfico y peatones que puede ser Kabul o Islamabad, aparece alguien que puede ser Asrih; lleva una barba, unas gafas de sol y un pañuelo en la cabeza que llevan a dudar, hasta que habla. Es Asrih.

Dice que es un hombre puro, que ha visto la luz de Alá. No lleva ningún arma, no habla de matar a nadie, quiere subrayar Ismael. Pero es Asrih.

Asrih está en aquella colección de filmaciones y, aunque por entonces ya se ha ido a vivir a Barcelona, Ismael no quiere ninguna clase de implicación o vínculo con todo aquello. Insiste en que aquello todavía es una guerra contra los rusos, no es terrorismo todavía, pero aun así él promete que se siente muy alejado de aquellas maneras de entender la vida.

Ismael ignora si en aquellas cintas aparece Osama Bin Laden. Es posible, muy posible; de hecho, Bin Laden aparece en las películas de su tío que él mismo ha custodiado en un cajón del locutorio. Pero es 1999, y Bin Laden todavía no es el demonio. Lucha, como Estados Unidos, contra los rusos. Aunque él lo haga por el islam y ellos contra el comunismo.

Ismael deja aquel piso. Ninguno de los chavales es mala gente, y además obedecen sumisamente a Yusuf, pero Ismael no quiere otro piso de estudiantes. En aquellas condiciones ni siquiera puede ir allí un mediodía con Verónica. Intuye que si la lleva y ella ve a aquella *troupe*, no vuelve.

Siente una cierta contradicción, siente que trata de aprovecharla: su piso ha acabado lleno de gente, en parte porque él mismo lo ha tolerado, en parte para cumplir con su «obligación» como buen musulmán de dar cobijo a quien lo pide o está de paso. Ahora que ha cumplido, espera que Amer le dé su bendición para cambiar de hogar y, si puede, traspasarle a Yusuf el alquiler.

Un viernes, al final de los rezos, Ismael se dirige al despacho de Amer.

¿Hasta qué punto tiene él la obligación, la responsabilidad de mantener y pagar aquel piso del que prácticamente se siente expulsado? A todas horas hay alguien, generalmente mirando la televisión. Con toda la intención, Ismael no pronuncia la palabra vídeos ni detalla el contenido. Cree que Amer le dará la razón si entiende que sus inquilinos ven programas de mierda, de variedades, tetas, *haram*. Pero Amer vuelve a torcer el gesto y le contesta con una pregunta:

—Y tú, ¿qué estás haciendo por nuestros hermanos?

Amer dice que tiene asuntos que atender, sale del despacho delante de él y, sin decir más, se dirige hacia la salida.

Ismael recuerda la ambigua sensación, el estar a punto de la ruptura con aquel hombre, aquellos hombres, aquella «fe al unísono», aquella «energía sólida maravillosa», aquel «cemento humano». No siente de ninguna de las maneras que haya «llegado a una cumbre, un punto del horizonte», no se siente ni a media ladera, mucho menos siente que «a partir de ahí no le importa morir, puede morir, está preparado para morir, ha vivido lo suficiente y lo mejor casi es morir, puro, sano, completo, limpio»: al contrario. Sin sentirse impuro, enfermo, yermo y sucio, lo que él precisamente no quiere es morir: ni de asco ni de ruina ni de amor ni armado.

Aun con la reprimenda encubierta de Amer, empieza a buscar piso. En el mismo barrio. Elige pronto uno en la calle del 26 de junio, número 10, tres calles más arriba del gimnasio, a apenas cinco o seis minutos del locutorio.

Una habitación, una cocina donde cabe una mesa pequeña, una sala que no está mal. Más pequeño, más barato. Si ajusta por todos lados, puede permitírselo. Está decidido a potenciar en el negocio la parte de asesoría jurídica. Hasta ahora son consejos que da, gratis, cuando alguien viene a llamar o comprar un móvil. Imad le ha ido enviando puntualmente a algunas personas, que sobre todo necesitan ayuda con el papeleo para la creación de empresas, la contratación de empleados, las gestiones con el IVA o el papeleo mercantil, pero han sido muy pocas.

Una noche le comunica a Yusuf Baz que deja el piso, que si le interesa se lo traspasa. Dice que no. Que buscará otro lugar. Está contrariado. A la noche siguiente, Baz y toda su *troupe* ya no están en casa, ni sus enseres ni el televisor ni el vídeo.

Aquel piso, en todo caso, es demasiado grande, y ha tomado la decisión, y tiene la ilusión, de tener uno para él solo. Piensa de nuevo que un piso para él solo es una inversión en su futuro.

Una noche cierra el locutorio dejando un rótulo: «Este martes por la mañana cerrado». Va a Ikea. Le sorprende lo lleno que está en día laborable. Encuentra un catálogo, se sienta en un rincón, trae el piso medido en un folio. Quiere una cama amplia y silenciosa. Elige la segunda más barata, un colchón barato, añade dos almohadas, dos fundas de edredón, un edredón, dos vasos, dos platos y dos juegos de cubiertos y un radiodespertador. Para una mesa y dos sillas no le alcanza.

Verónica no sabe nada. Ismael está convencido de que «va a flipar». Está emocionado. Piensa que quizás con aquel ajuar de Ikea «vivir la vida» sí que será con él. Se llevará una de las decepciones de su vida.

No le cuenta nada. No la llama, deja que el azar relativo que reina entre ellos los reúna. Un mediodía aparece en el locutorio, como en otras ocasiones, debe hacer diez o doce días que no se ven. Ismael sonríe y no disimula su prisa por cerrar el locutorio, por invitarla a un *shawarma* «para llevar», la hace callar cuando ella le dice «menos prisa, que tengo la regla», «dónde me llevas», duda cuando él toma una calle distinta. Está contrariada, la periodista no soporta saber menos, ella siempre lo sabe todo antes que nadie.

Entran en la finca, Ismael sube por delante de Verónica los tres pisos. Cuando entran y comprende, su diagnóstico es:

—El otro era mucho más grande, ¿no?

Ismael quiere pensar que solo está malhumorada por las hormonas.

Porque añade:

—¿Para ti solo?

Comen de pie, recostados contra el mármol de la cocina, le cuenta que todavía no ha podido comprar una mesa y unas sillas, pero que lo hará inmediatamente para que puedan hacer «cenitas», si ella quiere. Aquel día respeta los ritmos de su biología, cree que no puede ser de otra manera.

Cuando van a salir del piso, Ismael descuelga de un clavo detrás de la puerta una arandela con dos llaves:

—Para ti.

—¿Cómo?

—Para ti —repite.

—Uy. Ni de coña —repudia ella, mientras empieza a bajar las escaleras.

En la calle, le dice a Ismael que se lo tiene que pensar bien, que aquello está yendo demasiado deprisa para sus ritmos, para sus necesidades, que quizás él espera de ella cosas que no está dispuesta a darle todavía, «todavía», entreabre, o entrecierra, y que necesita un tiempo para pensarlo, que mejor que no se vean en unos días. En lo alto de las escaleras del metro, ella ha empezado a bajar, le coge la mano, se la agita como si fuera su bebé, su niño, y le promete que lo llamará, pero Ismael sabe que nunca lo hará, que se ha cansado, que tienen planes e ideas divergentes.

La observa, arruinado, mientras se la tragan las entrañas de Madrid.

Nunca lo hará: no la vuelve a ver.

Con los días y el silencio de Verónica percibe que la soledad del piso no va a ser un arma a favor. Tanto que la ha ansiado, ahora comienza a sentir que casi prefería el guirigay de compatriotas. El ruido como suplente del calor. Su vida se ha detenido bruscamente. Siente, de algún modo, que aquel canal de conexión con gente de Madrid que ha sido Verónica se ha cerrado. Es verdad que casi siempre se veían a solas, pero Ismael confiaba en que, si la relación se solidificaba, él se acabaría integrando en la vida de Verónica, en su familia, sus primos, iría con ella a Galicia… De golpe, y a consecuencia de sus prisas entregándole unas llaves, gesto que él solo considera generosidad, transparencia, «puedes venir cuando quieras», pero no obligación ni compromiso, Verónica se esfuma. Sabe que de este modo se corta también el cable con su hermana. Sin ella, le será más difícil establecer vínculos con alguien que no sea un similar.

Después de la ruptura, Salma se mostrará fría con él; evita empatizar, preguntarle, no quiere que le cuente su pena y su soledad y verse de nuevo en la obligación de salir juntos, de reintegrarlo de algún modo: el mundo exterior de su hermana siguen siendo las amigas de la academia de danza, Vero entre ellas. Ismael también atribuye la frialdad de Salma a otro factor: qué versión de Ismael como pareja habrá dado Verónica. Conociéndola, seguro que echa pestes. Su hermana, tan independiente, parece estar de parte de su amiga. Qué habrá hecho mal, según sus baremos. Salma tendrá con él una actitud poco amistosa, irritada a veces. Él, desde luego, nunca le vuelve a sugerir que salgan juntos. Tiene su orgullo. Pero eso no evita que se sienta como una mierda. No ha llorado: esa tía «es subnormal», pensará.

Vuelve a su rutina: trabajar, trabajar, trabajar. Los domingos, partido. Ahora ya no están Asrih, Karim y Ata, ahora los putos moros con los que juega no son siquiera sus amigos. De casa al locutorio y viceversa; algunos días llama a su hermano, que ahora estudia ciencias químicas en Rabat. Algún día va al gimnasio, pero menos. Se había inscrito por Verónica, para ganar musculatura en el torso y en los brazos, y dejar de ir es una manera de contradecirla, aunque solo él lo sepa y solo a él lo aplaque. Pero después de diez horas trabajando, la fuerza de voluntad que le insuflaba pensar en Verónica rozándole el torso desaparece. La monitora, Pilar, se percata de su pérdida de interés. Cuando lo ve, le amenaza:

—Te voy a crujir, Feres. —«*Cruhí, Fereh*». Ismael cree que Pilar es andaluza.

A Ismael le divierte que lo llame por el apellido. Pero va apenas un par o tres veces al mes. Y no siempre está Pilar.

El orgullo ayuda a Ismael a superar el recuerdo de Verónica: intentará convencerse, en los meses posteriores, de que prefiere la soledad a la relación que ha tenido con ella, el estar siempre a disposición. Le cuesta muchos meses superar el trance, porque es en plural. Los trances. Verónica se había convertido en su vía vital, en su manera de dejar de ser un emigrante, él así lo ve, como una vía de conexión con su tierra de acogida, como la otra parte de un imán.

Clac. Ahora necesita un purgado, un *reset*. Necesita analizar si ha emigrado a España para llevar aquella vida, aquel negocio, para tener aquella deuda, para haber desperdiciado sus estudios, para vivir en lo que él siente como implacable soledad, para que su sexo sea en vídeo. Si no estaría mejor en Asilah o en Rabat o en Tánger con su hermano. El rencor contra Verónica irá ganando peso en su conciencia, en su memoria.

Por contra, o quizás en consecuencia, de nuevo su asistencia a la mezquita vuelve a ser más regular. Es un refugio. Acude todos los viernes y todos los domingos, aleatoriamente martes, lunes, jueves. Juega a fútbol los domingos, a veces partidos de dos horas, no tiene nada mejor que hacer, la soledad del piso es hiriente. Algún domingo por la tarde, si juega el Madrid, va al Bernabéu: pero a la entrada, a ver cómo engulle o escupe el río de gente.

A Amer no se le pasa por alto esta ira acumulada. A Amer pocas cosas se le pasan por alto.

Uno de esos domingos, después de las oraciones, Ismael está esperando a la entrada del recinto a que lleguen todos los jugadores antes de trasladarse, paseando, hasta el campo de fútbol. Amer —que mantiene sus ocupaciones en la mezquita, a diferencia de otros hombres que ya no la frecuentan— se le acerca y lo saluda afectuosamente, con todo el cariño y una amplia sonrisa le pregunta por el negocio, por su tío Farid, por su primo Wahed, «todos bien, gracias a Dios», por su piso nuevo. Como si nada hubiera ocurrido. Como si la vez anterior no se hubiera enojado ostensiblemente al cuestionar Ismael su obligación de alojar gente de paso. No solo sabe que ha dejado el anterior, sabe también que tiene uno nuevo en el que vive solo. Ahora celebra que esté más tranquilo, que se haya independizado del todo, que el negocio funcione lo suficientemente bien como para abordar un alquiler en solitario.

Está extrañamente afable. A Ismael lo desconciertan esos cambios de actitud; luego pensará que son deliberados, que tenían por objeto despistarlo y dominarlo, tenerlo a disposición. Quizás, llega a pensar, Amer sabe que Ismael ya no está con Vero y que eso facilitará que pueda albergar amigos por una noche o por periodos cortos. Amer es único descubriendo de dónde puede sacar provecho.

Pero es sibilino, porque en ocasiones algún cliente del locutorio que se queda de cháchara le explica planes organizados por Amer a los que Ismael no está invitado; quizás Ismael es malpensado, pero aquello es así, se entera de que algunos fines de semana se reúnen en el río Alberche o en los alrededores del pantano sin avisarlo, o que a veces acuden a una casa que un amigo de Amer tiene en las afueras de Madrid, en Morata de Tajuña, por el sur de Madrid, y allí hacen barbacoas, o matan un cordero. Por eso, algunos domingos de finales de 1999 los partidos son solo de ocho contra ocho o contra siete, porque algunos de los chicos se han ido a una fiesta en Morata. Más adelante Ismael será también invitado allí, pero pasa una temporada en que Amer se limita a ser amable con él, a nada más, nunca lo invita a sumarse. De modo que Ismael teme verse aislado también de ese mundo, que sí que es el suyo.

31

Había estado en Morata de Tajuña, había recorrido Lavapiés, iba tratando de conocer quiénes eran, dónde habían vivido, dónde se habían ocultado. Quería ir al pantano.

La secretaria de la redacción tenía localizadas varias agencias de alquiler de coches. Llamé a la que estaba más cerca de mi casa y reservé un coche para la mañana siguiente. Podía recogerlo a las 06.30. Quería ir a aquel pantano, aunque no sabía si aquello me serviría estrictamente para alguna pieza próxima, en parte porque había sido El Magdy quien me había contado que se reunían allí y tenía un deber con su *off the record*. Pero también me lo podía haber contado una fuente policial, eso le podía decir a El Magdy, y era perfectamente plausible. Quería, en todo caso, conocer sus escenarios, colocar sus rostros, los había visto en las imágenes de la policía, en los lugares en que habían vivido, donde habían intimado, donde posiblemente se habían imbuido de la convicción.

En la agencia pedí un mapa de la Comunidad de Madrid y busqué el río Alberche hasta su desembocadura en un pantano. Allí estaba. San Juan. Tuve miedo, una vez más.

La localidad más cercana era San Martín de Valdeiglesias. La toponimia alrededor, deliciosa: Muñogalindo, Amavida, Solosancho, Burgohondo, Ramacastañas, Lanzahita. Anoté en un papel cómo llegar a San Martín. Debía de haber unos ochenta kilómetros. Tardé una hora y un minuto exacto desde la ronda de Atocha.

El pueblo, dominado por un imponente castillo, era mucho mayor y estaba más animado de lo que había imaginado. Había rótulos que decían «Playa de la Virgen de la Nueva», supuse que era una de las playas del pantano, las que quería visitar, pero dejé el coche en un lugar que me pareció céntrico y seguí las indicaciones hacia la oficina de turismo. Estaba en los bajos del castillo, justamente.

Había un par o tres personas por delante de mí. Mientras esperaba, cogí un folleto: «El embalse de San Juan se encuentra situado en los términos municipales de San Martín de Valdeiglesias y Pelayos de la Presa, en el extremo suroccidental de la Comunidad de Madrid. Está alimentado por el río Alberche, afluente por la derecha del Tajo. A este pantano también contribuye el río Cofio. El embalse es muy popular entre la población de la comunidad de Madrid, donde se conoce como "la playa", dado que cuenta con casi tres kilómetros lineales de arena».

Me atendió una chica de gafas metálicas, cabello moreno medio rizado, vestía un forro polar con un castillo muy esquemático bordado en el pecho. Me explicó que había varios centenares de metros de playas, aunque el agua, que baja de la sierra de Gredos, estaba ahora a unos dieciséis grados, demasiado fría para el baño. Pero por los alrededores había infinidad de caminos y zonas más alejadas y tranquilas, había zonas de acampada, zonas de barbacoa, alquiler de kayaks, de barcas, de motos de agua, en verano había campeonatos de natación, travesías a nado de punta a punta, había un club náutico… Me parecía que aquel no era el entorno más adecuado para que un grupo de radicales organizara sus sesiones doctrinales, pero era la referencia que me había dado El Magdy. Quería saber cómo habían sido sus vidas antes de 2004, y me parecía importante —repito— estar, ver y oler antes de describir sus escenarios.

Me indicó cómo llegar desde donde tenía el coche y en pocos minutos a los límites del pantano. Eran poco más de cuatro kilómetros.

El nivel del agua dejaba entrever los restos de un puente quizás medieval, que debió ser precioso, y de lo que parecía una iglesia.

Una ermita de nueva planta, de paredes blancas montadas sobre un zócalo de piedra, había sustituido a la antigua. Un panel señalaba rutas de senderismo, una zona de escalada, las zonas de baño. Eran playas de tierra dura. Una línea perfectamente horizontal decretaba dónde acababa la vegetación. El agua estaba unos siete metros por debajo. El pantano era allí bastante estrecho, la cabecera no estaba lejos, hacia mi izquierda. Había algunas pocas personas esparcidas por la orilla, gente mayor, jubilados, un bote a remos surcaba el pantano. A lo lejos se veía un muelle rudimentario, una lengua de tablones sobre sendas hileras de bidones industriales, flotantes, subían y bajaban según el nivel del agua. Al final del muelle, un rótulo azul afirmaba, sin cinismo: «Club Náutico».

Volví al coche y conduje por un vial que había visto, más o menos en paralelo al pantano, hacia la cola, hacia donde el Alberche arrojaba sus aguas. Había algunas casas y algunos desvíos hacia zonas que parecían urbanizadas, pero me dirigí siempre lo más cerca que pude del embalse. El vial dejó de estar asfaltado. Dos o tres kilómetros más adelante, conduciendo con cuidado para evitar un pinchazo o que una piedra me reventara los bajos del coche, llegué a un puente que saltaba el río. Por allí ya no había casas.

Dejé el coche en un margen del bosque y, al azar, entré por un camino en dirección contraria al pantano. Era ancho pero pedregoso, con claros esporádicos a lado y lado, con algunos restos viejos de fogatas, algunos plásticos cazados en los espinos, algunos senderos llevaban hacia zonas más profundas del bosque.

Hacía sol y fresco, y yo tenía un punto de inquietud. Quizás era allí donde el comando había llegado a la convicción.

Entré por uno de aquellos pasillos entre la maleza, porque, si habían estado por la zona, con toda seguridad habían buscado los rincones; hasta que llegué a un nuevo claro, debía tener unos quince metros de diámetro, el lugar era ideal para acampar con discreción. El río no estaba lejos, pero allí nadie podía verte o escucharte.

La hierba estaba aplastada en dos rectángulos, y en una zona pelada había un cerco de rocas y restos de un fuego; me pareció un riesgo enorme encenderlo allí si el bosque estaba seco.

No había ni un papel en el suelo, pero un punto de aroma a plástico quemado parecía denotar que habían incinerado los restos.

De repente tuve suficiente. Tuve pavor. Caí en la cuenta, o tuve la visión luminosa, recordé en suma que aún andaban sueltos, que una parte del comando seguía activa: podían estar perfectamente por allí, simulando ser campistas. Imaginé que surgían de los matorrales, que me tomaban por policía, que los descubría engrasando sus fusiles y no tenían más remedio que liquidarme, que me pelaban por fisgón.

Deshice el sendero hasta el camino, deshice el camino hasta el coche, deshice la ruta hasta el pueblo, deshice del tirón la ruta hasta la ronda de Atocha. Dejé el vehículo, salí de la agencia y cogí un taxi hasta la redacción, y allí me sentí finalmente a salvo.

32

En aquella época ocurre algo que asusta de verdad a Ismael. Mucho más que los vídeos de Afganistán.

Un lunes, cuando entra en el local —serían las nueve de la mañana como habitualmente—, enciende las luces, conecta el ordenador, guarda su fiambrera con la comida en el cajón, barre con esmero todo el local y, cuando va a instalarse tras el mostrador, observa que en la bandeja de la fotocopiadora e impresora ha entrado un fax; en aquel momento el fax es todavía un sistema habitual para el envío de documentos. Lo recoge, lee el encabezado. No lleva destinatario. Quizás iba dirigido a alguno de los últimos clientes del sábado y olvidó llevárselo, pero ciertamente en ese momento no recuerda que nadie estuviera esperando un fax.

El documento, solo un folio, va encabezado por una palabra: «*INSTRUCTIONS*». En mayúsculas. Es obvio para qué.

Explica cómo se fabrica una bomba con un teléfono móvil. Explica por dónde hay que horadarlo, por qué dos sitios, cómo hay que introducir sendos cables por los orificios, cómo hay que soldar sus extremos al *diplexer* y al electrodo que genera la vibración, cómo se pueden soldar con seguridad para que el contacto sea *100 % efective*. En la parte inferior, el fax muestra una fotografía del dorso de un teléfono móvil abierto y sendas flechas dibujadas a mano junto a las palabras «*diplexer*» y «*vibrator*». También a mano, junto a la imagen del móvil, dice «*very important: Mitsubishi Trium*».

Ismael tiembla: él vende aquella marca. Piensa que venderla lo convierte en sospechoso. «Qué hago». ¿Y qué hace Ismael? Nada. Meterlo en un cajón por si alguien lo reclama e intentar olvidarlo. Claro que piensa en destruirlo de inmediato, pero también piensa en esperar a que alguien lo reclame, tiene una suerte de morbo por saber quién de sus clientes o vecinos ha recibido unas instrucciones para fabricar una bomba; y entonces lo asalta la gran duda: ¿qué hace con quien acuda a reclamar el fax? ¿Lo denuncia? ¿Le pide que espere cinco minutitos, mientras llega la policía? ¿Y si es un conocido? ¿Y si es Asrih, o su tío, quien lo esperaba? *Instructions for*? *Where*? *When*? ¿Es una trampa, un error, un descuido?

No le gusta que haya llegado a su locutorio, solo aquel hecho puede vincularlo de modo irremediable, llega a pensar, aunque no sea responsable de lo que envíen sus clientes.

También llega a pensar que es una trampa de la policía. Aunque todavía faltan un par de años para el 11-S, por aquella época Al Qaeda ya está en los radares policiales, la organización ya está por entonces hablando de al-Ándalus como territorio a recuperar, y con toda seguridad los servicios policiales y de espionaje están abriendo una nueva carpeta. Amer, de hecho, ya ha tomado ciertas precauciones cuando han ido al pantano, piensa Ismael; de hecho, Amer nunca dice «España», dice siempre «al-Ándalus». Se pregunta qué quiere decir exactamente Amer cuando los insta a «hacer algo por el islam». Pero: ¿es denunciable que Amer los inste a «hacer algo por el islam»? Ismael es abogado: desde luego que no.

Ismael también piensa en deshacerse de los Mitsubishi Trium, y acto seguido se recrimina a sí mismo lo absurdo de la idea. ¿Por qué no ha de tenerlos? ¿Acaso es culpa del fabricante o del vendedor que los terroristas los empleen para fabricar bombas? Es absurdo, pero Ismael no puede evitar esa sucesión de alternativas para protegerse. Llega aún más lejos, una burbuja de convencimiento emerge desde el fondo de su conciencia: tiene que dejar el locutorio. Es una condena. La burbuja llega a la superficie y blop. La convicción. Tiene que retomar las riendas, apostar definitiva y finalmente por la abogacía, de alguna manera.

Pasan días, semanas, meses. Al principio, Ismael observa la cara de los clientes al entrar, tratando de descubrir en sus gestos quién viene a por el fax. No olvida un solo día lo que tiene en el cajón, no sabe qué hacer. Para qué le ha servido la abogacía, si no sabe gestionar un entuerto como aquel. Nunca nadie acude a reclamarlo.

Hasta que un día imagina que, por lo que sea (porque conoce a Asrih y Asrih trafica, o porque desde allí alguien llama a un inculpado en lo que sea, o porque Imad —su socio— está metido en algún lío), registran el locutorio y encuentran aquel papel térmico que él estúpidamente conserva, y entonces, como si la policía estuviera a punto de llegar, con una prisa que nunca ha tenido entra en el váter, lo rompe en pedazos y lo tira por el desagüe. Porque puede no ser responsable de lo que le sea enviado, pero sí de lo que decide custodiar.

La frialdad de Amer con Ismael dura varios meses, hasta inicio del año o la primavera siguiente, y estamos ya en el año 2000. Tras un invierno que es terriblemente tedioso y solitario. Ha dejado prácticamente de ir al gimnasio, prefiere el calor de sus vídeos y descansar un poco más. Está harto del locutorio y de la vida. No ha conseguido crear una clientela estable y regular para la asesoría legal y se limita a «hacer de telefonista», de nueve de la mañana a nueve o diez de la noche. Barre el local por la mañana, barre el local por la tarde y barre el local antes de salir, sabe que el moteado de las losas no se repite, cada día trata de descubrir si algún cuadrilátero está colocado en sentido diferente. Barre, barre, es una manera absurda y útil de pasar el tiempo, barre tanto que le parece que va a erosionar el moteado, pero no, el moteado sigue ahí.

Tiene que hablar con Imad, que le abone una parte y se quede el negocio entero. Quizás le interese, ya está dando beneficios.

A partir de marzo o abril de aquel año, y como si ya hubiera cumplido el castigo o penitencia que le ha sido impuesto, Ismael vuelve a ser invitado a pasar los fines de semana con el grupo, en el río. Lo hace Amer, tras las oraciones.

Porque Ismael seguirá yendo a la mezquita principal, casi nunca acude a aquellos templos creados en garajes, solo un par de veces cuando Asrih le insiste. Y, como en los tiempos de Casablanca, los acompaña «más por curiosidad o por la novedad» que por sentirse parte o acólito de nada. Tiene suficiente con una o dos veces. Son pocos, y allí el sabio que dirige los rezos no habla, vocifera.

Las salidas al río suelen ser el momento más divertido, aunque tenga que aguantar los «rollos» de Amer.

La mayor parte de los hombres se marcha el sábado por la mañana, Ismael suele unirse por la tarde, después de cerrar el locutorio y, según la disponibilidad de transporte, acuerda con fulano o mengano que pasen a recogerlo, tiene su macuto a punto. Es como una hora de viaje. No le importa perder algún cliente, y allí lo pasa bien, es el único momento en que lo pasa bien; cambia de paisaje, sale de la ciudad, y, además —debe admitirlo—, de los «rollos» de Amer suelen aprenderse cosas, hay debates interesantes. También, admite, se siente parte de los elegidos, y en eso Amer tiene la culpa, con sus duchas alternas de frío y calor. Se siente parte de una comunidad, de una pertenencia. Y no siente en absoluto que esté haciendo nada malo, la verdad.

En aquella época van por la zona del río, por encima del pantano. Urbanizan las orillas con un continuo de toallas, mantas, pareos. Parece el suelo de la mezquita. Todos se quitan los zapatos, a veces no se los vuelven a poner en todo el fin de semana.

En una de aquellas salidas, en los meses que se siente tan solo, aislado y desgraciado, Amer lanza un alegato que a Ismael le parece especialmente teledirigido. Empieza describiendo la zona, la belleza del río, la vegetación de la orilla, se pone poético. Promete que se puede y que se debe cultivar el contacto con Dios en aquella misma orilla, con la oración y la palabra, o con el corazón y la mente, dos instrumentos que el Creador ha puesto a su disposición para la interpretación correcta del mundo, se puede estar rezando como se puede estar respirando, en un continuo mudo, y se puede, y se debe, se empieza a deber, pasando a la acción, en la ayuda a los hermanos: combatiendo a su lado, sí, pero también con hospitalidad o con ayuda económica, con la tarea ímproba de poblar el mundo de familias tocadas por la gloria del Profeta. Se puede ser un buen musulmán acogiendo a los hermanos que emigran desde el sur, a los que regresan a casa desde el norte, dice que se puede ser un buen musulmán viviendo de acuerdo con los preceptos sagrados y trabajando en su difusión.

Ismael, sentado en el suelo con los brazos rodeando sus rodillas, observa el contorneo de los árboles en la brisa, evita la mirada del disertante.

Algunos hermanos del islam que ellos conocen, prosigue, que están o han estado en Afganistán, se han preparado para el futuro y son o van a ser la vanguardia del islam. Al igual que Farid debió en su día prepararse para el combate en Bosnia sin apenas ningún entrenamiento previo, hay algunos hombres, repite Amer aquel día, que ya luchan en Afganistán, donde son necesarios en aquel momento. Algunos, añade, para sorpresa de Ismael, se ponen fuertes en los gimnasios *kufar* de su barrio. «Y eso está bien», añade, «si detrás hay un pensamiento piadoso». «Necesitamos hombres fuertes», celebra. La lucha ha comenzado a extenderse apenas un año antes y aquel grupo que acaba de nacer de la mano del «jeque Osama y del emir Ayman», esto es, Al Qaeda, ya ha actuado en Kenia y Tanzania contra los americanos, sus embajadas han sido destruidas como «aviso» de lo que se les va «a venir encima» si mantienen su prepotencia, arrogancia y dominio colonial sobre el resto del mundo.

«Aviso», dice entonces Amer: estamos en la primavera del año 2000. Pero para Ismael no es hasta el 11-S cuando todo aquello cobra una dimensión terrorista.

«Aviso», porque América era el cáncer de la humanidad, describe, del consumismo, de la depravación, de la infidelidad, de la apostasía. Amer hace una pausa y alguien alza la mano e interrumpe: «¿Quiénes son Osama y Ayman?».

Osama es Osama Bin Laden, erigido en líder de una organización que liberará a la humanidad del yugo de América, y lo hará primero liberando la sagrada tierra de Afganistán y después puntos estratégicos del planeta, con los golpes que sean necesarios. Osama es el jeque, la mente privilegiada, organizadora; y Ayman es el alma, el candor, la doctrina. Es un egipcio, viejo militante de los Hermanos Musulmanes que Amer tanto admira, viejo combatiente contra la dictadura podrida de Hosni Mubarak, huido a las montañas más lejanas para orar, empaparse de luz, sabiduría y fuerza.

«Un nuevo islam está naciendo», proclama Amer.

Muchos de los chicos hacen preguntas. En aquel entusiasmo de Amer, algunos expresan su deseo de ir a Afganistán, o quieren saber si se puede ir, cómo se financia el viaje y la estancia, de qué se vive allí, si se requiere algún tipo de carnet o examen, alguna prueba física, otros ofrecen habitación en sus casas para quienes estén de paso, algún otro puede enseñar inglés. Amer remarca que si alguien quiere ir a Afganistán, hay que estudiar la manera, pero lo mejor es hacer una parada de unos días en Estambul para que los servicios secretos no puedan seguir tu rastro. Los vuelos directos entre Europa y Kabul no son convenientes. Hay que «tener cuidado» y, sin concretar más, viene a decir que, si hay alguien realmente interesado, él sabe cómo hacerlo. Él, anuncia, va a viajar pronto a Kabul. Ismael nunca pensará que aquello sea un adoctrinamiento terrorista, piensa que Amer recluta guerrilleros para luchar contra los rusos.

Recordará el detalle de Estambul porque es una ciudad que desde siempre, quizás desde que en el máster conoce a aquella chica turca, Esra Ünlü, le apetece mucho visitar.

Duermen allí, a la orilla del río, con el susurro permanente del cauce. Por la mañana, posiblemente imbuido de la trascendencia de las cosas que ha escuchado, Ismael se acerca a Amer mientras calienta agua en una cocina portátil y le explica el fax que había recibido en su negocio. Qué debía hacer. Amer solo sonríe, quizás debe decirlo a la policía, dice, Ismael no entiende nada.

Un domingo de finales de aquel verano, al acabar un partido que ha seguido desde la banda con atención, Amer hace una señal a Ismael mientras saluda, uno a uno, al resto de jugadores.

Quiere hablar con él, «recuerdas lo que hablábamos en el río». Amer quiere de nuevo que Ismael, el único del grupo que vive solo, pueda tener «una cierta disponibilidad» para acoger a algún viajero «esporádico», gente que a veces llega a Madrid, a la mezquita, «de sorpresa, sin tiempo» para prever un alojamiento. Sería «solo de vez en cuando», promete Amer, basta con darles «un techo y un vaso de leche con galletas», explicita. Ismael dice «de acuerdo», no sabe decir otra cosa que no sea de acuerdo, le parece que es un compromiso asumible, es ayudar a un hermano. En aquel momento piensa más bien que le vendrá bien un poco de compañía, aunque sea inesperada. Ismael lo advierte de que algunos días llega a las doce. Amer dice que da igual y anota su dirección exacta de Lavapiés, y concreta, para que no tenga dudas, que quienes vayan de su parte pulsarán tres veces el timbre: ring, ring, ring.

El caso es que Ismael accede y Amer, cuando unos días más tarde coinciden de nuevo en la mezquita, le hace entrega de cien mil pesetas, unos seiscientos euros, para que compre tres o cuatro colchones. Todos los billetes son pequeños, de mil y de quinientas. La peseta está a punto de desaparecer.

No se puede echar atrás. Otra mañana vuelve a Ikea. Compra tres colchones Florvag. Amer no le pedirá explicaciones sobre el coste exacto ni la factura, le han quedado diez mil sin gastar. Amer sabe cómo tener a la gente pillada por los cojones.

Los coloca en vertical, en el pasillo. No hay otro lugar en el piso.

De modo que a partir de aquella época, de vez en cuando, al llegar a casa, hay un tipo a la puerta que dice «¿Ismael?», o bien suena el timbre de la manera que Amer le había anunciado. Ring, ring, ring. A veces serán dos hombres.

Nunca será el mismo, los mismos. Todos saludan afectuosamente, todos dicen «gracias, hermano, Dios esté contigo, *alhamdulillah*», como si fuera una muletilla convenida. No conversa, no quiere conversar más allá de lo estrictamente necesario: aquí el baño, aquí tu colchón, aquí unas galletas.

Ismael siempre se mete en su habitación sin más intercambio. De alguna manera, todo aquello lo escama. Casi siempre el visitante ha desaparecido cuando suena su despertador. No puede decir que alguna de las veces fueran malos tipos o que se llevaran nada de su casa.

Quizás agradecido por su actitud colaborativa, Amer integra un poco más a Ismael: lo invita a la fiesta de final del Ramadán del año 2000. En aquella ocasión es casi al final del año, el miércoles 27 de diciembre. Ismael habla con Imad para informarlo de que cerrará ese día, porque (aunque no haya cumplido con el precepto) confía en que allí podrá conocer gente nueva, no puede permitirse el lujo de decir que no, por qué va a decir que no. Sus amigos están en Barcelona, es una buena ocasión para conocer gente nueva. A Imad le parece bien que cierre por ese motivo, «*alhamdulillah*, ahí nos vemos».

La fiesta se celebra en Morata de Tajuña, cerca de Madrid, Ismael sabe que ahí han celebrado algunas barbacoas y que nunca hasta ese día ha sido invitado.

La casa es modesta, parece autoconstruida, sin energía eléctrica ni agua corriente. Hay un generador y la parte baja del tejado tiene un canalón para recoger la lluvia, que se acumula primero en un pequeño depósito detrás de la casa y después se sube con una bomba al que existe en una esquina de la cubierta, le cuenta a Ismael el dueño, que se llama Mohamed. No hay casas a menos de cien metros, y la mayor parte de ellas no debe de usarse más que en periodos de vacaciones, y quizás no en pleno invierno como aquel momento, no parece haber mucha vida por allí aquel miércoles. Hay un cobertizo a medio construir. Lejos de la enorme hoguera que los chicos han encendido con madera de pino hace un frío bosnio.

Es en Morata donde Ismael, sin haberlo pensado excesivamente —han sido algunos fogonazos, un hartazgo—, le plantea a Imad que se quede su parte del negocio; Ismael sabe que no será la primera vez que Imad enreda a alguien para poner en marcha «un bisnes» a medias y se lo queda entero cuando empieza a tomar velocidad. Pero a Ismael no le importa. Al revés. Le ha venido bien para darse cuenta de que el locutorio lo ha llevado al gueto. Imad dice que se lo piensa.

Además de Imad, Amer y Mohamed, Ismael charla un rato con Serhane Ben Abdelmajid, el tunecino que tiene visto en la mezquita, con quien ha coincidido a veces jugando a fútbol y una o dos veces —invitado por Asrih— en el oratorio abierto en un garaje. Serhane es licenciado en Ciencias Económicas —descubre también que ambos han estudiado un máster en la Universidad Autónoma de Madrid; de derecho, Ismael; de economía, Serhane, exactamente en las mismas fechas, y llevan en España exactamente los mismos años— y ha sido el contable de la entidad durante mucho tiempo, aunque ahora ha dejado de asistir; no le interesa el discurso del imán, le parece desfasado respecto a las necesidades actuales de su religión, ha dejado el trabajo de contable y ahora trabaja en una inmobiliaria y ya no va nunca al templo de la M-30, solo va a los oratorios «íntimos y verdaderos», defiende. Se acaba de casar con una muchacha de quince años, hermana de un amigo suyo, Mustafá Maimuni, que también anda por Madrid. «Te lo presentaré, es un hombre íntegro».

Ismael se hunde. Ve su mundo, ve su futuro en Serhane, casándose con alguna adolescente procurada por la comunidad. Ismael se promete que nunca volverá a Morata de Tajuña, se promete que no volverá a la mezquita, se promete que debe divergir de aquel mundo que no quiere para sí, que lo está absorbiendo como un remolino inmisericorde.

33

DedIqué la tarde después de visitar el pantano de San Juan a poner orden en mis ideas y mis notas. En una papelería compré un mapa de la Comunidad de Madrid y pedí permiso a Carmen para colgarlo en la pared de uno de los despachos, que se usaban habitualmente como salas de reunión. Quería tener una visión global de por dónde se habían movido, estudiar sus rutas, calcular sus tempos, marcar sus viviendas. Posiblemente no serviría de nada, aparte de darme claridad. También actualicé (volví a pasar a limpio) la lista de detenidos y en prisión, detenidos y liberados, y huidos, con sus colorines correspondientes.

Estaba acabando esas tareas cuando me llamó Rocío. Eran las diez de la noche. Me dijo que estaba aún en Canillas, en la central de la Policía Nacional, que todo más o menos avanzaba. Hasta que dijo:

—¿Dónde cenas?

Quedamos cerca del complejo policial, aunque no tan cerca. Ella no quería ser vista con un tipo con pinta de periodista, pero no quería alejarse demasiado, tenía el coche allí. Cafetería El Rincón de Antonio, había dicho, calle Oliana.

Cuando acabó la conversación deduje que todo lo que me había contado iba dirigido a desinflamar aquella brama persistente de que ETA podía haber tenido algo que ver. Porque al inicio, además, me dijo:

—Si tienes grabadora, graba, pero solo para que lo recuerdes todo. Vengo fuerte.

La conversación se centró en uno de los seis nombres que nos acababa de facilitar el juzgado: Serhane Ben Abdelmajid, el Tunecino.

Aquella noche ya no tenía tiempo de escribir nada, pero dos días más tarde, el artículo que escribí empezaba así: «El cerebro del 11-M ya tiene rostro, nombre, apellido y alias: Serhane Ben Abdelmajid Farkhet, conocido también como "Serhane el Tunecino"».

Serhane había nacido solo trece días antes que yo, el 10 de julio de 1968. No pude evitar las comparaciones.

La policía sabía ya que se había dedicado a coordinar los atentados desde mediados de 2003, que habían participado en total una treintena de personas, y que el Tunecino había jugado un papel de concienciación para ejecutar la yihad. Muy posiblemente era su líder espiritual. Tenía una influencia muy cercana: su cuñado era Mustafá Maimuni, condenado el año anterior en Marruecos por el atentado contra la Casa de España de Casablanca, un restaurante frecuentado por la comunidad española, y que había costado la vida a cuarenta y cinco personas, incluyendo a doce suicidas.

Rocío me contó que, según se sabía ahora, Ben Abdelmajid había dicho a sus más cercanos que preparaba una «actuación violenta en España», en concreto en Madrid.

—¿Treinta?

Un atentado con una treintena de participantes supone un fracaso estrepitoso de los servicios de inteligencia. Ni los de la policía, ni los de la Guardia Civil, ni el específico Centro Nacional de Inteligencia se enteraron de que había una horda buscando dinamita, armas, pisos y horarios de tren.

Como si no me hubiera oído, Rocío prosiguió. El Tunecino se había encargado también de localizar la casa de Morata de Tajuña, esto es, de Chinchón, que había sido alquilada por el también perseguido Jamal Ahmidan, que lo había hecho utilizando un pasaporte belga falso a nombre de Youssef Ben Salah y a quien se conocía bajo el alias del Chino. Era un narcotraficante de largo historial, con detenciones bajo identidades diversas y fichado por todos los cuerpos policiales. En la deconstrucción de todas aquellas acciones había sido clave, dijo Rocío, la declaración de Basel Ghalyoun, un chico sirio que ya estaba en prisión incondicional, y había sido clave, añadió, que a todos aquellos los tenían «fichadísimos».

—¿Fichadísimos?

Rocío alzó la mano para que la dejara proseguir su relato.

Ghalyoun había dicho que uno de los personajes clave en la trama era Said Berraj, otro de la lista del juez, pero que este había desaparecido de su domicilio de Madrid el día 9 de marzo, dos días antes de la masacre. Se pensaba por eso que podía haber sido una suerte de enlace con Al Qaeda que hubiera supervisado los preparativos, un hombre valioso para la organización que hubiera desaparecido justo antes de la matanza. Porque Berraj había estado, que se supiera, en algunas cumbres o reuniones o encuentros de miembros de Al Qaeda en el año 2000 en Estambul, ciudad que por otro lado era la estación intermedia en el camino hacia Afganistán, como después lo sería en el camino hacia Irak o Siria.

Berraj, en todo caso, había desaparecido alegando en su entorno que debía viajar al entierro de una hermana en Marruecos, pero la policía había comprobado que no tenía ninguna hermana. Ni en Marruecos ni en ningún lado, ni muerta ni viva.

Rocío me advirtió que no mencionara la cantada de Ghalyoun. «No se lo perdonarían».

A Ghalyoun lo habían reconocido pasajeros de los trenes como uno de los que habían subido en Alcalá y habían bajado antes de hora, de la hora. Desde el primer día, aquellos reconocimientos en caliente de personas que habían sufrido la devastación a mí me parecieron poco fiables. Pero tendrían su peso.

Otros de los implicados procedían del tráfico de drogas a pequeña escala, o no tan pequeña. El llamado Jamal Ahmidan era un capo importante, para el que trabajaban algunos de sus hermanos y de sus primos, pero de eso Rocío no tenía por el momento tantos datos. Sin embargo, estaban comprobando si, como todo apuntaba, había sido Jamal Ahmidan quien había alquilado la casa de Morata de Tajuña, señalada o elegida por Serhane Ben Abdelmajid, que posiblemente la conocía por su trabajo en la inmobiliaria y porque allí se habían celebrado algunas reuniones que, bajo la apariencia de festivas barbacoas, habían servido para ir eligiendo a los posibles miembros del comando.

Rocío añadió que el llamado Rachid Oulad había estado cuatro años en una cárcel madrileña, del 8 de febrero de 1998 al 20 de marzo de 2002, dijo de memoria, y que todo lo que iban sabiendo obligaría a reconsiderar o reestudiar la política penitenciaria española, porque de la cárcel «salen mucho peor de lo que entran», alertó.

Rocío me advirtió también de que la fiscalía estaba tratando de aprovechar lo que averiguaban aquellos días para conectar casos. En concreto, iban a presentar de manera inminente un informe para relacionar el 11-M con el caso del comando Dixan, porque en este habían sido detenidos unos tipos que habían manipulado unos teléfonos de la misma manera que los de los atentados de Bali de 2002 y de la misma manera que en la masacre que acababa de ocurrir. La fiscalía estaba rabiosa, porque a los cuatro detenidos del Dixan se los había acabado liberando por falta de pruebas, y porque eran por ello el hazmerreír de la calle, en especial por el nombre dado al comando. Respecto a los móviles, su abogado, Sebastià Salellas, había alegado que uno de ellos estudiaba electrónica, lo cual era cierto y pudo acreditar, y que los estaban analizando, lo cual ninguna policía, fiscalía o acusación pudo desmentir ni amplificar ni salpicar de delito y ni siquiera relacionar con malignas intenciones. Si querían causar mal, solo lo sabían ellos.

Pensé que esta información podía interesar a Salellas y, al acabar, aunque eran más de las doce de la noche, le enviaría un mensaje: *Cuándo estás por Madrid? Importante.* No se lo podía explicar por teléfono. No vulneraba ningún secreto, porque si la fiscalía estaba a punto de presentar ese informe al juez, el primero en leerlo iba a ser su abogado, y si este estaba advertido previamente, me lo iba a agradecer. Cualquier día, con alguna información. Me contestaría al día siguiente, nos veríamos en la Audiencia.

Pero ahora estaba con Rocío, y yo no olvidaba la pregunta que ella había eludido, aunque solo fuera para no perder el hilo de lo que estaba contando.

—¿Fichadísimos? —insistí.

Rocío me contó que el Tunecino estaba siendo vigilado desde el año anterior, que lo habían seguido y le habían tomado fotografías, que habían vigilado el piso en el que vivía y que se había alquilado en la inmobiliaria en la que él mismo trabajaba, me dijo Rocío, me sirvió Rocío, me subrayó Rocío, sin saber que lo hacía, y habían interceptado algunas de sus llamadas, que les habían hecho pensar que tenía alguna relación con el narcotráfico. Pero no habían hallado ningún indicio de relación con el terrorismo islámico. El seguimiento, con el tiempo, se había relajado y se había limitado a controles periódicos sobre la vivienda, que estaba, añadió, en la calle Francisco Remiro.

—¿En qué inmobiliaria trabajaba?

Rocío calló, dudó, puso las manos delante de su cara, con cada dedo con su correspondiente de la otra mano, y antes de que dijera «no lo sé», le propuse:

—Si te la digo yo, ¿me la confirmas?

Rocío asintió con los ojos, sus comisuras eran sendos abanicos de arrugas negras.

—INGESA.

—Te has leído el sumario de Abu Dahdah, cabroncete —admitió, sin abrir los ojos ni las manos todavía.

Rocío añadió que probablemente el Tunecino conocía la casucha de Morata por la inmobiliaria, aunque hacía meses que ya no trabajaba allí, y que en cualquier caso descartaban ninguna clase de relación del propietario, Mohamed Needl, con el asunto. Este llevaba en prisión preventiva desde noviembre de 2001, acusado de pertenencia al grupo de Abu Dahdah y por tanto a Al Qaeda.

Esto otro tenía que contárselo a Sara, o al menos tenía que pensar si se lo tenía que contar.

Y sobre todo tenía que ir a la inmobiliaria y a la calle Francisco Remiro y, a través de quienes lo hubieran conocido, tratar de explicar quién era aquel tunecino que tenía exactamente mi misma edad, qué vida había tenido en Madrid, cómo lo había tratado la ciudad, cómo había llegado hasta aquel punto.

Mi fuente acabó añadiendo que toda aquella investigación anterior sobre el Tunecino no había sido en balde, porque había servido para engrosar una base de datos de trescientos tíos que les había servido en aquellas semanas para acotar las relaciones entre unos y otros y avanzar con una velocidad, subrayó, que era inusual en la historia de la criminalística europea.

La pieza que escribí al día siguiente se centraba en la vida de Serhane Ben Abdelmajid, en los datos que me había contado Rocío, y solo dentro del texto dejaba intuir que aquel tipo que ahora estaba en busca y captura había estado bajo el radar policial apenas pocos meses antes y nadie se había enterado de que, aunque todavía no había empezado a preparar un atentado, por su cabeza no pasaba otra cosa.

Serhane parecía haber sido el líder o inspirador o ejecutor del 11-M, e iba a serlo del que habría sido bautizado 2-A. En condicional, porque no fue.

El 2 de abril fue descubierta una bomba con doce kilos de dinamita, de la misma dinamita, bajo uno de los raíles de la línea del AVE Madrid-Sevilla a su paso por el municipio toledano de Mocejón, que se salvó por muy poco de ser el predicado de otra matanza.

Aquel día los hechos cambiaron de portavoz, porque en los municipios rurales la investigación criminal recae en la Guardia Civil, y por fin la Guardia Civil tenía algo que lucir.

Uno de sus hombres fue quien, en un control rutinario del estado de las vías que efectúan antes de que empiece el tráfico diario, a primerísima hora de la mañana, detectó un cable que se adentraba en el dominio ferroviario a través de una valla que había sido forzada, había perdido la rigidez porque alguien había pasado por encima, doblándola; siguió el cable y bajo un raíl vio una bolsa que le era familiar, porque era de los supermercados Lidl. Algunas piedras del manto que sostiene las vías habían sido retiradas para colocar la bolsa, que el guardia civil pronto sospechó qué contenía. Alertó a sus compañeros y a sus superiores, que enviaron a los equipos de desactivación de explosivos, quienes comprobaron que dentro de la bolsa no había yogures, había lo único que podía haber en aquellas circunstancias, esto es, aquellos días, con aquel comando, en aquel lugar preciso. Una bomba.

La bomba habría hecho descarrilar el tren. En el primero que iba a pasar por allí aquella mañana viajaban trescientas veinte personas, un total de mil quinientas noventa y una estaban a bordo de los seis trenes que en aquellos momentos empezaban a circular por la línea, y un total de doce mil doscientas setenta y cuatro habían sacado billete para el 2 de abril de 2004. Era Viernes de Dolores, inicio de la Semana Santa, día de gran trasiego en España. Parecía que hubieran elegido el día por el nombre. Luego se sabría que Sonsoles Espinosa, la mujer del que pronto iba a ser nombrado presidente del Gobierno, José Luis Rodríguez Zapatero, preveía viajar aquel día por aquella línea.

El lugar, en el punto kilométrico 61,2 de la línea Madrid-Sevilla, parecía haber sido elegido con la máxima maldad, porque en aquel punto los convoyes que se dirigían al sur alcanzaban su máxima velocidad, alrededor de trescientos kilómetros por hora, lo que equivalía a provocar el máximo daño o, dicho de otro modo, a reducir las opciones de que algún pasajero saliera con vida de tamaña salvajada. Porque además, a unos cincuenta metros de donde estaba la bomba, en sentido sur, había un puente construido con un talud de hormigón, una robusta pared contra la que el tren se habría destruido en un acordeón apocalíptico.

Pero algo falló, porque al final de los ciento treinta y seis metros de cable que el comando había desenrollado faltaba el iniciador, y nunca sabríamos qué había pasado para que la acción fallara. Se especuló con que había pasado algún agricultor que sospechó, o ellos sospecharon que él sospechaba y salieron a la carrera antes de colocar el iniciador, esperar el momento propicio y pulsar el botón, y se especuló con que el comando carecía de una ruta de escape bien preparada, por caminos perimetrales de los campos de cultivo llenos de baches.

El primer tren, en todo caso, fue detenido a tiempo, veinte kilómetros antes. Puede parecer una distancia prudencial, pero a trescientos kilómetros por hora —la velocidad de circulación en aquel punto— era apenas a cuatro minutos de distancia de la ignición.

En realidad, quizás todas aquellas especulaciones —el agricultor, la ruta de escape— habrían pasado la tarde antes, porque en la mañana del 2 de abril nadie había visto a los terroristas.

A Izquierdo lo alertó a primera hora de la mañana un portavoz de la Guardia Civil. Le explicó el punto exacto y le envió por fax la fotocopia de un mapa lleno de flechas que parecían champiñones y que nos fue de gran utilidad. Aquella mañana había previsto pasar de nuevo por la inmobiliaria donde había trabajado el Tunecino y por la calle Francisco Remiro, donde había residido. Tenía la certeza de que no iba a estar allí, pero aun así tenía ciertos reparos, miedo, de acercarme al lugar donde había vivido el que apuntaba a líder de la célula. La bomba descubierta en el AVE cambió mis planes. Izquierdo me recogió de nuevo en la Castellana con Génova, me hizo entrega del mapa, que no llevaba ningún emblema del cuerpo informante: «Tú guías». El fotógrafo ya estaba en la zona.

Al contrario que en Morata de Tajuña/Chinchón, aquel día encontramos el punto fatídico con gran facilidad. Bastaba con seguir el rastro de champiñones. Pero allí no había vecinos ni labradores; había apenas periodistas, todos con el mismo mapa sin membrete, había apenas un paisaje en el que imaginar la destrucción.

Un horizonte ondulado de campos amarillos, alguna columna de polvo en el que, hacia el oeste, se estaba labrando en aquel momento, un zumbido de motosierra lejano, la presunción de que, aunque a aquella hora todavía hacía fresco, el día iba a ser caluroso. Dos o tres rumores de las conversaciones que algunos periodistas mantenían con dos o tres agentes o mandos de la Benemérita. Estaba el que había descubierto el artefacto. A todos nos dijo: «No puedo hablar..., pero yo he sido quien lo ha encontrado, sí, en un reconocimiento ordinario. Habían apartado las piedras y estaba metido en un plástico», describió.

Merodeamos un rato por allí, observando de lejos la vía, el hueco donde debía estar la bomba, que desde ese lado de la valla no llegábamos a ver, y el cable, que había sido recogido y ahora se amontonaba en el margen del camino. Pero después de tomar notas de todo aquello y dibujar un esquema simple de los puntos de interés, poco más podíamos hacer. En el bloc de aquellos días leo: «Ellos han estado aquí, y yo también. Escalofríos».

Volvíamos a Madrid cuando Pilar me devolvió la llamada que yo le había hecho el día antes. Era viernes, el viernes en que comenzaba la Semana Santa, y yo no preveía ir a Barcelona y tomarme algunos días libres hasta la semana siguiente. Izquierdo conducía en silencio.

Pilar quería verme, y quería verme, si yo podía, «con tiempo suficiente», suficiente, dijo; suficiente para qué, empecé a preguntarme. ¿Suficiente porque me iba a contar su vida? ¿Sus vidas? ¿Iba a denunciarlo o iba a exculparlo? ¿Me lo iba a contar para que yo lo contara en el periódico? ¿Para intentar así ayudarlo penalmente? ¿Para que yo comprendiera mejor? ¿Buscaba únicamente a alguien que conociera el asunto para que fuera un intercambio? ¿La vida de quién, exactamente?

No le había dicho a Izquierdo que había conocido a la mujer que era novia de «uno de ellos», sin saber qué significaba «uno de ellos». Por prevención, por una suerte de miedo de que ella tuviera algún vínculo y, concatenado, lo tuviera yo. Pero ¿de qué? De saber, me respondía, de saber cosas que fueran valiosas.

Le dije a Pilar que la llamaría por la tarde, que aquel fin de semana iba a estar en Madrid y, aunque tenía mucho trabajo, tal vez podríamos vernos, tal vez hacia las ocho.

—Una amiga de Barcelona que viene el fin de semana —le mentí a Izquierdo.

Aquella tarde mantuvimos una reunión a cuatro voces con Barcelona. Un volcán de ideas, porque venía la Semana Santa y habría menos información policial y judicial, pero debíamos mantener la electricidad del momento en el periódico. Al otro lado estaban Uría y Barbeta, pusimos el altavoz de mi móvil. Convenimos en preparar dos piezas. La primera debía explicar la preocupación policial por la capacidad operativa (y las ganas de emplearla) que acababa de demostrar la célula, que seguía libre, y la publicaríamos aquel domingo, 4 de abril; la segunda se publicaría el domingo siguiente, día 11, un mes después del atentado, y sería un detallado compendio de todas las detenciones y arrestos, de todos los indicios y pruebas que se habían recabado, e iría acompañado de un gran mapa a doble página con los escenarios de toda aquella tragedia, empezando por Atocha y continuando por Alcalá de Henares, Morata de Tajuña y Chinchón y acabando en Mocejón. Había mucho trabajo.

Aquellos planes saltaron inmediatamente por los aires.

Al día siguiente, sábado 3 de abril, la policía descubrió el piso de Leganés, al sur de Madrid, donde se escondían varios de los terroristas. Cuando se vieron rodeados, emplearon la abundante dinamita que todavía tenían y se inmolaron, arrasando el bloque entero y cuantos planes y páginas hubiéramos previsto.

34

Con Pilar todo empieza un 1 de enero, o quizás cabría decir que el 31 de diciembre.

El simbolismo es bonito, a Ismael y a la chica siempre les ha gustado recordar ese detalle de su biografía en común.

Es el 31 de diciembre del año 2000.

Cuando regresa de la fiesta en Morata de Tajuña —eso ocurre el día 27—, Ismael se va al gimnasio, y esa decisión nimia cambia su vida; la vida, describe, puede cambiar con grandes decisiones (qué estudio, emigro o no emigro) o con pequeñas decisiones, y la suya cambia con una pequeña: ir al gimnasio aquel día. De alguna manera va porque, en ese momento, después de saber que Serhane el Tunecino está casado con una chavala de quince años, es el gimnasio su único entorno no musulmán. Por eso va, en reacción a la fiesta del puto cordero.

Aquel día, al entrar, ve en la puerta de cristal de la entrada un cartel que anuncia una fiesta de fin de año. Faltan cuatro días. Ismael no le da más importancia, ni se le ocurre que pueda ir a esa fiesta, porque no conoce a nadie, esto es, conoce a Pilar, la monitora, y conoce a Miguel, el dueño, pero no se siente interpelado por el anuncio. Cuando entra en la sala de musculación, la sugerencia de Pilar le hace cambiar de idea:

—¿Has visto? El 31, fiestón.

Ismael levanta pesas por encima de sus hombros e intuye, o quiere intuir, que Pilar lo está invitando. Quizás, pensará después, quiere intuirlo para no pasar también solo el fin de año.

—Pero no conozco a nadie.

—Me conoces a mí.

—Pero…

—Yo te presento a todo quisqui.

Ismael piensa que el gimnasio necesita llenar, no que ella tenga especial interés en su presencia. Pero acepta, quedan allí a las diez de la noche.

De manera que el 31 de diciembre se pone la ropa que se había comprado ex profeso el día de la cena con Verónica, y que no se ha vuelto a poner, y a las diez de la noche está en la misma sala de musculación, donde todas las máquinas han sido arrinconadas. Hay una mesa precaria, montada con dos caballetes y un tablero, llena de bebidas, y Pilar cumple su promesa: todo el que pasa por su lado es presentado a Ismael. Todos son simpáticos con él, no puede decir lo contrario. En realidad, no se separan en toda la noche. La sala huele a linimento.

Ismael empieza con torpeza: la primera cerveza que Pilar le pone en la mano se la echa por las piernas. Pilar estudia INEF y quiere saber cuánto, dónde y desde cuándo juega a fútbol, de dónde ha sacado esas piernas «tan mazadas» que tiene, que ha visto en las sesiones de musculación, y aunque más o menos ya lo sabe es una manera de abrir canales entre ambos. Ismael se inclina sobre sí mismo, absurdamente porque va vestido de calle y las piernas no están a la vista, y al inclinarse inclina con él el vaso y vierte la mitad sobre sí mismo. Se siente muy imbécil. Ríen. Después de secarse de alguna manera con servilletas de papel le cuenta a Pilar que casi todos los domingos, después de las oraciones, juega a fútbol con los amigos de la mezquita; algunos son de su pueblo, Asilah, que es un pueblo muy bonito de la costa atlántica, Marruecos tiene dos costas, la atlántica y la mediterránea, aunque los amigos de su pueblo ahora se han ido a trabajar a Barcelona y ya no los ve tanto. Ya no los ve, «vamos, los veía jugando a fútbol y los veía en la mezquita, cada domingo después de las oraciones se organiza un partido de fútbol, siempre en la zona deportiva de la Concepción, ¿la conoces?». Pilar la conoce porque a veces va allí a correr a la pista de atletismo.

Desde el primer momento a Ismael le parece que Pilar es una persona en quien se puede confiar, que a Pilar no es necesario maquillarle u ocultarle o edulcorarle la realidad, su realidad, o quizás, dados los chascos precedentes, Ismael establece que no va a hacer nada de eso, no va a tratar de mostrar una realidad que no es la suya, su realidad es que, aunque nunca antes, de niño, de adolescente, fue un creyente fervoroso, él ahora acude a la mezquita porque se siente bien, o más acompañado, allí tiene algunos amigos, es un punto de encuentro, religioso pero también social, y no tiene por qué ni quiere mimetizarse en el agnosticismo que impera en la sociedad española, o al menos en la parte en la que él ha recalado. De alguna manera, acudiendo a la mezquita se siente parte de algo, le explica, con el subtexto de que en los años que lleva en España, que ya son cinco, no ha logrado tener amigos españoles. Le parece, y comprobará, que puede revelarle a Pilar que para él la asistencia a la mezquita y la participación en aquellos partidos ha sido una manera de paliar la soledad, el desarraigo, una manera de poblar el *erg* en el que ha desembarcado cinco años atrás. «Y soy bastante bueno como central», dice, con la literalidad de sus pensamientos, achispados por las cervezas que no se ha vertido por las piernas y sin el tono o la puntuación que le darían modestia. Pero no le importa, solo le importa expresar sus pensamientos, sin corsés ni tratando de agradar, porque justamente tratando de agradar a Verónica es como acaba con el mayor chasco de su vida, y además sin agradarla.

«Y el fútbol te da endorfinas que te cagas», añade ella, como dejando claro que prefiere hablar de deportes que de Dios.

Ante la expresión de ignorancia de Ismael, Pilar aclara que las endorfinas son «pequeñas proteínas» que genera el cerebro durante el ejercicio físico, y que dan sensación de bienestar. También otras cosas la generan, añade, sonriendo. «Como qué», inquiere él, con candidez, sin detectar el metatexto. «Dentro de dos copas te lo cuento», le dice.

Pilar, observa Ismael, lleva suelta la mata de pelo, espesa, negra, siempre la ha visto con cola. Se ha maquillado, está guapa, recuerda todavía más a Demi Moore. Viste unos vaqueros ajustados, un cuello alto rosa de lana fina, debajo lleva una camiseta también rosa, igual de ajustada a la figura, unas botas de media caña, medio tacón, medio nuevas.

Ismael le cuenta a Pilar su historia con el locutorio; que lo monta un poco a contrapelo, deseando en realidad encontrar un trabajo de abogado, que para eso ha estudiado intensamente seis años de su vida, cinco en la carrera y uno de máster, que Imad, un tipo de la mezquita, ve la oportunidad de invertir sus ahorros (los de Ismael) y él acaba cediendo, un poco porque no quiere ser un nini, pero que ahora está «muy harto» y ya le ha propuesto a Imad que le compre su parte para poder estar unos meses buscando un trabajo más acorde a su preparación.

Apenas interaccionan en toda la noche con el resto de los asistentes a la fiesta. Han acudido unas cincuenta personas, Ismael reconoce a algunos de ellos, Pilar a la totalidad, pero no se separa de su lado; Ismael quiere pensar, se obliga a pensar, que se ve obligada porque es ella quien lo ha arrastrado hasta allí.

Ismael le habla también de su hermana, habla todo lo que no ha hablado en meses, le expone la relación errática que tiene con Salma. Ella llegó a Madrid mucho antes y tiene un grupo de amigas, y él, en su pretensión de salir con una de ellas, con Vero, se ha acabado quedando solo, se enamoró de ella, pero no supo tratarla como ella quería, o ella quería cosas o modos de relación que él no comprendía, y tampoco quiere que su hermana se quede sin amigas por su culpa. Vero salió despavorida cuando él le ofreció unas llaves del primer piso que alquiló por su cuenta, que está cerca de allí, en Lavapiés mismo; el día que la llevó a ver el piso le regaló unas llaves, solo para que las tuviera, y ella le dijo «uy, ni de coña». «Menudo chasco me llevé».

No la ha vuelto a ver. La odia. La muy subnormal.

—Pues me parece la mar de generoso por tu parte, Ismael —opina Pilar. «*Heneroso, Ihmaé*». Pilar le contará, esta noche, que es de Málaga.

También le cuenta su chasco con Mariela, una amiga del máster, sudamericana. Es exótica, guapa, él cree que tiene opciones, una noche en una fiesta lo intenta, la aborda, y el resultado es demoledor para Ismael: por debajo de los sudacas todavía hay una subcasta, que son los moros, concluirá.

Pilar también se siente un poco foránea en Madrid, pero no tanto, claro. «Sube» de Málaga a los diecisiete años, a estudiar educación física en la Universidad Politécnica de Madrid, porque no le interesa «un pimiento» el negocio de sus padres; tienen un hotel, Hotel Imperial, se llama, los ayuda en verano, pero quiere otra cosa. Ahora tiene veintitrés. Sigue viviendo en un piso de estudiantes con tres chicas en Vallecas, pero no son realmente sus amigas. Su vida es el deporte. Trabaja en el gimnasio en horarios y días irregulares y dedica los fines de semana a correr, aunque a veces una amiga le pide que haga suplencias en una panadería del barrio, y así se saca «un extra». Corre el sábado, corre el domingo, participa en todas las carreras que puede. Le apasiona correr. Los trayectos entre el gimnasio y Vallecas los hace corriendo: 4,88 kilómetros de puerta a puerta, detalla, levantando el cubata: «Esto solo me lo permito muy de vez en cuando». También le gusta mucho el mar y le gusta mucho viajar, aunque eso es caro y casi nunca tiene dinero. «Pues Asilah te encantaría», le suelta Ismael, como si en su mente, y sin reparos, ya fueran pareja.

Y ahora está preparando la tesis, precisamente sobre las endorfinas.

—¿Qué más las generan?

Pilar sonríe por un lado de la boca, en un gesto que será característico, y empieza: las endorfinas se generan en el cerebro; en concreto, en la glándula pituitaria y en el hipotálamo, se generan con el ejercicio físico pero también con el dolor, con el consumo de alimentos picantes, con el chocolate, con el enamoramiento y con el orgasmo. Ismael ríe, ahora entiende por qué no ha respondido a la primera.

—Es un analgésico natural —apostilla ella.

—¿Un analgésico?

Así es como lo llamarán desde aquella noche, será su manera de rodear el deseo. Porque a las cinco y pico de la madrugada, algo con toda seguridad se ha puesto en marcha en aquel gimnasio reconvertido en discoteca cuando ella, que ha entendido que Ismael no se arriesgará a cagarla por enésima vez, le propone:

—Es el momento de irse a casa.

—¿A casa?

—A tu casa.

Sin dilaciones, sin complejos. Cogen las chaquetas del rincón y, al salir, Pilar lo toma de la mano y al mismo tiempo pregunta:

—¿Hacia arriba?

Con lo que Ismael entiende que se están yendo a la cama. Piensa por un instante en qué estado de desorden encontrarán el piso, pero se han detenido y se besan en la calle, tienen los pómulos, los labios y las manos fríos, baja un aire ártico de la sierra de Guadarrama.

Cuando llegan ante el número 10 de la calle del 26 de junio, ella pregunta:

—¿Qué piso?

—Tercero.

—¿Tercero qué?

—Tercero tercera.

—Es fácil: me acordaré. —Y pulsando el botón, ordena: «Ábreme».

Ríen, e Ismael entiende que no ha venido a un polvo puntual. Le cuesta —las manos frías, los nervios— meter la llave en el ojo de la cerradura.

Cuando entran en el piso, que no es ni grande ni pequeño, ni bonito ni feo, Pilar diagnostica:

—Qué piso más guay.

Ismael contrapone mentalmente los miedos de Verónica. Se lo contará más tarde. La ilusión de que a Pilar le gustara el piso.

Se tambalean hasta la habitación, se desnudan sin prisa, cada uno lo suyo, colocando la ropa sobre el colgador con patas que tiene Ismael junto a la cama, se meten bajo las mantas, que están heladas de momento, se abrazan, Ismael tiene la polla muy tiesa, lamenta no tener preservativos, pero Pilar confía: «Confío en ti».

En el ardor, quién desanda el camino hasta la primera farmacia.

Pilar tiene las piernas y los brazos torneados, tersos, la tripa lisa, tiene los pechos pequeños, los pezones puntiagudos, toda la proteína en los cuádriceps. Se abrazan con una ternura que Ismael no conocía, un tiempo que le parece excesivo, no le incomoda que su miembro esté todo el tiempo interpuesto, contra su vientre, contra sus piernas, contra su culo, pero no dentro. Hasta que Pilar dice «este cabezal mola», se pone encima y ase con las dos manos la barra transversal. Ella dice «avísame» y se pone a musicar las embestidas, convirtiendo los «ah, ah, ah» veloces del principio en un «aaaaah» creciente y confiado, pero Ismael explota pronto, demasiado pronto. Antes que ella, que en todo caso está «demasiado borracha» para un ochomil.

Al abrazarse de nuevo, sin limpiar los flujos resecos, Pilar pregunta, con voz pastosa, aliento de *container*: «Sientes un *gustirrinín*, ¿verdad? Son las endorfinas». «*Guhtirrinín*», «*endorfinah*».

Se duermen a las ocho de una mañana gris, fría y silenciosa. Ha empezado el año.

Duermen poco, hasta que, demasiado pronto, suena el interfono. Tres ring cortos, seguidos, la contraseña. Pilar tiene el sueño más ligero que Ismael, y en la segunda tanda se despierta: ring, ring, ring. Agita el brazo de Ismael, inconsciente a su lado, apenas acierta a decir «qué pesados».

—¿Quién es?

—Ni idea —medio miente. No abre.

Con toda seguridad es alguno de los hombres que Amer le envía, algún tipo que viene a dormir, como ha ocurrido en los meses anteriores, hombres que llegan siempre de improviso, precedidos de tres señales, pero siempre hasta ese día ha sido de noche. Qué cojones hacen un 1 de enero a esas horas de la mañana.

Ismael ha avisado a Amer de que suele llegar tarde a casa, de modo que no es raro que el interfono suene a las doce o la una. Solo Asrih, su amigo de Barcelona, puede personarse a cualquier hora, pero en este caso previamente le envía un SMS al móvil y concuerdan una hora, o pasa por el locutorio a buscar una llave; Ismael tiene en el locutorio las que debían ser para Verónica.

Ismael sabe que no abrir le puede suponer una reprimenda de Amer, pero en realidad, piensa en ese momento, no tiene ninguna obligación de hacerlo, ni siquiera religiosa, ¿en qué sura del Corán dice que su casa era de todos? Y, además, podría no estar en casa, estar de viaje, o en casa de su madre, o de quien sea. En cualquier caso, en aquel preciso momento es imposible que abra, y en cualquier caso en la mañana de aquel 1 de enero del año 2001, aunque sus sentimientos hacia Pilar son todavía un poco confusos, está más feliz por ella que preocupado por Amer. Pilar no es Verónica. De eso ya se ha dado cuenta.

Cuando cerca del mediodía se despiertan, Ismael miente por completo cuando Pilar le pregunta por qué en el pasillo tiene tres colchones:

—Estaban aquí cuando lo alquilé.

—Pues están nuevecitos.

Mientras ella baja a comprar algo para comer, Ismael barre y pasa un trapo por el mármol de la cocina. Pero ha sido todo tan inesperado que no está siquiera nervioso; ella lo invita a la fiesta, ella le promete que no se separará de él si no conoce a nadie, ella lo ha interrogado sobre su vida, ella le dice que es el momento de irse a casa.

Pilar sube con una coca-cola de dos litros y dos porciones de pizza. No ha olvidado que es el tercero tercera.

Comen en la cama. Al acabar, de nuevo es ella quien lleva la iniciativa, bautizando el momento:

—¿Un analgésico?

Dormitan otro rato, hasta que Pilar se despereza y levanta la persiana; fuera reina una quietud extrema, el frío es palpable en la luz.

—Joder. Es de noche, otra vez. ¿Hoy vas al locutorio?

Pilar tiene la voz ronca, habla despacio, el acento aún más del sur.

—Puse un aviso de que abriría a las cuatro.

—¿Y qué hora es?

Ismael busca el móvil, está en el suelo junto a la cama.

—Las cinco y diez. Pero prefiero estar contigo, ven.

—Guapo.

Pilar vuelve a la cama, tiene la piel erizada.

—¿Mañana vendrás?

—¿Al gimnasio?

—Sí.

—Claro.

—Seguro que hoy tienes mucho trabajo, ¿no? Gente que llama a casa por el año nuevo y esas cosas, ¿no?

El susurro tamizado, grave, vulnerando la quietud de la tarde.

—Es posible.

—Pues va.

—No.

—Va.

—No quiero.

Desnuda, Pilar se levanta, arrastra deliberadamente las mantas para dejar a Ismael al descubierto y que se active. Ismael siente un rubor. Pilar coge sus ropas del colgador móvil, las olisquea.

—Madre mía, volver a ponerme esto.

—¿Resaca?

—Fatal, tío.

—¿Sí?

—Qué dolor de tarro.

—¿Quieres ducharte?

Pilar prefiere ducharse en casa y ponerse ropa limpia, y además quiere salir a correr esa tarde, para desintoxicarse y sudar el alcohol.

—¿Un analgésico tienes? Uno de verdad... —ríe.

Todo parece sencillo con Pilar. Sencillo y divertido. Ismael piensa fugazmente que a Pilar le ha cogido ahora prisa por marcharse. No tiene ningún analgésico.

Desde aquel momento, y en la estela de lo ocurrido con Verónica, Ismael esperará durante semanas el momento en que todo se jode. Pero eso no ocurre.

Aquel primer día, cuando ella se dispone a marcharse, antes de que él se duche y se vaya a trabajar, la despide en el dintel pensando que va a decir algo así como «ha estado bien pero», y le coloque algún reparo insoslayable, pero eso no ocurre. Al contrario, en el dintel ella pone la cara de Ismael en un bocadillo entre sus manos, lo besa suavemente en los labios y le cita, con una sonrisa:

—Te voy a crujir, Feres.

Ismael pasa aquella primera tarde del año aturdido, tratando de sopesar si se ha enamorado, si el procedimiento es aquel, si en realidad está simplemente complacido por haber sido elegido por el dedo de Pilar: tú. Todo es natural, puede decir sin complejos que descubre lo que es querer a otra persona, una total normalidad, un encaje, una cotidianidad inmediata, espontánea, bonita.

Desde lo inesperado, porque, aunque la conocía desde meses antes y la consideraba una mujer bella, no había contemplado nunca que fuera algo más que su instructora de musculación, carecía de mecanismos de acercamiento, no habría sabido cómo entablar una conversación que los llevara a otro lugar que no fuera la sala de pesas.

Pilar, piensa Ismael, es una mujer guapa, simpática, profesional en su trabajo, responsable, sana mental y físicamente, de esas personas que van en línea recta. No puede ver en ella más que cualidades, y las susodichas endorfinas se encargan del resto. Aquella primera tarde desea con un ardor infantil que sea «mañana». Si hubiera tenido su teléfono la habría llamado, o cuando menos habría estado dudando si hacerlo, para volver a verse aquella noche.

Cuando aquel 1 de enero regresa a casa después del trabajo, Ismael decide deshacerse de dos de los tres colchones. Los baja hasta una esquina, aunque estén nuevecitos. Le asusta un poco, pero hablará con Amer y le dirá que no quiere más visitas. Aunque, atrapado entre la rutina diaria y el temor que Amer le infunde, no lo hará inmediatamente.

Al día siguiente, 2 de enero, el único resquicio visible en Pilar de lo ocurrido es la sonrisa con que le recibe; en el resto del trato, profesionalidad estricta. En el circuito de barras y pesas, Pilar cumple su promesa. Hasta que en el último aparato, y como quien dice «arriba, arriba; fuerte, fuerte», le dice, con los mismos labios indiferentes: «¿Un bocata al salir?».

Inauguran una rutina que se acompañará o no de analgésico en el piso de Ismael. A menudo van al Melo's, un bar de la calle Ave María de Lavapiés, propiedad de un gallego y famoso en todo Madrid por sus rebanadas gigantes con lacón y/o queso de tetilla fundida. El Melo's será su bar de referencia.

La tercera o cuarta noche que Pilar se queda a dormir con Ismael, en la segunda o tercera semana de su relación, se repiten los ring, ring, ring. Es alrededor de la una de la madrugada, están en pleno auge e Ismael entiende rápidamente dos cosas: en primer lugar, que debe hablar de inmediato con Amer para que no le envíe más nómadas y para que avise a quienes ya han pasado por allí que se acabó; y en segundo lugar, que debe explicarle a Pilar qué significa exactamente aquel trasiego.

Porque ella, deteniendo el vaivén de su cadera y sentándose a su lado, eleva dos decibelios:

—¿Esto qué significa?

Ismael siente ganas de llorar, pensando que aquellos timbrazos van a separarlos. Sentado junto a ella, cagado, con un nudo en la voz, le explica la verdad. Que Amer, uno de los líderes de la mezquita, un hombre importante de la comunidad, un hombre que le está ayudando mucho a que el negocio marche bien, que le envía muchos clientes, y que es el que organiza los partidos de fútbol, y las salidas al río, le ha pedido que albergue a personas que necesitan techo por una noche, gente que está de paso hacia o desde Marruecos, casi siempre son marroquíes. Gente que no tiene dónde dormir, que no tiene dinero para una pensión. Nunca se quedan más de una noche, concreta, minimiza, él les da unas galletas. Añade que no es solo un favor a Amer, el islam obliga a ofrecer hospitalidad a quien realmente la necesita, y de alguna manera se ha comprometido, de alguna manera se siente obligado, por Amer y por su dios. Que por eso, en realidad, tenía la primera noche los colchones. Que no se atrevía a contárselo, por si no lo entendía, pero esa era la realidad.

—Pues es una costumbre muy bonita —dice ella, relajándose, relajando la tensión, tomándole una mano y apoyando la cabeza en su hombro.

A partir de ese momento solo guardará un colchón, eso sí, porque a veces lo visita en Madrid su amigo Asrih, al que conoce desde la infancia, le contará. Junto a Karim es el amigo más antiguo en su vida, sus vidas han sido paralelas, porque de Asilah fueron a Casablanca y después a Madrid. Ahora trabaja en Barcelona y lo visita a veces, pero Asrih siempre avisa si va a venir. Pero hablará con Amer, le promete, no quiere que aquellas visitas se interpongan en lo que acaba de empezar.

—Pensaba que era una pava.

En poco tiempo, se sincera entonces, ella se ha convertido en alguien importante y ha decidido que no le ocultará nunca nada, es una manera de apostar. «No soy de los que nadan sin mojar la cabeza», se describe una vez más.

Es en aquel momento cuando por vez primera Pilar le dice «te quiero». «Y yo», responderá él. «Mucho».

Pronto se lo contará a su madre y a Salma, le importa un huevo si se entera Verónica, es decir, en realidad está deseando que se entere.

La vida de Pilar, irá descubriendo Ismael, es sencilla, esquemática y tan solitaria como la suya, o incluso más. Por las mañanas estudia o prepara la tesis y asiste a algunas clases o entrena. En función de si por la tarde tiene turno en el gimnasio, corre o no corre; lo hace por las calles, a veces en las pistas municipales de atletismo de Concepción o de Vicálvaro, esta está más lejos y así se obliga a aumentar distancia. En una agenda que cabe en un bolsillo lleva anotados sus kilometrajes y el calendario de carreras de la Comunidad de Madrid, y organiza sus entrenamientos en función de aquellas citas. Ella misma es su propio experimento, su banco de ensayo de distancias, alimentación, peso, ritmo cardíaco. Todo está en esa libreta.

Un día de aquel febrero, Ismael la acompaña a una competición.

Es día 14, es el día de los enamorados, pero es casualidad.

La noche previa duermen separados, ella intenta dormir siempre nueve horas antes de competir. Se citan a las 06.30 en la estación de Chamartín, el tren sale a las 06.39. «Puntual, que solo hay uno cada hora y con el siguiente no llegamos». La carrera se celebra en San Lorenzo de El Escorial.

Cuando se encuentran, en una estación gélida y vacía, Pilar dice, exhalando una nube de plata:

—¿Sabes qué día es hoy?

—Domingo...

—De número.

—Trece… ¿Catorce?

—Catorce. —Pilar calla un instante.

Haciendo un bocadillo de su cara entre las manos, antes de abrazarlo con fuerza, lo besa en los labios. Ismael no se ha lavado los dientes, no ha tenido tiempo, hay algo en la efusividad de Pilar que no comprende, se desabraza:

—Aquí en España hoy es el día de los enamorados.

—Ah, ni idea.

—¿No lo has elegido por eso?

—No lo sabía. Para el año que viene ya lo sé.

Pilar lleva unas zapatillas verde fosforescente, un chándal rojo y un anorak grueso, encima de unas mallas y una camiseta técnica, de licra, ajustada, que le remarca el cuerpo atlético; cuando más tarde se quite la ropa de abrigo, Ismael pensará que parece estar desnuda. También lleva una mochila pequeña, con ropa de recambio y barritas energéticas. Pilar se come dos de ellas en el trayecto. Ismael no ha desayunado.

Cuando llegan a San Lorenzo, siguen a los atletas vestidos de colorines, todos van en la misma dirección. Llegan a un parque precioso, con árboles enormes y seto de boj recortado, en una de cuyas esquinas una pancarta gigantesca dice «3ª Media Maratón de San Lorenzo de El Escorial». Al lado hay una carpa blanca, con cubículos para que los atletas se cambien de ropa.

Suena música *techno* a un volumen indecente. Indecente para la hora, se entiende. Pilar le deja la mochila y el anorak, todavía no se despoja del resto, le pide que la espere diez minutos por allí, trota suavemente por el parque, es grácil y leve como un ciervo. Ismael pasea para combatir el frío, se cruzan varias veces, ella lo saluda todas las veces con la mano, sonríe como un hada.

Aquel día, Ismael piensa por primera vez que Pilar es su novia.

Está helado, pero orgulloso de haberla acompañado. Piensa —aprende de pronto— que las relaciones son detalles, no palabras o planes grandilocuentes.

Hacia las 08.20, la música cesa un instante y el megáfono pide a los corredores federados que entren por la calle de salida, Pilar regresa donde está él, se despoja del chándal, se queda con la ropa ajustadísima, toda la orografía a la vista, le da un beso fugaz en los labios y anuncia su marca aproximada: «En hora cuarenta estaré aquí». Y se va, de nuevo al trote, hacia el carril de salida, mezclada en un enjambre luminoso. Calcula que debe estar allí a las diez y diez.

Ismael busca el primer tramo del recorrido y se acoda en una valla, buscando en la masa el perfil de su chica. No la ve. Entre los atletas hay varios magrebíes, o muchachos de aspecto magrebí.

A las 08.28, el *techno* se apaga de nuevo y el *speaker* anuncia que están a punto de empezar, agradece la asistencia de dos mil seiscientos seis corredores, cita una larga lista de patrocinadores, calla un instante y, con entonación radiofónica, alargando algunas letras, anuncia que «la carrera va a empezar», y empieza a descontar «diez, nueve, ocho, siete…» hasta un cero que es un disparo. La masa de atletas arranca, los primeros a todo trapo, los siguientes más al trote. Ismael espera hasta que la marabunta pasa entera frente a él.

Sale del parque y entra en un bar que hay frente a la entrada, se sienta ante un televisor encendido. El camarero, en la barra, lo ignora, hasta que es él quien debe levantarse y pedir un café con leche muy caliente. Seca todavía dos o tres vasos, antes de prepararlo. Lo posa sobre la barra y tarifa: «Son ciento cincuenta».

Ismael paga, él mismo se lo lleva a la mesa. Lo hará durar un buen rato.

El chumba-chumba no ha cesado, le llega amortiguado. En el bar hay otro cliente, en la barra, recostado hacia el televisor, que repite el informativo de la noche anterior en Televisión Española. La información principal, a la que dedican muchos minutos, explica que en El Ejido, en Almería, han apaleado a varios inmigrantes tras la muerte de una persona que había intentado evitar un robo que estaba a punto de cometer un marroquí.

—Los putos moros.

Al girarse, con toda la ostentación de que Ismael es capaz, no sabe distinguir si lo ha dicho el camarero o lo ha dicho el cliente. El primero está de cara y lo observa, sigue secando vasos. No le aparta la mirada.

Cuando la información llega a los deportes, se explica que la tarde anterior ha habido un Madrid-Barcelona y que han ganado los blancos 3-0. Con un gol de Fernando Morientes.

—Este moro sí que es bueno —dice el camarero.

«A Morientes le llamaban "moro", era buenísimo, metía muchos goles», le detallará Ismael a Pilar cuando le cuente el incidente, «y a mí me llamaban Fer, de Feres y de Fernando, porque decían que me parecía físicamente, aunque yo soy defensa».

Cuando aún no hace una hora de la salida, comprueba en su móvil, la música se apaga y el *speaker* anuncia que los primeros corredores están a punto de llegar. Va destacado un tal Abdelmajid Bouchar, del Club Atletismo Leganés.

Ismael decide que, aunque esté congelado todavía, prefiere ver la llegada de los corredores que soportar los comentarios de aquel imbécil, así que se levanta, se carga la mochila a la espalda y, antes de salir, se detiene en la puerta, busca la mirada del encargado, alza un pulgar hacia la meta y hurga: «Gana un moro».

Los últimos trescientos metros son un zigzag por el parque, con un goteo de corredores detrás del tal Bouchar, que vence, con 01.06.

Ismael espera al otro lado de la valla, junto a la meta. Pilar llega quinta, con 01.39.

Cuando la ve acercarse a meta agita la mano, quiere que lo vea, Pilar sonríe, exhalando. Se detiene un momento, pone las manos en las rodillas, respira, vuelve a trotar un poco. Regresa, cada vez a menor velocidad, hasta donde la espera Ismael con una sonrisa. El reloj pulsómetro marca 109.

Está tan orgulloso.

Pilar se cambia la ropa sudada en la carpa, ahora necesita algo caliente. Ismael elige la misma cafetería, quiere refregarle al camarero sus comentarios, quiere que vea lo guapa y española que es su novia. No le contará lo ocurrido a Pilar hasta que salen de la cafetería.

Cuando van a sentarse, Ismael dice:

—Se pide en la barra.

Se acercan.

—Un té muy caliente, por Dios.

—Yo, nada —dice él, aguantando la mirada. Los vasos ya están secos.

Al salir, deshacen el camino hasta la Renfe y regresan a Madrid.

35

Había quedado con Pilar a las ocho de aquel sábado, para tomar una cerveza con tiempo. Yo no tenía otros planes ni nadie me esperaba, podía tomar las cervezas que fueran, y cenar, y seguir escuchándola las horas que necesitara. Estaba cansado, muy cansado, y a la vez con energía, y me intrigaba y estimulaba enormemente quedar con ella, y escucharla, y sobre todo quería que me contara la vida de su novio para acabar de valorar si, a través de una construcción que no fuera totalmente ficción, intentaba explicar cómo había sido su vida.

Que la cita fuera a las ocho me obligaba a acabar la pieza que había pactado con Barcelona —sobre la capacidad operativa de la célula terrorista— como máximo a las siete o siete y cuarto de la tarde, de manera que a las diez de la mañana ya estaba en la redacción de la calle Oquendo escribiendo. Izquierdo había dejado unos párrafos la tarde anterior, yo los reescribiría y ampliaría con lo que había conseguido que me contaran Rocío y Ernesto, el fiscal, en sendas llamadas.

La doble página estaba dibujada por la mañana y todo iba bien, por una vez acabaría a una hora razonable, aunque fuera para acudir a una cita que era trabajo, más trabajo, por más que toda mi curiosidad estuviera en estado de alarma.

Hasta que hacia las seis de la tarde mi móvil empezó a vibrar. La pantalla anunciaba «Celeste», que era Celeste López, la redactora jefa del área de sociedad de la delegación de Madrid. Aunque nos tuviéramos un mutuo cariño, no nos llamábamos nunca un sábado o por motivos que no fueran laborales. Vivía en Alcalá de Henares, pero aquella tarde estaba casualmente en Leganés; había ido a un centro comercial, y había visto docenas de coches y furgonetas de la policía, todas con la sirena, todas en alarmante aceleración. Ella no sabía qué ocurría, pero había dejado a su familia con las compras y estaba conduciendo en la misma dirección que las fuerzas policiales. «Están muy nerviosos», dijo, «fijo que tiene que ver con los terroristas».

Tenía razón.

Llamé a Izquierdo y lo advertí; llamé al móvil de Rafa, uno de los responsables de prensa del Ministerio del Interior, y le pregunté qué estaba ocurriendo. Me dijo que había una operación en marcha relacionada con el 11-M, pero que no tenía más datos todavía.

Llamé a la redacción de Barcelona y le expliqué la situación a Pep Gisbert, que aquel sábado era el jefe de guardia en la sección. Gato viejo, enseguida vio cómo iba a ser lo que quedaba de sábado: «*Només pot anar a més*», vaticinó. Tenía razón: tanto movimiento policial difícilmente quedaría en nada, solo podía ir a más. Por si acaso, hizo una copia de las páginas que ya estábamos a punto de cerrar, pero pidió al área de maquetación que, en el mismo espacio, dejaran una pieza pequeña para lo que yo ya estaba acabando, de unos seis mil o siete mil caracteres, y una larga crónica para todo aquello que, a aquella hora, solo intuíamos.

Llamé a Pilar y le expliqué la situación. No podríamos quedar aquella noche. Me preguntó varias veces si yo creía que eran «los malos», pero en aquel momento yo no tenía ninguna certeza. «Se supone que es algo relacionado con la célula», le avancé.

Puse la radio. La policía se había dirigido a la calle Carmen Martín Gaite; otro nombre que dejaría de ser de una escritora para convertirse en un predicado. Busqué —en unas guías de calles que teníamos en la redacción, unos gruesos volúmenes de papel finísimo— dónde estaba aquella vía. Afueras de Leganés, afueras de las afueras, dijeron mis prejuicios. La calle adyacente se llamaba de Irene Fernández, me pregunté quién podría ser; tuve la sensación de que lo había sabido alguna vez y lo había olvidado; o quizás tuve la sensación de que, al no ser un personaje *mainstream* del callejero (Federica Montseny, Pablo Neruda, Enrique Tierno Galván), debía ser alguien con una historia que al menos me ayudara para el relleno de una crónica que, a aquellas horas, era una pavorosa pantalla en blanco. Y efectivamente, Irene Fernández tenía una lejana relación con todo aquello, porque fue la primera agente de la Guardia Civil que, a los treinta y dos años, había sido asesinada por ETA. Había sido en agosto del año 2000 en un atentado en Sallent de Gállego, Huesca; también había muerto el agente Ángel de Jesús Encinas, de apenas veintidós. El nombre de Irene Fernández había sustituido en aquella vía al de las Madres de la Plaza de Mayo, que conservaron la plaza en Buenos Aires, pero en Leganés se habían quedado sin calle. Con todo ello redacté un párrafo que nunca se publicó. Más que un párrafo fue un calmante, esas líneas que llenan un pedazo de la pantalla y que, conforme avanza la noche, te permiten pensar que no falta tanto; luego siempre sobra texto, al menos en la edición de papel. Pensé que algún medio vería en la ubicación del piso franco un indicio más de que la banda vasca había estado detrás de la masacre; imaginé el redactado, el delirio: «Los terroristas del 11-M eligieron el piso porque está en la calle de una víctima de ETA». No es ninguna exageración. Por aquellos días, el periódico que más alimentó las teorías conspirativas de que ETA había colaborado en la matanza publicó una información kafkiana: explicó que en la furgoneta («la Kangoo») localizada el mismo 11 de marzo en la estación de Alcalá de Henares, desde la que habían accedido a los trenes con los artefactos, había aparecido una «tarjeta del Grupo Mondragón»; el grupo Mondragón era un conglomerado industrial al que se había acusado (nunca condenado) de blanquear dinero de ETA. Ciertamente era del grupo Mondragón, pero no el industrial, sino la divertida banda musical de Javier Gurruchaga, y no era ninguna tarjeta, sino la carátula de un casete. Pero jugando ambiguamente con las palabras, podíamos admitir que en la furgoneta había una tarjeta del grupo Mondragón.

Volví a hablar con Gisbert, me sugirió que no me moviera de la redacción, porque él había enviado al lugar también a José María Brunet, un veterano redactor del área de política que estaba siempre dispuesto a trabajar. Yo podía ir recabando datos del Ministerio del Interior, compilando lo que observaran Celeste y Brunet y lo que fuentes policiales le explicaran a Izquierdo, e ir armando una crónica.

Iba a ser una noche larga.

La tensión en la zona iba en aumento. Las fuerzas policiales obligaron a todo el mundo a alejarse, Celeste debía de estar ahora a unos quinientos metros del piso. La policía había desalojado a decenas de vecinos de sus casas, habían salido con lo puesto y temían que todo explotara y se quedaran sin nada. Me llamaba cada poco, lo mismo que Brunet, yo iba anotando cualquier detalle.

Hacia las siete de la tarde, la zona se llenó de tanquetas de la Policía Nacional. Había docenas de vehículos policiales. Había helicópteros sobrevolando el gran sur de Madrid. La iconografía era bélica.

La Comunidad de Madrid activó el llamado Plan 1, diseñado para catástrofes, todos sus servicios de emergencias estaban operativos. Montaron en pocos minutos un hospital de campaña en una de las calles cercanas, por si había un tiroteo, una explosión, heridos que atender con urgencia. Había docenas de bomberos.

Un vecino le contó a Celeste que había visto correr por la acera a un magrebí, que al parecer había detectado policías de paisano y había empezado a gritar dirigiéndose a uno de los primeros pisos del número 40 de Carmen Martín Gaite —yo iba anotando— y había salido al esprint: «Corría como un galgo», describió aquel hombre. No sería un galgo, sino el Gamo, sabríamos más tarde: era Abdelmajid Bouchar, atleta aficionado, ganador de varias carreras de media distancia en la Comunidad de Madrid, sin oficio conocido y años atrás expulsado del domicilio familiar por su desinterés en tener uno. Había bajado a la calle a tirar la basura al contenedor, sospechó que algunos de los tipos que por allí merodeaban eran policías y avisó al comando. Bouchar desapareció dos años, hasta que fue detenido en Serbia y extraditado a España. Qué hizo allí o con quién sigue siendo un misterio. También sabríamos más tarde que su ADN estaba en el hueso de un dátil dentro de la bolsa de basura que había bajado al contenedor, con lo que resultaba bastante flagrante que era uno de los ocupantes del piso y, por ello y con toda seguridad, miembro del comando. En la vivienda había armas y explosivos, era imposible que allí hubiera entrado nadie que no formara parte de su núcleo central.

Una crónica de la Agencia EFE, que añadimos a nuestra primera versión, citándola, narraba que al lugar habían llegado varios hombres vestidos de civil y armados, para sorpresa de unos niños que por allí jugaban y que habían sido rápidamente conducidos fuera de la escena.

Aquel texto se titulaba «La policía descubre en Leganés el piso franco del comando del 11-M», pero a las 21.03 todo cambia, porque el piso franco explota.

Ni Celeste ni Brunet lo ven porque están a varias calles de distancia, pero el estruendo es pavoroso. Yo lo oí, sin nitidez, un barullo entremezclado con la angustia del locutor, a través de la radio.

Hay imágenes, en 2004 ya había un vecino grabando con un móvil que enfoca hacia el bloque; el 1° 2ª estalla, se escuchan los gritos de pavor del reportero improvisado. Cuando el humo de dinamita se desvanece, vemos el bloque entero arrasado, apenas los pilares principales de hormigón resisten. Pero no vi el vídeo aquel día, sino al siguiente, en Televisión Española.

Me llamó inmediatamente Celeste, sugirió que todo iba a cambiar; o ellos se habían inmolado o la policía había tirado una granada dentro, la confusión era total, pero seguro que «hay muertos».

En nuestra edición de aquel domingo los muertos eran cuatro: tres terroristas inmolados y un agente del Grupo Especial de Operaciones (GEO), el cuerpo de élite de la Policía Nacional. Su primer caído en combate desde la creación del cuerpo, en 1978. Este era un termómetro de la gravedad de la situación, ni siquiera ETA había matado o hecho caer a un agente de los GEO.

Francisco Javier Torronteras, de cincuenta años, casado, dos hijas.

Está a la cabeza del comando que va a asaltar el piso de los terroristas cuando, al volar la puerta y echar una granada de gas lacrimógeno en el interior, los ocupantes de la vivienda, que no serán tres, sino siete, activan los artefactos de dinamita que han preparado y todo vuela y todo acaba para ellos, y, pese al dantesco escenario que dejan, pese a la brutalidad icónica de toda aquella destrucción, la dinamita y el comando se han acabado y el país respira. El comando se ha autodestruido, ya no hará más daño.

También respira Acebes, que comparece en rueda de prensa a las once y media de la noche y da todos esos detalles, con gesto grave. Está Brunet, y yo lo sigo por televisión desde una redacción vacía, fría y vulnerable. Es un bajo. No hay cortinas, con toda seguridad puedo ser observado desde el exterior. A veces tengo miedo. Por suerte, estoy casi todo el tiempo al teléfono, con alguien que pueda ser alertado.

Un agente ha muerto y otros doce han sido trasladados a tres hospitales de Madrid, todos en estado leve salvo uno, con una fractura abierta. Ángel Acebes da el pésame a la viuda del fallecido y a sus dos hijas.

El ministro saliente detalla que a media tarde, y gracias a la «profesionalidad» y el «buen hacer» de la policía española, el piso franco ha sido localizado y rodeado en la calle Carmen Martín Gaite de Leganés, y que al verse en tal situación los terroristas han comenzado a disparar desde las ventanas, al tiempo que entonaban cánticos en árabe. Acebes añade que con toda seguridad han muerto tres terroristas, añade que alguno de ellos es al parecer de los que estaban en busca y captura por orden de la Audiencia Nacional, y añade aún que con toda seguridad aparecerán más cuerpos entre el caos. El edificio entero ha quedado devastado, incluso dos de los adyacentes han sufrido graves daños estructurales. Uno de los cuerpos, narra el ministro, ha volado hasta la piscina del complejo residencial con un cinturón de dinamita rodeando su abdomen.

Supimos que el comando había alquilado el piso pocas semanas antes y por novecientos euros mensuales, y que la policía había descubierto hacía varios días la zona aproximada donde estaban; había sido clave el rastreo de los teléfonos móviles y sus tarjetas SIM vendidas en el locutorio de Jamal Zougam.

También había sido clave que, unos días atrás, el juez Juan del Olmo hubiera hecho públicas las fotografías de varios de los sospechosos: una vecina había alertado a la policía de que había visto por aquella zona de Leganés a Jamal Ahmidan, el Chino, que luego se sabría que era uno de los dos líderes fundamentales de la trama y uno de aquellos cuerpos despanzurrados.

De manera que se podía intuir o entender o sospechar que la policía sabía o intuía desde semanas antes quiénes formaban la parte más peligrosa o activa del comando.

Todo ocurrió muy tarde, y aun así pudimos armar una crónica a ocho manos con bastantes detalles, tanto los ofrecidos por Acebes como los que *in situ* recabaron Celeste y Brunet y los que, por teléfono, me dio por un lado Rocío y por el otro Izquierdo, de sus fuentes policiales. El área de producción del periódico me llamó cinco o seis veces para que cerrara la crónica de primera edición, había que enviar a rotativas YA, decían en mayúsculas. Pero —con la comprensión de Gisbert— yo no quise dejar de añadir todos los detalles y de pulir la primera versión del texto antes de que viajara hasta la planta de Poblenou, aunque ello alargara la jornada al personal de imprenta y, a la empresa, las nóminas del mes siguiente en unas horas extras que no eran las mías. Que cierres YA, no te jode.

Celeste se quedó allí hasta las tres o las cuatro de la madrugada, convinimos que yo iría a Leganés a primera hora del domingo para seguir las tareas de búsqueda de restos y pruebas y desescombro.

Antes de subir a casa me tomé un *gin-tonic* en el Barbieri. Estaba contento, y era desagradable. Habíamos hecho un buen trabajo, en equipo, me parecía que la crónica de lo que había ocurrido aquel día había quedado bien, pero estábamos hablando de muertos, caos, destrucción. Había escrito aquí: había muerto un policía, casado y con dos hijas, y lo había escrito sin tener en cuenta que habían muerto también algunos terroristas, al menos tres. ¿Debía o debíamos compadecernos de ellos, con la matanza que habían perpetrado, el dolor físico y emocional que habían dispersado, con el miedo que, de forma definitiva, habían metido en nuestras tripas? ¿Debíamos compadecernos quizás de sus familias, de sus madres, hermanas, mujeres, hermanos, lo que tuvieran, que quizás eran también vecinos nuestros, y en quienes quizás habría calado, de forma definitiva, el doble por qué: el porqué lo hizo y el porqué no me enteré?

Me di cuenta de que en realidad estaba aliviado: el comando había sido neutralizado. La tensión del nuevo atentado inminente iba a desaparecer. Había comenzado a desaparecer.

36

Los domingos con carrera de Pilar en la periferia de la capital se convertirán en una rutina irregular. No corre cada semana, a veces hace suplencias en el gimnasio, a veces prepara una maratón y altera el ritmo de sus entrenamientos. Pero Ismael la acompañará algunas veces; otras no, y entonces va a la mezquita y si reúnen hombres suficientes juegan a fútbol.

Por entonces, Amer ya ha dejado de ir a aquel recinto, y eso tranquiliza a Ismael. Es decir, todavía lo ve por allí alguna vez, pero ya no tiene un despacho, a veces está y a veces no está.

En la segunda o tercera carrera a la que van juntos, sería el mes de abril del año 2001, Pilar le propone que aprovechen el buen tiempo y pasen el día fuera, de excursión y pícnic. Será uno de sus pasatiempos favoritos, será la felicidad de Ismael. Un día le propondrá que vayan de acampada, conoce varios lugares cerca del pantano de San Juan, pueden alquilar una tienda de campaña y dormir en el bosque, pero Pilar dice que no: «¿Dormir en medio del bosque? Que viene cualquiera y para robarte cuatro perras te apuñalan, o vete tú a saber qué te puede pasar».

Para aquel primer pícnic toman un autobús a las siete menos cuarto de la mañana hasta Soto del Real, una localidad a treinta y ocho kilómetros de Madrid. En el horizonte, la sierra de Guadarrama. Las montañas todavía están nevadas. Ismael ha llamado desde el locutorio a la oficina de turismo. Desde aquel pueblo parten diversas rutas. Ha elegido una sencilla, teniendo en cuenta que Pilar habrá corrido quince kilómetros. Recorren el arroyo de El Recuenco, un paraje precioso, lleno de agua y vida. Ismael lleva en la mochila tres fiambreras con delicias marroquíes preparadas por su madre, van generosamente envueltas en papel de aluminio. Las ha ido a buscar la noche anterior, sin decírselo a Pilar, le ha asegurado que él se ocupa de la comida. Después de dos o tres horas de caminata cerca del arroyo se sientan junto a un remanso, algunos peces se mueven eléctricamente por el fondo, se oye una sinfonía de aves. Ismael despliega un trapo de cocina y sobre él distribuye un tarro con hummus, un cuscús con verduras y pasas y lentejas con tomate y cúrcuma. Pilar, desmayada de hambre, abre sus ojazos:

—¿Y esto?

—Mi madre, que te quiere conocer.

Pilar ríe con franqueza y no elude:

—Bueno, pronto.

Ismael siente un tornado de endorfinas.

En este sentido, su relación será asimétrica, porque ella conocerá a Melissa y a Salma, y también a su amigo Asrih; con este coincidirán alguna noche en el piso —a Pilar nunca le gustará Asrih—; pero Pilar no hará nada para que haya una reciprocidad. Es cierto que la familia de Pilar es de y vive en Málaga, y que un negocio como el suyo, un hotel, jamás cierra, y por ello nunca suben a Madrid. Pilar tiene dos hermanos mayores, dos chicos, Pablo y Fermín, que trabajan allí. También Pilar: cuando tiene unos días libres, en Semana Santa o algún puente en que consigue fiesta en el gimnasio y en la panadería, «se baja» en autocar hasta casa de sus padres y echa una mano con lo que sea en el negocio.

Ahí habrá un desequilibrio, e Ismael tiene a veces la sensación de que la chica camufla su relación, o al menos no hace nada por encajarlo. Pero quizás es solo una sensación. También es cierto que es Pilar quien insiste en conocer a Melissa y a Salma; Ismael tiene muchas ganas de presentarlas, pero ha aprendido a no tener prisas.

El domingo que Pilar corre la media maratón de Las Rozas, Ismael sugiere que compren unos bocadillos, porque no ha tenido tiempo de pasar a buscar los táperes de su madre. Y es Pilar quien sugiere: «Pues entonces vamos a su casa, ¿no?». Un par de horas más tarde están a su mesa en el otro extremo de Madrid. Un festín de tabulé, *baba ganoush*, hojaldres... Pilar está algo nerviosa, y no es solo por conocer a las dos mujeres, es también porque nunca ha estado en una casa marroquí; siente en su piel, en sus estratos, un choque «como cultural», no sabe si se comporta como requieren las circunstancias.

Para Melissa es el mejor de los triunfos, de los objetivos asumidos, el mejor de los futuros, aquella circunstancia ratifica que no se equivocó el día que decidió abandonar a Anuar y su vida de mierda en Asilah: que su hijo tenga una novia española, y además sea trabajadora, simpática y limpia. No entiende muy bien su afición a correr, pero no se puede tener todo.

El desequilibrio en este terreno será un punto de fricción entre Ismael y Pilar. Él se contraría cuando ella se va a Málaga en Semana Santa y aquel puente del mes de junio, y se cabrea «de verdad» cuando en verano se va también, más de un mes. Revive de golpe toda la frustración que le propina Verónica, desapareciendo los veranos, tiene por momentos la sensación de *déjà vu*. Una noche de final de julio en que se han pedido sendos *shawarmas* para llevar, para comerlos en el pisito de Ismael, Pilar le está acabando de contar que se tiene que bajar a Málaga, que lo siente pero que sus padres cada vez están más mayores y que necesitan más ayuda, y que ellos le pagan un tanto al mes para que ella pueda estar en Madrid, es por eso que tiene que ayudarles en el hotel; Pilar está acariciándolo con efusividad extra, con efusividad preventiva, lo está besando con más pasión de la habitual, le está entregando toda la que no le podrá entregar en cuatro semanas, cuando suena el interfono, pero no tres veces, sino una larga, e Ismael la caga —«Espera un momento»— porque quien está abajo es Asrih, y una vez han hablado por el interfono no se atreve a no abrirle o a pedirle «ven más tarde», que es lo que debería haber hecho, y le abre, y Asrih sube, con lo que Pilar prefiere irse a casa y a Málaga todo el mes sin uno o dos analgésicos preventivos, con las caricias abruptamente interrumpidas y con la creciente noción de que no le gusta Asrih. Sus miradas evasivas, sus respuestas tangenciales, que nunca vaya al grano, sus carcajadas a destiempo, una mano siempre en el bolsillo.

Pero Pilar se va, se despiden mal en el rellano, demasiado excitados y para demasiados días. Ni siquiera le ha propuesto que la visite, que «se baje» unos días, pero es que no puede, explica Pilar. En aquella época hay mucho trabajo en el hotel y Pilar no va a poder estar con él si está por allí, en Málaga, se refiere, argumentará, pero eso Isma no lo acaba de entender, o sí lo entiende, pero le irrita igual. Se siente como un perro abandonado en una carretera.

Porque además, Ismael ese verano tiene pasta, bastante pasta: Imad le ha comprado finalmente su parte del locutorio.

Un día de aquel julio de 2001 Imad se ha presentado en el locutorio y le ha hecho una oferta. Aunque lo tiene decidido, Ismael lo piensa veinticuatro horas, porque la oferta es baja, pero lo habla con Pilar mientras comen una «zapatilla» en el Melo's y decide o deciden que sí, «yo te apoyo, cariño, que con las cuatrocientas mil pesetas que te ofrece puedes pasar unos meses hasta que encuentres algo más, quizás es la señal del cielo que esperabas para por fin establecerte como abogado o asesor».

Ismael le hace una contrapropuesta: tendrá derecho a usar el despachito que ya existe en el locutorio. Imad accede. Ni siquiera firman un papel. «Tu palabra es mi palabra, *alhamdulillah*», sella Imad.

La cuestión es que Ismael tiene aquel verano dinero, pero no tiene planes, y tampoco tiene trabajo, o tiene un trabajo que no tiene horario, al menos al principio. Por mucho que ponga en marcha la asesoría, ya no va a pasarse de nueve de la mañana a nueve de la noche en el locutorio, atendiendo la centralita y cobrando llamadas. Colgará un rótulo en la puerta: «Ismael Feres, abogado. Ofrezco asesoría empresarial, legal, papeles, reagrupamiento familiar. Horas convenidas. Razón aquí». Pero en todo el mes de julio hará apenas dos o tres clientes. Ismael intenta concienciarse de que será lento, pero que tiene colchón para unos meses.

A inicios de agosto Pilar se va a Málaga e Ismael está sin apenas nada que hacer más que esperar en el despachito, o con el móvil a mano, por si llega algún cliente. ¿Y qué hace? Vuelve o intensifica su asistencia a la mezquita. Intenta llenar con ella su vacío. Con Pilar, eso sí, se llama todos los días. No es lo mismo, pero tampoco es lo mismo que con Verónica.

En aquel momento, Amer y buena parte de los chavales que Ismael conoce —los que juegan a fútbol y los que van al pantano algunas veces— ya no van a la M-30, ahora son asiduos de los oratorios que se han abierto en garajes y locales comerciales, con lo que cuando va a las oraciones no encuentra a tantos conocidos, otros chavales con los que quedarse un rato a tomar un té en la cafetería, lo que podría haber sido en aquel momento una buena opción para darse a conocer como asesor legal. No hay mejor publicidad que el boca a oreja.

Aquel verano a Ismael le surge un plan sorpresa, que será sin Pilar, pero importante en la relación entre ambos. Cuando su hermana se entera de que Pilar se ha ido a Málaga todo el mes y que Ismael está colgado, le propone una alternativa. Un año más va a ir de vacaciones con Vero y Esther a Alicante, a la playa, al mismo apartamento de otras veces. Se irán el 10 de agosto. Ismael duda porque va Vero, pero Salma piensa (e Ismael acaba pensando) que ya ha pasado tiempo suficiente y que, como la gente normal en España, puede tener un trato correcto, civilizado y moderno con su ex.

Ismael le explica a Pilar con voz temerosa la propuesta de su hermana, y pese a todo su valoración es:

—Qué guay.

De entrada, Ismael se tranquiliza; con los días, habría preferido una reacción o contraoferta. Le sorprende su pasividad, le irrita.

En Alicante tiene un incidente con Verónica.

Los primeros días todo va bien, el trato es distante pero correcto, bromean en algún momento, ambos tratan de no estar nunca sin Esther o Salma. Van a la playa todos los días, van de fiesta todas las noches, un día Ismael las invita a una paella, lo pasan la mar de bien. Pero la penúltima noche, en el mismo ascensor de dos o tres veranos antes, muy bebidos y después de subir y bajar cinco veces de la portería al séptimo, los cuatro, muertos de la risa porque dicen —son bromas de borrachera— que van de «subidón», espoleados por la risa lacia de Verónica, esta aprovecha la estrechez de la cabina para refregar con su culo el túmulo de Ismael. Este siente de inmediato el fulgor creciente y al mismo tiempo el pavor de si aquello, y en lo que pueda derivar aquello, deberá contárselo a Pilar, o tendrá o tendría consecuencias en Pilar cuando de nuevo se encuentren en Madrid. El ascensor se detiene finalmente en su piso, porque Vero quiere disponer cuanto antes de la polla de Ismael, así que entran en el piso, y Vero propone que se tomen «la última» mientras abre la botella de vodka, ofrece una copa a Ismael con una simpatía torva que lo incomoda, que elude contestar durante unos instantes, unos segundos, los segundos de frialdad que salvan al mundo, los momentos en que el dedo está cerca del botón nuclear pero no pulsa el botón nuclear, los instantes necesarios para decir: «No, yo me haré una infusión», que llena de chasco el rictus de Verónica. Una expresión transparente, irritada. Con lo buena que estoy. Descubriendo que Ismael no es esa clase de persona y ni siquiera de hombre y que no va a traicionar a su chica, por mucho que se haya ido a Málaga, por un calentón de ascensor.

Ismael pone agua a calentar, mientras Salma y Esther siguen desmontándose de la risa por cualquier tontería, Esther está tumbada en el suelo bocarriba. Cuando el agua está caliente, Ismael ofrece cuatro tazas, Verónica olisquea la suya y determina: «No me mata, huele muy fuerte». Deja la taza sobre el mármol y anuncia que se va a dormir.

Ismael, sin ironía, se despide:

—Descansa.

37

Domingo 4 de abril. Puse el despertador del móvil muy temprano. Más que cualquier día laborable.

Salí a la calle y caminé hasta la estación de Cercanías de Atocha, y pregunté cómo llegar hasta Leganés; no había estado en mi vida en Leganés, concreté que quería ir a la zona donde habían descubierto a los terroristas, en Leganés norte. La mujer que atendía en información conocía la zona y me indicó que debía tomar la línea C-5 y bajar en la estación de Zarzaquemada. Cuento estos detalles porque no son irrelevantes, son parte del alivio. Desde aquel día, domingo 4 de abril, coger de nuevo el transporte público (¡un tren de Renfe!) ya no me angustió, o no de aquella manera de las primeras semanas. El comando y su dinamita y sus armas habían desaparecido; claro que podía volver a ocurrir o que podía haber una parte aún activa, pero era muy improbable. Era muy difícil ocultar a un comando, era inverosímil ocultar a dos.

El perímetro policial había quedado reducido a lo largo de la noche a la isla de casas donde estaba el piso franco. Había docenas de agentes, muchos de ellos vestidos con un mono blanco, entraban y salían continuamente de una carpa del mismo color instalada en el tramo de calle vetado al paso.

El edificio en el que los terroristas habían alquilado un piso había quedado reducido a un esqueleto de hormigón. No solo la vivienda que habían dinamitado había perdido las paredes, también la de encima y la de debajo. La zona comunitaria de jardín, donde había una piscina, estaba abarrotada de pedazos de cosas indistinguibles, pero donde aparecieron ejemplares del Corán, ametralladoras, ropas, cuerpos, tenedores, una cámara de vídeo, paquetes de explosivo. Miles de objetos que la policía científica recogió y documentó y analizó uno a uno, extrayendo pruebas y conclusiones y adeenes. El panorama era dantesco, recordaba obviamente al de los trenes; de hecho, la causa era la misma, la misma substancia destructora.

Observé un rato por allí, escuché a los vecinos anonadados, siempre hay alguno que había sospechado, que había visto «morenos», que lo intuía, que ya se había dado cuenta de que los días previos había secretas por todos lados.

Era temprano, pero había ya docenas de curiosos en el límite que marcaban vallas metálicas con el escudo de Leganés; la mitad superior era un rectángulo formado por las imágenes, combinadas, de un león y una torre, y la parte inferior representaba un pedazo de tierra con algunos hierbajos; todo ello rematado por una corona pomposa; todo ello muy alejado de aquella periferia industrial y residencial.

Me llamó Izquierdo. Acebes iba a dar una rueda de prensa a las doce y él no podía ir aquel día, estaba lejos de Madrid. Merodeé todavía un rato por allí, hablé con varios vecinos, algunos insistían en que Leganés era un lugar muy tranquilo, de gente trabajadora, pacífica y honrada, no querían quedar vinculados al suceso. Años después, sin embargo, el nombre de esta localidad (a mí) sigue evocándome el frenesí de aquellos días y el vídeo del 1º 2ª explotando en un millón de pedazos.

Acebes también parecía liberado. Aunque el día antes había muerto un agente, su policía había localizado y destruido al comando. Apareció destensado pero severo, satisfecho pero explícitamente triste. O yo lo percibí así, quizás de forma prejuiciosa, quizás porque presuponía que el ministro debía tener ese bipolar estado de ánimo. ¿Hasta qué punto era positivo para lo que luego escribiera que yo lo detectara así? ¿Iba a condicionar el sentido o el tono de mi crónica? ¿Iba a ser menos severo ahora, cuando había hecho su trabajo, aunque fuera tarde y después de manipular o intentar manipular de aquel modo en las primeras setenta y dos horas después de la matanza?

Había muchos datos nuevos. De entrada, ofreció otra vez su pésame a la viuda y a las dos hijas de Francisco Javier Torronteras, a quien definió como «un ejemplo de servicio a su país». Agradeció la valentía del grupo de operaciones especiales y refrescó los datos sobre el estado de salud de los geos heridos, apenas tres seguían hospitalizados y no se temía por su vida. A continuación, Acebes hizo un llamamiento a la calma, especialmente en la zona de Leganés, donde había cundido una cierta inquietud ciudadana; había habido varias llamadas a distintos cuerpos policiales alertando de la existencia de bolsas de basura abandonadas en algún rincón. También detalló que se estimaba que en la explosión se habían empleado entre quince y veinte kilos de dinamita, y que en el desescombro habían aparecido hasta el momento otros diez kilos, así como alrededor de doscientos detonadores intactos, esto es, listos para una nueva acción. Tal cantidad indicaba, según el responsable policial, que las intenciones de los terroristas no se habían visto colmadas todavía. Entre ellos, avanzó, se podían confirmar las identidades, efectivamente, de Serhane Ben Abdelmajid, el Tunecino, y de Abdennabi Kounjaa, que estaban en la lista de la Audiencia Nacional. Este, se sabía ya por las huellas digitales, había sido uno de los que había intentado volar el AVE dos días antes.

Tenían identificado a un tercero llamado Asrih Rifaat, del que no se tenía hasta ese momento ningún dato. Ni un seguimiento ni un antecedente ni una sospecha de radicalismo. ¿Se había transformado en silencio? ¿Era solo silencio policial o también en su entorno? ¿Cómo había sido la vida de Asrih Rifaat para llegar a aquel punto sin retorno?

Uno de los inmolados llevaba un ejemplar del Corán pinzado bajo un brazo y se había colocado detrás de un colchón, al parecer tratando de salvarse de la explosión, quizás disconforme con el drástico final diseñado por sus compañeros de célula. Por la manera en que se lo contó su fuente, a Izquierdo le pareció que quien se protegió de esa manera fue Asrih Rifaat. Imaginé entonces al tal Asrih Rifaat —aún no teníamos su foto— tratando de salvarse de la muerte que ha determinado el líder del comando, que en aquel momento solo se intuía que podía haber sido el Tunecino, tratando de revertir todas sus decisiones de los meses o años anteriores, metiéndose en la corriente del Tunecino, dejándose llevar por su convicción, dejando que el Tunecino le acerque el mechero de su odio, impregne de bilis sus frustraciones y sus sueños mutilados, que no son tan grandes, o la recompensa en vírgenes no tan suculenta, como para dejar que Serhane prenda una mecha al final de la cual hay dinamita. Asrih trata de salvarse, pero muere como los otros. Detrás de un colchón, quizás de Ikea.

Comí de nuevo camino de la redacción, solo, leyendo otros periódicos. Solo con los datos nuevos que nos había dado Acebes podíamos armar una información que abriría la edición del día siguiente, pero era plenamente consciente de que aquellas horas eran críticas en el complejo policial de Canillas. Que los equipos de Información y Policía Científica estaban obteniendo infinidad de información nueva y que mi trabajo, nuestro trabajo, era intentar saber cuál era.

No llevaba la cuenta de los días trabajados en el mes anterior, pero no estaba cansado. Es decir, sí que lo estaba, pero sentía una suerte de privilegio por estar viviendo todo aquello, por poder escribirlo, contarlo. Si al final del bachillerato elegí la carrera de Periodismo fue exclusivamente porque me placía escribir, porque en los años escolares eso se me había dado medio bien, porque mis asignaturas preferidas fueron primero la biología (pero solo hasta que llegaron las matemáticas y la química) y mayormente la literatura y la historia. A los siete u ocho años, una profesora nos pidió que hiciéramos un dibujo de lo que queríamos ser; yo perfilé un monigote con un lápiz del tamaño de un antebrazo y debajo anuncié «escritor». Por eso nunca he creído que yo de entrada tuviera, como muchos colegas demostraban todos los días, una vocación pura o principalmente comunicativa; la mía era o había sido más literaria que informativa, prefería narrar a descubrir, el estilo al dato.

Pero los años dedicados al periodismo habían despertado aquella adrenalina, y revertido o al menos igualado aquellos dos hemisferios del oficio, y ahora intentaba contar las cosas siempre con la mayor claridad y atractivo y, a poder ser, antes que los otros.

Volveríamos a cerrar la edición cerca de la medianoche, apurando los plazos y con la presión del área de producción. Cierra YA, Orovio.

A lo largo de la tarde, en el aparcamiento del bloque de Leganés se descubrió un BMW en el que los perros adiestrados de la Policía Nacional detectaron alguna sustancia que obligó a desalojar de nuevo toda la zona. Dinamita. Era solo el rastro, aquel vehículo había sido usado en el transporte, pero eso no se sabría hasta un par de horas después. Iba a ser una pista de cómo había sido la operación de traslado del explosivo.

También se descubrió que uno de los cuerpos era presumiblemente el de Jamal Ahmidan, otro de la lista del juez, que había sido visto por la zona y que, como me había contado Rocío hacía un siglo, es decir, tres días atrás, era a nombre de quien estaba el alquiler de Morata de Tajuña.

Con esto, teníamos ya a tres de los que estaban en la lista de sospechosos facilitada por el juez —Ben Abdelmajid, Kounjaa y Ahmidan— y a uno que no estaba —Asrih Rifaat—. De la relación faltaban tres: Rachid Oulad Akcha, Mohamed Oulad Akcha y Said Berraj. ¿Estarían entre los escombros?

Izquierdo y yo nos pasamos la tarde haciendo llamadas. Siempre me ha impuesto insistir si alguien no coge el teléfono la primera vez, y siempre me disculpo estúpidamente demasiado por importunar a una fuente, pero imaginaba titulares de la competencia con datos que nosotros no habíamos obtenido y volvía a llamar.

Conseguí hablar con Rocío cerca de las diez de la noche y con Ernesto, el fiscal, algo después, aunque este no estaba directamente en la investigación. Pero fue él quien me contó que había ya cinco cadáveres localizados, no cuatro, y que posiblemente fueran más, «posiblemente siete». No podía aventurar si los que faltaban por identificar eran los de la lista, es más, le constaba que la pista de Said Berraj se había seguido por la localidad de Torrejón de Ardoz, lo que indicaba que posiblemente no iba a estar entre los inmolados. Esta información se la conté a Celeste, que estaba por su lado preparando una pieza sobre las zonas de los alrededores de Madrid que estaban siendo peinadas por la policía.

Ernesto también me explicó que la ingente cantidad de datos que se estaban acumulando había llevado al fiscal jefe a dar la orden de desarchivar y revisar cualquier causa que tuviera relación con islamismo en la Audiencia Nacional; a analizar de nuevo cualquier sospecha, dato o vínculo, en especial en aquellas que permanecían abiertas sobre el paso de miembros de Al Qaeda por la costa de Tarragona en el verano de 2001, posiblemente para atar los cabos finales del 11-S.

Fue Rocío quien me dio el titular: la policía estaba ya convencida de que el cerebro de la operación era Serhane. También me contó una gran inquietud que se acababa de adueñar de «toda» la policía: el ataque al comando, pese a la baja del geo, se podía considerar desde un punto de vista policial que había acabado «bien», porque había sido desmantelado. Pero el hecho de que se hubieran inmolado cambiaba absolutamente el enfoque que había que dar a las operaciones antislamistas, porque aquello (la inmolación) iba a ser un «ejemplo» para otros radicales.

«Se ha abierto la espita», me dijo.

38

Ismael no le contará a Pilar hasta mediados de septiembre que Verónica ha intentado seducirlo en el apartamento. Hasta que se ven de nuevo, que será mucho más tarde de lo inicialmente previsto. Hacia el 20 o 21 de agosto, Pilar le explica que no puede volver a Madrid hasta mediados de septiembre, hay un par de empleados de baja en el hotel y debe quedarse a echar un cable. Tampoco puede empezar en el gimnasio en la fecha prevista, pero Miguel la disculpa, asumirá él sus horas y todo eso que se ahorrará en salario.

Ismael se enoja en silencio. No le dice nada a Pilar, quiere creer todos esos motivos, le promete que lo entiende.

Trata de centrarse en su nuevo negocio. Suele ir allí hacia las nueve y media, pero ya no se encarga de dar línea telefónica ni de vender teléfonos o sims o fundas, de eso se ocupan Jamal, el nuevo socio de Imad, ahora espera que entre algún cliente y mientras tanto navega por internet.

Aquellos días tiene a Asrih alojado en casa, que por esa época ya ha dejado el trabajo en Barcelona. Durante el verano ha estado buscando algo por Salou o Cambrils, en la costa de Tarragona, por esa zona, según le ha contado, y ahora se queda unos días más en Madrid. A Ismael no le extraña, porque Asrih se busca la vida donde puede.

Una mañana se presenta en el local y le explica a Ismael que se va a Estambul, que un amigo llamado Mehmet y de quien Ismael jamás ha oído hablar lo invita a su casa, está en el barrio de

Fatih, cerca de la mezquita azul, le apetece «mogollón», le dice en español. «Buscaré un billete barato, tres o cuatro días, por qué no te vienes». Se abre un claro en los nubarrones de Ismael: ¿por qué no? Tiene dinero, tiene poco trabajo, Pilar está fuera. Es 22 de agosto. Por si fuera poco, se le ocurre, podría devolverle a Asrih el billete que le regaló un par de años atrás para ir a la Meca, y que él rechazó. Y así le demuestra también a Pilar que sabe vivir sin ella, y le demuestra lo que se pierde por haberse ido a Málaga seis semanas: ella, a la que le gusta tanto viajar, se queda sin Estambul.

Cuando aquella noche le habla del viaje, Pilar sentencia:

—Qué cabrón.

Pero en español es un elogio, es envidia. Él por su lado piensa: haber venido.

Está rabioso, y así se lo contará a su chica semanas más tarde, cuando le detalle todo lo que pasa en Alicante y todo lo que pasa en Estambul.

Porque resultará que a Estambul vuela también Amer. Ismael lo ignora hasta que están en el aeropuerto de Barajas. Cuando bajan del metro en la parada del aeropuerto, Asrih le pide que esperen en el andén, que va a venir alguien más. Ismael no entenderá hasta semanas o meses más tarde las razones de aquel secretismo. Al poco llega Amer, lleva una mochila verde al hombro. ¿Por qué Asrih no lo avisa de que Amer va a viajar con ellos, por qué no le ha dicho nada? Ismael no lo entiende, especula con que, si lo llega a saber, él no va. No quiere saber nada de Amer, no quiere tener relación o amistad con él; no es que le haya hecho nada, pero le da «mal rollo», no le apetece pasar cuatro días con Amer y sus «chapas». Pero en aquel momento, con todo pagado, le parece que es tarde para desdecirse.

Después de aterrizar, Asrih los dirige por la ciudad. Toman dos autobuses, hasta una calle ancha que se llama Fevzi Pasa. Sin dudar, los lleva por una cuesta, hace un calor atroz, húmedo y rasposo. Amer se queda atrás:

—¿Sabes dónde vamos?

—Estuve de regreso de Afganistán —revela Asrih—. Calle Sefai Efendi, 2.

—¿Paraste aquí?

—Es mejor no volar directamente desde Kabul, los vuelos a Estambul se controlan menos.

—¿Mejor para qué?

Pero Asrih simula no haber oído la pregunta. Ismael cree que aquel silencio se debe a que la calle es muy empinada.

—¿Mejor para qué?

Asrih se detiene un momento, las manos en los riñones, contraataca:

—Nada de malo hay en luchar por el islam.

Luchar es una palabra que tiene muchos sentidos.

Ismael no le ha dicho nunca que lo ha visto en los vídeos. Es absurdo, Asrih no lleva en ellos ningún arma, ni parece que haya hecho nada malo, solo habla a la cámara, pero el resto de vídeos sitúa a Asrih en un contexto del que Ismael nunca ha querido formar parte, ni siente que forme parte, por mucho que sean ambos de Asilah, que sean amigos desde la niñez, que su tío Farid sea un héroe de guerra y que a temporadas haya cumplido con esa condición semimpuesta de ser hospitalario. Pero siente que, si le cuenta a Asrih que conoce el contenido de las grabaciones, quedan de algún modo situados en el mismo bando.

Llegan ante una puerta, Amer viene unos metros por detrás, Asrih golpea con los nudillos tres pares de veces, parecen los ring, ring, ring de su interfono: toc-toc, toc-toc, toc-toc.

Al cabo de un momento, el metal de la mirilla revela que alguien los observa desde dentro. La puerta se abre de golpe, un hombre alto vestido con vaqueros y una camiseta negra, con gafas de pasta, abraza profusamente a Asrih, incluso unos instantes sin moverse ni hablar, como los amigos íntimos que no se han visto en años. Asrih presenta a Ismael, «un amigo de Asilah», otorgando a sus orígenes comunes un vínculo de calidad y ciega confianza.

Mehmet abraza a Ismael sin que este pueda no hacerlo, y a Amer, que acaba de unírseles, con fuertes golpes en la espalda y cogiéndole el cogote con las manos, observándolo de frente, Ismael cree por un momento que van a besarse.

—Estáis en vuestra casa.

Ismael no identifica de dónde es su árabe.

Entran. Es una casa baja y larga, con un pasillo pavimentado de alfombras, una detrás de otra, toda la casa excepto el baño y la cocina. Hay seis habitaciones minúsculas, con tapices granates, marrones, azules, un precioso *patchwork* de suelo textil. «Sentíos libres de abrir la nevera o la despensa y coger lo que necesitéis». Ha preparado cena, el aroma de un cuscús emerge de una olla.

Mehmet ofrece una habitación a cada uno. En las tres, las camas ya han sido usadas. Ismael piensa si aquel tipo cumple como él con el mandato hospitalario, o de qué coño va todo aquello.

Comen los cuatro, hablan los otros tres. Mehmet quiere saber cómo está la mezquita de la M-30 de Madrid, si acude todavía mucha gente, si hay otros centros donde rezar, qué tendencias imperan, si los jóvenes están dispuestos a viajar a los países en lucha, cómo los tratan España y los españoles.

Pero como solo hablan ellos, y dado el cariz del diálogo, Ismael se va a dormir.

Hacia las tres de la madrugada lo despierta un trajín en el pasillo, varias personas entran y salen en susurros, Ismael cree —por algunos jadeos y esfuerzos— que cargan peso. En el catre, se cuida de no mover una pestaña. Un coche arranca en la calle y cesan los ruidos. A las seis no puede dormir más y sale al pasillo. Empieza a amanecer, entra un matiz de luz. En la cocina, busca una tetera. Abre un par de armarios, encuentra unos sobres de infusiones, llevan las etiquetas en turco, las olisquea. Durante la cena se ha fijado en que en la sala hay una alacena vieja, de madera, alta y estrecha. La abre, le parece que las estanterías superiores están vacías. Dirige la vista hacia abajo, un espacio alto, sin estantes, donde le parece ver tres objetos alargados, más negros que la penumbra. Tarda unos instantes en comprender que son tres fusiles, o tres ametralladoras, tres armas largas. Permanece unos instantes con los hemisferios de la puerta abiertos, observando el metal negro, sopesando qué hacer y teniendo buen cuidado de no tocarlos. Cierra bruscamente, cagado de que Mehmet aparezca por detrás y sepa lo que acaba de descubrir.

Va a la habitación de Asrih, se pone en cuclillas frente a él, lo zarandea, su amigo está de espaldas: «Asrih, Asrih». Se gira, pregunta: «¿... Mmmf?».

—Vámonos de aquí, tienen armas, yo me largo.

Asrih repite «mmmf» como si tratara de dormir de nuevo, Ismael anuncia «me voy, ¿vienes?». Asrih ronronea, Ismael le cuenta que se va a buscar un hotel barato, «no quiero estar cerca de esto, qué cojones está pasando aquí, no hace falta que me cuentes nada, mejor que no me cuentes nada, yo en todo caso no pienso estar en esta casa ni un minuto más, no quiero estar cerca de estas armas, nos vemos en el aeropuerto el jueves, por favor, no te metas en líos», sin caer aún en la cuenta de que es él, Ismael, quien ha pagado sus billetes.

Recoge sus cosas a toda prisa y con todo rigor, no puede olvidarse un calcetín, un cepillo de dientes, una brizna de ADN.

Sale de la casa cuando amanece, ya hace algo de calor; deshace la ruta hacia la parada de autobús, busca el centro, busca un cajero automático, busca una pensión.

Recorrerá la ciudad tres días, hasta que el jueves se encuentra de nuevo con Asrih en los mostradores de Turkish Airlines del aeropuerto internacional Atatürk.

Asrih está muy cabreado, o parece estar muy cabreado.

Estupefacto, Ismael le recuerda lo que había en el armario de Mehmet.

Los fusiles, jura Asrih, «¡eran de plástico! ¡Eran de los hijos de Mehmet, que tienen vacaciones y están en la playa! ¡Cómo los iba a guardar en la sala!», en una formulación gramatical que acepta que Mehmet podría tenerlos.

Ismael admite que duda, admite que el lugar estaba muy oscuro, admite que no los llegó a tocar, pero no admite que pudieran ser de plástico, como tampoco admite o entiende que su amigo del alma pueda estar mintiendo. Cuando se lo relata a Pilar entiende que, si realmente Asrih y Mehmet andan implicados en algo, la tensión entre ellos debe ser grande, porque Mehmet puede pensar que él es un espía o algo así.

La cuestión es que Amer no acude al aeropuerto. Ha viajado, sabrá Ismael pocos días más tarde —lo sabrá exactamente el 10 de septiembre, la víspera de los atentados de América, esa es otra fecha que nadie olvida—, hasta Kabul.

Cuando vuelven de Estambul, Asrih se queda en casa de Ismael en Lavapiés. Ni le pregunta si puede. Ismael está inquieto, tiene la campanilla tintineando todo el día por lo ocurrido en casa de Mehmet, la duda de si las armas eran de verdad; con el paso de los días entiende que el trasiego que le llega de madrugada, con el coche arrancando a aquellas horas, es que alguien ha acudido a recoger a Amer.

Vuelve al locutorio; nadie ha pedido hora «para el abogado» en todos aquellos días. Empieza a sentir, vuelve a sentir, que se ha equivocado, que su vida es un error detrás de otro. Pilar sigue en Málaga. Siente un vacío.

Aquel primer domingo de septiembre, día 2, vuelve a jugar a fútbol, y después un buen grupo monta una barbacoa en la casa de Morata de Tajuña. Se había prometido no volver, pero muchos de los que han jugado a fútbol van, así que va. La alternativa es irse al piso y estar solo, así que bueno. Solo espera que no esté Serhane, el tunecino que se ha casado con una adolescente, no puede soportar la idea de que aquel modo de vida sea su alternativa si un día Pilar desaparece. Serhane no está, y ese día lo pasa bien. Ismael echa una mano construyendo un cobertizo para guardar trastos y una moto. Mientras, algunos buscan leña por los bosques de los alrededores y otros preparan la carne.

Tampoco esta vez hay ninguna mujer. Ni siquiera adolescentes en edad de emparejar.

Aquel mismo día alguien habla de la «superexcursión» de cuatro días que están organizando para el fin de semana siguiente, empalmando con el martes. Que será el martes 11 de septiembre de 2001. A Ismael le parecen un poco raras las fechas, porque es de sábado a martes, pero es cierto que muchos de los allí presentes no han tenido vacaciones en agosto y las tienen en septiembre.

Ismael irá con Asrih el domingo. Salen después del partido. Deja un rótulo con su móvil, por si algún cliente pregunta.

Ismael monta en la furgoneta de Imad, en la que también van Said Berraj (han jugado muchas veces en el mismo equipo), Asrih y dos tipos que no ha visto nunca antes, los hermanos Mohamed y Rachid Oulad Akcha; este último ha estado en la cárcel por tráfico de drogas, y de eso al parecer conoce a Asrih, del tráfico, deduce Ismael de ciertos comentarios y complicidades; a veces mencionan a un tal Jamal que posiblemente debe de ser un pez gordo. En cuanto baja del coche, Ismael se aleja de aquellos dos Oulad, no le gustan nada. Pilar no sabrá qué pensar de aquellas amistades, es verdad que Ismael nunca se ha metido en ningún lío y que a Pilar se lo contará todo, o así será percibido por la mujer.

Todo el grupo se instala cerca de donde lo han hecho otras veces, a poca distancia de la cola del pantano, a salvo de miradas y visitas de curiosos. Aunque ahora mucha gente ya no tiene vacaciones, y por eso están solos. Ismael entenderá pronto el porqué de aquella reunión. Es decir, no se atreverá a entender la razón, no se querrá atrever, si aquello que ocurre es la razón.

En un claro grande montan cinco o seis tiendas de campaña, en círculo, y más allá, con dos pares de piedras, un campo de fútbol. Ismael, desde luego, prefiere este plan a quedarse en casa sin nada que hacer, mirando la tele y, en la intimidad de la noche, pelis porno.

Pasan la tarde del domingo jugando a fútbol y bañándose en el pantano, el agua está buena, nadan, a Isma le gusta aquel plan. Durante la cena, Imad, que es quien distribuye las tiendas y organiza las comidas, anuncia que Amer se les unirá al día siguiente. Ismael se acojona o, mejor dicho, se acojonará al mediodía del martes 11 de septiembre. Ha estado con Amer hace poco y al parecer ha volado a Kabul, apenas hace once o doce días. ¿Ya ha vuelto? ¿Ha estado realmente en Kabul? ¿Para qué? Claro que todo esto se lo cuenta a Pilar días después, cuando ella vuelve de Málaga y cuando los aviones ya han sido estrellados en Nueva York. Teledirigidos, justamente, desde Afganistán.

Amer llega a mediodía del día siguiente, y lo que mayormente llama la atención de Ismael es que no se separa de un transistor de radio. Le llama la atención porque —que Ismael sepa— Amer nunca llevaba un transistor encima, y aquel día sí. También es cierto que en el despacho de la mezquita quizás tenía uno, entre los libros, Ismael admitirá que puede ser. Aquel día, en cualquier caso, le llama la atención. Amer lo irá conectando de vez en cuando, sintonía de Radio Nacional de España.

Aquel día, dan un largo paseo por la riba del pantano; apenas hay paseantes, a Ismael le parecerá que Amer e Imad están comprobando el nivel de soledad que tienen en aquel lugar para lo que va a ocurrir al día siguiente. Claro que todo esto Ismael lo pensará o intuirá o entenderá al día siguiente, o a partir del día siguiente, cuando relacione el viaje de Amer a Estambul y Kabul, su puntual regreso y lo que sucede a partir de las 14.46 de aquel día que cambia la historia para siempre, la del mundo y los musulmanes en general, y en particular la de Ismael Feres.

El día 11, Amer lleva la radio conectada desde primera hora de la mañana.

A las 15.03 el segundo avión se estrella contra la otra torre, y entonces la humanidad entera ratifica que el primer impacto no ha sido un accidente.

Cuando aquello ocurre, alguien que no es ni Amer ni Imad dice:

—Los putos yanquis.

Un chico que Ismael tiene visto de la mezquita, y que cree que es palestino, añade, en español:

—Que se jodan.

Ismael nada dice, porque en una película mental ve los fusiles de asalto del amigo de Asrih que él ha tenido al alcance de la mano; ve el fax con *INSTRUCTIONS* para fabricar una bomba que ha tenido varios meses en su locutorio, y que por fortuna o miedo o precaución tiró a tiempo al váter; vuelve a visionar a toda velocidad las películas de su tío matando a serbios y a croatas en Bosnia; le parece oír el triple ring en medio de la noche, para albergar a tipos que nadie (él, al menos) sabe quiénes son; ve las películas de Asrih: ¿lo ha usado de almacén? ¿Por qué entre las grabaciones las había de estadios de fútbol, su Bernabéu, el Camp Nou, de la Sagrada Familia de Barcelona y la Almudena, a rebosar de gente…? ¿Qué pretendían? ¿«Que se jodan»?

Imagina la cara de Pilar si se lo cuenta, si se entera, si lo detienen.

Pero ahora está en el pantano, en San Martín de la Vega, y solo desea saber qué sabe Amer de aquello que acaba de ocurrir: ¿por qué iba allí con un transistor, si nunca iba con un transistor? Ha estado en Afganistán: ¿alguien le ha explicado lo que iba a ocurrir ese día? ¿Por qué están de fin de semana en martes? ¿Es Amer retaguardia, aparato de captación, logística? ¿Es el piso de Ismael parte de una red, como el de Mehmet en Estambul? ¿Por qué él está entre los elegidos, sus elegidos? ¿Por su amistad con Asrih desde Asilah y Casablanca, desde la infancia, porque su tío es un puto héroe, porque quieren tener cerca a un abogado? ¿Porque saben o creen saber que nunca los va a traicionar? Ismael no dice «que se jodan», pero, en el fragor del grupo, podría haberlo dicho. ¿A quién le gustan los yanquis?

Cuando Amer apaga el transistor, alguien señala hacia el pantano y suelta:

—Si explotamos la presa, Toledo a tomar por culo.

39

¿Cómo era el hombre que había abierto la espita?

Porque ya se especulaba, y había mucha confusión, respecto a de dónde había procedido la orden. ¿Habían sido suficiente las palabras de Osama Bin Laden, el octubre anterior, mencionando a España como enemiga de los musulmanes, para activar la célula? ¿Había sido el Tunecino?

¿O había habido otros líderes intermedios que, sobre el terreno o al menos con incidencia directa, hubieran convencido de que aquella acción o acciones iban a purificarles y concederles vírgenes, gloria y paraísos? Quizás. Pero lo que estaba claro en aquel momento, a falta de identificar a los dos últimos suicidas, era que en la trinchera del piso, la tarde del sábado anterior, y rodeados de decenas de policías armados, con helicópteros (y su ruido) sobrevolándolos, en un estrés que podía imaginarme como extremo, «nos han descubierto, nos han rodeado», había sido posiblemente Serhane Ben Abdelmajid quien lo había preparado todo para una inmolación colectiva. Asrih Rifaat había intentado evitarla (la muerte) protegiéndose tras un colchón, lo que daba una idea, o nos permitía imaginar, que no quería morir. Dado que huir era imposible, que no era posible salir del piso y entregarse porque Serhane lo prohibía o había establecido otro final, había tratado de salvarse por su cuenta con un colchón, contraviniendo en secreto la voluntad o imposición ajena de la inmolación.

Con el tiempo trascendieron las llamadas que desde el piso hicieron a sus familiares para despedirse.

Abdennabi Kounjaa llama a su hermano Abdelkader, que vive en Valladolid, y le dice que está en un piso rodeado por la policía, que va a morir, que va a ver a Dios. Abdelkader, que ha recibido previamente la visita de la policía ordenándole que los alerte de cualquier noticia de Abdennabi, obedece.

Jamal Ahmidan llama a su madre y le dice que está en un piso rodeado por la policía, que va a morir, que va a ver a Dios. Aquella mujer, que vive en Tetuán, llama inmediatamente a la policía española, aunque los servicios de información marroquíes ya han captado la llamada y ya han avisado a sus correspondientes españoles.

Los hermanos Rachid y Mohamed Oulad Akcha llaman a su madre, que también vive en Tetuán, y le dicen que están en un piso rodeados por la policía, que van a morir, que van a ver a Dios. La mujer llama inmediatamente a la policía española, aunque los servicios de información marroquíes ya han captado la llamada y ya han avisado a sus correspondientes españoles.

Serhane Ben Abdelmajid llama a su madre, que vive en el barrio de El Ghazala, en Túnez, y le dice que está en un piso rodeado por la policía, que va a morir, que va a ver a Dios. La mujer llama inmediatamente a la policía española, aunque los servicios de información tunecinos ya han captado la llamada y ya han avisado a sus correspondientes españoles.

Dios va a tener trabajo esa noche, con tanta visita.

No constan llamadas de los otros dos suicidas, Asrih Rifaat y quien solo meses más tarde fue identificado como Allekema Lamari.

¿Es Serhane el líder, el hombre (trece días más viejo que yo) que aquella noche insta a los otros seis a rendir visita al Altísimo? ¿Cómo es Serhane, es alguien con ese poder?

La semana anterior yo había ido hasta la inmobiliaria INGESA —donde él trabajaba o había trabajado—, pero estaba cerrado y no había podido hablar con nadie. Con los acontecimientos de Leganés no había tenido tiempo de volver, y tampoco de ir a la calle Francisco Remiro, donde vivía o había vivido el Tunecino.

También tenía intención de volver a la mezquita y hablar con Mohamed El Magdy, que se había convertido en una fuente muy interesante. Me había contado —en realidad no hacía tantos días— que en la mezquita había habido un grupo de chicos «revoltosos» que habían sido invitados a dejar de asistir a los rezos, dadas sus posturas radicales. Tenía que preguntarle, ahora que ya teníamos los nombres de casi todos los suicidas, si estaban entre los «revoltosos».

Aquel lunes, el 5 de abril, decidí recorrer los lugares que Serhane había frecuentado en Madrid. Envié un mensaje de texto a Aritz, de la radio vasca, explicándole que quizás no iría a la Audiencia en todo el día, indicándole que me avisara por favor si había alguna novedad importante o que le llamaría yo hacia el mediodía para saber cómo iba todo. Si en la Audiencia Nacional aparecían detalles nuevos, los tendría todo el mundo y los podríamos rescatar más tarde, y Aritz me echaría un cable, como otras veces se lo había echado yo.

Algo después de las nueve de la mañana estaba frente a la inmobiliaria, aún cerrada. Casi inmediatamente llegó un tipo con una carpeta de cuero, con cremallera, pinzada bajo el brazo. Vestía un chaleco verde, de plumón, con costuras en zigzag, las mangas de la camisa eran rosa, los pantalones de pinzas beis. El pelo engominado firmemente hacia el cogote. Se agachó hasta una cerradura en el suelo, esperé a que se levantara —y la reja con él— para abordarlo. Blandí mi tarjeta para que no se asustara, me presenté y le dije que quería hablar con él sobre Serhane, que «me constaba» que había trabajado allí. Dijo «no, no», intentó escabullirse, pero yo necesitaba que me contara cosas, no solo para contarlas yo, sino también para entender, y concreté que sabía «con toda seguridad» y por «fuentes policiales» que Serhane Ben Abdelmajid había trabajado «en INGESA», y que «en INGESA» se había alquilado la casa de Morata «en la que montaron las bombas», y que en algún momento iba a escribir un artículo sobre todo aquello, pero que no tenía ninguna intención de perjudicar a su negocio, y que únicamente necesitaba que me contara algo más sobre aquel tipo, y que para mí no era o podía no ser imprescindible publicar el nombre de la empresa. Era una negociación, ciertamente, o hasta un chantaje, pero el nombre de la empresa formaba parte de la verdad y mi obligación en realidad era publicarlo, era un dato más en la arquitectura de la trama, pero podía obviarlo si a cambio aquel tipo que había conocido bastante bien a Serhane me contaba más cosas sobre él. Más cosas que tenían más valor que el nombre de la inmobiliaria. Me miró con cara de resignación, me pidió que esperara allí a que encendiera las luces y me hizo pasar a un despacho interior, sin cerrar del todo la puerta, por si entraba algún cliente. Cosa que no ocurrió. Una tarjeta profesional incrustada en una pequeña estructura de metacrilato decía «Gerardo Montalbán, gerente».

Serhane efectivamente había trabajado en aquella empresa un par de años, hasta el otoño anterior, y lo había hecho con gran eficacia, había vendido como dos o tres propiedades por mes, en buena medida a otros emigrantes, siempre musulmanes. Pero un buen día, en octubre de 2003, había desaparecido. Un día no se presentó en la oficina. Fue justo antes de la Hispanidad, como el 8 o el 9 de octubre. Llevaban una agenda de las visitas en «una pizarra de rotulador Velleda», señaló, «cuando la visita se ha hecho se borra con el trapo»; este colgaba de una cuerda al lado del panel. Las manos de Serhane, pensé, han estado ahí. Serhane aparentemente no tenía nada programado aquellos días, pero no eran cien por cien rigurosos, y podía ser que las visitas no estuvieran en el cuadro. De manera que ese día no lo llamó para preguntarle si todo iba bien. El siguiente sí. Serhane contestó enseguida y lamentó no haberlo avisado antes, pero que no iba a trabajar más allí, que estaba con otra cosa, u otras cosas. Montalbán me dijo que le recriminó a gritos la poca seriedad de desaparecer de un trabajo sin margen para contratar a otro, y por aquellos días, desde que habían trascendido los nombres de los terroristas, estaba «temeroso» de que —no Serhane, cuyo nombre no había trascendido hasta poco antes de que se inmolara— «algún seguidor» pudiera emprenderla con él o con la empresa por cómo había insultado por teléfono a aquel enviado de Alá.

Aparte de aquel final, ¿cómo era Serhane desde un punto de vista personal? Montalbán lo describió como «un tío muy tímido, rozando lo huraño o hasta lo borde», que contestaba apenas con monosílabos, que nunca les había contado nada de su vida, no sabían si estaba casado o soltero, si tenía hijos, familia, qué hacía los domingos. Nada. Lo único que sabían, y era por el currículum que había dejado en el buzón dos años atrás, es que vivía en la calle Francisco Remiro, que hablaba árabe, español y francés, y que había estudiado ciencias económicas.

¿Ciencias económicas? ¿Cómo? ¿El tipo que presumiblemente había dirigido la célula terrorista, y que había impelido al resto del comando a inmolarse colectivamente, era un licenciado universitario…? Era asombroso, al menos para mí en aquel momento. Por mis prejuicios, me había imaginado al terrorista y a los terroristas como delincuentes avanzados, delincuentes *premium*. Empecé a entender o, mejor dicho, a asumir plenamente, a palpar, a empezar a comprender en toda su complejidad que estábamos hablando de política y no de economía. Que Serhane no era estrictamente un delincuente. Naturalmente, lo habíamos visto con los atentados de Estados Unidos, pero ahora entendía en toda su dimensión qué era el terrorismo.

Quizá por diluir su propio papel en la vida de aquel tipo, Montalbán me contó que había estudiado en la Universidad Autónoma, y que quizás allí podría averiguar algo más.

Antes de salir volando hacia la facultad le pregunté al gerente inmobiliario si le constaba quién o a qué nombre había alquilado una casa en el término municipal de Morata de Tajuña o Chinchón y me contestó que sí, que le constaba y tenía toda la información, pero que de ello entendía que no podía dar ningún dato, y esperaba que lo entendiese yo, porque había sido interrogado al respecto por la policía y porque ya me había contado «mucho». Solo le pregunté aún si la casa era de un tipo que estaba en la cárcel, llamado Mohamed Needl, y en flagrante contradicción su boca dijo «no puedo hablar de la casa» y su cara, ladeándose como si buscara un papel sobre la mesa, dijo que sí. Insistí, y con una sonrisa forzada insistió: «No puedo hablar de la casa, lo siento».

Le di las gracias, le di la mano, le recordé que tenía mi tarjeta por si quería añadir o recordaba algo más y me fui a la Universidad Autónoma.

El taxi me dejó a la entrada de un paseo de cemento rodeado de lomas de césped y edificios de hormigón. Anduve unos quince minutos, siguiendo las indicaciones en dirección a la Facultad de Ciencias Económicas, hasta que di con la entrada; proseguí en dirección al decanato, pero no necesité preguntar nada a nadie, porque cerca de la entrada me llamó la atención un corro de ocho o diez jóvenes en torno a un hombre mayor, de cabello y barba blancas y gafas contrastadamente de carey oscuro. Me acerqué. Aunque entonces yo tenía treinta y cinco años, casi podía pasar por un alumno más por la manera de vestir y porque llevaba como siempre mi macuto negro, una cartera que perfectamente podía ser escolar, y me puse a escuchar. El maestro venía diciendo que la universidad no podía permanecer callada, que era obvio que antes o después «todo aquello» trascendería, que él era partidario de la transparencia y de abrir una reflexión que les permitiera entender cómo uno de sus alumnos había mutado, «porque ha mutado desde que salió de aquí, de eso no hay duda, hasta convertirse en lo que se ha convertido». Un alumno alto y encorvado iba diciendo «pero don Miguel» para introducir argumentos en contra, pero don Miguel lanzaba sus ideas sin dejar que el alumno minara su convicción o convenciera a los demás. Hasta que don Miguel dijo que iba a hablar inmediatamente con el decano, se separó del cerco y comenzó a caminar hacia el fondo del *hall*, donde a izquierda y derecha arrancaban sendos pasillos en los que estaban ubicados los despachos de los profesores. A los pocos metros lo interrumpí, «don Miguel, soy periodista, de *La Vanguardia*, me gustaría hablar con usted». No hizo falta que le dijera sobre qué. Me invitó a seguirlo hasta su despacho.

Serhane Ben Abdelmajid había llegado a España a mediados de los años noventa; don Miguel, Miguel Ángel Pérez Martín, profesor de Relaciones Internacionales en la Universidad Autónoma de Madrid, adscrito a la Facultad de Económicas, creía recordar que el de 1994-1995 había sido su primer curso en España. Serhane tenía entonces veintiséis años y se había licenciado en Economía en Túnez. Se había matriculado en Madrid en cursos de doctorado. Al llegar apenas sabía hablar castellano, pero era afable y respetuoso y tenía ganas de integrarse en la comunidad estudiantil, tenía ilusión. Estudió cuatro años en Madrid gracias a sendas becas de la Agencia Española de Cooperación Internacional, financiadas con unos fondos europeos destinados a revertir el conocimiento en países no europeos. Serhane quería especializarse en sistemas comerciales y ayudar a su país a prosperar.

Era asombroso, era brutal: becado por la UE, autor de una matanza, posible líder espiritual del comando, inmolado en Leganés. ¿Qué había sucedido en medio? Más que cómo y dónde y por cuánto dinero habían conseguido las bombas o las armas, lo más interesante bajo mi punto de vista era justamente eso. Lo que había ocurrido entre 1995 y el 11 de marzo de 2004.

El profesor, que había trabado buena amistad con aquel chico, había percibido, «y no lo digo ahora por lo que ha pasado», dijo, un progresivo retraimiento. Su actitud jovial se había ido apagando, se había ido encerrando sobre sí mismo; quizás acomplejado por su torpeza con las chicas, torpeza en la que incidía el idioma; quizás por sus intentos de crear una cierta comunidad. En ello debía tener una cierta habilidad. Se notaba que en su infancia, en su adolescencia, debía haber tenido ciertas dotes de liderazgo, cierto carisma, debía ser probablemente el centro de sus cuadrillas infantiles, y en su vida universitaria había intentado lo mismo, pero apenas el primer año y quizás al principio del segundo. No lo logró. Quiso montar una asociación de estudiantes árabes de Madrid y quería montar también una emisora de radio en árabe. Lo primero no le salió bien, lo segundo ni lo intentó. Fue progresivamente decantando su vida hacia la mezquita, cada vez pasaba más tiempo allí. Miguel Ángel incluso la había visitado con él. El profesor había detectado una severa crisis de identidad en Serhane, y cómo la había aplacado con la religión, llevando las normas islámicas más allá del extremo. Ayunaba más de lo que establecían, buscando la pureza y buscando un confort espiritual. Era muy estricto consigo mismo, y posiblemente había sido igual de estricto con sus compañeros de comando. Quizás aquello explicaba que era Serhane quien había llevado también al extremo la ceremonia de purificación de Leganés. El profesor me explicó que en el tercer o cuarto año había empezado a acudir a la universidad a horas intempestivas, acompañado por chavales que no eran alumnos, para navegar por internet. No tenían ordenador en casa. Había acudido, añadió, acompañado por algunos cuyas fotografías habían aparecido aquellos días en los medios de comunicación. Estaba convencido de que Abdennabi Kounjaa —«el de la barba»— y también uno de los hermanos Oulad Akcha, que eran muy parecidos, recordaba aquel nombre, habían estado allí. Pero aquello había dejado de ocurrir unos tres o cuatro años antes, y a Serhane solo se le podía localizar ya en la mezquita, añadió. La mezquita, le expliqué yo, decía justamente que unos cuatro o cinco años antes había tenido que invitar a algunos «revoltosos» a dejar de acudir a sus rezos y debates. Quizás Serhane estaba entre ellos, aventuré. Miguel Ángel dijo que lo ignoraba y que no podía hacer conjeturas sobre lo que significaba ser «revoltoso». «No paro de hacerme cábalas sobre cuál fue el detonante final que encendió a Serhane», respondió.

Antes de despedirme, Pérez me pidió un favor. Quería escribir algo sobre Serhane y que se publicara en nuestro periódico. Le dije que naturalmente, que desde luego, que tenía que consultarlo con mis jefes, porque yo no tenía poder de decisión sobre propuestas como aquella, pero que estaba convencido de que nos interesaría y que la respuesta sería afirmativa. Salí al pasillo y llamé a Uría, al que resumí rápidamente todo lo que tenía hasta aquel momento y la propuesta del profesor. A Uría le pareció «*collonut*» y la estableció en «unos cuatro mil caracteres». Nos lo enviaría por la tarde por correo electrónico.

El artículo comenzaría así: «El viernes pasado estaba tumbado plácidamente en mi sofá escuchando las noticias y de pronto una confusión y emoción extraordinarias se apoderaron de mí. Recuerdo que me levanté de un brinco y comencé a pasear sin rumbo de un lugar a otro del comedor. El locutor de televisión había nombrado a Serhane, el Tunecino, como coordinador de los atentados del 11-M y a continuación mostraban su fotografía. No había duda: era el chico que había conocido en la universidad años atrás y del cual hacía muchísimo tiempo que no tenía noticias. En principio me pareció increíble que pudiera estar implicado en una matanza de tal magnitud, pues con mis compañeros y conmigo nunca demostró ser poseedor de tal agresividad y odio. Pero, reflexionando sobre su personalidad y trayectoria, ahora uno puede afirmar con rabia e impotencia que uno de los probables estadios finales de su biografía era el de convertirse en un glorioso líder a través del asesinato de masas».

Antes de irme, le pedí a Pérez que me mostrara si podía las aulas en las que había estudiado Serhane. Dimos una vuelta por el segundo piso, donde estaban las salas más pequeñas y donde por lo general se daban las sesiones de doctorado, aunque él no recordaba con precisión en cuáles había estado el terrorista y en cuáles no. Quería imbuirme de sus paisajes y escenarios, solo para poder contarlo mejor, y aquel recorrido me produjo una sensación ambigua. De temor y fascinación a la vez. La que te recorre cuando, en el monte, aparece o te topas o descubres una víbora. Peligro. La emoción presencial que, ante un Goya, te lleva a constatar que él también estuvo allí. La había tenido en Mocejón, donde habían colocado una bomba bajo las vías del AVE, y la había tenido también, ahora me daba cuenta, en la inmobiliaria, en la calle Tribulete y, de alguna manera, frente a Pilar. Aunque seguía ignorando cuál de los inculpados o cercano a los inculpados era su novio, y por tanto yo solo podía especular o imaginar.

Paseé por el campus unos minutos. Se parecía bastante al de la Universitat Autònoma de Barcelona, donde había estudiado yo. Los dúos o tríos o sextetos de estudiantes tumbados sobre el césped eran como los nuestros. Me senté también unos minutos, aun a riesgo de que me quedara el culo acusadoramente verde. Necesitaba parar unos minutos y de algún modo descansar de Serhane, ordenar un poco toda la información que tenía del tipo que había creado aquel desastre, o que parecía haber creado aquel desastre. No podía quitarme de la cabeza la idea de que Serhane y yo teníamos casi exactamente la misma edad, habíamos nacido con trece días de diferencia y aquello generaba en mí una cercanía que tampoco sabía cómo digerir.

Entendí o al menos intuí en aquel momento que había cosas que, desde el punto de vista periodístico, y contra lo que había pensado, no iban a ser tan difíciles. Había personas, como Miguel Ángel Pérez, que necesitaban entender qué había ocurrido con Serhane (y los otros), con sus años de vida en España, para que se hubiera radicalizado de aquel modo, hasta aquel extremo dantesco. En realidad, les pasaba lo que a mí, pero yo tenía o creía tener el arma de la literatura. Para contar en el periódico las partes «fetén» y para expurgar el resto en una historia que podía inventar, que podía ser un Frankenstein de las partes no verificadas —pero sí verosímiles— de la trama.

Al año del atentado —ahora corro hacia delante en el calendario—, y dada la celeridad con que se había desentrañado policial y judicialmente toda la operativa terrorista, publicaría un extenso reportaje en *La Vanguardia*, de seis páginas, explicando cómo había sido posible, cómo se había ejecutado, cómo se había conseguido el explosivo, qué dudas persistían, quiénes habían estado implicados y (un poco) cómo había sido su vida en España. El mismo día, temprano, me llamó Justin Webster. Es un periodista británico establecido desde hace años en Barcelona, por entonces corresponsal de *The Independent* y de Channel 4 entre otros medios, que alguna vez me había telefoneado para replicar en ellos algún tema publicado por mí o por *La Vanguardia*, y para conocer más detalles al respecto, como hacen habitualmente los corresponsales. Justin se había ido decantando hacia el periodismo audiovisual y acababa de estrenar un documental, *FC Barcelona*

Confidential, en el que narraba las interioridades de la gestión del Barça de Joan Laporta; había grabado reuniones, comidas y negociaciones, había tenido acceso casi infinito a la panza de un monstruo como ese club, y el documental había tenido una enorme repercusión. Aquel día, el 10 de marzo de 2005, había leído el reportaje. Me llamó, le había gustado, y me diría que estaba pensando en iniciar otro trabajo en el que quizás me interesara colaborar, como asesor o productor. Había pensado, al leer mi artículo, en un documental que, en lugar del cómo, intentara profundizar en el porqué. La pregunta que venía haciéndome desde las ocho de la mañana del 11 de marzo, y que desde luego se hacía todo el mundo. Cuento esto ahora porque, igual que Miguel Ángel Pérez, en la producción del documental fue relativa y sorprendentemente fácil que algunos familiares, amigos, vecinos o profesores de los implicados se abrieran como flores para explicar cómo lo habían vivido antes (sin enterarse de nada) y cómo lo estaban viviendo después (con un dolor e incertidumbre en algunos casos insoportables). Justin entrevistaría a la mujer de Jamal Ahmidan, el Chino (fue el primero que lo hizo), a su suegra, al hermano, a media docena de estudiantes de la Autónoma, a narcotraficantes que habían trabajado para él... Lo logró porque no se presentó con una cámara el primer día, sino que fue de entrada a explicar su proyecto, cómo y qué quería contar y en qué tono, y la mayor parte de las respuestas fueron positivas, por el planteamiento serio y profesional de Justin, pero también por la necesidad que los requeridos tenían de exorcizar.

Aquel día yo tenía todavía pendiente una cita con Pilar, y entonces pensé que quizás ella también quería, además de obtener información, o por encima de obtener información, poder explicarse, poder entender y poder llorar con todo el sentido.

Por un lado tenía prisa por verla, temía que si dilataba más la cita ella se arrepintiera, y por otro percibía que cada día que pasaba yo me conformaba, o construía, o montaba, una idea más precisa de cómo había ocurrido todo aquello. Que era lo que ella andaba buscando.

40

Pilar vuelve de Málaga a mediados de septiembre. Ha estado allí seis semanas. El tiempo transcurrido no parece haber ejercido ningún mal efecto o desgaste en su relación. Al revés. Cuando se reencuentran Pilar está muy cariñosa e Ismael olvida de inmediato su pavor preventivo de que, tras tantas semanas separados, a ella «se le pueda haber pasado». Aun cuando niega que eso mismo haya podido ocurrir a la inversa. Sus sentimientos no pueden cambiar por dicha circunstancia ni tan aprisa.

La primera noche se ven en el gimnasio y de ahí van directamente al piso de Ismael, donde hacen el amor, más de una vez, «tenemos que ponernos al día, amor», ríe Pilar, y cerca de las doce de la noche buscan un bar abierto en Lavapiés donde contarse sus últimas semanas.

Ismael lleva un paquete, el regalo por su cumpleaños. Los cumple el 20 de agosto, pero estaba en Málaga. Es una cámara de vídeo, porque a Pilar le encanta filmar, de pequeña filma con una de cine de Super 8 de su abuelo, de modo que le «flipa» aquel regalazo de su novio, «te habrá costado un pastón, mi amor, cómo te quiero», voltea el aparato, pulsa los botones inertes, carece de pila todavía.

Las de Pilar no han sido en absoluto vacaciones, han sido duras, durísimas, además de rutinarias. No tiene mucho que contar, ha estado en el hotel de sol a sol, incluso algunas noches ha dormido allí, en unas habitaciones de la planta baja que reservan para urgencias, ni siquiera puede contar demasiado de sus padres, que «trabajan, trabajan, trabajan y van a misa, esa es su vida». Ismael piensa que, a su modo, también son fanáticos.

Aquella noche habla más Ismael, él sí tiene mucho que contar. No quiere ocultarle nada a su chica, él no cree tener nada que ocultar. Le explica «lo de Verónica». El episodio del ascensor, cómo la tía tenía ganas de jarana y allí apretados en el cubículo, su hermana, Esther y ellos dos, todos «superborrachos», la tía le aprieta con el culo y al llegar al apartamento quiere que sigan bebiendo, quiere tajarlo aún más, pero al llegar a la cocina él se pone a preparar una infusión, «la pava se putea».

Ismael cree que las relaciones, el amor, se construyen sobre la confianza mutua y algunos hitos del principio.

El de este verano será uno de ellos, Pilar celebrará que pueda confiar de esa manera en su integridad, sabiendo como sabe que Isma ha estado en el pasado «muy pillado de esa tía», y que «encima está buena».

Aquella misma noche Ismael le cuenta el viaje a Estambul, con todos los detalles extraños. Le cuenta cómo Amer desaparece en medio de la noche, le cuenta que descubre unas armas que luego Asrih le dirá que eran de juguete, pero él no acaba de creérselo, y le cuenta cómo y dónde vive el 11-S («qué fuerte», incide Pilar, «había unos yanquis en el hotel, estaban cagados con la cantidad de árabes que había en Málaga, se pensaban que los iban a acuchillar en cualquier momento») y cómo aquello es «la ruptura definitiva» con la mezquita y toda aquella gente que Ismael no sabe hasta qué punto sabe. Quien no quiere saber ahora es él, porque de pronto quienes hasta entonces han intentado «hacer algo por el islam» son ahora asesinos, por mucho que a Ismael tampoco le guste América ni le gusten los americanos, no es lo mismo ir a un país en guerra a ayudar a los de tu parte o los de tu religión que enviar un comando y asesinar a tres mil inocentes.

A la chica, es obvio, le preocupan aquellas amistades —o al menos contacto o al menos cercanía física— de Ismael, le preocupa que conozca aunque sea de lejos, de momentos, a aquellos tíos que parecen estar cerca del acto terrorista más grande de la historia, aquellos tíos que cuando menos celebran que mueran unos cuantos «putos yanquis», aquellos tíos que quién sabe qué saben, cuánto saben, si saben, si además de celebrarlo han brindado alguna clase de apoyo. A Pilar le tranquiliza primeramente que el contacto entre ellos e Ismael es básicamente anterior al 2001, y a continuación le tranquiliza que se aleja, o que corta de cuajo con ellos, aunque le parece que él mismo está cometiendo el error de identificar religión (su propia religión) con barbarie, como hará Occidente o buena parte de Occidente.

Él ya ha decidido, exactamente el día 11 de septiembre, que va a separarse de manera definitiva de aquel mundo, él sabe que hasta entonces, y desde los años de Casablanca, se ha dejado subsumir por no estar solo, por sentirse comunidad, y seguramente lo admiten, o lo aceptan, porque es íntimo de Asrih y porque es sobrino de Farid, por nada más, no porque él tenga unas creencias muy fuertes y mucho menos la capacidad o intención de «hacer algo por el islam», más allá de comprar colchones y dejar dormir en su casa a tipos que nunca sabe si vienen o van.

Al único que ahora duerme en su casa es Asrih Rifaat, que después de dejar el trabajo en Barcelona va y viene buscándose la vida, o eso dice. Nunca vuelve a dejar entrar a nadie más que no sea su amigo. En parte se debe a que Amer desaparece. Para siempre. A principios de noviembre, y seguro que en la estela de los atentados de América, varios amigos o conocidos de Ismael son detenidos por la policía española. Es una operación del juez más famoso de España, Baltasar Garzón. La operación se llama Dátil y en ella quedan arrestados su primer socio, Imad, y Mohamed Needl, el dueño de la casa de Morata de Tajuña donde ha ido a una barbacoa un par de veces. Al parecer se busca también a Amer Azizi, que logra escapar de la policía. Meses más tarde, los periódicos explicarán que Amer sortea a la policía disfrazado de mujer. Ismael ignora si tal cosa es cierta. Ismael vive unas semanas completamente acojonado, aun sabiendo que, más allá de conocer a algunos de los inculpados, no ha hecho nada malo. Por suerte, el negocio con Imad fue verbal, no hay rastro por escrito. A Imad lo condena la Audiencia Nacional a veintisiete años de cárcel, acusado de ser el líder y financiador de Al Qaeda en España, aunque el Tribunal Supremo rebajaría esa condena a menos de la mitad. Ismael alucina con que su exsocio pueda haber sido tal cosa, prometerá. Pero cuando se producen aquellas detenciones está cagado.

Con los días, y aún más con las semanas, se calma. Decide que sería absurdo, acusatorio, abandonar el local justamente ahora. Tiene algunos clientes fijos, otros esporádicos. Y, como Pilar en la panadería, él hace horas extras cuando se lo piden los chicos del locutorio. Ahora que Imad o Amer ya no pueden enviarle clientes, pide permiso a uno de los responsables de la mezquita, Mohamed El Magdy, para anunciarse en el tablón de corcho de la entrada. «Ismael Feres, abogado. Ofrezco asesoría empresarial, legal, papeles, reagrupamiento familiar. Horas convenidas, calle Tribulete, 17 (Lavapiés)». Evita dejar allí expuesto su número de teléfono móvil.

En el despacho tiene muchas horas muertas. Guarda en el cajón su ejemplar del Corán, y lee y memoriza suras para distraerse.

Poco a poco, irá ganando clientela; gestiona la creación y administración de empresas, la declaración de renta, la gestión de alquileres, el reagrupamiento de familias inmigrantes, ese tipo de cosas. Teniendo en cuenta que ahora no debe devolver un duro a Imad, a finales de 2001 empieza a estar más o menos en los ingresos limpios que tenía el julio anterior, cuando Imad le compra su parte. Y todavía tiene buena parte del dinero que le abona por su participación en el negocio.

Aquel año, Ismael quiere celebrar la Navidad. No es que trate de remarcar de esta manera su alejamiento del islam, no se ha convertido ni se convertirá, si lo ha pensado en algún momento es en reacción a todo lo ocurrido los meses precedentes, pero aquella Navidad quiere de algún modo complacer a Pilar.

Compra un abeto, lo decora, y le pide a su madre que prepare una «buena cena española» para el 24 de diciembre; los cuatro —Melissa, Salma, Pilar e Ismael— se engalanan para la ocasión y

Melissa guisa un cordero con patatas y aroma de *kazaar*, y prepara purés de garbanzo y remolacha y una sopa de fideos, con comino y cúrcuma. Durante la cena pone un casete de villancicos, Pilar les enseña las letras, Pilar cree que aquella es la primera borrachera de Melissa, beben cava y vino blanco verdejo, lo pasan fenomenal.

De pura casualidad, sus regalos respectivos son muy parecidos: Ismael le regala a Pilar unas entradas para ir a ver un musical en un teatro de la Gran Vía, el 7 de enero; ella le regala unas entradas para ir al Bernabéu, a un Madrid-Sevilla, el día 8.

La ilusión de su vida. El grito de Ismael cuando abre el sobre y ve los *tickets* debe llegar al sexto piso. En el mismo momento, Ismael le pedirá a Pilar que coja la cámara de vídeo que le ha regalado por su cumpleaños, porque querrá grabar aquella experiencia que para él es casi mística: ha estado en los alrededores del estadio, pero ahora verá jugar en vivo a su equipo. En las semanas posteriores, matará las horas de aburrimiento con aquella película en el vídeo doméstico.

Eso hasta que una noche Asrih venga a dormir y se la robe. Ismael no tendrá ninguna certeza, tendrá solo la sospecha, pero vivirá aterrorizado: ¿para qué quiere su amigo una filmación completa del Bernabéu? Porque cuando el 8 de enero van al fútbol, Ismael ha comprado una cinta de tres horas de duración y hace prácticamente una grabación continua. De los aledaños del estadio —van dos horas antes—, del calentamiento de los jugadores, de prácticamente todo el partido, todos los detalles arquitectónicos, los vomitorios, las escaleras, los palcos. Está extasiado, Pilar se tapa la cara cuando la enfoca.

Un par de meses después, Asrih va a dormir a su casa, como habitualmente cuando está de paso por Madrid. Ismael no va a ir al gimnasio esa noche ni ha quedado con Pilar. Cuando llega Asrih, Ismael está mirando de nuevo la cinta del Bernabéu, tiene la cámara directamente conectada al televisor, ya la ha visto un par de veces antes, pero le encanta revivir la experiencia, es como si cada vez fuera un regalo nuevo. Asrih se interesa, se sienta junto a él. Le suscita enorme curiosidad aquella grabación, con tanto detalle, la miran toda, en algunos momentos le pide que la detenga, observa todos los detalles del estadio. Cenan algo y se van a dormir. Unos días después Ismael se da cuenta de que la cinta no está dentro de la cámara. En teoría no ha salido del aparato, pero no da con ella, la busca por todo el piso, no puede estar muy lejos, porque el piso es pequeño, no entiende que no aparezca. Piensa, piensa. Reconstruye sus días y concluye que la última vez que la cinta con toda seguridad ha estado en el piso es durante la visita de Asrih. Después de Asrih, solo Pilar y él han estado allí, y es evidente que Pilar no se la ha llevado. Aun así, se lo pregunta. La sospecha o la certeza es que Asrih le roba la película del Bernabéu, y desde entonces no ha parado de pensar para qué cojones quiere Asrih imágenes del estadio, y desde entonces no ha dejado de pensar que alguien pueda descubrir que es él (o Pilar) quien las filma, y no ha dejado de pensar que, con el círculo de amistades o conocidos que tiene, alguien pueda etiquetarlo como el encargado de estudiar los objetivos de un comando.

Ismael no llama a su amigo para preguntarle si se la ha llevado. A Pilar le parecerá quc Ismael tiene miedo de la verdad.

Ismael no vuelve a la mezquita. Ni a la de la M-30 ni a ninguna otra. Desaparece, y nadie lo busca. Las detenciones de noviembre, y las que empezará a haber en el entorno musulmán de Madrid, y de España en general, desperdigan a la comunidad, Ismael tiene la sensación de que dejan de saber unos de otros, o quizás piensa eso porque es lo que a él le pasa.

También deja de jugar a fútbol los domingos. Quiere y necesita una ruptura plena con su mundo anterior, y sacrifica el fútbol.

A partir de aquel momento, con los domingos libres, acompaña a Pilar a todas las carreras, en sábado o domingo, según tenga o no turno en la panadería. Son bastante felices. Aunque no se tengan más que el uno al otro, aunque su mundo sea así de bipolar y limitado. Despacho, gimnasio, Pilar.

«El Pilar de mi vida», la llama él.

41

La calle Francisco Remiro está en el barrio de la Guindalera, en el noroeste de Madrid, y no es muy larga; unos cuatrocientos metros en una especie de diagonal en dirección este-oeste. Desde un extremo, la mezquita de la M-30 queda a unos diez o doce minutos a pie.

Recorrí la vía y tampoco tuve que hacer apenas nada en mi objetivo de conseguir información nueva. Eran cerca de las dos de la tarde. Entré en un bar, pedí un cortado y, sin ningún disimulo sobre cuál podía ser mi profesión y qué estaba haciendo allí, saqué el bloc y repasé lo que había anotado durante las dos entrevistas anteriores.

Había cuatro o cinco clientes, todos españoles, o de aspecto español, y hablaban de mesa a mesa exactamente de lo que yo quería saber. Eran vecinos de aquella calle, uno de ellos vivía en el bloque de Serhane, de manera que, haciendo ver que repasaba notas anteriores, tomé notas nuevas. Aquel hombre —de unos setenta años, de acento murciano o extremeño, con gafas metálicas, camisa blanca con cuadritos azules y jersey del mismo color, con botones hasta el esternón— estaba diciendo justamente que nunca había hablado con él porque era «de esa clase de persona que no te saluda si tú no le saludas antes», con lo que daba a entender que el foráneo tenía una especie de obligación de anticiparse, o de ser más educado, o de serlo antes, pero que la culpa del silencio era en todo caso de quien callaba primero, si es que había quien callara primero, como aquel sujeto daba a entender. Admitía que era una familia silenciosa que nunca dio problemas, simplemente a veces se escuchaba por la escalera música árabe, pero sin molestar. Además de Serhane, vivían allí dos mujeres, una de las cuales era su esposa, y la segunda, «supongo yo», dijo, la madre de ella; decía supongo yo porque ambas iban siempre vestidas de negro, apenas una rendija en los ojos. Ellas, desde luego, nunca saludaban, porque además trataban de no cruzarse con nadie en la escalera: si detectaban a alguien cuando iban a salir, volvían a entrar, y esperaban a que el panorama estuviera libre. Tenían un niño pequeño, de un año, aproximadamente, el cochecito del cual se quedaba mientras estaban en casa atado a la escalera mediante una cadena y un candado.

El vecino se llamaba Pedro, y pude ir haciéndome una idea más completa de cómo había sido la vida de Serhane porque dos cafés con leche después habían entrado en aquel establecimiento tres o cuatro vecinos más del barrio; todos sin excepción habían saludado efusivamente al tal Pedro, convertido casi en héroe porque aquel lunes se había sabido que su vecino de dos pisos por encima era uno de los que se habían inmolado en Leganés en nombre del islam. Todos querían saber más cosas, y cuando entraba otro vecino hacía una pregunta que Pedro ya había contestado pero que volvía a contestar. Era una rueda de prensa que podía ser infinita.

Me preocupé de tener pagado siempre mi café para, cuando Pedro se marchara, salir en pos de él y, al menos, pedirle permiso para publicar todos los datos que había ofrecido.

Resultó que el Tunecino —y Pedro— vivían en la portería contigua al bar. Calle de Francisco Remiro, 41. Cuando salí, unos segundos después de él, la puerta de su edificio se estaba cerrando. Golpeé el vidrio y alcé la mano, me abrió, «señor Pedro, podría hablar con usted». «Claro, hijo», me dijo, le expliqué que había estado un rato en el bar, que era periodista y que si tenía inconveniente en que, sin decir su nombre, publicara lo que allí había contado, si todo aquello era la verdad de Serhane, si podía hacerle algunas preguntas más.

Pedro dijo que naturalmente todo aquello era verdad, me pidió que no dijera su nombre y que me sintiera libre, que me contaría lo que supiera, porque no tenía nada que ocultar y porque, al fin y al cabo, Serhane no iba a recriminarle ya nada.

Me explicó que había dejado de aparecer por el barrio cinco días antes de los atentados y que también las dos mujeres y el niño habían desaparecido, pero que no tenía idea de dónde había estado desde entonces ni dónde había ido su familia. Añadió que a veces salían todos de casa a las cinco de la madrugada, a menudo cargando bultos, que en los últimos meses se había dejado barba, pero nada de una barba «de moro», una barba larga, sino una barbita de perezoso, como las de los chavales de ahora, que así no se tienen que afeitar. También me dijo que el cuñado de Serhane, el hermano de la mujer, según se rumoreaba por el barrio, era un tío «muy malote» que había sido detenido en Marruecos, pero que ignoraba el porqué, ignoraba cuándo, ignoraba hasta su nombre. Que la mujer también trabajaba, pero en casa, hacía remiendos de ropa, de costurera, esas cosas.

Le pedí que me dejara ver el buzón, por si aparecía el nombre de la mujer, pero solo había una tira de papel con un «3°-2ª» de imprenta o impresora, no manuscrito. Me habría gustado ver la grafía de Serhane, o lo que yo habría creído que podía ser la grafía de Serhane, me habría gustado haber estado en el mismo lugar que su mano, escribiendo «Ben Abdelmajid, 3°-2ª».

Quise incidir en lo que había dicho en el bar: que no saludaba si tú no le saludabas antes. Para Pedro, era el recién llegado el que tenía la obligación de presentarse, de ser amable con sus vecinos, para que confiaran en él, para que supieran que se podía confiar en él, y en consecuencia, que era el recién llegado el que debía mostrar educación y amabilidad, y a partir de ahí hablamos. Que él mismo, cuando había llegado desde Lorca a Madrid en 1974, así lo había hecho: había ido, uno por uno, a cada vecino del edificio, uno de doce plantas en Vallecas, repitiendo cada vez «Pedro Segura del Río, nuevo inquilino del cuarto cuarta», y así cuarenta y siete veces, planta por planta. No supe replicarle.

Pedro me ayudó aún con otra cosa. Había un comercio de frutas y verduras por allí regentado por un marroquí que conocía a Serhane mejor que el resto, porque lo había tratado en la mezquita años atrás, y era un señor «muy creyente pero muy pacífico», que tenía ganas de ofrecer sus explicaciones de lo que es «el islam verdadero», jerarquizó Pedro, señalando hacia la salida oeste de la vía. Comestibles Meknes. Le agradecí cinco o seis veces su ayuda y salí a la calle.

Comestibles Meknes estaba cerrado. Volví al bar, compré un bocadillo y me senté a comérmelo sobre el capó de un coche.

Abordé a Mohamed en cuanto se detuvo frente a la reja de su tienda, minutos antes de las tres de la tarde. Me hizo pasar, me ofreció un té, que acepté, que me pareció que debía aceptar, cerró detrás de nosotros, no pensé «ahora me acuchilla».

Mohamed pasó a una trastienda, donde debía tener un hornillo. Saqué de mi bolsa el bloc de notas, que llevaba prendido un bolígrafo en la espiral, dejé el macuto y la chaqueta sobre una silla. Esperé unos momentos de pie, observando los productos en venta, cada kiwi con su adhesivo ovalado de Vitamina del Sur. Mohamed apareció con dos tazas humeantes y sendas ramas de menta dentro. Me instó a pasar detrás del mostrador, a un lugar en el que, si no saltaba por encima de la fruta, no tenía escapatoria. El móvil se había quedado en la chaqueta. Notaba cómo supuraban todos mis miedos y prejuicios. Quizás eran también parte del porqué. Le pedí permiso, abriendo el bloc. Autorizó con un gesto de la mano.

Como el profesor Pérez, y como me había avanzado Pedro, Mohamed también tenía ganas de hablar.

Empezó a relatar su relación con Serhane. De los que se habían inmolado era el único al que conocía. Había trabado relación con él en «las mezquitas», dijo en plural. Porque Serhane había sido años atrás un fijo en la mezquita grande, pero había sido invitado a no volver, por su fanatismo. Había sido expulsado. «Lo despidieron», dijo Mohamed, que hablaba precipitadamente. Serhane creía, y así lo proclamaba, que aquel lugar se estaba convirtiendo en «la escuela de los malos musulmanes». «Él hablaba de vivir plenamente el islam. Era un creyente fanático, que se volvió intolerante y agresivo. Hablaba de cruzadas antioccidentales y de descreídos, pero nadie le hacía caso, porque todos los días venía con lo mismo», recordó el frutero. De manera que había empezado a frecuentar otros lugares de culto.

El detalle no me había pasado por alto: ¿lo despidieron?

Con sus conocimientos de economía, Serhane había llegado a ser el contable de la mezquita, es decir, parte de su personal y estructura, y lo habían expulsado por radical, por unas ideas —unas frases, unas proclamas— que sobre todo a partir del 11-S se podían interpretar como anuncios. Anuncios que eran delito.

Con razón el centro islámico había comenzado a recibir periodistas y a explicarles algunas cosas. Necesitaba empezar a suavizar antes de que trascendiera todo, porque era evidente que iba a trascender. Iba a trascender que el 11-M había comenzado mucho antes, demasiado tiempo antes, había tenido una larga gestación en la que sus ejecutores le habían ido dando forma.

Tenía que volver a la mezquita. Y tenía que quedar con Pilar, que me contara cuanto supiera de todo aquel mundo.

Le pregunté a Mohamed cómo se habían vivido entonces los atentados de América entre la comunidad musulmana de Madrid, en la mezquita, y su respuesta me alarmó. Porque por un lado, de entrada, prometía que le parecían mal, pecado, *haram*, horrible, y por otro matizaba, con una condicional perversa: «Si a alguien tenía que pasarle eso, era a América». Aquel día él no estaba en la mezquita, recordaba perfectamente que era un martes, pero le habían contado que algunos fieles habían comenzado a saltar y abrazarse, como si hubieran marcado un gol. Y a él le había parecido que el objetivo..., pues bueno, que si a alguien tenía que ocurrirle aquello era al imperio yanqui. Años después leí una novela, extraordinaria, de Mohsin Hamid, un escritor norteamericano de origen pakistaní afincado en Nueva York. Se titula *El fundamentalista reticente* y narra la vivencia del 11-S por parte justamente de un ciudadano norteamericano de origen pakistaní afincado en Nueva York, con novia y vida americanas y una permanente sensación de extranjería, desarraigo y desprecio. Y cómo el 11-S supone una cierta compensación (de golpe) de todos esos microrracismos. Tuve el privilegio de hacerle una entrevista cuando presentó la novela en Barcelona. La titulé: «Si en el Raval ves a alguien diferente, piensa que eres tú».

Pero ahora estaba con Mohamed, y quería saber qué había hecho Serhane al abandonar la mezquita principal.

Al parecer aquellos grupos más radicales se habían ido concentrando en oratorios que habían abierto en pequeños locales en los bajos de edificios o en garajes. Mohamed no había visitado nunca uno de ellos, siempre había ido a los centros «oficiales». «Oficiales», dijo, como si hubiera un islam acreditado y otro clandestino. ¿La doctrina era diferente? Me costaba entender, tras doce años educado en los jesuitas, que la religión tuviera grados o posturas divergentes. Entendía que hubiera matices o que cada tendencia pusiera el foco en un punto u otro, pero estar a favor o en contra del uso de la violencia me parecía que las hacía religiones, ramas o islams diferentes. Si algo era uniforme, en mi creencia, eran las creencias. Es obvio que estaba equivocado.

En aquellos oratorios, añadió, algunos sabios se habían autoerigido en líderes espirituales y habían creado pequeñas comunidades unidas por los matices. Los llamaban sabios porque tenían profundos conocimientos del islam y porque cumplían religiosamente los preceptos. Oración, ayuno, reglas. Lo que ocurría es que, en opinión de Mohamed, tenían visiones distorsionadas de la religión, y ponían el acento, por ejemplo, más en la justicia que en la tolerancia, o más en la venganza que en el perdón. «El ojo por ojo», dijo Mohamed.

¿Cómo sabía todo aquello?

Quienes como él llevaban años asistiendo a la mezquita con asiduidad e intensidad sabían aquellas cosas, podían ser reuniones y tendencias más o menos secretas, pero acababan trascendiendo. Después del 11-S muchos de los asistentes sospechaban que los «revoltosos» de Madrid podían haber tenido algún papel en la masacre.

¿Y la mujer de Serhane? No sabía gran cosa de ella, más allá de que estaba siempre en casa, que iba rigurosamente vestida, que tenía un hijo en común y que con ellos vivía también su madre. Cómo iba a crecer aquel niño. Con qué información de su propia orfandad.

Llevábamos casi dos horas hablando. Yo estaba de espaldas a la calle y no había visto cuántos clientes había podido perder Mohamed por estar atendiéndome. Podía haberle hecho decenas de preguntas más, pero se estaba haciendo muy tarde, eran cerca de las seis. Cerré el bloc, Mohamed alzó la mano. Le dije que había sido muy muy muy interesante, con tres «muy», le dije que no sabía cuánto le agradecía todo lo que me había contado, le dije que me daba cuenta de que no sabemos mucho de nuestros propios vecinos.

Mohamed se levantó, salió hacia el espacio abierto de la tienda. Me preguntó de dónde era yo, si tenía esposa e hijos (no), o familia, que les deseaba el bien. Era un buen tipo. Apreté larga y fuertemente su mano, con sinceridad, porque más allá de que todo aquello era interesantísimo e iba a escribirlo, me daba la sensación de que empezaba a sumergirme un poco en los porqués de todo aquel horror.

Comencé a caminar calle arriba, sin dirección. Estaba excitado y extenuado, necesitaba ordenar todo aquello. Era tardísimo, y en el móvil, que había silenciado tres horas antes para no interrumpir la conversación con Pedro, había once llamadas perdidas. Cinco de Aritz y seis de Uría. Dioses: ¿había habido otro atentado?

No había habido otro atentado.

Uría estaba mosca, y con razón. En plena vorágine, no podía andar desconectado tres horas. En la Audiencia Nacional se había sabido, y por eso me había llamado Aritz, que entre los restos de Leganés habían aparecido los de un sexto terrorista, que también había sido plenamente identificado: Jamal Ahmidan, al que se consideraba ya el número dos del comando, por detrás de Serhane, y que el comando había enviado un fax al periódico *ABC* anunciando nuevos ataques, anunciando el fin de la tregua que habían decretado ellos mismos el día 14 de marzo y anunciando que

España se iba a convertir en un infierno. No me preocupaba mucho que fueran las seis de la tarde, porque en aquella época escribía muy rápido, y calculaba que necesitaba alrededor de una hora para cada pieza que Uría me encargara. El problema, y por eso Uría echaba humo, era que a aquellas horas de la tarde no sabía —más allá de que le llegaría un artículo del profesor Pérez— con qué material contaba exactamente para organizar la sección, pero se apaciguó en cuanto le resumí lo que sabía de Serhane, que me parecía que posiblemente ningún periodista de la competencia tenía, y en cuanto le dije que para el fin de semana podíamos hacer una buena pieza sobre cómo había sido la vida de Serhane desde que, diez años antes, había aterrizado en Madrid.

Todavía no había pasado un mes desde la masacre.

42

En el verano de 2002, Ismael tiene una idea genial, que le parece genial. Aunque no sale según lo previsto o soñado. Es un cara o cruz. Pilar ha venido anunciando que, como otras veces, en agosto tiene que trabajar en el hotel de sus padres, y a Pilar no le extraña que Isma no proteste y que esté tranquilo al respecto, le da la sensación de que se ha acostumbrado a ese ritmo de las cosas. Pilar no sabe qué planes tiene Ismael para el verano y le extraña un punto su despreocupación, pero acaba por atribuirlo a un grado superior de madurez. Nada de eso: Ismael ha reservado una habitación en el hotel Imperial, de la familia Moreno, para quince días; se irá el día después de ella. Se alojará en el hotel, conocerá a la madre y a los hermanos, al padre, será encantador y anónimo, simulará estar de vacaciones para conocer la costa malagueña, Marbella, los pueblos blancos, etcétera. Se compra ropa, estará guapo. Serán las vacaciones más caras de su vida, pero de algún modo también siente que está haciendo una inversión en su futuro.

Ismael llega al establecimiento el 7 de agosto. Ha calculado que se marchará el 21, para poder estar con ella, o cerca de ella, el día de su cumpleaños, el día 20. Tiene un plan de mínimos y un plan de máximos. Confía en que por allí pululen los padres y los hermanos de Pilar y, en dos semanas, que como mínimo se hagan una idea de quién es, cómo es, caerles bien, al menos; en su idea de máximos, acaba celebrando con ellos el cumpleaños de su chica.

Pilar atiende la recepción aquel mediodía. Ismael ha viajado desde Madrid en el autobús de línea, entra sin sonreír y se acoda en el mostrador, Pilar abre la boca sin entender nada, pero el cliente aclara rápidamente:

—Buenas tardes, tengo una reserva a nombre de Ismael Feres.

En ese preciso instante aparece por detrás la madre de Pilar, Consuelo, se dan mutuamente las buenas tardes, «buenas tardes, señora», Ismael está nervioso, pero está orgulloso de su plan, no tiene más que mostrar una cierta indiferencia, actuar meramente como un cliente del hotel, se convence de que solo es un cliente del hotel. Pilar se atasca, no da con la reserva, Consuelo debe intervenir. Habitación 111, Pilar saldrá a la calle en cuanto sube, lo llama, «¡estás como una cabra! Pero me encanta lo que has hecho, corazón», a Pilar aquello la enamora más de Ismael, solo hace falta que disimulen, no sabe si va a atreverse a entrar en su habitación, pero seguro que van a poder encontrar algún rato para verse y tomar algo.

«Cabra, más que cabra».

Ismael hará todos los esfuerzos por ser educado y amable, sin ser empalagoso; con Consuelo, en la recepción; con Fermín, el hermano menor, en el restaurante del hotel, donde ejerce como chef; con Pablo, el mayor, que lleva las cuentas y las compras; serán días de ir viéndolos por allí, y como buenos hoteleros saludan desde el momento inicial a cualquier cliente, y al segundo o tercer día entablarán una conversación banal, que el cuarto o quinto se alarga un poco más.

Con Fermín habla de cocina, tiene en carta un par de variedades de cuscús —«aquí estamos muy cerca de Marruecos, y además hemos sido tierra de al-Ándalus», argumentará un sonriente Fermín—, e Ismael le explica cómo especia su madre las carnes o las verduras, son detalles en los que él se fija, aunque sea un pésimo cocinero; Fermín agradece, asiente, parece gustarle aquel cliente. Con Pablo habla de la administración de una empresa como aquella, un día que en la recepción —Pilar no está— está pidiendo consejo para desplazarse por la provincia y abre la cartera para guardar la nota en la que ha apuntado los nombres de las empresas de autobús que operan por la costa, hacia el norte o hacia el sur, aunque sabe perfectamente que le habría bastado con preguntar en la estación de autobuses, el gerente familiar observa una tarjeta de visita que Ismael lleva ostensiblemente a la vista: «*Ismael Feres, abogado*», en letra cursiva, elegante.

—¿Eres abogado?

Ismael le explica cuatro líneas de su vida, que tiene un despacho en Madrid, que empezó ofreciendo servicios para la inmigración —elude explicar que la oficina está en un locutorio—, pero que se ha ido decantando hacia la asesoría empresarial, las declaraciones de renta, ha tenido que abrir un poco el catálogo de servicios. Pablo asiente, también parece gustarle aquel tipo, «al final hacemos trabajos parecidos», observa.

Ismael celebra su plan. Aquel día visita la playa de la Malagueta, se baña, no se siente exactamente solo. Ha comprado unos pasatiempos, así invierte en su español.

Los primeros dos o tres días pasea por Málaga, visita el casco viejo, se infla a calamares, visita la mezquita, donde entra, donde vuelve a orar unos minutos, no siente que allí pueda generar ningún vínculo, entra y se postra y durante un rato siente la paz de Dios.

Otro día toma un autobús hasta Fuengirola y de allí a Marbella y regresa por la tarde; más tarde hace lo mismo hasta Nerja y Motril; un día lluvioso y fresco visita el Parque Natural de los Montes de Málaga; la segunda semana va hasta Gibraltar, podrá decir que ha estado en el Reino Unido; otros días se tumba en la playa de la ciudad y pasa el tiempo, trata de no quemarse.

Una noche, la tercera o cuarta, cuando el hotel está en plena calma, hacia la una de la madrugada, Pilar visita la 111. Le ha advertido en un SMS que aquella noche debe trabajar hasta tarde, que se queda a dormir en las habitaciones reservadas para trabajadores y que posiblemente podrá acudir. Ismael está nervioso, no ha podido dormirse, hasta que los nudillos de Pilar golpean, le abre en calzoncillos y con urgencia y silencio se desnudan y se aman aceleradamente, Pilar teme que alguien la eche en falta o la reclame y, aunque a ninguno de los dos les gusta actuar así, como amantes clandestinos, lo repetirán varias de las noches siguientes.

Hasta que Pablo se percata.

Una de esas noches, Pilar abandona su habitación con el máximo sigilo, pero Pablo está en la contigua, percibe que la puerta se abre y le parece extraño, saca la cabeza y en el pasillo ve a su hermana de espaldas, alejándose. Deja su puerta entreabierta y la sigue, a cierta distancia, por pasillos y escalera, ella no se gira, hasta que entra en la 111 y Pablo lo entiende todo. Ismael es el novio moro de Pilar.

Pablo —y Fermín cuando se lo cuente— tendrá una sensación ambigua, porque en la distancia le cae mal el novio moro de Pilar, pero le gusta Ismael Feres. No se lo explicará de entrada a su madre, porque habría tenido que expulsarlo.

Un par de noches después, Pablo escucha cómo su hermana sale en dirección a la 111, espera unos minutos para asegurarse de que no lo oye, y con una llave maestra entra en la habitación de su hermana. La espera sentado en el sillón, de cara a la puerta. No le importa lo que tarde, no será mucho. Vuelve en menos de una hora, son casi las dos de la mañana, Pilar pega un brinco cuando lo ve allí sentado.

—¿Dónde estabas?

Pilar balbucea, el propio Pablo contesta:

—En la 111. Te he seguido. Quién es.

Pilar le explica la verdad, que Isma se presenta en el hotel sin que ella lo sepa, que llamó y reservó una habitación para no estar solo en Madrid todo el mes, que ella no sabía nada, pero que le gusta, lo quiere, celebra que haya tenido aquella idea.

—Pero esto no puede ser.

Pilar prefiere no preguntar qué es lo que no puede ser: que vaya a su habitación, que él haya aparecido en el hotel, que tenga un novio moro. No quiere aclarar la disyuntiva. Porque puede aceptar que no está bien que lo visite, pero el chico tiene todo el derecho a alojarse en el Imperial.

A la mañana siguiente, Pablo está en la recepción:

—Qué tal, Ismael, qué planes tienes hoy.

Sonríe. Sin atisbo de todo lo que ahora sabe.

Ella no le dirá a Ismael que los han descubierto. Por ahora le dirá que no puede seguir visitándolo, que si se enteran va a tener problemas de verdad. De manera que ella ya no acude a su habitación. Se acaban las noches clandestinas. Pilar no le contará la verdad hasta que se vuelven a ver en Madrid, en septiembre.

El día 20, por su cumpleaños, Pilar ni siquiera está en el hotel, le han dado fiesta. Se ven un rato por la tarde, Ismael le ha comprado una gargantilla con la letra P cursiva chapada en oro, a Pilar le encanta.

El 21 de agosto, Ismael vuelve a Madrid. Cuando baja con su maleta a hacer el *check out*, en la recepción está Consuelo, Pablo trajina en el despacho interior.

—Es usted encantador, señor Ismael, a ver si vuelve el año que viene.

A su regreso a Madrid, Pilar le explica lo ocurrido. Pilar supone que con él habrán mantenido las formas, pero augura que no podrá volver al hotel si da su nombre, le dirán que está lleno. A Pilar le parte el corazón dicha actitud de su familia. Nunca le contará el veredicto de su padre, repleto de metatexto: «Te lo dije». Solo concluye «te lo dije», en el interlineado dice cómo te has fiado de un moro, cómo nos ha engañado a todos, cómo se ha interpuesto entre nosotros sin que nadie le haya dado permiso, cómo dice tantas cosas en apenas tres palabras.

Durante unas semanas o meses Ismael cae en un gran desánimo, le parece que la historia con Pilar no puede tener futuro, el futuro que él ansía y sueña, y que también se dice en tres palabras: «Una familia normal».

A partir de entonces, y por romper con las rutinas, Ismael irá a Barcelona algunas de las siguientes vacaciones. Se aloja en casa de Asrih y Karim, ellos cambian a menudo de piso, una vez están en Santa Coloma de Gramenet, la siguiente en Terrassa, una tercera en Montgat.

Pilar proseguirá con su rutina de bajar a Málaga, aunque ciertamente intenta ir menos días, el rechazo o al menos la frialdad de su familia respecto a Ismael es algo que no solo la irrita, también le dará fuerzas para negarse a ir tan a menudo. Pilar está enamorada de Ismael.

La Navidad y la Semana Santa siguientes, los puentes intermedios y el verano de 2003 le reclamarán más ayuda, que se baje más tiempo que nunca, ella nunca sabrá si realmente tienen siempre bajas o si es que no contratan todo el personal que necesitan o si es que, como ella sospecha con rabia, quieren alejarla de su chico justamente cuando tienen más tiempo libre. De manera que ese diciembre de 2002 Pilar viaja a Málaga únicamente para la Nochebuena y Navidad, pero el 26 vuelve a Madrid, alega que tiene que ayudar a organizar una fiesta de fin de año en el gimnasio y que tiene que acabar la tesis, que anda muy liada, todo lo cual es además cierto.

La Semana Santa siguiente, y con la excusa de que ella corre la maratón local, se van de viaje a San Sebastián, y la narración de Pilar es blanquinegra. Por un lado son unos días felices, por otro le parece que son días condenados a la extinción, a menudo cree que no será capaz de mantener de manera indefinida la relación con Ismael en oposición a su familia, que la acabarán venciendo, que llegará un día en que no pueda más, en que acabará la tesis y tendrá que pensar si regresa a Málaga o crea definitivamente su vida en Madrid.

También, añade, se descubre a sí misma como atleta, su misma personalidad es la de atleta, se refiere. Resistente, dura, acepta cualquier reto: a ratos o días se siente igual respecto a su familia, reflexiona, capaz de mantenerse en movimiento, esto es, con Ismael, a ver quién se cansa antes, si ellos o ella.

Los días del País Vasco son bonitos. Llegan un viernes, la carrera es el domingo. Queda entre las diez primeras, Isma está como siempre veinte metros antes de meta, a la izquierda, ella lo busca siempre en ese punto, exhalando sus últimos esfuerzos.

Han alquilado un coche, y recorren la costa, Hondarribia, Pasajes, Bilbao, lo pasan «de puta madre». «Como una pareja feliz».

43

El Magdy me recibió de nuevo con toda la amabilidad. Lo encontré en la recepción del centro islámico, charlaba con algunos hombres. Me vio de reojo, me saludó con la mano, como diciendo «ahora estoy contigo». Pronto se acercó, nos estrechamos las manos, le pedí charlar un rato. Mientras nos dirigíamos a la cafetería (no a su despacho) quiso saber si, dado que era plena Semana Santa, yo no pensaba dedicar unos días a estar con mi familia o a «seguir vuestras tradiciones», cosa que no hacía desde que tenía uso de razón. También me agradeció que hubiese respetado el secreto de las cosas que me había contado la vez anterior, y que eso era un argumento importante para que pudiéramos seguir hablando.

Pero pronto me di cuenta de una cosa: con lo que me había explicado el frutero el día antes, me sentía en posesión de un poder (la información) que había transformado mi rol frente a El Magdy. Ya no acudía a rascar cualquier cosa que me pudiera (querer) revelar. Yo tenía ahora algunos datos del paso de Serhane por la mezquita que me conferían una ventaja o, al menos, una igualdad. El líder del 11-M había trabajado allí, y lo habían expulsado, ergo, habían tenido motivos en su contra. ¿Cuáles, exactamente? Eso era lo que quería saber.

Intuía que El Magdy diría que no sabía nada de las mezquitas alternativas, que no sabía nada de otras corrientes, que no sabía nada de fines de semana en el río debatiendo sobre el islam, y por eso empecé preguntándole por ello, y efectivamente su respuesta fue que él se pasaba el día en el centro cultural islámico, pero que nunca había ido a esos lugares, ni sabía nada de quienes sí iban, y desde luego que él nunca había ido a un río.

—Claro, porque usted se centra en su trabajo en la mezquita... —le puse el gusano delante, y fue especialmente asertivo, para remarcar que claro, que él se pasaba el día en la mezquita, que conocía a mucha gente que allí acudía, pero que a un río...

—Entonces, cuénteme del trabajo de Serhane como contable. Estuvo contratado aquí.

Por el mismo mecanismo, El Magdy fingió no sorprenderse de que tuviera conocimiento de aquel dato, pero empezó un camino descendente, como una bicicleta en inercia por una ladera. Me explicó que efectivamente Serhane había sido el encargado de llevar las cuentas hacía «muchos» años, pero que no lo habían cesado exactamente por ser radical ni nada de eso, sino porque el centro se iba haciendo grande, cada vez iba más gente a rezar, a las actividades, había grupos de hombres, de mujeres, había clases de español para los niños, todo eso hacía que las cuentas fueran cada vez más complicadas, y necesitaban una profesionalización, y que Serhane era un buen chaval, pero era un estudiante, y las cuentas tenían que cuadrar...

No sabía si creerle. No sabía si el islam penalizaba la mentira.

¿Habían tenido algún problema con Serhane? El Magdy veía que, si para argumentar el despido alegaba que había habido problemas económicos, podía abrir otro frente, y que llegara a interpretarse que el atentado podía de algún modo haberse financiado con dinero robado a la mezquita. No era eso, me dijo, simplemente era, insistió, que Serhane había «ayudado» durante un tiempo, pero que ya había sido suficiente. Me daba la sensación de que El Magdy trataba de minimizar la importancia del paso del Tunecino por aquel lugar, atribuyéndole una condición (la de estudiante) que por entonces ya no tenía.

En el bloc de notas, me fui varias páginas atrás, hasta la entrevista con Mohamed, y le leí: «Él hablaba de vivir plenamente el islam. Era un creyente fanático, que se volvió intolerante y agresivo. Hablaba de cruzadas antioccidentales y de descreídos, pero nadie le hacía caso, porque todos los días venía con lo mismo».

«Puede ser, yo no lo sé...», dijo El Magdy, remarcando mucho las letras «eeeeeé» y con una cadencia entre el desdén y el hastío. ¿No lo sabía, si era un empleado suyo que se pasaba el día en la mezquita, y él tenía toda la información de lo que ocurría dentro de ella? Por allí pasaba mucha gente, él no podía saber lo que opinaba todo el mundo... No iba a sacarlo de aquel bucle.

Le di las gracias, le recordé que tenía una tarjeta con mi número de móvil, por si se acordaba de algo nuevo o quería añadir algo más tarde, u otro día, y salí a la calle.

Me habría venido bien tener su número de móvil.

Aquel miércoles había publicado algunos datos nuevos sobre la investigación de Leganés (habían aparecido armas idénticas a las que salían en el vídeo reivindicativo hallado dos días después del atentado), pero iba a surgir uno de los nombres clave de la trama: Amer Azizi.

En los primeros días había reparado momentáneamente en él porque en 2001 había logrado salvar el cerco de la policía española en la operación Dátil contra «la célula española de Al Qaeda», y aparecía en autos (e informaciones) vinculados a aquellos hechos. De manera que en los primeros días después del atentado, y repasando informaciones previas sobre Al Qaeda, yo había reparado momentáneamente en él, pero la policía no: no momentáneamente, me refiero. Lo investigaban y lo buscaban desde el 11 de marzo, pero no lo habían hecho público. Azizi tenía un punto legendario por su escapada, al parecer, disfrazado de mujer. Se le había perdido el rastro y llevaba dos años y medio en paradero desconocido, pese a que se sabía también que, después de la operación policial, había regresado a Madrid para vender su coche. Lo cual denotaba por un lado que necesitaba el dinero y por el otro que tenía o un par de huevos o una red de protección a prueba de policías y servicio secreto. Estaba casado con una mujer española convertida al islam, y las fuerzas antiterroristas habían sospechado desde el primer minuto de su posible papel en la trama. Azizi era de quienes a finales de los años noventa o en la primera década del siglo XXI habían estado en campos de entrenamiento de Al Qaeda en Afganistán, y por ello se le atribuía un cierto papel en la organización. En los meses siguientes se le llegó a considerar como un dirigente cualificado, aunque era aventurado darle un cargo o escalafón, primeramente porque Al Qaeda no tenía cargos o escalafones, al menos como los tenían las organizaciones terroristas tradicionales o como los entendían las fuerzas antiterroristas.

Azizi, en cualquier caso, estaba en busca y captura y podía haber jugado el papel de enlace entre la cúpula y el grupo que había actuado en España, y a última hora de aquel día supimos que la hipótesis de su presunta participación había ido ganando fuerza con las horas y que su fotografía había sido distribuida en las comisarías españolas «por su relación con reclamaciones previas», dijeron fuentes de Interior. Estas añadieron que había «algunos indicios», contrastados con servicios secretos de otros países, que le otorgaban algún papel, aunque «eso no significa que sea el autor intelectual», nos dijo la lucha antiterrorista, y publicamos entrecomillado.

Para Garzón, Azizi había jugado un papel de mano derecha del líder de Al Qaeda en España, Abu Dahdah, en el reclutamiento de jóvenes para enviarlos a luchar a países como Bosnia, Indonesia o Afganistán. También le colgaba una función «en la cumbre que terroristas del 11-S celebraron en Tarragona en julio del 2001», decían los autos acusatorios del magistrado.

Me habría gustado preguntarle a El Magdy si Azizi había sido también de los habituales de la mezquita, si lo conocía, pero toda aquella información llegó muy tarde, entrada la noche, y posiblemente solo habría logrado nuevas evasivas.

Todo ello, en todo caso, podía diluir el papel de Serhane como líder espiritual del grupo, como el hombre (la fuerza) que los había convencido de la preparación de la matanza, de la ejecución de la matanza y de la automatanza.

Había todavía muchas incógnitas.

En aquella misma crónica en la que aparecía con fuerza la sombra de Azizi dábamos algunos datos nuevos sobre las pesquisas. Aquel día habíamos sabido que los muertos en Leganés eran no seis, sino siete, y que cuatro de ellos ya estaban fehacientemente identificados. Tres de ellos estaban en la lista distribuida por el juez días antes (el cuarto era Asrih Rifaat, hasta entonces desconocido), de manera que faltaban otros tres de aquella relación: los hermanos Mohamed y Rachid Oulad y Said Berraj. Parecía que el puzle se completaba, pero también aquel día nos contaron que el ADN de los Oulad no estaba en Leganés. Con lo que las piezas no encajaban, y el número de sospechosos o de integrantes del comando se ampliaba.

El dato con el que titulamos no fue sin embargo nada de todo aquello, sino que el comando estaba preparando otra masacre en Madrid para aquellos días de Semana Santa. En realidad ya lo sabíamos por el intento de atentado en el AVE en Toledo, pero entre los escombros de Leganés habían aparecido planos de una ciudad de la periferia de Madrid (no se desveló cuál para evitar el pánico) y también los de algunas infraestructuras donde se daban grandes concentraciones en momentos determinados: un estadio, centros comerciales, medios de transporte y centros oficiales.

¿Iban a volar el Bernabéu?

¿El Corte Inglés?

¿Otra vez Atocha?

También había vídeos de algunos de esos posibles objetivos, pero no supimos cuáles.

Sí que supimos que el comando había manejado un total de ciento ochenta y cinco kilos de dinamita (esta cifra fue oscilando entre los ciento setenta y los doscientos cinco kilos) y que tenían explosivo «cebado», es decir, listo para su uso.

De la misma manera, el Ministerio del Interior consideraba que la capacidad de acción de los posibles miembros o colaboradores del comando no localizados ya era «nula» en aquel momento, aunque en España había posiblemente otras células islamistas potencialmente peligrosas.

Azizi ganó aún más fuerza al día siguiente.

Acudí a la Audiencia a primera hora, con el objetivo de averiguar algo más sobre aquel tipo. Todos habíamos tenido la misma idea, y algunos periodistas más listos y experimentados que yo sabían que no iba a ser muy difícil. ¿La razón? Garzón.

Este juez era el que había procesado a Azizi y, fuese por ansias de protagonismo, fuese por echar una mano, aquel día nos facilitó amplísima información sobre él. Obtuvimos un ejemplar de un informe policial en el que se detallaba su vida como integrante de alto nivel de Al Qaeda. Algún funcionario del juzgado, con la autorización del juez y de su fiscal, Ernesto, se la pasó a Juan, el especialista en tribunales de la Agencia EFE, un tipo listísimo, leal y pulcro con la información, que —escaldado por experiencias anteriores— hizo un recuento de los periodistas que estábamos allí, diecisiete en aquel momento, se fue a la copistería y regresó con veinte copias. Mientras tanto, avisé a Aritz y a Amaia, que aquel día no estaban en los juzgados; andaban liados con crónicas de la operación salida de la Semana Santa, cuando Madrid se derrama hacia su periferia; y me comprometí a enviarles el informe por fax. Todavía funcionábamos por fax.

El titular de mi información diría: «Policías de tres países sitúan a Azizi como enlace de Al Qaeda en el 11-M».

Y el subtítulo: «El marroquí aparece en todos los golpes de Al Qaeda, del 11-S a Bali».

El informe policial empezaba describiendo a Azizi: treinta y seis años, alias Othman Al Andalusi, casado con la española Raquel B. G.; en situación procesal de busca y captura.

Los servicios antiterroristas de España, Alemania y Estados Unidos coincidían en la tesis —añadía— de que Azizi era el nexo de unión entre la cúpula de Al Qaeda y la célula de Madrid. Aparecía en la intersección de numerosas informaciones. Desde inicios de los años noventa se le relacionaba con grupúsculos islamistas de España, Alemania, Francia, Irán, Indonesia, Marruecos y Afganistán, aunque de aquellas fechas no había demasiados datos y se creía que su radicalización se había dado sobre todo a partir del año 2000. A Azizi se le relacionaba con la organización de la cumbre de Tarragona de julio del 2001 en la que supuestamente se decidió la fecha del 11-S, se le consideraba enlace entre grupos de Al Qaeda del norte de África, Asia y Europa, entre los que estaba el responsable del atentado de Bali de octubre del 2002, y más recientemente se le vinculaba a Abu Musab Al Zarkawi, un jordano que según el Federal Bureau of Investigations, el FBI estadounidense, estaba detrás de la guerrilla que actuaba en Irak. El FBI había reclamado a Azizi, porque su número de teléfono había aparecido en la agenda de Zacarias Mussaui, un francomarroquí que admitió su pertenencia a Al Qaeda y al que se le relaciona con la preparación de los atentados perpetrados el 11 de marzo. Este nombre y esta circunstancia eran nuevos. Ese currículum y su conocimiento de España colocaban a Azizi en algún ganglio de la trama que desembocó en el atentado múltiple de Madrid y que pretendía ser el primero de al menos tres grandes golpes en territorio de al-Ándalus.

El último dato disponible de Azizi era que en algún momento del otoño de 2001 había estado en Afganistán y en Teherán, donde supuestamente habría coordinado el envío de combatientes hacia allí. En noviembre había volado a Madrid, donde se había enterado de la detención de algunos de sus más próximos en la operación Dátil; entre ellos, su íntimo amigo Imad Eddin Barakat. Había permanecido alrededor de un mes oculto en Madrid, donde vendió su coche a un amigo, y donde quizás se movía vestido de mujer para evitar a la policía, y desapareció con el dinero hacia lugar desconocido. Un empleado de la agencia de viajes que había vendido a Azizi el billete a Teherán declaró que, algún día después del 11 de noviembre del 2001, alguien le pidió un billete para la mujer, Raquel B. G., con destino a Marruecos.

El amigo que compró el coche era Driss Chebli, que sería detenido por la policía española a petición de Marruecos tras los atentados de Casablanca del 16 de mayo del 2003. En esta matanza participó Mustafá Maimuni, a quien no tardaríamos en identificar como cuñado del Tunecino.

Otro de los detenidos —en este caso, en Turquía— por su presunta relación con aquella masacre de hacía un año, que tuvo como objetivo intereses españoles y fue perpetrada por el Grupo Islámico Combatiente Marroquí (GICM), fue Abdelatif Murafik, alias Malek el Magrebí: este hombre dejaba como domicilio en España para recibir correspondencia el de Amer Azizi, en la calle de Buen Gobernador de la capital. El GICM había sido el autor del 11-M, según había dicho los días previos el ministro del Interior, Ángel Acebes.

De manera que, con aquel nuevo perfil sobre la mesa, lo que teníamos era un sinfín de nuevas preguntas, además de las obvias referidas a Azizi: ¿quién era y dónde estaba Raquel B. G.? ¿Se había convertido al islam? ¿Qué sabía y dónde estaba ahora Driss Chebli? ¿Había entonces conexión entre quienes habían perpetrado el atentado de Casablanca y quienes habían perpetrado el de Madrid? ¿A cuánta gente había enviado Azizi a Afganistán a entrenar como terroristas? ¿Habían vuelto? ¿Formaban parte de aquellas otras células que pululaban por España? ¿Qué papel había tenido Azizi en la cumbre del 11-S en Tarragona? ¿Había sido decisivo en los atentados de América? ¿Había participado alguien más del grupo de Madrid? ¿De quienes iban al río Alberche?

Tenía que llamar a Pilar.

44

Ismael tiene claro que, para mantener sana la relación con Pilar, debe contárselo todo, y Pilar cree que realmente es así, que ella conoce todos los detalles de su vida. «Pero quién sabe, claro», dirá.

Ismael, en todo caso, le cuenta una visita extraña de Asrih que tiene lugar en el puente de la Constitución en diciembre de 2003. Tres meses justos antes de los atentados. Recuerda bien las circunstancias.

La mañana del 7 de diciembre, muy temprano, Asrih envía un SMS a Ismael, que recordará la fecha con precisión porque es justo entre la Constitución y la Inmaculada, los dos días festivos. A Ismael lo despierta el biiiip del mensaje. Con el paso de los días, Ismael borra esta conversación, y luego duda si habría sido mejor conservarla.

Asrih: *duermes?*
Ismael: *me has despertado*
Asrih: *a qué hora vas al locu*
Ismael: *que necesitas*
Asrih: *podemos kedar ahí solos*
Asrih: *?*
Ismael: *?*
Ismael: *ke pasa*
Asrih: *no me gusta jamal*
Ismael: *puedo ir antes de las 9 cuando abren*
Asrih: *8 y media*

Cuando Isma llega a la puerta, en la calle Tribulete, Asrih está allí, fumándose un cigarro.

—¿Por qué quieres quedar aquí, tú y yo solos?

Asrih rezonga, se refería a que si le iba bien tan pronto, que no le caen bien los chicos, se refiere a que a esa hora todavía no están y «mucho mejor». Ismael no sabe qué pensar. ¿Por qué no se espera a las nueve?

Asrih quiere comprar seis teléfonos móviles, quiere seis aparatos Mitsubishi Trium; a Ismael le suena que tienen esa marca, un runrún empieza a pasear por su cabeza, pero en aquel momento no cae. Busca en la vitrina, allí tiene dos, busca en el armario donde almacenan las existencias, allí hay cuatro más. «Perfecto, perfecto», celebra Asrih, que ante la curiosidad de Ismael alega que «son los mejores, me han dicho que son los mejores, no se estropean nunca». Asrih paga en metálico, de hecho no habría podido cobrarle de otro modo, porque la caja y el terminal TPV están apagados todavía; se los mete en la mochila y se marcha con ciertas prisas.

Cae de pronto, cuando Asrih acaba de salir: el fax, el fax con *INSTRUCTIONS* que recibió unos tres años atrás pedía aquella marca para la fabricación de una bomba, lo recuerda de golpe y con pavor, para qué cojones quiere Asrih aquella marca, quién cojones le ha dicho que son los mejores, que no se estropean. Qué hacer. Ya no tiene el fax —lo tiró al váter— y no puede comprobar si realmente recomendaba Mitsubishi Trium, pero no tiene ninguna duda, su memoria no falla.

Ismael se quedará todo el día en el despacho, deseando que entre algún cliente que lo distraiga de ese pavor, pensando qué hacer, si puede o debe hacer algo, qué delito hay en que alguien compre seis Trium, en que su amigo compre seis teléfonos de golpe, pensamientos bipolares, del convencimiento de que algo no va bien al convencimiento de que nada está pasando, del convencimiento de que debe contárselo de inmediato a Pilar y a la policía a la sensación de ridículo si lo hace. Ve la cara del agente: «¿Un tipo ha comprado seis teléfonos de golpe, eh?». No ve o no quiere ver la cara y pensamientos de Pilar.

No le revelará nada de esto hasta que se ven el día 11 de marzo, cuando él vuelve de Asilah y se instala en su casa.

Pero aquel 7 de diciembre Ismael no saldrá del despacho. Hacia las diez llega Chaoui, charlan brevemente. Nadie entra a visitarlo.

Husmea en internet y descubre o confirma su pavor y miedo, y también, sucesivamente, sus dudas. El Mitsubishi Trium es el modelo de teléfono empleado en la matanza de Bali de un año atrás. Más de doscientos muertos en una discoteca, reivindicado por Al Qaeda, los Mitsubishi Trium actúan como detonadores de las bombas.

Pasa todo el día en el cubículo, lee a ratos el Corán, busca en él consuelo y paz y, sin querer admitirlo, si en él vienen argumentos para lo que ha pasado en Bali o en América. No sale ni a comer, por la tarde pasea un rato para calmarse, sube hasta la calle Atocha, atraviesa hasta la Gran Vía, hay colas en los teatros, imagina a Asrih dejando un paquete en una papelera.

No va al gimnasio aquella noche, aunque Pilar lo espera. Le envía un mensaje de texto alegando que no está fino y se va a casa.

Sin cenar tampoco, se sienta en la mesa de la cocina y, ante un papel en blanco, trata de poner por escrito sus dudas y pensamientos. Necesita poner orden, necesita saber qué piensa de todo aquello que está ocurriendo o que puede estar ocurriendo o está cerca de ocurrir, o que quizás él solo está imaginando: ¿cuál es su responsabilidad, en función de cuál de las formas verbales anteriores sea la verdadera?

Escribe, intentando que el verlo por escrito le conceda claridad: «Asrih, Trium, Mitsubishi, Estambul-fusiles (metal plástico niños), Meca-Afganistán, vídeos-guerra».

Se pregunta, en español:

«¿Lo cuento a Pilar?».

«¿A la policía?».

«¿Denunciar a un amigo?».

No tiene cena, no tiene hambre. Está profundamente aturdido.

Lo interrumpe el timbre: suena tres veces. «Joder, ahora no, hoy no, por favor», se dice, dice que piensa, «ese rollo ya pasó hace meses, ya saben que no quiero esas visitas», piensa que puede ser alguien que haya estado meses atrás y conozca la contraseña, pero ignore que ya no está disponible. No abre.

El timbre insiste en sonar del mismo modo. Asrih le ha dicho por la mañana que no se quedaba en Madrid, y además Asrih suele pulsar el timbre prolongadamente una vez. No abre.

Un minuto más tarde, el timbre suena una sola vez. Corta, seca. Descuelga el interfono. Pilar. Joder.

—Tú, qué.

—Ey.

—No era uno de la mezquita, eh. Era yo.

—Joder, qué susto.

—¿No le abrías?

—No.

—¿No quieres compañía?

—No me encuentro muy bien.

—¿Qué tienes?

—La tripa.

—¿Estás malo?

—Psss.

—¿Subo?

—Como quieras.

—Bueno.

—¿Subes?

—Creo que no.

—No te enfades, no me encuentro bien, no soy un buen plan.

—No me enfado.

—He cerrado y me he venido, estoy estirado.

—Me iré para casa.

—Vale, guapa.

—¿Estás mal…?

—Me duele.

—¿Necesitas algo?

—No, guapa.

—Bueno, *inshallah* pues, guapo.

—*Inshallah.*

Esto ocurre el 7 de diciembre, pero a Pilar no se lo cuenta hasta el 11 de marzo.

El mismo 11 de marzo, después de lo que acaba de pasar, le cuenta otro episodio de Asrih.

Se produce el 28 de febrero, último día del mes. Lo que ocurre después les permite, primero a Isma y después a Pilar, reconstruir las fechas con precisión.

Asrih envía un mensaje a Ismael bastante tarde, serían las once de la noche, le explica que está haciendo un trabajo cerca de Madrid y que llegará en tres o cuatro horas, que no sabe exactamente cuándo, llamará al interfono cuando llegue. Eso se produce a las cinco de la mañana.

Ismael dirá ahora que le molesta haber estado siempre a disposición de su amigo, llega un momento en que se siente como su «sirviente».

Asrih llega lleno de barro. Hace una noche de perros, gélida, con viento, amenazas de nieve. Está exhausto, y pretende entrar en el piso con ese aspecto. Ismael le pide que se quite la ropa en el recibidor, Asrih reniega, más que nada porque está agotado. Alega haber estado en una urgencia, una obra en una piscina «por Valladolid» a la que se le han reventado los sistemas de desagüe, ha tenido que estar metido en una especie de alcantarilla, estaba nevando, está empapado, le pide algo caliente.

Ismael le prometerá a Pilar que Asrih no le cuenta nada más, él cree la historia de la piscina, no sospechará realmente de su amigo hasta la mañana del 11 de marzo, Ismael le jura a Pilar por todos sus muertos «y por todo mi amor por ti», que hasta ese momento, hasta las explosiones, no tiene la certeza de que su amigo está o puede estar implicado. ¿Qué iba a hacer? ¿Llamar a la policía y decirles que su amigo ha llegado sucio de barro?

La certeza absoluta llega, claro, cuando con el paso de los días no sabe absolutamente nada de él, hasta que finalmente su nombre aparece entre los inmolados en Leganés.

Una mañana, Ismael se acerca al locutorio, que ha sido precintado por la policía. En la reja de la entrada, alguien ha trabado un recorte de periódico con la noticia que cifra en siete a los inmolados de Leganés y se identifica a seis de ellos. Es un recorte de periódico manchado de aceite y arrugado, en cuyo margen alguien ha escrito en bolígrafo rojo «SIETE HIJOS DE PUTA MENOS».

45

Las tres páginas que publicamos coincidiendo con el primer mes de los atentados pronto quedaron obsoletas. Lo cual no era ni una tragedia ni un patinazo. Porque regresé a Madrid el Lunes de Pascua, a primera hora de la mañana, con un texto de Celeste en las manos en el que explicaba que la nueva sospecha policial era que el 11-M se había financiado mediante atracos, lo que abría una línea interesante: el comando sí que estaba formado por delincuentes, o al menos habían empleado la delincuencia para sus fines religiosos o políticos.

La información decía que las investigaciones apuntaban hasta aquel momento a varias posibles líneas de financiación, pero era la internacional, con grupos logísticos creados específicamente para dar cobertura económica a matanzas como la nuestra, la que estaba tomando más fuerza.

Celeste citaba una información de *The Daily Telegraph* en la que se afirmaba que los atentados de Madrid se habían financiado con el dinero obtenido en el robo de bancos y en el fraude en cajeros automáticos, todo ello cometido en Francia. Los investigadores españoles, añadía, no descartaban esta hipótesis, ya que los terroristas que habían actuado aquí estaban vinculados al Grupo Islámico Combatiente Marroquí (GICM), que se abastece del dinero procedente de la propia Al Qaeda y de «fondos europeos», decían los servicios antiterroristas de la Unión Europea.

La célula española, integrada mayoritariamente por marroquíes, había supuestamente recibido miles de euros procedentes de

Francia. Allí había sido detenido una semana antes un tal Mustafá Bauchi, un marroquí que había estado en los campos de entrenamiento de Al Qaeda en Afganistán y que al parecer era un experto en electrónica. Instalaba minicámaras en los cajeros para hacerse con los números secretos de sus usuarios y esquilmarlos. Bauchi y su banda también habían atracado algunas oficinas.

Esta información no tenía ninguna conexión con Madrid, más allá de sugerir la que había entre dos mundos —la delincuencia y el radicalismo religioso— que en Madrid se había dado del mismo modo. En la célula había fanáticos religiosos, pero también delincuentes comunes.

Porque sabíamos ya que el asturiano José Emilio Suárez Trashorras había vendido la dinamita utilizada en los trenes a cambio de treinta kilos de hachís, que a su vez algunos miembros de la célula habían adquirido antes en Marruecos. Sabríamos que algunos miembros del comando de Madrid la habían ido a recoger la noche del 28 de febrero en las cercanías de la Mina Conchita, en Asturias. Era una noche infernal, invernal, nevaba.

Entre los escombros de Leganés, además, habían aparecido alrededor de cuarenta y ocho mil euros en metálico, lo que llevaba a sospechar que habían recibido financiación exterior. Se suponía que el Grupo Islámico Combatiente Marroquí, que tenía células en Italia, Dinamarca, Bélgica, Irlanda y Turquía, podía haber dado cobertura económica. El comando de Madrid tenía liquidez: además de comprar la dinamita, había alquilado al menos dos casas —Morata de Tajuña y Leganés—, se suponía que había una tercera vivienda en algún lugar, y había un buen puñado de tipos que mantener durante los meses que habían estado preparándolo todo.

En realidad, que había una conexión entre delincuencia y fanatismo ya lo sabíamos. Ya habíamos publicado que Jamal Ahmidan era un narcotraficante de largo historial, con detenciones bajo identidades diversas y fichado por todos los cuerpos policiales, que trabajaba un poco a modo de clan, con hermanos y primos a sueldo. Meses después Rosa, la mujer de Ahmidan, le explicaría a Justin —grabó una entrevista brutal— el larguísimo historial delictivo de su esposo, que se habían conocido porque los dos eran yonquis, que había estado en la cárcel en Marruecos por un asesinato (que según ella no había cometido), que había logrado la libertad en tres años sobornando (con dinero de la droga) a funcionarios de prisiones, que había vuelto a Madrid en junio de 2003, que en octubre aproximadamente había empezado a andar con Serhane, y que habían sido su droga y su dinero los que habían pagado la masacre. Estas circunstancias —en especial la liberación temprana de Jamal— llevaron a algunos medios u opinadores a pensar que Marruecos había intervenido en la preparación del 11-M, conectando a Jamal con el Tunecino, a quien los eficientes servicios secretos marroquíes con absoluta seguridad tenían catalogado como un radical dispuesto a todo. Marruecos habría actuado así, según esta teoría, en venganza por el humillante o ridículo desalojo de sus soldados enviados a invadir el islote del Perejil, un peñasco a escasos metros de la costa de Tánger pero de soberanía española, y que fueron desalojados por tropas españolas sin que hubiera ningún enfrentamiento. Hasta hoy, sigue siendo una teoría. Para Jamal Ahmidan participar en la matanza fue una manera de purificarse, porque él creía en realidad que vender droga no estaba bien y porque con los años y la cárcel se había dado cuenta de que Alá pensaba igual. Eso dijo Rosa cuando la entrevistamos, devastada por la muerte de Jamal y porque no se había enterado de nada, como tantos de los más allegados al comando, que solo ataron cabos posteriormente. Era cierto que Jamal entraba y salía más de casa y a horas más raras, pero siempre había una explicación. Rosa vio que aparecía y desaparecía, que se había juntado con tipos de barba larga y que hablaba más a menudo de Dios. ¿Qué iba a hacer? ¿Llamar a la policía y decirles que hablaba más de Dios? En la última llamada, desde Leganés, la tarde del 3 de abril de 2004, le dijo que lo sentía, y que cuidara de su hijo. Tenía nueve años.

Ahora yo había llegado a la Audiencia, con un cansancio infinito después de dos días de descanso en Barcelona, sobre todo mental; los había pasado en cama, con agotamiento y ratos de fiebre, el fin de semana había sido un fiasco absoluto, pero debía dejar de pensar en ello, conseguir energía de la manera que fuera y volver a empezar.

Envié un mensaje a Rocío proponiéndole tomar un café. Era una manera de obligarme a encender el motor: era una acción poco costosa, pero si me contestaba afirmativamente no tendría más remedio que verla y aguzar los sentidos con lo que me contara, y sobre todo con lo que yo le preguntara, y volvería al flujo del trabajo y generaría adrenalina y remontaría mi fatiga.

Rocío dijo solo *Ok*. Le propuse *12 h Rodilla?* y volvió a decir *Ok*. Eran las 11.15.

En los corrillos de periodistas circulaba aquella mañana el rumor de que había habido más detenciones, lo que nos garantizaba algo con que llenar al menos una página. No se sabía todavía cuántos ni de qué importancia, pero nos permitía encarar el día con cierta paz, la paz de que tendríamos de qué escribir. Como era Lunes de Pascua, en la redacción de Barcelona se trabajaba solo por la tarde, y aquello rebajaba un poco mi estrés. Hasta las cuatro de la tarde no debía llamar allá al periódico para reportar qué tenía de nuevo.

Rocío sabía que había nuevos detenidos, pero no tenía detalles al respecto (eran tres, y nos enteraríamos más tarde por el auto de prisión que para cada uno de ellos dictó el juez y nos filtró la fiscalía). Además de hacer un poco de balance, de lo que Rocío tenía ganas de hablar era de lo que había ocurrido con al menos nueve de los presuntos miembros del comando, nueve de los que habían sido detenidos o de los que se habían inmolado.

Era un escándalo. La policía los había estado vigilando, siguiendo y grabando, en investigaciones que estaban tuteladas por varios jueces, pero en muchos casos no se les había dado importancia o simplemente no se había podido saber qué decían las grabaciones (resultaba que hablaban en árabe) porque la Comisaría General de Información no tenía suficientes traductores de esa lengua. Una parte seguía sin transcribirse y ya daba igual, pero quizás en lo que todavía no había sido transcrito había claves que habrían permitido evitar los atentados.

Uno de los espiados era justamente Jamal Zougam, a quien Garzón había mandado detener en 2001, y que entonces había quedado en libertad.

También habían sido sometidos a vigilancia Serhane Ben Abdelmajid y Jamal Ahmidan, que cada vez se perfilaban con mayor claridad como líderes del grupo.

Cuando en los meses siguientes con Justin investigamos a fondo sus vidas, descubrimos que al primero lo había seguido la unidad antiterrorista y al segundo la de narcotráfico, y que, habiendo estado simultáneamente sobre ellos, no habían cruzado sus informaciones. Los expertos en yihadismo no sabían quién era Ahmidan y los expertos en drogas no sabían quién era Serhane. Este fue seguido un día en el coche de la suegra de Jamal (la madre de Rosa), pero los agentes ignoraban quién era la señora, cosa que sí sabían sus colegas de antidroga.

Tres días antes de la matanza, el 8 de marzo, Serhane había sido seguido hasta Morata de Tajuña, pero la vigilancia no había podido acercarse tanto a la casa como para sospechar lo que allí se estaba preparando. Todo esto se supo más tarde.

El resto de tipos que habían sido vigilados, según Rocío, eran los dos allegados a Jamal Zougam (y detenidos con él), Mohamed Chaoui y Mohamed Bekkali; Abdennabi Kounjaa, inmolado en Leganés; Rafa Zuhier, un ex portero de discoteca y traficante de calle de hachís, que conocía a los asturianos que habían facilitado la dinamita; Basel Ghalyoun, ya detenido, que había sido reconocido por algunos viajeros como uno de los que habían dejado explosivos a bordo (y que acabaría condenado a miles de años de cárcel y extraditado para cumplirlos a Siria, su país); Fouad El Morabit, que compartía piso con Ghalyoun, que había sido detenido (por tercera vez) la semana anterior y que estaba pendiente de quedar o no en libertad; y Mohamed El Hadi Chedadi, otro conocido de la policía desde 2001, hermano de un tipo (Said) que estaba acusado de formar parte de la red de Al Qaeda.

Al día siguiente publicamos dos piezas. La primera (y principal, y contra mi criterio) explicaba las tres nuevas detenciones de aquel día, que elevaban el total a veintiséis. Eran tres tipos, dos de ellos de Parla —tuve que buscar en un mapa dónde estaba, y pensé que la cercanía a Leganés no significaba nada—, que se llamaban Said Aharouch y Hassan Belhadj, y un tercero del que no se sabía más que el nombre, Ibrahim Afalah.

También detallaba que Fouad El Morabit había ido a prisión provisional gracias a nuevas pruebas que la policía había aportado tras su (tercera) detención: el registro de llamadas de su móvil desvelaba que el 11 de marzo había hablado con varios de los terroristas implicados en la colocación de las bombas, entre ellos algunos de los fallecidos después en Leganés. Había reconocido que conocía mucho a Serhane (cosa que de por sí no era delito) y que había compartido piso (tampoco) con otro de los presuntos implicados en la colocación de las bombas. Había insistido con gran vehemencia, según nos había dicho en un corrillo la fiscal del caso, en que no tenía ninguna relación con las muertes, que él era «pacífico y pacifista» y que, de haber sido culpable, habría aprovechado para huir alguna de las dos veces anteriores en que había quedado en libertad. Pero ahora ya no había quedado en libertad.

Añadíamos un detalle que a mí seguía inquietándome: los inmolados en Leganés eran definitivamente siete, y se ignoraba todavía el nombre de tres de ellos.

¿Estaba allí Amer Azizi?

Era un dato clave: si estaba, significaba que la orden de Al Qaeda al comando de Madrid había sido muy directa.

Si no estaba, posiblemente significaba que en Madrid había crecido y se había desarrollado con autonomía y éxito totales un comando yihadista, lo cual era casi peor.

Pero en aquel momento no sabíamos si Azizi estaba o no entre los tres perfiles sin identificar, y a mí me parecía que no debía serlo. Porque habiendo tenido vida en España durante años, era más que viable que la policía tuviera u obtuviera con relativa facilidad su ADN, y que lo hubiera comparado ya con los restos obtenidos.

En la segunda información detallábamos aquella vergüenza de las traducciones. Además de dar los nombres de los espiados y su papel en la trama, escribíamos: «En resumen, la policía conocía perfectamente a los hombres clave de la operación, así como su elevada peligrosidad, pero no bastó para que nadie sospechase de entre las muchas conversaciones intervenidas que se preparaba una acción terrorista de tanta envergadura. No es que no hubiese habido alarmas previas sobre la posibilidad de que un grupo integrista islámico escogiese a España como objetivo, sencillamente es que los responsables policiales españoles consideraban que era una probabilidad remota. Por eso la vigilancia era de menor envergadura y los efectivos, escasos».

Ahora sí, era urgente que hablara con Pilar. Quizás ella estaba también en aquellas conversaciones.

46

Es 11 de marzo, Ismael duerme y no se ha enterado de nada de lo ocurrido esa mañana, prometerá. Duerme hasta las 10.55 de la mañana y poco tiempo después está en el locutorio para saber si en los dos días anteriores, mientras estaba en el entierro de su padre en Asilah, ha tenido alguna visita o llamada.

Nadie sabrá que Asrih Rifaat llama a su timbre a las 08.25 de la mañana aproximadamente del mismo 11 de marzo, se disculpa por no haberlo avisado, por presentarse así, así de sopetón y a esas horas. Aunque Ismael está acostumbrado a las improvisaciones de su amigo.

Asrih —y eso es culpa más bien de Ismael, que no le ha contado que su padre ha muerto— ignora que este ha llegado a las seis de la madrugada de Marruecos. Ismael ha bajado y subido el día antes hasta el pueblo, ha enterrado a su padre, ha vendido o regalado el coche y las gallinas de su padre y ha hecho todo el camino de regreso, tomando un autobús en Algeciras a las diez de la noche. Ha llegado reventado y se ha metido en la cama con una camiseta sobre los ojos para evitar que la luz de la mañana lo despierte.

Pero no lo despierta la luz, sino el interfono, que ignora la primera vez, la primera vez que lo oye, y la segunda piensa que será el de Correos o un repartidor de publicidad; hasta la cuarta no se levanta y acude, desde abajo Asrih le espeta secamente «abre» e Ismael abre, aguarda en la entrada, Asrih sube más deprisa que nunca, lo abraza con fuerza, lo cual carece de sentido por el momento; no entenderá la efusividad hasta semanas más tarde, hasta que el 4 de abril, al día siguiente de la explosión de Leganés, trasciende que Asrih está entre los inmolados.

Ahora Asrih lleva una mochila a la espalda en la que dice llevar su ropa, al parecer lo han echado del trabajo en Barcelona y ha decidido venirse a Madrid, con un tono que no convence a Ismael, aunque esa falta de convencimiento solo la entenderá más tarde, días más tarde, cuando conecte el pasado y evolución de su amigo, sus visitas y circunstancias vitales con la realidad de lo que acaba de ocurrir. Ciento noventa y un muertos.

Ismael asegura que en ese momento le resume con la máxima brevedad sus dos días anteriores y, sin esperar compasión —todos en Asilah saben que Anuar Feres era un hijo de puta—, se excusa y vuelve a la cama, está «petado». Dormita un rato más, hasta casi las once, jurará y, cuando por fin se despereza, su amigo ha desaparecido. Tampoco está su mochila.

No inmediatamente, pero sí la tarde de aquel día y hasta su detención, Ismael llama a Asrih varias veces, pero su móvil nunca está conectado.

No lo vuelve a ver.

Cuando aquella mañana baja a la calle, camino del locutorio, toda la ciudad está colapsada y atravesada por el hilo estridente de las ambulancias, de cientos de ambulancias. Entra en el primer bar y no le hace falta preguntar. Toda la clientela está de pie, atenta al televisor, Ismael se suma, sus sinapsis también se suman a la corriente, le parece que empieza a conectar, también le parece que no puede ser lo que sus conexiones neuronales le están sugiriendo; por fortuna tiene la pantalla para mirar, para no mirar alrededor, de pronto siente que toda la clientela alterna la mirada entre la pantalla y él, que todos lo miran, que para todos es el primer sospechoso, el puto moro, pero el ministro está diciendo que ETA preparaba una matanza en Madrid, pero es que no puede haber sido ETA, no le apaciguan las palabras de Ángel Acebes, no apaciguan el temblor que ya siente dentro, en el abdomen, un tintineo en los pulmones, el corazón, el hígado, todo lo que contenga su esternón cuando va entendiendo, o cree que va entendiendo, que su amigo ha tenido algo que ver.

Dos días después, el sábado por la tarde, por fortuna no está en el locutorio cuando llega la policía, la policía no, una horda de Terminators —se imagina el pavor de Jamal y de los dos Mohamed— con los fusiles apuntándolos, las manos arriba, como en una película, los echan al suelo, les palpan todo el cuerpo, hasta el ano, los cojones, los sobacos, detrás de las rodillas, les atan las manos a la espalda y las mejillas de los tres se aplastan contra el suelo que Ismael ha barrido dos mil veces.

47

El puzle de Leganés iba completándose. Pocos días después de la Semana Santa supimos que los hermanos Mohamed y Rachid Oulad Akcha finalmente sí estaban entre los escombros de Leganés, con lo que solo un perfil genético permanecía anónimo. ¿Azizi? ¿Berraj?

Estábamos dedicando nuestros esfuerzos a intentar saber quién podía ser el líder de la operación. Era la pregunta que nos hacíamos como periodistas y que se hacía también la policía, obviamente, y se trataba de que averiguáramos cuáles eran las hipótesis principales de los investigadores. Era la pregunta que, desde aquella mañana espantosa en los trenes, me había hecho todos los días: ¿quién había ideado aquello y con qué motivaciones o rencores, con cuántas capas de odio superpuestas? Serhane llevaba diez años en España, Azizi aún más. Mientras, el cómputo de arrestados daba tres pasos adelante y uno atrás, algunos habían entrado y salido de prisión, otros habían sido detenidos más de una vez. Estábamos ya en la cuarentena de sospechosos.

Aquella semana posterior a la Semana Santa, Izquierdo publicó una amplia información en la que ahora se ponía en duda que Serhane, el Tunecino, tuviera las dotes de liderazgo suficientes como para idear, crear y armar una célula, ejecutar la matanza del 11 de marzo y emprender una huida hacia delante que acabaría en la inmolación colectiva. Aunque judicialmente no tuviera ninguna relevancia, porque estaba muerto, su papel parecía decaer, la policía ponía ahora en duda sus propias hipótesis de días anteriores, lo cual era normal en aquellas circunstancias. Pero indicaba que, si no había sido Serhane el líder ideológico, alguien lo había hecho en su lugar.

En una rueda de prensa, el aún ministro del Interior, Ángel Acebes, había dicho que el grupo tenía o debía tener un «emir» que posiblemente estaba entre los inmolados y que posiblemente no era Serhane Ben Abdelmajid. Podía ser, admitía, pero los análisis de personalidad y la reconstrucción de hechos que habían podido componer los equipos policiales hacían dudar de las capacidades de Serhane, del cual ofreció tres líneas biográficas: había estudiado Ciencias Económicas en la Universidad Autónoma de Madrid, había trabajado en una inmobiliaria y estaba casado con una muchacha marroquí que tenía —esta era la novedad— diecisiete años. Los expertos policiales creían por todo ello que Serhane carecía de la entidad, experiencia y contactos internacionales necesarios para liderar aquellas acciones, tenía que ser alguien con más trayectoria en el islamismo radical, alguien que posiblemente hubiese estado en Afganistán y que posiblemente hubiese estado en contacto con Al Qaeda o con grupos afines. Serhane había salido de Túnez para instalarse en Madrid y estudiar un máster en económicas, y era muy difícil que supiera montar una bomba. Aunque sabíamos ya, eso sí, que se había ido radicalizando, que había apostatado de las versiones blandas del islam y cada vez hablaba más de hacer la yihad, y hasta de hacerla en España. Me lo había contado el frutero.

En todo caso, Serhane había sido quien, según Acebes, había reclutado a gente dispuesta a todo en las mezquitas de Madrid, posiblemente en aquellos pequeños oratorios que se habían ido abriendo en garajes y locales con pobres condiciones. También habían celebrado numerosas reuniones en pisos, hacía años que habían ido reuniéndose en sesiones de adoctrinamiento que consistían en el visionado de vídeos que miembros de la célula o cercanos a ella habían traído de sus guerras en Bosnia, Chechenia o Afganistán. Las bombas habían sido depositadas en los trenes por un comando formado por entre diez y doce personas, aunque había un amplio grupo añadido que se había dedicado a otras tareas. Algunos habían acondicionado la casa de Morata de Tajuña, donde habían fabricado un zulo para almacenar el explosivo y donde habían colocado una valla con una tela opaca por todo el perímetro, para evitar ser observados.

Otro grupo, vinculado a Jamal Ahmidan y al narcotráfico, había sido quien había financiado la operación, quien había conseguido armas en el mercado negro y quien había ejecutado el transporte de la dinamita desde Asturias. Más tarde sabríamos que el exminero asturiano Suárez Trashorras había dado indicaciones a Jamal Ahmidan sobre el acceso a la mina y al arsenal de dinamita, y que un grupo formado por él mismo, Abdennabi Kounjaa y Asrih Rifaat había viajado allí en dos coches el 28 de febrero para cargar el resto del explosivo. Nevaba, hacía un frío terrible y se perdieron por la montaña, pero paquete a paquete lograron llenar el maletero de un Volkswagen Golf; allí cabían doscientos kilos, diría Acebes aquel día.

En el regreso de aquel viaje a Asturias se produjo un momento dramático, que pudo cambiar toda la historia.

Ahmidan encabeza la comitiva en un Toyota Corolla, Kounjaa y Oulad van detrás en el Golf, cargado de dinamita. Ahmidan, en una actitud que parece premeditada para que todo se descubra, es detenido por la Guardia Civil por exceso de velocidad. Lleva un coche robado, pero con las placas de otro Toyota Corolla, de manera que la base de datos no alerta a los agentes. Tampoco les parece sospechoso el pasaporte belga que les muestra, a nombre de Yusef Ben Salah, o que por el contrario en la tapa del permiso de conducción dice «Tetuán». La base de datos de tráfico no estaba entonces conectada con la de seguridad ciudadana, de manera que aunque hubieran tenido a Ben Salah catalogado o a Ahmidan actuando con su nombre, tampoco lo habrían detectado. Hay más: no lleva la documentación completa del coche ni ha pasado la inspección técnica de vehículos. La multa es triple. Jamal saca de la guantera un sobre con billetes y paga en efectivo. No firma la denuncia. El agente echa un vistazo al interior, pero nada le hace sospechar. Con sus compinches detrás observando la escena, le dejan seguir. Les dejan seguir.

Todo aquello se supo con los meses, con la milimétrica reconstrucción que permitió la tecnología de seguimiento de los teléfonos móviles (y que nadie cuestionó judicialmente) y los rastros que dejó una banda que, excepto en su convicción, no era nada profesional.

Según aquella información de Izquierdo de finales de abril, Jamal Zougam había jugado un papel como dinamizador ideológico del grupo, dado su perfil de radical de «larga trayectoria», según lo definían, y había sido quien había organizado una ceremonia días atrás en la que algunos afines —no decían cuáles— se habían purificado con agua que uno de ellos había traído desde la Meca, donde había peregrinado.

Acebes había añadido que, pese a la división de tareas, todos los involucrados habían intervenido en la confección de las bombas. A nadie se le escapaba que habían tenido una altísima eficacia, dado que habían fabricado trece y habían explotado diez, un 76 por ciento, lo cual era insólito si no había intervenido alguien con experiencia militar: ¿Azizi? De nuevo su sombra sobrevolaba la trama.

Cada vez quedaba más claro, había añadido el ministro saliente, que la matanza había sido diseñada por el GICM. Por ello, España había pedido específicamente la colaboración policial de siete países —Gran Bretaña, Alemania, Francia, Bélgica, Marruecos, Túnez y Bulgaria—, porque Serhane había tenido contactos con residentes allí. Algunos «de tipo espiritual», dijo Acebes, otros «de tipo logístico». Esa cooperación también pretendía dilucidar si células del GICM —el lenguaje policial persistía en la descripción de los inculpados como una estructura perfectamente diseñada— en alguno de aquellos países habían facilitado la escapada de Azizi, que no parecía ser el séptimo suicida de Leganés.

Tardaríamos aún varias semanas en descubrir su identidad, y de nuevo se organizaría un buen volcán.

El séptimo suicida era un tal Allekema Lamari, argelino, nacido en 1965, albañil eventual, soltero. La jueza en funciones pediría el agosto siguiente informes de ADN a los familiares en Argelia de ese tipo, que había sido noticia tres años antes.

Lamari había sido detenido en Valencia en 1997 junto a otros diez hombres de aquel país, por pertenecer al Grupo Islámico Armado, el GIA.

En 2001 había sido condenado a catorce años de cárcel por intentar crear una estructura estable del grupo en España, posiblemente de apoyo a yihadistas en fuga: quería crear una red de pisos de personas de confianza donde aquellos pudieran alojarse por días o temporadas de forma segura. El Tribunal Supremo rebajaría la condena a nueve, pero eso no motivó el escándalo.

El escándalo lo motivó que en 2002 Lamari quedó en libertad por un absurdo error judicial: el tipo había sido detenido el 7 de abril de 1997, y ese día empezó a correr el contador de sus días privado de libertad. A inicios de junio de 2002 fue condenado por la Audiencia Nacional, pero el 29 de ese mes salió de prisión: ¿cómo fue posible? Me tocaría investigarlo aquellos días.

Lamari cumplía a final de junio de 2002 la mitad de la condena por el delito más grave de los que se le acusaba (que era el de pertenencia a banda armada), y se le excarceló porque, según la ley, a mitad de la condena por el delito más grave que se le impute, el reo será liberado si aún no hay condena firme. Ocurría que sí que la había, era una sentencia de inicios de aquel mismo mes, pero la Audiencia Nacional tardó treinta y un días en comunicar al Tribunal Supremo, que está al otro lado de la plaza y ante el que Lamari había recurrido su situación penitenciaria, la sentencia en su contra. El documento llegó el 8 de julio, cuando a Lamari ya se le había perdido la pista.

Estaba en Valencia. Había acudido a recogerlo en Madrid su amigo Safwa Sabagh, un sirio residente en el barrio de Benicalap y asador de pollos. No preguntó o no supo, cuando declaró meses más tarde, por qué Lamari había sido liberado, ni se enteró o recordaba haber oído que su amigo estuviera en busca y captura. Sabagh declararía el otoño siguiente que había ofrecido a Lamari que se fuera de España y empezara de cero, pero este le había dicho que no. Que tenía «un objetivo». No había dicho cuál. Pero que «en una ocasión viendo algunas noticias como las del atentado de Bali o los incendios forestales me comentó que había muchas opciones y que sería fácil ocasionar una catástrofe similar a esas». También había dicho que nunca volvería a la cárcel. De Lamari se explicaría que había trabajado los últimos meses de albañil, y que lo hacía descalzo para mortificarse. Nunca tuve el modo de saber si eso era verdad.

Lamari se había mudado de nuevo a Madrid un año después, en septiembre del 2003. No se sabe cómo, enviaba dinero a sus amigos del GIA encarcelados, quizás por sus trabajos en la obra. Sabagh, que había sido uno de los detenidos por la policía en las primeras semanas después del 11-M, y luego liberado, había recibido una última llamada el 27 de marzo. Lamari quería saber qué habían querido saber los policías. «Dónde estás», le había contestado Sabagh. «Allekema me respondió que no le cogerían vivo y que nos veríamos en el cielo», dijo en su detención. «Yo creo», añadió, «que fue el emir del 11-M, el ideólogo a nivel religioso», declararía ante el juez.

¿Podía entonces ser Allekema Lamari el más radical de todos ellos y, en tanto que viejo militante del GIA, un tipo experimentado y con conocimientos en la fabricación de artefactos? No lo supimos.

Eso no era todo. Algo más tarde sabríamos también que cinco días antes de la masacre, esto es, el 6 de marzo, la unidad antiterrorista del Centro Nacional de Inteligencia había elaborado una nota interna en la que alertaba de que sus hombres y mujeres sobre el terreno habían dejado de tener bajo control a Lamari y a otros cinco pájaros que pululaban por Lavapiés; uno de ellos era ni más ni menos que Abdelmajid Bouchar, el Gamo, el atleta que había huido a la carrera del piso de Leganés al descubrir a la policía.

Los servicios secretos estaban preocupados porque habían dejado de ver al grupo por la zona, y eso podía indicar que o bien se habían ocultado, lo cual venía dictado por algún motivo de peso, o bien habían cambiado de residencia, lo cual podía indicar que tenían planes o intenciones.

El CNI había elaborado el 16 de marzo un informe en el que responsabilizaba a Lamari de los atentados de Atocha y aseguraba que el argelino tenía «las suficientes dotes de liderazgo y grado de fanatismo» para dirigirlo. Por ello, los servicios de inteligencia pedían su «urgente y prioritaria» detención.

¿Ahora?

¿Cómo podía tener el CNI controlado a un tipo que había sido liberado por error y no facilitar tal información a la policía? Quizás, pensé entonces, no había habido tal error, y Lamari no era un prófugo, sino un conejo con un cascabel. Pero el cascabel había dejado de hacer ruido.

«El círculo del 11-M está permanentemente cerca de cerrarse». Con esta frase arrancaba una crónica del 24 de abril; apenas habían pasado cuarenta y cuatro días desde los atentados y daba una idea de la permanente revisión a que debía ser sometida la investigación y, detrás, nuestras palabras. El cuadro que había creado en un DIN-A3 con la lista de inculpados de la masacre no paraba de crecer. Lo tenía colgado en un corcho de la pared con una chincheta y todos los días lo despinchaba y añadía o borraba algún dato: fecha y lugar de detención, dirección, familia, vínculos con otros detenidos, fecha de prisión, acusación penal... En aquel momento, a finales de abril, ya eran dos enormes rectángulos de papel, superpuestos, llenos de colores, que eran el hazmerreír de Carmen, la secretaria y gestora de la redacción de Madrid. Ella se había ofrecido a crear para mí un éxcel en el que pudiera mantener los datos perfectamente actualizados, y realmente habría sido mucho más práctico y moderno, pero a mí me iba bien tenerlos a todos allí, a mi izquierda, junto a la ventana y siempre a la vista, con los detenidos (en rojo), los que habían sido arrestados y liberados (verde), los huidos (naranja), los que más interés o cercanía me suscitaban (azul) y, desde los sucesos de Leganés, los que habían muerto (en negro). Cuando pasaban días (y tenía un rato) lo copiaba y reordenaba, porque los tachones acababan haciéndolo incomprensible, y lo volvía a colgar, y un par de veces por semana lo fotocopiaba, para llevar encima una versión actualizada. Estaban por orden de detención.

Aquel día añadí siete hileras, de la cuarenta y tres a la cuarenta y nueve.

En una zona de invernaderos de Guardias Viejas, en la provincia de Almería, había sido detenido un tipo llamado Abdenabi Chedadi. Era hermano de otro arrestado con anterioridad, Mohamed El Hadi Chedadi (yo no entendía si El Hadi era como un segundo nombre de pila, pero así venía en los autos judiciales y así lo mantuve en mis artículos), y a su vez eran hermanos de Said Chedadi, en prisión provisional desde noviembre de 2001 y procesado como presunto miembro de Al Qaeda desde septiembre de 2003. La relación de Abdenabi con el 11-M era «probablemente tangencial», admitieron aquel día fuentes judiciales, pero ocupó en mi cuadro la casilla cuarenta y tres.

Las otras seis de aquel día eran anónimas. Seis nuevos tipos que estaban en busca y captura, pero de los que ignorábamos cualquier dato.

Al final de la investigación, cuando llegó el juicio, en mi cuadro permanecerían doce identidades ignoradas.

Aquel día, 23 de abril, rodeé en verde los nombres de Suresh Kumar y Vinay Kholy. Los números cuatro y cinco de mi lista, los empresarios indios de telefonía que habían sido detenidos dos días después del atentado, quedaron en libertad. La propia fiscalía lo pidió tras tomar declaración a Rakesh Kholy, hermano de Vinay, y que este les explicase cómo era la relación con sus clientes. Tenían un gran almacén en Alcorcón en el que vendían telefonía al por mayor. Recibían encargos de comerciantes por teléfono o por fax, los preparaban y los entregaban una vez abonados. La policía había intentado que recordaran a quién y cuándo habían vendido las partidas que luego se habían vinculado a la matanza, pero solo recordaban haber vendido tres móviles a una mujer y nueve a un hombre que les parecía de aspecto o nacionalidad o acento búlgaro, explicaron aquel día fuentes del caso. La relación de Suresh Kumar y Vinay Kholy parecía ya muy tangencial con el comando. Quedaron obligados a comparecer cada semana en el juzgado más próximo a su domicilio y a comunicar cualquier cambio de residencia. Quedarían completamente exculpados.

Pilar vio la información en las portadas de los periódicos del día 24 en el kiosco que había en la plaza de Lavapiés: libres los dos indios que habían vendido los móviles de la matanza. Algún titular acusaba a la justicia de blanda, esto es, señalaba a los dos indios más allá de la presunción. Era sábado.

Recibí su llamada muy temprano, poco después de las ocho y media. Me estaba preparando el tercer café, aunque era sábado y podía haber descansado un rato más. Estaba en calzoncillos, leyendo una novela —*El periodista deportivo*— de Richard Ford, en el sofá; lo hacía algunas veces antes de ir a trabajar, y si no tenía una prisa excesiva. Era el momento del día que aprovechaba para leer.

—¿Qué va a pasar con los otros detenidos?

Le dije que no sabía, pero que en todo caso era una noticia más buena que mala, que había…

—¿Qué haces hoy? —me interrumpió.

Como acabo de decir, era sábado, y no volaba a Barcelona ni tenía ninguna pieza pactada con mis jefes para el domingo, así que yo en principio tenía el día libre.

Ella estaba en la plaza, debajo de casa, y sabía que yo vivía por allí. Pilar estaba a punto de entrar en su trabajo en la panadería, pero si yo podía quedar ella entraría más tarde o se tomaría el día de fiesta, le diría a Marta que no iría, que iba a quedar conmigo, y Marta entendería que aquello era para ella de superior importancia.

Le pedí quince minutos para ducharme y vestirme y nos citamos en el Barbieri, como la primera vez. «Está abierto», comprobó desde el kiosco. «Vivo encima», detallé, «bajo enseguida».

En realidad, yo apenas hablé.

Yo apenas le resumí cómo estaba la instrucción, cómo creía yo que se habían distribuido los papeles, cómo me parecía cuando menos extraño que hubiera —lo decía mi éxcel— cuarenta y nueve implicados hasta aquel momento, contando a los dos indios, y que ni la policía ni la Guardia Civil ni el Centro Nacional de Inteligencia se hubieran enterado de tamaña operación, de manera que a mi entender debía haber un núcleo duro de apenas doce o quince, no más, los que se habían hecho con el explosivo, los que habían montado las bombas, los que las habían colocado, los que habían intentado repetir masacre en el AVE de Toledo, que podían y con toda seguridad debían ser los mismos, y quizás había una periferia que podía saber o haber sabido o sospechar: familiares o amigos o compañeros de piso o de negocio que habían mirado sin ver o sin querer ver o que, directamente, habían puesto distancia para no contraponer o enemistarse o mentir. Para mí, le dije, estos eran los más interesantes, no solo porque seguían vivos, sino por el conflicto interior que probablemente estaban viviendo o por los conflictos interiores que, probablemente, habían vivido los últimos meses al descubrir o intuir o sospechar o desdeñar las evasivas de sus parejas, amigos, compañeros de trabajo o de oración. El haber vivido sin la certeza, en el temblor diario.

Habló Pilar casi todo el tiempo, casi todo el día.

Bauticé a su novio como Ismael Feres para preservar su intimidad. Me contó, juró, que el día 11 de marzo Ismael acababa de llegar de Marruecos, adonde hizo un viaje relámpago para enterrar a su padre, un cabrón muy peligroso. Llegó de madrugada y se metió en la cama, aunque hacia las ocho y media sonó el interfono. Era su amigo Asrih Rifaat, venía muy nervioso, y ahí Ismael «ató cabos». Ismael entendió el comportamiento errático, esquivo y sospechoso de su amigo en los meses precedentes. Ató cabos y fechas, comprendió que cuando lo visitó de sopetón la madrugada del 28 de febrero, Asrih no venía de ninguna obra en Valladolid, sino que venía de robar los explosivos, por eso estaba lleno de barro. «Matizo: eso lo ha entendido esta mañana, al leer los periódicos, aquel día solo le pareció muy raro». Ismael, en todo caso, entendió de forma definitiva las maneras de su amigo la mañana del 11 de marzo. Cogió a toda prisa sus enseres y pasó por la panadería, donde Pilar estaba aquella mañana trabajando, le pidió las llaves de su piso y allí había permanecido oculto todas esas semanas. La prueba final llegó cuando Asrih fue identificado como suicida en el piso de Leganés.

«Con los meses y visitas de Asrih sus sospechas habían ido ganando volumen, era como un globo que se había ido hinchando, pero sin saber si dentro había solo aire o había algo más, que él nunca lo sabe hasta que el 4 de abril su cuerpo es identificado entre los escombros de Leganés. Jamás se habría atrevido a denunciar a su amigo, por mucho que comprara seis teléfonos del mismo modelo, por mucho que llegara embarrado a su casa, porque no podía imaginar que estaba en algo así, y si en algún momento había pensado que sí, si había tenido un atisbo o brizna de duda, si había pensado fugazmente que podía estar involucrado en algo, por supuesto que jamás había sabido en qué, en ese momento el globo se pinchaba y solo había aire, humo, sospecha. Ninguna certeza. Cómo iba a actuar, qué iba a decir: ¿mi amigo ha venido a casa lleno de barro?».

Comimos en el mismo Barbieri y por la tarde caminamos por el Retiro y no nos separamos. Pilar relató paso a paso la vida de Ismael; la recordaba bien, porque en aquellas semanas en que lo había tenido oculto en el piso, él le había ido contando su vida palmo a palmo. Ismael, al parecer, tiene muy buena memoria. De pie frente al kiosco de Lavapiés, donde las portadas de los periódicos ya habían envejecido un siglo, seguimos hablando hasta las siete u ocho de la tarde.

Nos abrazamos un tiempo largo, casi incómodo, Pilar lloró mucho y a mí me costó contenerme, porque todo aquello ya no era noticia, era la vida de Ismael Feres, Isma o Fer. Pilar se separó de mi cuerpo, dijo «gracias» y se metió en la boca del metro.

Me quedé allí tieso, entre otras cosas porque ahora hacía fresco y porque había sido el día más raro de mi vida, haciendo de parapeto de una mujer que estaba en el filo. En el filo de la justicia, en el filo del amor que sentía por Ismael, en el filo de sus más íntimas convicciones y parámetros, de sus valores como ciudadana de a pie, enfrentada a la maquinaria jurídico-policial y a la trituradora mediática que lleva detrás o que lleva delante.

Me quedé un rato allí, mirando hacia la gruta que se había tragado a Pilar, sin sentir más que una profunda conmoción.

No volvería a ver a Pilar ni conocí nunca al tal Ismael, no le propuse nunca a Pilar que nos presentara, por mucho que necesitara comprender y que su relato, si hubiera querido contármelo, tenía que ser brutal. Pilar había sido extremadamente detallada. En realidad, seguía teniendo miedo. Pero pensé que, con todo lo que me había relatado la chica aquel día, tenía material para escribir una novela. Todos los periodistas tienen una novela pendiente.

Tardé unos minutos en acertar a moverme.

Pasé de nuevo frente al Barbieri, que ahora estaba atestado de gente joven bebiendo y, aunque me apetecía sobremanera tomarme una copa —una detrás de otra—, subí al piso, abrí el ordenador y empecé: «Antes de llegar al cementerio, Ismael Feres sabe que va a ser el único asistente a aquel entierro».